I0573255

SOCCORRERE KALEE

Armi & Amori: verso il futuro, Libro 7

SUSAN STOKER

Questo libro è un'opera di fantasia. Nomi, personaggi, luoghi e avvenimenti sono prodotti dall'immaginazione dell'autrice o usati in modo fittizio. Qualsiasi somiglianza con luoghi reali o con persone del presente o del passato è del tutto casuale.

Copyright © 2022 di Susan Stoker

Nessuna parte di quest'opera può essere usata, memorizzata, riprodotta o trasmessa senza il permesso scritto dell'editore, eccetto per brevi citazioni a scopo di revisione, come permesso dalla legge.

Questo libro è concesso in licenza solo per uso personale e non può essere rivenduto o ceduto ad altre persone. Se vuoi condividere questo libro con un'altra persona, per favore acquista una copia aggiuntiva per ogni destinatario. Se stai leggendo questo libro e non l'hai acquistato, o non l'hai comprato solo per te, per favore acquista la tua copia.

Grazie per aver rispettato il duro lavoro di questa autrice.

Titolo originale: *Securing Kalee*
Traduzione dall'inglese a cura di Well Read Translations
Redatto da Kelli Collins
Foto di copertina: AURA Design Group
Prodotto negli Stati Uniti

Also by Susan Stoker

Armi & Amori: verso il futuro

Soccorrere Caite

Soccorrere Brenae

Soccorrere Sidney

Soccorrere Piper

Soccorrere Zoey

Soccorrere Avery

Soccorrere Kalee

Soccorrere Jane (1 Novembre)

Ricerca e soccorso Eagle Point

In cerca di Lilly

In cerca di Elsie

In cerca di Bristol (15, Novembre)

In cerca di Caryn (4 Aprile)

In cerca di Finley

In cerca di Heather

In cerca di Khloe

Il Rifugio

Meritare Alaska

Meritare Henley (3 Gennaio)

Meritare Reese (30 Maggio)

Meritare Cora

Meritare Lara

Meritare Maisy

Meritare Ryleigh

Forze Speciali alle Hawaii

Trovare Elodie

Trovare Lexie

Trovare Kenna
Trovare Monica
Trovare Carly (11 Ottobre)
Trovare Ashlyn (7 Febbraio)
Trovare Jodelle (22 Luglio)

Delta Duo

La forza di Gillian (1 Dicembre)
La forza di Kinley (1 Febbraio)
La forza di Aspen (1 Maggio)
La forza di Jayme
La forza di Riley
La forza di Devyn
La forza di Ember
La forza di Sierra

Delta Force Heroes

Salvare Rayne
Salvare Emily
Salvare Harley
Il Matrimonio di Emily
Salvare Kassie
Salvare Bryn
Salvare Casey
Salvare Sadie
Salvare Wendy
Salvare Mary
Salvare Macie
Salvare Annie

Armi e Amori

Proteggere Caroline
Proteggere Alabama
Proteggere Fiona

Il Matrimonio di Caroline
Proteggere Summer
Proteggere Cheyenne
Proteggere Jessyka
Proteggere Julie
Proteggere Melody
Proteggere il Futuro
Proteggere Kiera
Proteggere i figli di Alabama
Proteggere Dakota

Mercenari di Montagna

Difendere Allye
Difendere Chloe
Difendere Morgan
Difendere Harlow
Difendere Everly
Difendere Zara
Difendere Raven

Ace Security

Il riscatto di Grace
Il riscatto di Alexis
Il riscatto di Bailey
Il riscatto di Felicity
Il riscatto di Sarah

Una raccolta di storie brevi

Un momento nel tempo

SENZA TITOLO

Sulle montagne di Timor Est, dopo la cattura a opera dei ribelli, Kalee Solberg pensa che non vivrà abbastanza a lungo per rivedere il padre, gli amici o il suo paese. Quella che era partita come un'avventura di volontariato con i Peace Corps, giusto per decidere che fare nella vita, si era trasformata in un incubo agghiacciante che la vedeva costretta a lottare per sopravvivere, giorno dopo giorno. Costretta a obbedire a furia di botte, Kalee immagina di essere stata data per morta. Infatti è considerata morta da tutti... tranne che da un solo uomo.

Dopo un'infanzia segnata dagli abusi e dall'abbandono, Forest "Phantom" Dalton si è trasformato nel tipo di uomo che porta sempre a termine ciò che comincia. La missione di soccorso a Kalee Solberg, inizialmente fallita, non fa eccezione. Dopo aver scoperto che Kalee è ancora viva, abbandonata da lui e dagli altri SEAL della squadra a un destino peggiore della morte, Phantom non si fermerà davanti a nulla pur di riportarla a casa, con o senza il permesso della Marina... anche a costo di giocarsi la carriera.

Né Phantom né Kalee potrebbero mai immaginare che in patria li aspetta un'altra minaccia altrettanto letale.

**Soccorrere Kalee* è il settimo libro della serie *Armi & Amori: verso il futuro*. Ogni libro è indipendente, senza finali sospesi.

CAPITOLO UNO

Phantom era seduto in camera sua, a Casa Hinha, un ostello di Dili, la capitale di Timor Est. Era lo stesso alloggio in cui era stato con gli altri della squadra quando avevano salvato Piper e le tre ragazzine dall'orfanotrofio sulle montagne.

Non faceva altro che rammaricarsi del fatto che, durante l'attesa per il passaporto di Piper, mentre si completavano i documenti di adozione, la povera Kalee Solberg probabilmente stesse soffrendo le pene dell'inferno.

Non avrebbe dovuto lasciarla laggiù.

Avrebbe dovuto ignorare i dettami del protocollo.

Kalee era sopravvissuta e Phantom l'aveva abbandonata.

Lo sguardo perso nel vuoto, il cervello scosso dalle immagini del passato, gli sembrò di essere tornato indietro nel tempo, di rivivere quel momento per l'ennesima volta.

Corpi, almeno una ventina, ammassati uno sull'altro in una fossa. Gettati come spazzatura in una discarica a cielo aperto. Mosche dappertutto.

Ma il peggio era che... erano quasi tutti corpi di bambine, ragazzine a cui avevano sparato.

"È quella Kalee Solberg?" gli chiese Rocco a bassa voce.

Phantom non disse una parola: digrignava i denti nel tentativo disperato di non perdere le staffe.

"Sì, direi proprio di sì," rispose Rex con lo stesso tono di voce, "è difficile esserne sicuri, ma ha gli stessi capelli rossi e la pelle è più chiara rispetto alle ragazzine di Timor."

"Dobbiamo tirarla fuori di là," disse Phantom nel silenzio che seguì le parole di Rex. "Abbiamo promesso di riportarla a casa."

Gli altri quattro annuirono. Non sarebbe stato un compito piacevole, ma la missione era portare via Kalee da quel paese, e anche se era stata uccisa nell'attacco all'orfanotrofio, la missione andava comunque portata a termine.

"Come vogliamo procedere?" chiese Rocco.

Phantom aprì la bocca per rispondere, quando si sentì una potente raffica di mitra echeggiare nella giungla che li circondava.

"Merda!" imprecò Rex proprio mentre Rocco disinseriva la sicura dal fucile.

"Non c'è tempo," disse Ace, "dobbiamo andarcene."

"Non possiamo lasciarla qui," ribatté Phantom. "Voi andate, ci vediamo dopo al villaggio, ragazzi."

Gli spari erano sempre più vicini. Maledizione, i ribelli stavano per sopraggiungere, non c'era più tempo.

"Non possiamo dividerci," disse Rocco prendendo Phantom per un braccio, "dobbiamo andarcene."

"Kalee è la nostra missione, non possiamo lasciarla qui!" ripeté Phantom cercando di liberare il braccio dalla presa di Rocco.

"È andata, amico," tuonò Bubba con tono irrequieto, "non possiamo andare in giro per le montagne con il corpo di Kalee e mettere in salvo Piper e le ragazzine. Torneremo a prenderla quando i ribelli non saranno più un pericolo."

Phantom voleva protestare ancora, voleva saltare in quella fossa e portare via con sé il corpo di Kalee, immediatamente, ma era anche un SEAL della Marina e le forze speciali l'avevano addestrato molto bene: sapeva che era troppo pericoloso.

Si girò verso la fossa con lo sguardo abbassato di nuovo sulla sagoma esanime di Kalee. Giaceva con la faccia abbassata sulla pila degli altri corpicini, aveva i piedi nudi e non indossava una maglia.

Phantom digrignò di nuovo i denti, ma proprio in quel momento si sentirono degli uomini parlare in lontananza: presto sarebbero arrivati i ribelli. Non c'era più tempo per discutere se entrare o meno nella fossa comune, tirarne fuori il corpo di Kalee e riportarlo a casa. Come SEAL, i cinque erano addestrati a combattere, ma non sapevano quanti fossero i ribelli che si stavano avvicinando o che tipo di armi avessero; poi c'erano quattro civili innocenti da proteggere. Bisognava andarsene. Subito.

Phantom sbatté le palpebre. Ricordava quell'episodio come se fosse appena successo. Però gli erano serviti dei mesi per ricordare il dettaglio più importante di quella scena. Era in punto di morte su un elicottero Afghanistan. Avery Nelson, la donna di Rex, stava cercando di distrarlo dal dolore lancinante alla gamba. Gli aveva ordinato di pensare a qualunque altra cosa che non fosse la situazione in cui si trovavano, cioè sotto il fuoco dei ribelli. Ovviamente gli era tornato in mente l'episodio di Timor Est.

"Pensa a qualcos'altro," gli ordinò Avery, "qualunque altra cosa, poi parlamene. Raccontami ogni minimo dettaglio."

Phantom alzò lo sguardo verso Avery. Non si rendeva conto di tutto il resto che lo circondava. Non poteva far altro che fissarla negli occhi.

"Quando eravamo a Timor Est e ho scoperto quella fossa piena di corpi... non riuscivo a smettere di guardarli," le disse Phantom.

Non pensava che Avery sapesse di che diamine lui le stesse parlando, ma non gli sembrava minimamente disorientata. "Ti ricordi come ti sentivi?" gli chiese.

"Incazzato," le rispose Phantom a denti stretti. "Non vedevo che braccia e gambe di ragazzine gettate in quel buco. Non è giusto, i ribelli hanno ucciso tutte le orfane senza alcun motivo."

"Poi cos'è successo?" gli chiese Avery, dato che Phantom non andava avanti con il racconto.

"Abbiamo sentito i ribelli che si avvicinavano. Stavano ridendo, sparavano a chissà chi, erano sempre più vicini all'orfanotrofio. Ero furioso, quelli sembravano tanto allegri e spensierati, quando le ragazzine nella fossa non potevano più ridere, per sempre."

"Li hai uccisi?" gli chiese Avery abbassandosi su di lui fin quasi a trovarsi naso a naso con Phantom.

"No. Ce ne siamo dovuti andare per mettere in salvo Piper e le tre bimbe. Però mentre andavamo via mi sono guardato indietro un'ultima volta e... Porca troia!"

"Cosa?" gli chiese Avery. "Cos'hai visto?"

A quel punto, mentre Phantom rispondeva, il suo sguardo passò da Avery a Rex, che era ancora dietro di lui e gli teneva le spalle, sovrastandolo. "Kalee si è mossa! Il suo piede non era più nella stessa posizione in cui l'avevo visto la prima volta."

Phantom vide Rex che si irrigidiva: forse era sul punto di dirgli che si sbagliava, che la volontaria dei Peace Corps per salvare la quale la squadra era andata in missione a Timor Est era stata ammazzata. Invece Rex aveva visto qualcosa negli occhi di Phantom, qualcosa che gli impedì di parlare.

"Kalee era viva!" disse Phantom con voce angosciata. "Ecco cosa mi rodeva dentro di quella missione. Non era la sensazione di aver fallito, non solo, almeno. Senza accorgermene, ho visto la prova che non era morta... eppure l'abbiamo lasciata dov'era!"

Phantom era tornato a Timor Est. Ormai erano passati mesi, ma non aveva intenzione di andarsene senza di lei.

Dopo tutto quel tempo, Tex aveva trovato altre prove che Kalee era viva: aveva inviato al comandante North un bel plico di documenti, che il comandante aveva a sua volta girato a Phantom.

Tutti gli uomini che avevano partecipato alla missione per salvare la volontaria dei Peace Corps si erano sentiti in colpa per averla lasciata in preda ai ribelli. Phantom sapeva che quello era l'unico motivo per cui il comandante gli aveva lasciato esaminare tutti quei documenti.

Anche se Phantom e gli altri c'erano rimasti male, la Marina militare degli Stati Uniti non li aveva certo autorizzati a tornare a Timor Est per cercare una donna che, secondo quanto riferivano gli informatori, si era unita agli insorti e andava in giro a terrorizzare gli abitanti dell'isola.

Le immagini che Tex aveva ottenuto, chissà come, erano sgranate e sfocate, ma Phantom aveva capito subito che quella donna era Kalee Solberg: i capelli color rame erano tagliati cortissimi, impugnava un fucile e si trovava nel bel bezzo di un gruppo di uomini, identificati come ribelli insorti contro il governo di Timor Est.

Phantom aveva imparato a memoria più informazioni che poteva, tra quelle elencate dei documenti che aveva letto. Conosceva il compleanno di Kalee, l'altezza e il peso, il numero di passaporto e il codice fiscale, l'ultimo avvistamento e un'infinità di altri dettagli su di lei.

Sapeva anche che il padre pensava ancora che fosse morta molti mesi prima e attualmente viveva da eremita, uscendo a malapena dall'ampia tenuta.

Aveva smesso di prendere le medicine dopo che Kalee era stata data per morta, poi era andato fuori di testa e aveva rapito la piccola Rani pensando che fosse Kalee. Piper ed Ace non lo avevano querelato: avevano capito che la schizofrenia si era impadronita di lui, perché aveva interrotto le cure mediche. Dopo tanto tempo, si sentiva meglio, era tornato a prendere le medicine, ma viveva da solo, aveva mollato il lavoro e nell'azienda di cui era proprietario e non frequentava nessuno.

L'ufficiale superiore di Phantom gli aveva ordinato di lasciar perdere, di non agire d'impulso, di non partire da solo per Timor Est per cercare di salvare Kalee senza alcun aiuto. Lui subito lo aveva ascoltato, poi però aveva chiesto un mese di permesso. Ogni tanto, le gambe gli davano ancora problemi, per via delle ferite da arma da fuoco: i ribelli gli avevano sparato in Afghanistan mentre stava salvando Avery.

Phantom aveva telefonato a un amico SEAL che lavorava alle Hawaii, il quale gli aveva trovato una spiaggetta in comproprietà alla North Shore che Phantom poteva affittare per un mese.

Il comandante North all'inizio era stato titubante, ma poi aveva parlato con Mustang, l'altro SEAL, aveva verificato che Phantom gli avesse veramente telefonato e che avesse fatto richiesta per quella sistemazione, così alla fine aveva ceduto.

Phantom si sentiva un po' in colpa per non averne parlato con Rocco o con gli altri della squadra: era partito a notte fonda con un volo diretto per le Hawaii. Sapeva che gli altri si sarebbero infuriati con lui per ciò che stava per fare, ma aveva messo da parte quella preoccupazione: *quel che è fatto è fatto*. Avrebbe affrontato le conseguenze al rientro nella California del Sud, il mese successivo.

Al momento, Phantom era seduto all'interno di un ostello fatiscente ma pulito, vicino alla costa, nella capitale di Timor Est. Era già passato all'ambasciata statunitense, inventandosi una storia incredibile: la sua ragazza aveva perso il passaporto. Aveva riferito tutti i dettagli, dicendo che sarebbe tornato con Kalee nel giro di un giorno o due, per ritirare il documento sostitutivo.

Phantom sapeva che l'ultimo avvistamento di Kalee era stato nella zona nord-ovest di Dili. I ribelli erano scesi dalle montagne e avevano creato da quelle parti una specie di accampamento. Gli abitanti di Dili erano stati costretti ad abbandonare le case, i ribelli stavano razziando gli edifici governativi di quei quartieri.

Ormai erano più dei disturbatori che una vera minaccia: il governo di Timor Est aveva in gran parte represso gli insorti e le ultime sacche di resistenza venivano quasi ignorate nella speranza che finissero per esaurirsi, svanendo man mano e disperdendosi.

Il piano di Phantom era aspettare che fosse buio, poi raggiungere il luogo in cui sapeva che i ribelli si erano accampati per trovare Kalee.

La fase successiva del piano rimaneva molto vaga: Phantom non aveva idea delle condizioni di Kalee, non ne conosceva lo stato mentale. Nei rapporti ufficiali c'era scritto che aveva partecipato spontaneamente alle razzie, impugnando un fucile e minacciando gli abitanti dei villaggi, ma Phantom non ci credeva.

Kalee era andata a Timor Est come volontaria per i Peace Corps. Aveva passato tutto il tempo libero all'orfanotrofio dove era stata trovata Piper insieme ad altre tre ragazzine, quelle che Ace aveva adottato. Phantom era convinto che una donna come lei non potesse trasformarsi in una killer a sangue freddo nel giro di pochi mesi, solo perché era stata a stretto contatto con gli insorti.

Però era anche vero che in situazioni estreme, le reazioni erano molto soggettive. Phantom non voleva nemmeno pensare alle torture che Kalee poteva aver subito. Non si era un illuso a tal punto da pensare che nessuno dei membri del gruppo di fuorilegge con cui era stata avvistata avesse abusato di lei (mentalmente, fisicamente e sessualmente). Però si augurava che lei avesse conservato la forza interiore necessaria per superare il trauma.

Phantom era seduto sul pavimento, in mezzo alla stanzetta che gli avevano assegnato, cercava di schiarirsi la mente per prepararsi a ciò che stava per accadere. Non era più abituato ad agire da solo. Si era abituato a dipendere dagli altri SEAL della squadra, non solo perché lo proteggevano durante le missioni, ma anche perché discuteva insieme a loro dei piani.

Per quanto l'idea di recarsi a Timor Est da solo fosse stata sua, gli mancavano i compagni di squadra. D'altronde, mai e poi mai avrebbe rovinato le loro carriere come stava rovinando la propria. A quel punto, non poteva più tornare indietro. Aveva studiato a lungo le mappe e sapeva di poter completare quella missione da solo. Era il modo migliore di intervenire. Senza la presenza degli altri SEAL, sarebbe stato più difficile scoprirlo. Phantom uscì dall'ostello in silenzio, per non farsi notare, e si avviò verso la zona meno sicura della città, dov'era stata avvistata Kalee. Tex aveva procurato al comandante le mappe, fornendo così a Phantom un punto assai preciso da cui cominciare le ricerche.

Aveva imparato a memoria tutte le informazioni che gli servivano. Anche se non era armato, appena arrivato in città si sarebbe procurato un coltellaccio affilato con una lama seghettata da quindici centimetri. Non gli serviva un'arma da fuoco: poteva uccidere con il coltello in modo altrettanto efficiente.

Il piano però prevedeva di non farsi notare: voleva infilarsi nella tana del leone e portar via Kalee senza che nessuno se ne accorgesse e provasse a fermarlo. Phantom sapeva che le probabilità di riuscirci erano pochissime, ma quello rimaneva il suo piano principale.

Durante il giorno, Dili era una città brulicante di persone, ma alle tre di notte c'era un silenzio inquietante. Phantom non si mise a correre: camminò di proposito con la massima naturalezza. Non voleva attirare l'attenzione. Anche se non c'erano molte persone ancora sveglie a quell'ora, l'ultima cosa che voleva era che qualcuno chiamasse la polizia, rendendo così nota la sua presenza.

Ci mise una trentina di minuti per arrivare nel quartiere in cui si erano accampati i ribelli con Kalee e un quarto d'ora per localizzare l'edificio in cui si aspettava di trovarla.

Sentiva il cuore battergli forte. Ringraziò mentalmente Tex per le informazioni dettagliate che gli aveva fornito. Senza il dossier di Tex gli sarebbe stato impossibile individuare con precisione l'edificio che stava sorvegliando in quel momento: una struttura di cemento a due piani, mezza distrutta, che di sicuro aveva vissuto tempi migliori. Phantom si chiese se almeno il tetto fosse rimasto intatto.

Si spostò con la discrezione che il suo soprannome suggeriva, Phantom rimase nell'ombra e raggiunse il lato ovest dell'edificio. Sbirciò all'interno facendo estrema attenzione e vide almeno dieci uomini spaparanzati sul pavimento. Russavano... probabilmente si erano addormentati in preda ai fumi dell'alcol, a giudicare dalle lattine di birra vuote sparse ovunque.

Ancor più preoccupante era il numero di fucili appoggiati qua e là nella stanza. Bastava una mossa sbagliata e senza dubbio si sarebbero svegliati, pronti a ucciderlo nel giro di pochi secondi.

Si guardò intorno e si rese conto che quel lato dell'edificio era coperto di rampicanti. Quando si era trovato con gli altri nella giungla di Timor Est, mentre la squadra portava in salvo Piper e le tre ragazzine, c'erano rampicanti dappertutto. Erano piante spesse, quasi impossibili da tagliare. Lui lo sapeva bene, perché ci aveva provato.

Senza fare rumore, allungò una mano e ne tirò una con forza. Le foglie si mossero e frusciarono, ma la pianta non si spostò.

Phantom fece un sorriso e cominciò lentamente ad arrampicarsi usando il rampicante come fosse una corda. Nel giro di qualche secondo si ritrovò davanti a una finestra aperta, al primo piano.

Sbirciò all'interno e vide molte meno persone. Nella penombra ne contò solo tre.

Le chance di affrontare tre uomini e uscirne sano e salvo erano molte di più, rispetto a quelle che avrebbe avuto se avesse fronteggiato i dieci che dormivano al piano terra. Naturalmente, se qualcuno svegliandosi avesse fatto molto rumore, avrebbe allertato anche gli altri, che sarebbero accorsi, e lui sarebbe stato spacciato.

Facendosi leva con i muscoli delle braccia, Phantom si tirò su facilmente e oltrepassò il davanzale della finestra, entrando in silenzio nella stanza. Rimase accovacciato per un lungo momento. In attesa. Osservando.

Nessuno si mosse, così lui lentamente cominciò ad attraversare la stanza.

Tutte le persone all'interno di quella casa, come nelle foto sfocate che gli aveva mandato Tex, indossavano pantaloni e camicia neri, la "divisa" ufficiosa degli insorti. Due ribelli avevano la schiena appoggiata al muro, mentre un terzo era sdraiato supino con un braccio sulla testa; russava leggermente.

Sapendo bene che ogni secondo che passava era un secondo di troppo, Phantom si mosse verso i due ribelli appoggiati al muro. Non si azzardò ad accendere la luce. Più si avvicinava, più il cuore gli batteva forte.

Era disposto a cercare in tutto l'edificio, ma la fortuna sembrò essere dalla sua, almeno per una volta: avrebbe riconosciuto ovunque i capelli rossi di Kalee Solberg.

Anche se erano tagliati cortissimi, nessun abitante di Timor Est aveva i capelli di quel colore.

Kalee non si muoveva; per un attimo, a Phantom tornarono in mente le immagini di qualche mese prima, quando aveva abbassato lo sguardo verso di lei, nella fossa comune. Anche all'epoca le aveva visto la nuca, ma stavolta non l'avrebbe abbandonata: piuttosto sarebbe andato all'inferno.

Si mosse in silenzio verso di lei. Era arrivato il momento cruciale: chissà come avrebbe reagito lei. In fin dei conti, per quanto Phantom fosse convinto che Kalee non collaborasse con gli insorti di sua spontanea volontà, poteva sempre sbagliarsi nel qual caso, non sarebbe riuscito a tornare negli Stati Uniti per affrontare le conseguenze di quell'iniziativa.

———

Kalee era sdraiata sul pavimento di legno duro con gli occhi chiusi, ma non stava dormendo. Da quando era cominciato quell'incubo, raramente riusciva a dormire per una notte intera. Negli ultimi mesi, i ribelli l'avevano lasciata quasi sempre in pace; avevano deciso che era più divertente violentare e torturare le donne che abitavano nelle case razziate, piuttosto che tormentare Kalee, che tanto ormai non reagiva nemmeno più. Tuttavia, ciò non significava che lei si fidasse di loro; tutt'altro.

Fin dal primo momento, le avevano dimostrato di non avere alcuna remora: si erano divertiti moltissimo a costringerla a soddisfare le loro richieste.

All'inizio, lei aveva cercato di opporsi ogni qualvolta ne aveva avuto occasione, ma dopo il quinto tentativo di fuga, i ribelli l'avevano picchiata fin quasi ad ammazzarla.

L'avevano lasciata per terra, incapace di alzarsi o di difendersi, poi il primo uomo le si era avvicinato con uno sguardo da demone arrapato. Mentre lui la violentava, Kalee era quasi priva di sensi... ma quando quello ebbe finito, per fortuna nessun altro si era fatto avanti.

Più tardi, aveva scoperto che quell'uomo non era riuscito a

eiaculare e aveva incolpato lei. L'aveva soprannominata "diavolo rosso" per via del colore dei capelli. Perciò nessun altro aveva più messo a rischio la propria mascolinità prendendo Kalee con la forza. Era arrivata ad apprezzare quel soprannome.

In seguito alle percosse, aveva sofferto fino al punto di desiderare di morire, ma ovviamente i piani dei suoi aguzzini erano altri. L'avevano alzata di peso e costretta a camminare fino all'accampamento più vicino. Lei non vedeva più da un occhio e l'altro era talmente gonfio che riusciva a malapena a tenerlo aperto. Si era resa conto di avere un braccio rotto e tutto il corpo le doleva, tanto che aveva temuto seriamente di non farcela.

Eppure Kale si era fatta picchiare ancora qualche volta, prima di imparare davvero la lezione.

Ormai, se rimaneva buona e tranquilla, se obbediva a tutti gli ordini, la lasciavano quasi in pace. Gli uomini con cui era costretta a stare ci mettevano poco a colpirla, per farla camminare più alla svelta, o per farla star zitta, ma ormai sembravano quasi annoiati dalla sua presenza. Negli ultimi tempi, le capitava spessissimo che nessuno le parlasse per una giornata intera.

Pensava ancora spesso a scappare, specialmente dopo l'arrivo nella capitale, ma le tornavano in mente le immagini di ciò che le era successo, facendole presagire come sarebbe finita se l'avessero riacciuffata; così obbediva, in preda al terrore. Non avrebbe resistito a un altro pestaggio.

Non voleva nemmeno che qualcun *altro* morisse per causa sua: piuttosto si sarebbe ammazzata da sola.

Ogni giorno, però, sperava che i ribelli venissero catturati dall'Esercito di Timor Est. Di sicuro lei sarebbe stata separata dagli altri, dandole la possibilità di raccontare la storia per come l'aveva vissuta lei. Magari sarebbe riuscita a convincere qualcuno che non era un'insorta, così da tornare finalmente a casa.

Non era che un sogno, una chimera, ma Kalee ci si aggrappava per rimanere in vita.

In fondo le rimaneva sempre l'ultima risorsa: fare in modo di farsi ammazzare. Non sarebbe stato difficile, le sarebbe bastato provocare i ribelli, l'avrebbero uccisa di sicuro. Oppure poteva gettarsi davanti a un fucile durante un'incursione, per farsi sparare. Aveva pensato anche di saltar fuori dalla finestra di quell'edificio fatiscente, ma non era abbastanza alto; si sarebbe fatta solo male e loro l'avrebbero costretta a proseguire anche con una gamba rotta.

Peraltro, Kalee non desiderava morire. Voleva vivere e tornare a casa, in California. Voleva rivedere il padre e anche Piper. Non aveva idea di come avrebbe potuto essere la vita per lei, dato che ormai l'avevano traumatizzata, ma voleva comunque sopravvivere.

Mentre giaceva sul pavimento, Kalee ebbe l'impressione di sentire un rumore dietro di lei. Contrasse ogni muscolo del corpo. Non poteva certo scartare l'ipotesi che uno dei ribelli avesse deciso di attaccarla in piena notte. La sera prima avevano bevuto come delle spugne; quando succedeva, diventavano euforici e cercavano di sfogarsi in qualche modo. Lei spesso se la cavava, un po' grazie al soprannome di "diavolo rosso", un po' perché rimaneva sempre in disparte; i ribelli finivano per trovare qualcun'altra su cui usare violenza; ma c'era sempre il rischio che uno di loro fosse abbastanza sbronzo o disperato da prendersi da lei ciò che voleva.

Stava per voltarsi e affrontare la persona che la stava per prendere alle spalle, ma non ne ebbe il tempo.

Un corpo possente la avvolse da dietro e lei sentì un braccio intorno al fianco fino alla pancia e una mano premerle forte sulla bocca.

Cercò di scrollarsi quel corpo di dosso, ma l'uomo che la sovrastava non si mosse di un centimetro. Lo sentì incurvarsi su di lei, fin quasi ad avvolgerla dalla testa ai piedi. Era pesante, le riusciva difficile respirare. Kalee inspirò quanta più aria poteva dal naso, poi cercò di liberare le braccia. Aveva imparato che reagire e difendersi peggiorava sempre la situazione, ma non poteva certo rimanere impalata mentre la violentavano. Non un'altra volta. Erano passati dei mesi da quando qualcuno aveva cercato di prenderla con la forza, ma lei non aveva dimenticato la tremenda sensazione di vuoto che l'aveva accompagnata ogni volta che era successo.

Proprio quando stava per riuscire a liberare un braccio, l'uomo sopra di lei le si avvicinò a un orecchio sussurrandole qualcosa. Kalee sentì il suo fiato caldo sulla pelle e quella sensazione le fece venire la pelle d'oca sulle braccia.

"Marina degli Stati Uniti, sono qui per portarti a casa."

Le servì un momento per comprendere quelle parole, ma quando finalmente le arrivò il messaggio, Kalee sentì ogni muscolo del proprio corpo che si rilassava. Poteva essere una menzogna, lei se ne rendeva conto, ma chissà perché si convinse del contrario. In primo luogo, le aveva parlato in inglese e non con il tipico accento dei ribelli. In secondo luogo, non aveva addosso il puzzo disgustoso degli uomini sporchi che la circondavano e che non si lavavano mai. Un leggero sentore di pino le entrava nelle narici ad ogni respiro. Doveva essere il sapone con cui quell'uomo si era lavato.

L'uomo non le tolse la mano dalla bocca, ma le chiese: "Mi capisci?"

Kalee cercò di annuire come meglio poteva, così lui le tolse lentamente la mano dal viso. Lei ebbe l'impressione che le stesse accarezzando la guancia, mentre muoveva la mano, ma decise che doveva esserselo immaginato.

Aprì la bocca e fece un respiro lungo e profondo. Avrebbe voluto saltare in piedi e correre via dalla porta, ma sapeva che sarebbe stato un gesto stupido. Così rimase dov'era, sotto quel corpo massiccio, in attesa. In parte avrebbe voluto credere che quell'uomo fosse venuto per salvarla, per portarla finalmente a casa, ma in parte temeva che fosse arrivata la sua ora: il giorno in cui sarebbe morta.

Non riusciva a capacitarsi di come diamine avrebbero fatto a uscire da quella casa.

L'uomo si mosse e il peso che lei sentiva sul proprio corpo diminuì, ma lui non la lasciò andare del tutto. Lei si voltò lentamente e vide per la prima volta l'uomo che affermava di averla raggiunta per soccorrerla.

La stanza era buia, ma non abbastanza da impedirle di notare i tratti del viso: aveva i capelli castani e folti, indossava un paio di pantaloni verde oliva e una maglia nera. Barba e baffi, ma non lunghi. L'intensità negli occhi di quell'uomo la catturò: gli uomini che l'avevano circondata per tanti mesi avevano negli occhi solo espressioni malvagie. Le emozioni che vedeva negli occhi di quell'uomo erano completamente diverse, tanto da farla sentire quasi sopraffatta.

Compassione, rispetto, ammirazione... ma anche determinazione e cautela.

L'uomo si abbassò su di lei e quando si avvicinò con la bocca lei scattò all'indietro d'istinto. In un batter d'occhio era passata dal sollievo al terrore puro. Se quell'uomo pensava che lei si sarebbe lasciata baciare, si sbagliava di grosso.

"Calma," le sussurrò, tirandosi indietro in modo da rimanere su di lei, ma senza alcun contatto. Le parlò con un tono talmente basso che lei dovette sforzarsi per sentirlo. "Volevo solo parlarti nell'orecchio."

Kalee annuì ma non si mosse di un millimetro. Non era del tutto convinta di potersi fidare. Le era già capitato fin troppe volte che un ribelle fosse gentile con lei, per poi approfittarne, appena lei abbassava la guardia.

"Dobbiamo andarcene di qui. Fai quello che ti dico, quando te lo dico, hai capito?"

Kalee non confermò immediatamente. Non conosceva quell'uomo, non sapeva se facesse parte davvero della Marina degli Stati Uniti. Indossava abiti molto diversi da un'uniforme. Poteva essere chiunque.

Quasi leggendole il dubbio negli occhi, l'uomo le disse: "Sono un SEAL della Marina e posso dimostrartelo, ma preferirei doverlo fare dopo che ce ne siamo andati da qui, mentre torniamo alle Hawaii."

Un SEAL, forze speciali... logico. Kalee sapeva che il padre aveva dei contatti nel governo e che avrebbe potuto far inviare una squadra di SEAL per liberarla. Però lì c'era solo quell'uomo. Forse gli altri erano fuori ad aspettare.

Non era ancora certa al cento per cento che quell'uomo non le stesse mentendo, ma a quel punto non aveva più niente da perdere, quindi annuì.

"Seguimi," le disse lui.

Sapeva che era meglio non far rumore, così Kalee si mise seduta e poi si alzò in piedi in silenzio. Barcollò per un attimo, ma costrinse subito il proprio corpo a collaborare. L'ultima cosa di cui aveva bisogno era perdere i sensi proprio in quel momento. Cercò di ricordare l'ultima occasione in cui aveva mangiato qualcosa, ma non le venne in mente. I ribelli non si preoccupavano troppo di nutrirla. Ogni volta che trovavano qualcosa di commestibile, se lo mangiavano in un baleno. Non sembravano interessati a fare scorte di viveri o d'acqua, semplicemente razziavano ciò che potevano, quando e dove potevano. Quindi anche Kalee doveva rubare, per quanto le desse fastidio; se voleva mangiare qualcosa, non aveva altra scelta.

Tenne gli occhi incollati alla schiena del SEAL, che camminava in silenzio verso la finestra. Era imponente, più alto di tutti i ribelli e degli abitanti di Timor Est. Svettava su di lei, ma chissà perché non la spaventava, anzi, la faceva sentire meglio.

Ciononostante, quando allungò un braccio verso di lei, Kalee si allontanò d'istinto. Lui non commentò, ma lei era sicura che non gli sfuggisse nulla.

In passato, Kalee non avrebbe avuto alcun problema ad accettare il contatto fisico con qualcun altro, anzi: le piaceva abbracciare e farsi abbracciare, stava volentieri vicino alle ragazzine dell'orfanotrofio e a volte, quando camminava con Piper, si tenevano per mano, solo per il piacere di sentire il contatto con un'altra persona. Ma dopo l'esperienza terribile con gli insorti, ogni volta che qualcuno la sfiorava le veniva la pelle d'oca dal terrore. I ribelli le avevano tolto anche quella gioia.

Il SEAL le fece cenno di avvicinarsi alla finestra. Lei obbedì e si mise in piedi di fianco a lui, guardando in basso. Quando lo vide abbassarsi per parlarle nell'orecchio, si sforzò di non allontanarsi da lui; fece del suo meglio per ascoltare con attenzione le sue istruzioni.

"Devi salirmi sulla schiena, scenderò usando il rampicante, così ce ne andiamo."

Kalee stava scuotendo la testa prima ancora che lui finisse di parlare. Aggrapparsi a lui? Salirgli sulla schiena? Non poteva farcela.

Proprio in quel momento, uno dei ribelli incaricati di fare la guardia durante la notte mormorò qualcosa. Kalee si voltò e lo vide cambiare posizione. Trattenne il respiro finché non lo vide di nuovo immobile.

Tornò a guardare il SEAL, aspettandosi di trovarlo impaziente, irritato. Quanto meno, si aspettava che anche lui avesse rivolto lo sguardo al ribelle, invece era rimasto con gli occhi incollati su di lei. Per un attimo, Kalee pensò che dovesse essere il SEAL più incompetente nella storia della Marina. Si era accorto che quel ribelle si era mosso?

Quando però Kalee abbassò lo sguardo, notò il coltello strano che il SEAL teneva in mano.

Aveva sentito il ribelle muoversi ed era pronto ad entrare in azione, ma era rimasto calmo e paziente nonostante fosse sotto pressione. Non c'era alcuna garanzia che potesse uccidere la guardia prima che anche gli altri si svegliassero. Nel qual caso, le possibilità di fuga si sarebbero ridotte al minimo.

Invece non c'era stato bisogno di intervenire e pur essendo pronto a muoversi, il SEAL era rimasto concentrato su di lei. Non le aveva detto di sbrigarsi, non l'aveva strattonata con impazienza per costringerla a fare ciò che le diceva. Era rimasto semplicemente dov'era, nell'attesa che lei si decidesse.

Kalee sentì come una forza vitale riaccendersi dentro di lei: era passato moltissimo tempo da quando era stata trattata diversamente, non come una donna stupida, capace solo di eseguire gli ordini. Nessuno le chiedeva più la sua opinione, a nessuno interessava cosa pensasse.

Invece quell'uomo le stava dando qualcosa che lei non aveva da mesi: una scelta.

Gli fece di nuovo cenno di sì col capo.

Gli occhi gli si accesero di sollievo, il SEAL si voltò dandole la schiena e si accovacciò.

Kalee fece un respiro profondo: avrebbe preferito non toccarlo, non essere toccata. Non aveva idea di come avrebbe fatto quell'uomo a uscire dalla finestra con lei sulle spalle, ma non lo mise in discussione. Era venuto a soccorrerla quando ormai lei pensava che tutti si fossero dimenticati di lei.

Un po' goffamente, gli appoggiò le mani sulle spalle, sussultando ogni volta che i propri vestiti facevano un fruscio estremamente sonoro e quasi imbarazzante.

"Tieniti stretta," le disse l'uomo, sussurrando in modo quasi impercettibile, tanto che Kalee lo sentì a malapena. Non la afferrò, non le mise le mani sotto il sedere per farla salire sulla propria schiena: semplicemente, prima di muoversi, aspettò che fosse lei ad aggrapparsi in modo saldo.

Kalee fece del suo meglio per non strangolarlo. Gli strinse le ginocchia intorno alla vita e si tenne stretta, mentre lui passava una gamba dall'altra parte del davanzale. Lei chiuse gli occhi e trattenne il fiato, mentre lui scendeva rapidamente lungo il lato dell'edificio, aggrappandosi a una pianta esile, probabilmente un rampicante. Lei aveva visto un'infinità di rampicanti come quello, ma non si era mai immaginata che potessero essere tanto robusti da sostenere tutto quel peso. Se ci avesse pensato, avrebbe potuto tentare di fuggire prima.

Ma chi pensava di prendere in giro? No, non avrebbe cercato di fuggire. Avrebbe *desiderato* fuggire, ma avrebbe avuto troppa paura delle conseguenze.

Nell'attimo stesso in cui toccò terra con i piedi, il SEAL si accovacciò e Kalee gli scese dalla schiena.

"Seguimi," le disse; poi, senza aggiungere altro, si girò e si incamminò senza controllare che lei lo stesse seguendo.

Kalee lanciò un'ultima occhiata all'edificio in cui era rimasta rintanata nelle ultime due settimane, poi tornò a guardare il SEAL della Marina prima che sparisse nel buio della notte.

Aveva paura di andarsene, ma terrore di rimanere.

Dopo un respiro profondo, fece un passo nella direzione in cui si era già avviato il SEAL.

Poi fece un altro passo. Poi un altro.

A ogni passo, diventava più facile fare il successivo.

Le sembrava impossibile: finalmente stava sfuggendo all'incubo che l'aveva perseguitata. Sapeva senza ombra di dubbio che nemmeno a casa la vita sarebbe stata tutta rose e fiori. Ormai era una persona diversa dalla Kalee che i ribelli avevano rapito durante l'attacco all'orfanotrofio.

Non sapeva più nemmeno *lei* chi era e si chiedeva se qualcuno sarebbe mai riuscito ad apprezzare la persona che era diventata. Chissà se *lei stessa* ci sarebbe riuscita.

Però non era quello il momento di pensarci.

Ogni cosa a suo tempo. Prima doveva capire se quel SEAL fosse davvero affidabile e scoprire come rimpatriare senza documenti, senza soldi e senza sapere cosa l'aspettasse, una volta rientrata in California.

CAPITOLO DUE

Phantom corse il rischio di voltarsi, dando le spalle a Kalee e incamminandosi lasciandola dov'era, in piedi vicino all'edificio: doveva seguirlo spontaneamente. Non gli era sfuggito il sussulto con cui lei si era allontanata per evitare di farsi toccare. Lo aveva fatto infuriare, perché sapeva bene cosa significasse.

Lei non gli aveva detto una parola, ma lui l'aveva capita forte e chiaro: Kalee era a disagio e fuori di testa dalla paura. Non voleva farsi toccare e dubitava di lui, della sua sincerità. Una volta raggiunta una distanza relativamente sicura, lontano dal caposaldo dei ribelli, avrebbe fatto il possibile per rassicurarla.

Fino a quel momento, erano stati estremamente fortunati e lui non voleva correre rischi inutili. Appena l'ambasciata avrebbe aperto i battenti, ci sarebbero andati, nella speranza di ritirare il passaporto di Kalee, per poi poter prendere il primo volo per le Hawaii.

Phantom a quel punto si voltò e osservò Kalee che con fatica cercava di decidere se seguirlo o tornare indietro. Lui non le avrebbe mai permesso di tornare indietro... ma voleva che lei prendesse da sola la decisione giusta.

Quando finalmente lei si decise a seguirlo, Phantom ebbe l'impressione che un peso enorme gli fosse stato tolto dalle spalle.

Poi lo sentì tornargli di nuovo addosso: era molto orgoglioso di lei, ma Kalee avrebbe probabilmente perso ogni fiducia, una volta scoperto che era stato lui a lasciarla nella situazione in cui si trovava.

Kalee avrebbe scoperto che Phantom aveva avuto un'occasione di salvarla, mesi prima, e che non ne aveva approfittato.

Attese che lo raggiungesse, poi si girò di nuovo per incamminarsi verso l'ostello. Avrebbe potuto raggiungerlo in mezz'ora, il tempo che aveva impiegato all'andata, ma era evidente che Kalee non fosse molto in forma: non gli era sfuggito il modo in cui aveva barcollato, alzandosi in piedi. Era magrissima, esageratamente magra. Phantom aveva notato i lividi sul suo viso, alcuni più recenti di altri. Lo avevano riempito di rabbia e prima di andarsene si era dovuto convincere a non tagliare la gola dei due uomini in quella stanza.

Servì quasi un'ora per raggiungere la costa, in parte per la velocità ridotta con cui camminavano, in parte per le precauzioni che dovettero prendere. L'ultima cosa che Phantom voleva era che qualcuno li vedesse e chiamasse la polizia di Timor Est: Kalee indossava ancora gli indumenti caratteristici dei ribelli.

Quando entrambi furono nell'ostello e si chiusero dietro la porta, Phanton emise un sospiro di sollievo. Mentre le faceva strada, si dovette sforzare di non allungare un braccio e sostenerla con una mano dietro la schiena. L'istinto lo portava a proteggerla, ma a lei avrebbe dato fastidio ogni contatto fisico.

Così lui strinse i denti e le disse: "La mia stanza è da quella parte."

Lei smise di camminare e appoggiò la schiena al muro, poi squadrò Phantom.

Lui rimase a debita distanza, per evitare che lei si sentisse oppressa. "Non staremo qui a lungo," le spiegò, "solo il tempo di farti una doccia, di metterti i vestiti che ti ho portato e di ascoltarmi, così potrò dimostrarti che sono chi ti ho detto di essere. Dobbiamo presentarci all'ambasciata degli Stati Uniti appena apre, andiamo a ritirare una copia sostitutiva del tuo passaporto, poi abbiamo un volo che ci aspetta."

Gli occhi di Kalee erano confusi. Era ancora titubante, tutte quelle informazioni erano difficili da assorbire, era troppo presto.

"Ti prego, ti spiegherò tutto appena arriviamo in camera. Non voglio discutere qui nel corridoio, qualcuno ci può sentire. Ti giuro sul mio onore di SEAL della Marina che non ho alcuna intenzione di farti del male. Non mi avvicinerò a te, non ti toccherò, non permetterò a nessuno di toccarti. Di me ti puoi fidare."

Lei continuò a osservarlo per qualche secondo, poi annuì.

Sentendosi più sollevato di quanto fosse disposto ad ammettere, Phantom la invitò con un cenno a precederlo in camera.

Non era una stanza grande, c'erano un letto doppio, una piccola cassettiera, un lavandino, poco altro. Le docce erano nel corridoio, erano in comune con le altre stanze dello stesso piano. Phantom ricordava di aver sentito Ace descrivere la gioia di Piper e delle tre bambina, perché nelle docce c'era l'acqua calda; sperava con tutto il cuore che non fosse cambiato nulla e che anche Kalee potesse farsi una bella doccia calda. Però sapeva di doverla anzitutto convincere a fidarsi di lui.

Non appena furono in camera, Phantom raggiunse lo

zaino che ci aveva lasciato. Era un bagaglio minimo, sperava di rimanere poco tempo in quel paese. Estrasse il documento della Marina da una tasca interna nascosta, insieme al proprio passaporto. Li porse a Kalee. Lei gli guardò la mano, poi la faccia, poi i documenti.

Trattenendo un sospiro, Phantom fece un passo da una parte e mise i documenti sulla cassettiera, poi si allontanò, lasciandole lo spazio per prenderli senza doversi avvicinare a lui. Appena lei si mosse, lui le parlò.

Però non era pronto a raccontarle il proprio ruolo nella vicenda che le era capitata.

"Quando è cominciato il conflitto qui a Timor Est, tuo padre ha contattato chi di dovere e la mia squadra è stata inviata qui per trovarti e portarti via. Abbiamo trovato nell'orfanotrofio Piper insieme a tre ragazzine."

Kalee girò la testa per guardarlo. Aveva gli occhi verdi spalancati e lo fissava con una speranza talmente intensa che lui, nel notarla, quasi si sentì ferito.

"Stanno bene, Kalee, sono tornate tutte in California e sono al sicuro."

Lei chiuse gli occhi e Phantom la vide deglutire a fatica. Poi lei tornò a fissarlo e aprì la bocca. Lui ebbe l'impressione che finalmente stesse per parlargli, ma non le uscì nulla.

Allora lui proseguì. "Rani, Sinta e Kemala erano con Piper quando l'abbiamo trovata, proprio dove avevi detto loro di nascondersi; non potevamo lasciarle qui. Piper ha sposato uno dei miei commilitoni per semplificare il loro espatrio, poi si sono innamorati follemente. Vivono in una casa enorme a Riverton e lei aspetta un altro bambino, ormai è una questione di giorni."

A Kalee scese una lacrima, che lei si asciugò subito, per poi far cenno a Phantom di proseguire nel racconto.

"Insomma, alla fine nessuno pensava che tu fossi sopravvissuta all'attacco dei ribelli all'orfanotrofio. Tuo padre... non ha preso molto bene la notizia della tua morte e ha smesso di prendere le medicine."

Kalee corrugò la fronte, agitandosi.

"Sì, ha avuto un episodio di schizofrenia e pensava che Rani fossi tu, così l'ha rapita e stava per andare in Messico con lei, pensando che avrebbero vissuto felici e contenti, ma per fortuna è tornato in sé. Non le ha fatto alcun male e Piper non l'ha denunciato. Adesso sta meglio, a quel che sento. È andato in pensione e passa quasi tutto il tempo a casa."

Kalee sembrava estremamente preoccupata e Phantom odiava vederla in quello stato. Così si affrettò. "Ti racconto tutto questo per farti capire come mai ci ho messo così tanto a tornare a riprenderti. Pensavamo tutti che ti avessero ammazzata. Un amico mio, esperto informatico, alla fine ha scoperto che invece eri viva... e io sono venuto appena ho potuto."

Phantom sapeva di aver omesso una parte importantissima del racconto, ma non era quello il momento né il luogo per spiegarle l'enorme cazzata che aveva fatto. Sapeva bene che, se gliel'avesse detto, Kalee non l'avrebbe mai perdonato e non si sarebbe mai fidata di lui: doveva metterla su un aereo e riportarla sul suolo statunitense prima di rivelarle il proprio ruolo nell'inferno che lei era stata costretta a vivere. Phantom sapeva anche che Kalee avrebbe dovuto assorbire con molta calma il resto del racconto.

"Ecco, come ti avevo già spiegato, il piano prevede che tu ti dia una ripulita e che indossi abiti qualunque, poi ce ne andremo da Timor Est."

Lei annuì con entusiasmo.

"Andremo alle Hawaii per tre settimane e da lì proseguiremo per tornare a casa, a Riverton."

Kalee si accigliò; era confusa.

"So che vorresti tornare subito a casa, ma dovrai fidarti di me: è molto meglio di no."

Phantom si accorse che lei voleva protestare, ma Kalee non fece altro che inclinare il capo mentre continuava a scrutarlo.

"Ti serve tempo per lasciarti tutto questo alle spalle. L'ultima cosa che vuoi è dover affrontare subito le persone a cui tieni, che ti chiederanno come stai, cosa ti è successo; vorranno che racconti tutti. Kalee... la tua macchina è stata venduta, il tuo appartamento anche. Piper ha conservato alcuni degli oggetti che pensava ti avrebbe fatto piacere tenere, delle foto, dei bei ricordi, cose così; ma tutto il resto è stato venduto o regalato. Hai vissuto l'inferno e devi anche superarlo, o almeno *cominciare* a superarlo, prima di cercare di ricostruirti un'esistenza normale. So che ti sembrerò arrogante, anche perché non mi conosci, ma credimi: so di cosa sto parlando."

Lei continuava a fissarlo con uno sguardo tutt'altro che fiducioso.

Phantom non era un uomo delicato e non era certo famoso per il tatto con cui trattava gli altri, ma sapeva che era importante far capire a Kalee che lui lo stava facendo per lei, per il suo bene. "Ho affittato una casetta sulla spiaggia. Si trova nella zona nord dell'isola di Oahu, la North Shore, me l'ha trovata un collega SEAL. Avrai una camera tutta per te, non ho alcuna intenzione di darti fastidio. Ho visto fin troppa merda nella vita, fidati: in questo momento, ascoltare le onde dell'oceano e prenderti il tempo per ritrovare te stessa è la cosa migliore che tu possa fare. Quando sarai più forte, quando i lividi saranno guariti e avrai recuperato un po' di peso, potrai tornare a casa con uno stato d'animo migliore."

"Non sto dicendo che tu sei mia prigioniera. Se davvero non vuoi fermarti alle Hawaii, non posso certo costringerti, ma penso che dovresti provarci: ti accorgerai che ti serve davvero un po' di tempo per riprenderti, per rilassarti. Non c'è alcuna fretta, non dobbiamo subito sbandierare ai quattro venti il fatto che sei viva. So che ti sembrerà crudele, ma... tutti ti credono morta, Kalee. Hanno sofferto per la tua scomparsa. Se ti prendi qualche settimana per ritrovare te stessa, per rasserenarti e scoprire da sola come vuoi procedere, non farai del male a nessuno. Se invece corri subito a casa e poi ti accorgi che non ce la fai ad affrontare gli altri, la troppa gente, se cerchi di riprendere in mano la tua vita nel caos, potresti farti del male da sola. E penso che tu abbia già sofferto abbastanza."

Phantom trattenne il fiato in attesa di una reazione. Se Kalee davvero non avesse voluto seguirlo alle Hawaii, le avrebbe procurato un biglietto per la California, ma la cosa non gli avrebbe fatto piacere. Era profondamente convinto che le servissero la calma dell'oceano e una tregua da ogni responsabilità per ritrovare un certo equilibrio, per combattere i demoni che aveva dentro. Perché lui era certo che ci fossero. Per forza.

Dopo un tempo che gli sembrò interminabile, Kalee annuì con un solo movimento del capo.

Phantom si sentì sollevato; indicò con un cenno i documenti che lei teneva in mano. Kalee non li aveva ancora controllati. "Mi chiamo Forest Dalton, ma nessuno mi chiama così. Amici e commilitoni mi chiamano Phantom. Sono un SEAL della Marina e sono in squadra con altri cinque ragazzi, che sono anche miei cari amici: Rocco, Gumby, Ace, Bubba e Rex."

Kalee si guardò attorno come a chiedergli *dove sono?*

"Non sono potuti venire," le disse, stiracchiando un po' la verità. "Sono da solo. Avevo un'idea molto precisa di dove trovarti, grazie al mio amico esperto di computer; il piano era di entrare, prenderti e filarmela con te. Prima o poi ti farò conoscere i ragazzi, specialmente dato che Piper è sposata con Ace."

Kalee non disse nulla, ma abbassò lo sguardo per controllare i documenti che aveva in mano. Si prese del tempo, esaminò il tesserino e il passaporto come se fosse stata un'esperta in grado di riconoscere documenti falsi con un solo sguardo. Phantom ebbe l'impressione che Kalee stesse cercando di imparare a memoria quanti più dettagli poteva... nel caso lui si rivelasse un malintenzionato.

Non poteva certo sapere quanto invece Phantom *tenesse* a lei. Non poteva avere la certezza che lui non le avrebbe fatto del male, né immaginare che lui sarebbe stato disposto a tutto, pur di portarla a casa sana e salva.

Da mesi, Phantom era ossessionato dall'idea di ritrovare Kalee, ma nell'attimo stesso in cui le aveva sfiorato la schiena con la mano, nell'edificio mezzo distrutto in cui lei era rintanata con i ribelli, aveva capito di essere nei guai.

Aveva passato una vita intera a distanziarsi dagli altri, specialmente dalle donne. Dopo quello che gli avevano fatto la madre e la zia, quasi non sentiva alcun legame col genere femminile.

Kalee però era diversa: lo sapeva prima ancora di mettere piede a Timor Est e quella sensazione diventava più forte ogni minuto che passava vicino a lei.

Phantom teneva a lei. Più di quanto avesse mai tenuto a un'altra donna. Non era lo stesso sentimento che provava per Avery o per Zoey, o per le altre. Era più profondo. Provava l'istinto di proteggerla da qualsiasi persona o cosa che potesse rappresentare un pericolo per lei.

Dopo un respiro profondo e dopo aver messo da parte a fatica le proprie emozioni, Phantom si concentrò sul compito imminente che lo aspettava: assicurarsi che Kalee si sentisse abbastanza sicura da farsi una doccia e cambiarsi, per poi volare alle Hawaii con lui.

Guardò l'orologio che portava al polso e vide che mancavano solo tre ore all'orario di apertura dell'ambasciata. Era importante non perdere il volo che decollava nel pomeriggio.

Phantom doveva farsi sentire da Rocco e dal comandante North. Doveva dimostrare di essere alle Hawaii, come aveva promesso. Certo, bastava un controllo sulla lista dei passeggeri del volo per scoprire che aveva fatto esattamente ciò che gli avevano proibito di fare, ma pazienza. Kalee era con lui, al sicuro. Avrebbe agito in quel modo altre cento volte, a patto che il risultato fosse lo stesso.

Frugò di nuovo nello zaino e ne tirò fuori alcuni abiti puliti. Sicuramente erano troppo larghi per lei, visto che lui aveva dedotto la taglia di Kalee dai vestiti che lei aveva indossato in passato, ma sarebbero andati bene, almeno fino all'arrivo alle Hawaii; poi avrebbero comprato dei vestiti più adatti.

Si avviò verso la cassettiera, cercando di ignorare il piccolo passo indietro di Kalee, e vi appoggiò i vestiti. Poi camminò all'indietro verso il letto, senza mai bloccarle la vista della porta. "Ti ho portato qualche abito di ricambio. Meno persone ti vedono con addosso i vestiti neri dei ribelli, meglio è. In fondo al corridoio ci sono le docce; sono in comune con le altre camere del piano, mi dispiace. Però a quest'ora non ci saranno altre persone in giro. Io mi metterò fuori dalla porta, così nessuno ti darà fastidio mentre ti cambi."

Gli occhi verdi di Kalee lo fissavano con un'intensità quasi snervante. Phantom ebbe la netta sensazione che lei volesse disperatamente dirgli qualcosa, ma che i demoni che la tormentavano glielo impedissero.

Kalee si avvicinò ai vestiti e li prese. Phantom vide che le tremavano le mani, ma lei annuì mostrandosi d'accordo.

L'orgoglio che Phantom provava nei confronti di Kalee crebbe enormemente. Non sapeva cosa le fosse successo durante il tempo passato in prigionia, ma per lei fidarsi di uno sconosciuto non doveva certo essere facile.

Phantom indicò la porta e lei si avviò per uscire in corridoio. Appena fuori dalla camera, Kalee appoggiò la schiena al muro e aspettò che lui passasse. Phantom ne conosceva il motivo: sempre meglio tener d'occhio il nemico. Se lei gli avesse camminato di fronte, dandogli le spalle, si sarebbe esposta a un attacco.

Il pensiero che qualcuno potesse fare del male a Kalee fece stringere i pugni a Phantom, che però si rilassò subito, rifiutando di darle un qualunque motivo per dubitare di lui. Sarebbe arrivato ben presto il momento in cui lei gli avrebbe girato le spalle e se ne sarebbe andata disgustata, ma prima che ciò accadesse bisognava riportarla in patria, sul suolo americano.

Lui le fece strada fino al bagno e quando ci arrivò si girò verso di lei. "Aspetta qui, devo controllare che non ci sia nessuno."

Kalee si fece seria e indicò una grande targa appesa alla porta che diceva *SOLO DONNE*.

Phantom accennò una risata ma ignorò quella puntualizzazione: non sentiva alcun rumore all'interno ed era alquanto sicuro che il bagno fosse vuoto. Però doveva controllare.

Dopo cinque secondi, uscì di nuovo nel corridoio. Lei non si era mossa. "È tutto a posto, puoi fare con calma, Kalee," le disse sottovoce. "Abbiamo un po' di tempo prima di andare all'ambasciata. Qui sei al sicuro. Io rimango nel corridoio, proprio qui. Non entrerà nessuno, nemmeno io. Hai la mia parola." La fissò negli occhi, nella speranza che lei gli credesse.

La vide dubbiosa, ma lei annuì comunque. Phantom si allontanò di qualche passo dalla porta del bagno e lei gli passò davanti rapidamente, sparendo all'interno.

Con un sospiro, Phantom si appoggiò al muro, incrociando le braccia. Si ritrovò imbronciato e con le labbra strette.

Avrebbe dovuto sentirsi al settimo cielo, visto che aveva ritrovato Kalee con tanta facilità: non aveva avuto alcun problema a portarla via dai rapitori. Invece era palese che, nonostante Kalee fosse finalmente libera, doveva ancora superare enormi difficoltà prima di poter tornare a vivere in California.

Probabilmente, Phantom era la persona meno indicata per aiutarla a uscire dalle sabbie mobili emotive che la attanagliavano. Anche lui era incasinato, molto più di tanti altri, ma... non poteva abbandonarla. Doveva rimediare al proprio errore, espiare la propria colpa, anche se, prima o poi, lei avrebbe finito per odiarlo.

Phantom ebbe la netta sensazione che quel momento futuro gli avrebbe fatto molto male, più di quanto lui ne avesse mai inflitto ad altri con le proprie mani.

Kalee gli era entrata dentro. Forse per i lunghi mesi in cui si era chiesto cosa le stesse succedendo. Forse perché aveva sentito le tante storie che Piper raccontava su di lei. Tuttavia, molto probabilmente, il motivo era proprio la stessa Kalee: una delle persone più forti che lui avesse mai incontrato... nonostante non avesse ancora pronunciato una sola parola.

Kalee Solberg poteva spezzargli il cuore, Phantom lo sapeva. Anzi, se l'aspettava... ma non per questo diminuiva in lui la determinazione di riportarla a Riverton sana, salva e mentalmente rigenerata.

"Vedrai che ce la farai, Kalee," sussurrò, augurandosi che, pensando ad alta voce, quella speranza finisse per avverarsi.

———

Il cervello di Kalee andava ai mille all'ora. Era stranissimo: solo un'ora prima, era sdraiata sulle tavole di legno duro mezze rotte della casa diroccata che i ribelli avevano occupato, chiedendosi cosa l'avrebbero costretta a fare il mattino successivo e cosa avrebbe trovato da mangiare; un'ora dopo, era in piedi in un ostello lontano chilometri, scortata da un supereroe.

I documenti d'identità sembravano autentici, ma del resto lei che ne sapeva? *Sempre che* fosse sincero, Phantom in realtà si chiamava Forest Dalton, aveva trentatré anni, uno più di lei, capelli castani, occhi color nocciola, alto uno e novantacinque, circa una spanna più di lei. Viveva a Riverton e, stando a quanto si leggeva sul passaporto, era arrivato a Timor Est da meno di ventiquattr'ore.

Kalee aveva pregato più volte che qualcuno venisse a soccorrerla, più notti di quante potesse ricordarne, eppure le riusciva difficile credere che le sue preghiere fossero state esaudite.

Si avvicinò alla porta in punta di piedi e appoggiò l'orecchio alla superficie; non sentì nulla e per un attimo andò nel pallone, pensando che forse Phantom se ne fosse andato.

Scostò la porta e vide il suo soccorritore appoggiato con la schiena al muro del corridoio, molto vicino a lei; lo vide girarsi verso di lei e drizzare la schiena: "Stai bene? C'è qualcosa che non va?"

Kalee annuì per rassicurarlo, poi fece spallucce.

Phantom si rilassò e tornò ad appoggiarsi al muro vicino alla porta. "Sono ancora qui," le disse, mostrando di aver capito fin troppo bene, "non vado da nessuna parte."

Lei annuì ancora, provando un certo imbarazzo per la propria insicurezza, poi tornò dentro e richiuse la porta.

Chiuse gli occhi e fece un respiro profondo, poi sussultò. Le costole erano ancora sofferenti per l'ultimo pestaggio che aveva subito per mano dei ribelli. In quel frangente, non si era mossa abbastanza velocemente e uno di loro l'aveva spintonata, facendola cadere a terra, mentre altri due si erano divertiti un mondo a prenderla a calci.

Kalee smise di pensare agli insorti e tornò con la mente all'uomo che l'aspettava fuori dal bagno. Phantom era carino.

Forse troppo affascinante. Troppo sicuro di sé. Era imponente, chiaramente in perfetta forma. Kalee non aveva dubbi sul fatto che sarebbe potuto tornare all'ostello da solo in metà tempo; invece aveva fatto in modo che lei non rimanesse indietro, evitando che qualcuno li vedesse, nel caso avessero trovato delle persone in giro.

Per quanto a vederlo sembrasse un uomo perfetto, non era quello il motivo per cui Kalee sentiva di potersi fidare di lui. Sia pur con riluttanza, doveva ammettere che *sì*, gli sembrava un uomo di cui potersi fidare.

Era quasi ridicolo lo scarso interesse che ormai provava verso l'aspetto esteriore di un uomo. Aveva imparato nel modo peggiore che le apparenze, i dettagli che di solito piacevano alle donne, erano quasi sempre in contrasto con la vera personalità di un uomo. Era più importante il comportamento, le azioni avevano un peso molto maggiore rispetto alle parole.

Lei era brava a capire il carattere delle persone, lo era sempre stata. I mesi di prigionia non l'avevano cambiata, sotto quell'aspetto. Phantom era un uomo buono, non le avrebbe mai fatto del male, come non avrebbe mai ignorato un'aggressione, qualora ne avesse vista una per strada. Sarebbe intervenuto, avrebbe agito. Si sarebbe fatto coinvolgere.

Ma in lui c'era qualcos'altro che la attirava. Non era un'attrazione fisica; era più una sensazione di sicurezza... una sensazione che non provava da mesi. Kalee gli leggeva negli occhi anche dolore, pena, anche se lui faceva del suo meglio per nascondere quei sentimenti, che però c'erano. Probabilmente era stato tradito, in passato. Aveva sofferto molto. Accidenti, quel dolore davvero creava tra di loro un legame forte.

Scosse la testa e si incamminò verso i lavandini, fece un respiro profondo e guardò la propria immagine riflessa nello specchio. Si pentì subito di averlo fatto. Quasi non riconobbe la donna che la guardava.

I lunghi capelli color rame le erano stati tagliati corti una notte, qualche mese prima. Ora le scendevano dritti e unti, arrivando appena a sfiorarle le orecchie. Aveva il viso pieno di lividi e ferite, alcune recenti, altre ormai quasi del tutto guarite, ed era tutta sporca.

Tirando da parte la maglia nera, Kalee si vide chiaramente le clavicole. Era più magra di quanto non fosse mai stata, ma invece di esserne contenta, si sentiva estremamente a disagio.

Gli occhi verdi erano spenti, sempre diffidenti. Non era mai stata una donna vanitosa, ma il pensiero di farsi vedere dal padre in quello stato, o da Piper... maledizione, da *chiunque*, la agitava parecchio. All'inizio non aveva capito il motivo per cui Phantom non voleva portarla subito a casa, ma cominciava a farsene un'idea.

Il momento in cui avrebbe dovuto affrontare parenti e amici, non voleva che incontrassero la donna distrutta che la guardava da quello specchio. Voleva tornare a essere forte. Voleva che fossero tutti fieri di lei. In quel momento, la donna che sobbalzava a ogni movimento di Phantom, incapace di far passare una singola parola dal groppo che le stringeva la gola, era tutto fuorché la donna che lei voleva essere.

Strinse i denti e distolse lo sguardo dallo specchio. In quel preciso momento, non poteva fare molto per i capelli, o per le ferite, o per le ossa che le sporgevano dalla pelle. Però *poteva* lavarsi. Erano passati mesi da quando si era fatta una doccia calda. Non si era mai fidata dei ribelli, certamente non abbastanza da spogliarsi completamente vicino a loro, quindi spesso si immergeva in un torrente o si metteva sotto la pioggia, con tutti i vestiti addosso, cercando alla meno peggio di pulire allo stesso tempo abiti e corpo.

Sapendo che spogliarsi mentre Phantom era appena fuori dalla porta richiedeva qualche cautela, Kalee esitò per un breve momento, ma poi cominciò a togliersi i vestiti neri che era stata costretta a indossare, lasciandoli ammucchiati sul pavimento. Phantom le aveva detto che nessuno sarebbe entrato in quel bagno mentre c'era lei e lei confidava nella sua sincerità, anche se non sapeva esattamente il perché. Forse proprio grazie alla sua innata capacità di intravedere il vero carattere delle persone.

Rifiutandosi di guardare il proprio corpo, Kalee girò la manopola nel muro della doccia e trattenne il fiato: si sarebbe lavata anche se l'acqua fosse stata fredda. Accidenti, ormai era abituata all'acqua fredda. Se però fosse stata calda... o anche solo tiepida... sarebbe stato fantastico.

Nel giro di un minuto o poco più, l'acqua cominciò a scaldarsi lentamente, fin quasi a scottare.

Nonostante il getto d'acqua uscisse con una pressione ridicola e fosse poco più di una leggera pioggerella, Kalee fece un passo e si mise sotto l'acqua, alzando la testa. L'acqua bollente le cadeva sul viso e sulla testa, scendendo poi a cascata su tutto il corpo. Ogni goccia che scivolava nello scarico si portava via sporcizia e lerciume che le si erano accumulati sul corpo per mesi e lei si sentiva sempre più leggera.

All'improvviso fu presa dall'ansia di lavare ogni centimetro della propria pelle, eliminando lo sporco che le si era appiccicato addosso come un parassita; così allungò una mano per prendere la saponetta usata che era appoggiata in una piccola nicchia vicina.

Noncurante del fatto che quella saponetta fosse stata usata da altre persone (era incredibile come le cose che l'avrebbero schifata solo un anno prima ormai non la toccassero minimamente), Kalee la strofinò rapidamente nelle mani per fare un po' di schiuma. Poi si passò le mani su tutto il corpo, come per purificarsi da tutti i contatti fisici indesiderati che aveva avuto. Si sentiva quasi in preda alle vertigini.

Le bolle di acqua sporca le giravano intorno ai piedi prima di sparire nello scarico.

Poi però, la gioia e l'entusiasmo della liberazione svanirono all'improvviso, lasciando il posto alla consapevolezza di ciò a cui era appena sfuggita, di ciò a cui aveva resistito, di ciò che l'avevano costretta a fare.

Gli occhi le si riempirono di nuovo di lacrime. Non era successo per chissà quanto tempo, eppure quello era il secondo pianto nel giro di pochi minuti. Era come se si stesse lavando via la corazza che si era creata per proteggere il proprio cuore e la propria mente dall'inferno in cui era stata costretta a vivere e che l'aveva resa vulnerabile e incapace di funzionare.

Si sentì cedere le ginocchia e cadde a terra; colpendo le piastrelle del pavimento, non sentì nemmeno male. L'acqua calda le scendeva sulla schiena piegata, le braccia conserte sulla pancia, la fronte appoggiata al pavimento.

Cominciò a singhiozzare. L'ingiustizia della situazione in cui si era trovata la colpì tutta in una volta. Non riusciva a respirare; le immagini di ciò che aveva visto e fatto le passavano rapidamente nel cervello e la nauseavano.

Era persa nei propri ricordi quando all'improvviso l'acqua della doccia smise di cadere e Kalee sentì un asciugamano avvolgerla intorno alla schiena. Avrebbe dovuto spaventarsi, sentendo delle mani che la facevano girare, che la sollevavano... ma nel profondo sapeva che era Phantom. Lui non le avrebbe mai fatto del male, non era come gli altri.

Si ritrovò seduta sulle ginocchia di Phantom, con la faccia affondata nel suo petto. Sentiva la barba che le solleticava una guancia.

Dopo qualche minuto, si accorse, per quanto fosse confusa, che lui la stava sollevando di peso. Gli si aggrappò, abbandonandosi alla sua presa e spegnendo la propria mente. Non poteva sopportare altri ricordi. Non ne poteva più. Era tutto troppo sconvolgente. La pelle, che qualche attimo prima le era sembrata finalmente pulita, cominciò a prudere e reagire al calore dell'acqua. La sporcizia che si era tolta di dosso aveva aperto una profondissima ferita che forse non sarebbe mai guarita.

"Ci sono qua io, tesoro. Ecco, respira, adesso sei al sicuro."

Sentì quelle parole, che però non le entrarono davvero dentro. Kalee lo sentì spingere la porta del bagno e camminare verso la stanza. Sentì l'aria fredda sulla pelle eccessivamente accaldata e in quel momento non si preoccupò minimamente che qualcuno potesse passare nel corridoio, vedendola completamente svestita.

Phantom si abbassò e la appoggiò su qualcosa di morbido, ma lei si rifiutò di lasciarlo andare. Anche le lacrime non si fermavano. Continuavano a scorrere sul suo volto come se in lei si fosse aperto un rubinetto.

Phantom non sembrava intenzionato a lasciarla andare. La spostò e anche lui si mosse, finché lei non fu sotto le lenzuola e lui seduto sul letto. Le sistemò l'asciugamani sulle spalle e Kalee gli si mise di fianco, mentre lui si appoggiava alla testiera del lettino di quella stanzetta.

Kalee provò a chiudere le palpebre con forza, ma le lacrime non si fermarono. Né si fermarono le immagini che le scorrevano nella mente, come un film che procedeva a velocità aumentata.

I corpi delle ragazzine che aveva conosciuto all'orfanotrofio.

L'espressione oscena del primo uomo a violentarla, mentre lei lottava con tutte le forze, ma invano.

Le urla degli abitanti dei villaggi, mentre i ribelli saccheggiavano le loro case, sparando a chiunque si muovesse.

La risata dei ribelli ubriachi che festeggiavano il bottino di giornata mangiando e bevendo birra, naturalmente senza lasciarle nulla.

Le immagini si susseguivano nella sua mente, attanagliandola con i ricordi di tutto ciò che aveva dovuto sopportare.

Kalee non si accorse di quanto tempo passò a piangere addosso a Phantom. Sapeva solo che, avvolta tra le sue braccia, gli incubi non potevano sopraffarla. Stava rivedendo tutto ciò che le era successo negli ultimi mesi, ma Phantom le stava vicino, impedendole di essere risucchiata in quell'inferno.

Quando finalmente Kalee si rese conto di dov'era e di non essere più prigioniera, sentì che Phantom la stava cullando lentamente, avanti e indietro. Era ancora nuda, ma in quel momento non le importava. La stava toccando, ma soprattutto si era aggrappata a Phantom come se, nel caso in cui l'avesse lasciato, i ricordi l'avrebbero fatta volare via.

Però non era imbarazzata. Soprattutto grazie a Phantom, che non le stava dicendo nulla per tranquillizzarla, né la pregava di smetterla di piangere, come lei si sarebbe aspettata da un SEAL, un "duro" per eccellenza. Invece lui le mormorava di sfogarsi, di piangere quanto voleva, per ripulirsi l'anima... perché non aveva alcuna colpa per ciò che aveva fatto.

Sentendosi esausta, Kalee cercò di sollevare la testa; cercò di farsi obbedire dai muscoli, di lasciar andare l'uomo che le stava vicino, invece Phantom la tenne ancora più stretta.

"Chiudi gli occhi, Kalee. Riposati."

Però dovevano andar via. Le aveva detto che dovevano andare all'ambasciata, poi all'aeroporto.

Come leggendole nella mente, Phantom le disse: "C'è tempo. Ti tengo, dormi pure. Anche se solo per un pochino. Ti sveglio quando dobbiamo andar via. Sei al sicuro, Kalee."

Lei *si sentiva* al sicuro. Per una che odiava farsi toccare, non le dava affatto fastidio sentirsi circondata dalle braccia di Phantom.

Si stava ancora chiedendo il motivo per cui non stesse

reagendo malamente al tocco di Phantom, quando si addormentò.

Al risveglio, Kalee non aveva idea di quanto tempo fosse passato. Non era più accoccolata contro Phantom, era sdraiata da una parte del letto, teneva ben stretto tra le mani un cuscino. Un lenzuolo la copriva fin sopra le spalle e, con sua grande sorpresa, non si sentiva affatto male. Non stava benissimo, ma era meno frastornata rispetto a prima di addormentarsi. Sembrava anche in grado di pensare più lucidamente. Prima si era comportata come un automa. Aveva semplicemente reagito, senza pensare.

Girò la testa e vide Phantom seduto sul bordo del letto. Le teneva una mano sul polpaccio e fissava nel vuoto. Gli vide stringere i denti e premere le labbra, come se qualcuno o qualcosa l'avesse fatto arrabbiare.

Invece di sentirsi spaventata da lui, si rilassò ancora di più. Non se n'era andato. Quando si era addormentata in un baleno, Kalee sapeva che l'avrebbe ritrovato lì accanto a lei, proprio dov'era, a farle la guardia.

Muovendosi lentamente, si mise seduta, tenendosi coperta con il lenzuolo.

Phantom si mosse subito: le tolse la mano dalla gamba e si alzò in piedi, arretrando. Si allontanò di un paio di metri dal letto, lasciandole più spazio.

La scrutò per un momento, poi le disse: "Ti trovo meglio." Gli occhi gli si ingentilirono per un attimo e Kalee fu affascinata da quel cambiamento. Fino a quel momento, l'aveva visto solo addolorato e determinato.

Phantom si irrigidì subito e lei lo notò. Avrebbe dovuto preoccuparla, invece qualcosa dentro di lei scattò e Kalee decise che avrebbe fatto tutto il necessario per tornare a vedere il vero Phantom.

"Ti avrei svegliata tra una decina di minuti. Dobbiamo andare. I tuoi vestiti sono là, sulla cassettiera; ci fermeremo a prendere qualcosa da mangiare intanto che andiamo in ambasciata. Nel mio zaino c'è un pettine, se vuoi puoi usarlo e sgraffigna pure tutto ciò che vuoi dal mio kit da bagno. Anche se devo avvertirti che non troverai niente di particolarmente femminile, tipo unguenti floreali o simili; anche il deodorante è da uomo.

"Quando arriveremo a Oahu, potremo andare a fare la spesa, ti prenderemo rasoi, trucchi, creme... tutta la roba che le donne pensano di dover usare per sembrare più belle. Anche se sono tutte cavolate, ma fa niente. Pensi di riuscire a vestirti da sola? Se ti serve aiuto, posso andare a chiamare la proprietaria dell'ostello. È una un po' burbera e non spiccica una sola parola di inglese, ma per una bella mancia sarà felicissima di aiutarti."

Kalee avrebbe voluto dirgli che non le dispiaceva affatto mettersi lo stesso profumo che usava lui. Anzi, in quel momento non le veniva in mente nulla di più rilassante di quella fragranza. Voleva anche dirgli che non le servivano accessori "particolarmente femminili" e che un filo di trucco non l'avrebbe magicamente fatta diventare bella, non con quei capelli, con quelle ferite e con il peso che aveva perso. Sapeva bene di non essere in grado di esprimere nessuno di quei pensieri, ma voleva davvero far capire a Phantom quanto l'apprezzasse.

Sentì una stretta allo stomaco, si leccò le labbra e sussurrò: "Ce la faccio."

Quelle parole sembrarono strane anche a lei. Era passato tantissimo tempo dall'ultima volta che aveva proferito parola, ma finalmente era al sicuro. Phantom non l'avrebbe maltrattata per avergli rivolto la parola. Non l'avrebbe punita se lei gli avesse risposto, o se gli avesse chiesto qualcosa da mangiare.

Anche se solo per un secondo, gli occhi di Phantom si illuminarono della stessa felicità, della stessa gioia che lei aveva notato poco prima.

Grazie a *lei*. Gli aveva fatto cambiare espressione con tre semplici parole. La luce negli occhi di Phantom svanì quasi subito, ma lei l'aveva notata. Poter avere quell'effetto su di lui era a dir poco inebriante. Le sembrò di avere il potere di fargli dimenticare ciò che gli gravava sull'anima.

A quel punto Kalee si scrollò di dosso quei pensieri. Erano stupidaggini. Era impossibile che lei avesse quel potere su un uomo come quello. Lei non significava nulla di speciale, per lui. Era solo un'altra donna in difficoltà da salvare.

Phantom non reagì alle parole di Kalee, non esultò perché lei aveva finalmente aperto bocca. Non poteva sapere che quelle erano le prime parole che lei diceva dopo tantissimo tempo; ma per qualche ragione lei ebbe la netta sensazione che Phantom se lo immaginasse.

"Adesso esco, fai con comodo. Se ti serve qualcosa, bussa alla porta o avvertimi in qualche modo e io arriverò subito." Poi si girò e uscì dalla stanza.

Appena se ne fu andato, la temperatura nella camera le sembrò scendere di qualche grado. Kalee cominciò a tremare sotto il lenzuolo. Guardò il proprio corpo e si accorse di non aver avuto paura a rimanere nuda, coperta solo da lenzuolo, nonostante la presenza di Phantom. Inoltre, lui l'aveva vista nuda nella doccia, ma non ne aveva approfittato. Non l'aveva mai toccata con malizia.

All'improvviso, però, rimanere nuda le sembrò intollerabile. Gettò da una parte il lenzuolo e si alzò in piedi lentamente. Per un attimo le sembrò che la stanza le stesse vorticando su se stessa, ma ignorò quella sensazione. Doveva vestirsi. Doveva coprirsi.

Phantom le aveva portato un paio di leggings elasticizzati. Le stavano un po' larghi, ma almeno non le sarebbero caduti sui piedi mentre camminava. Le aveva portato anche un paio di mutandine molto pratiche e un reggiseno sportivo di cotone. Le venne quasi da piangere di nuovo, quando finalmente riuscì a indossarlo: era passato tantissimo tempo dall'ultima volta che aveva indossato un reggiseno, perché i ribelli avevano ridotti in brandelli quello che indossava quando l'avevano catturata all'orfanotrofio. Mettendosi il reggiseno le parve di indossare un'armatura. Sciocco, ma vero.

Indossò la maglietta di colore giallo vivace e sorrise per la prima volta, dopo quella che le sembrava un'eternità. Il giallo non era esattamente il colore che preferiva, anche perché non si abbinava bene ai capelli rossi, ma finalmente poteva indossare qualcosa di diverso dal nero austero che per mesi aveva avuto addosso. Era una meraviglia.

Incuriosita da cos'altro potesse tenere Phantom nella borsa, Kalee si sedette sul letto e si mise a frugare nel kit da bagno. Forbicine, sapone liquido, deodorante, dentifricio e spazzolino, filo interdentale, un tubetto di crema contro i funghi, una spilla, aspirine, un paio di preservativi, cotton fioc, taglierino per le unghie e un assorbente.

Un assorbente? Perché mai Phantom portava con sé un assorbente? Smise di pensarci e afferrò il sapone. Lo annusò e sorrise. Pino. Non si era immaginata che Phantom fosse il tipo di uomo che predilige profumi boisée, ma era innegabile che quella fragranza gli si addicesse.

Aveva appena terminato di esaminare la borsa, quando Phantom bussò, poi fece capolino dalla porta. Vedendola seduta sul letto completamente vestita, rientrò nella stanza.

Il sollievo che Kalee provò nel vederlo fu quasi sconvolgente. Cercò di mascherarlo, mostrandogli l'assorbente e corrugando la fronte con aria interrogativa.

Phantom non si mise a ridere, anche se lei notò un accenno di sorriso. "Sono ottimi per tamponare una ferita da arma da fuoco. Sai, fermano il sanguinamento."

Invece di allontanare quell'immagine cruenta, Kalee

rifletté. Non poteva certo immaginare che qualcuno andasse in giro con un assorbente infilato nel foro di un proiettile e il cordoncino che pendeva dal braccio, ma era innegabile che fosse un ottimo rimedio per tamponare la ferita nell'immediato. Gli sorrise.

Phantom chiuse gli occhi per un secondo. Poi li riaprì fissandola con sguardo penetrante: "Santo cielo, non sai quanto sia importante per me vederti sorridere. Hai finito, qui?"

Kalee sbatté le palpebre. Prima era gentile e premuroso, poi tornava subito al tono professionale. Gli rispose annuendo.

Phantom riprese a parlare mentre chiudeva la cerniera della borsa. "Ho immaginato che non rivolessi indietro i vestiti vecchi, così li ho gettati via. Avrei dovuto portarti uno spazzolino da denti, ma non ci ho pensato. Ti direi di usare il mio, ma..." Fece una pausa e poi si scrollò di dosso un brivido. "Scusa, ma anch'io ho i miei limiti nel condividere. Il deodorante va bene. Il dentifricio anche, ma lo spazzolino? Sono schizzinoso."

Kalee non si trattenne e sorrise di nuovo.

Capì che Phantom la vide, perché anche lui accennò un sorriso.

Lui si alzò e si mise lo zaino in spalla, poi le chiese: "Che ne dici se ce ne andiamo da questo cazzo di paese? Ti va?"

Kalee annuì con entusiasmo. Lei non aveva borse da prendere, non aveva nulla da portare con sé, ma non le importava. Nel giro di poche ore, sperava di essere già lontano. Quella che era cominciata come un'avventura divertente nei Peace Corps si era trasformata in un inferno totale.

Non sapeva cosa aspettarsi nelle prossime ore, nei prossimi giorni e nelle settimane a venire, ma negli ultimi mesi almeno aveva imparato a prendere la vita un giorno alla volta.

CAPITOLO TRE

Phantom si appoggiò allo schienale del sedile di prima classe e cercò di rilassarsi. Tutto sommato, era andato tutto liscio come l'olio. Aveva comprato da mangiare per entrambi mentre si recavano all'ambasciata e gli era venuto quasi un colpo quando Kalee aveva ingoiato praticamente in un sol boccone il panino col polpettone. Si era persino girata di schiena per impedirgli di portarglielo via, mentre lo mangiava.

Quel comportamento istintivo l'aveva fatto infuriare. Non tanto per le azioni di Kalee, quelle le capiva. In pratica, proteggeva il proprio cibo. Era un istinto primordiale che dimostrava esattamente quanto avesse dovuto lottare per sopravvivere.

Un peso in più sulla coscienza di Phantom.

Si era ripromesso di procurarle più cibo di quanto non sarebbe riuscita a mangiarne in cent'anni, poi si era concentrato per mantenere la calma e procedere col programma.

Erano arrivati all'ambasciata statunitense e gli addetti avevano già pronto il documento che sostituiva il passaporto di Kalee.

Di primo mattino, mentre Kalee stava ancora dormendo,

Phantom aveva comprato due biglietti di prima classe e finalmente erano saliti sull'aereo che li avrebbe portati alle Hawaii. Solo allora Phantom tirò un sospiro di sollievo.

Ce l'aveva fatta.

Aveva trovato Kalee. Aveva posto rimedio all'errore commesso mesi prima, quando l'aveva abbandonata al suo destino.

Quando l'aveva sentita piangere nei bagni dell'ostello, era rimasto profondamente scosso. Non ci aveva visto più: era entrato di corsa, pronto ad ammazzare chiunque avesse provato a metterle le mani addosso; l'aveva trovata accovacciata sul pavimento della doccia.

Non aveva riflettuto su come avrebbe potuto reagire Kalee, sentendosi toccata mentre era nuda: l'aveva avvolta in un asciugamano e l'aveva riportata in camera. Grazie a Dio, lei non aveva dato di matto.

Phantom non poteva negare la sensazione piacevole che aveva provato tenendola tra le braccia: non c'era nulla di erotico, era una sensazione di profondo benessere, provocatagli dalla consapevolezza di essere riuscito a tranquillizzare Kalee.

Ogni lacrima che le era scesa dagli occhi gli era sembrata un marchio indelebile sulla propria coscienza. Era lui il colpevole. Era stato lui a causare tutto il dolore che Kalee aveva dovuto subire. Era un pensiero che lo straziava, ma non poteva sottrarvisi: doveva espiare la propria colpa.

Mentre la scrutava, seduta di fianco a lui, Phantom ammise di aver sbagliato a prenderle la maglia di colore giallo vivace: le metteva in evidenza le ferite sul corpo. Aveva scelto quella perché non c'erano molte opzioni e perché gli era sembrato un colore allegro; non aveva resistito.

Phantom ripensò alle tre parole che lei gli aveva detto prima. *Ce la faccio.*

Kalee non stava affatto bene, ma accidenti, ce la stava

mettendo tutta per reagire. Lui era meravigliato: più tempo passava con lei, più desiderava conoscerla meglio.

Per la prima volta, si accorse che passare tre settimane con lei forse si sarebbe rivelato un errore. Gli sembrava di provare un sentimento forte nei confronti di Kalee, un sentimento che probabilmente cresceva da mesi, ma lei aveva bisogno di qualcosa di più, qualcosa che lui non avrebbe mai potuto offrirle. Non solo: un giorno Kalee avrebbe scoperto che era stato lui a lasciarla in quella fossa e l'avrebbe odiato.

Quasi certamente, aveva trovato una donna che avrebbe potuto amare, *finalmente*... e un giorno o l'altro lei lo avrebbe preso a sputi in faccia.

Phantom scrutò di nuovo Kalee. Era seduta con la schiena dritta, le mani sulle ginocchia. L'aveva fatta sedere vicino al finestrino, in modo che nessuno la toccasse nemmeno per sbaglio, passando tra i sedili. Lui l'aveva abbracciata e lei l'aveva accettato, ma ciò non significava che Kalee avrebbe tollerato che qualcun altro la toccasse, o anche solo che lui la toccasse di nuovo.

"Non ti piace volare, vero?" le chiese.

Lei fece spallucce.

Lo prese come un sì. "A dire il vero, non piace nemmeno a me," le disse.

Lei lo guardò un po' scettica.

"È vero. Sì, ho preso molti aerei, ma non amo particolarmente mettere la mia vita nelle mani di qualcun altro."

Con quelle parole si guadagnò un sorriso. Santo cielo, pur di farle tenere quell'espressione sarebbe stato disposto a uccidere.

"Lo so, lo so, il classico stereotipo, vero? Un SEAL grande e grosso che non può cedere il controllo della situazione e lasciarsi portare in volo da qualcun altro. Beh, l'ultima volta che ho volato sono finito con un buco nella gamba." Non era esattamente la verità, ma Phantom era disposto a esagerare un poco, pur di distrarla dal volo.

"Cos'è successo?"

Gli parlò a voce bassa, tanto che lui sentì a malapena quelle poche parole sopra il rumore degli altri viaggiatori che parlavano, dei bicchieri che tintinnavano e dell'aria condizionata dell'aereo; eppure nessuno gli aveva mai rivolto parole più piacevoli. Ogni volta che Kalee si sentiva abbastanza a suo agio da pronunciare una parola, per lui era una vittoria importante.

Era il momento migliore per cominciare a raccontarle degli amici. Il piano per le tre settimane a venire era raccontarle di Piper, Sidney, Caite, Zoey ed Avery. Voleva che Kalee arrivasse a sentire di conoscerle già, così quando sarebbe tornata a Riverton avrebbe subito accettato di buon grado l'accoglienza delle persone care. Phantom voleva anche raccontarle dei colleghi SEAL.

Infine, voleva trovare il modo di garantirle che, per quanto fosse sopravvissuta a un'esperienza orribile, poteva comunque tornare a vivere nella normalità. Voleva raccontarle cose di sé che non aveva mai raccontato a nessuno. Se lui era riuscito a superare i momenti più bui, ce la poteva fare anche lei.

Il pensiero di condividere alcuni momenti molto personali con chiunque gli faceva venire il voltastomaco, ma per Kalee l'avrebbe fatto. Lei meritava il meglio dalla vita e se lui poteva dare un contributo raccontandole alcune delle malvagità che si era trovato ad affrontare, gliele avrebbe raccontate.

"Ero in Afghanistan. Avery è un'infermiera della Marina ed era stata presa prigioniera dagli insorti. Noi l'abbiamo trovata e l'abbiamo tratta in salvo; stavo scappando con lei e con Rex, quando è arrivato un elicottero a prenderci. Mentre stavamo per volare via, qualcuno mi ha sparato."

Kalee aveva gli occhi spalancati e gli si avvicinò di un poco.

Anche quel movimento minimo lo fece sciogliere dentro. Si stava spostando *verso* di lui, non per allontanarsi. Era un passo. Piccolo, ma pur sempre un passo.

"Mi faceva un male da bestia. Ovviamente, nella mia testa, ho dato tutta la colpa a quel povero pilota che non se n'era andato abbastanza alla svelta, o che non aveva effettuato delle manovre evasive. Quando mi hanno tirato di peso sull'elicottero, ho capito di essere nei guai. Mi girava la testa e perdevo molto sangue. Il proiettile mi aveva colpito proprio l'arteria e rischiavo di morire dissanguato. Avery però sapeva esattamente cosa fare: anche se non aveva un assorbente a portata di mano." Sorrise a Kalee, che ricambiò il sorriso, poi Phantom proseguì col racconto: "Mi ha infilato un dito nella gamba, in modo da chiudere l'arteria ferita, intanto continuava a parlarmi come se niente fosse. È riuscita a fermare l'emorragia, è rimasta così per tutto il volo, finché non siamo atterrati e non sono arrivato in sala operatoria."

"Siete usciti insieme?"

Quanto gli piaceva la voce di Kalee, specialmente quel tono così sommesso; ma l'ultima cosa che voleva era che Kalee lo immaginasse flirtare con Avery, o con qualunque altra donna del gruppo. Nemmeno voleva reagire in modo plateale, facendo i salti di gioia perché Kalee gli aveva parlato. Non voleva farla sentire in imbarazzo.

"No. Era chiaro fin dall'inizio che aveva un legame particolare con Rex. Voglio bene alle donne dei miei amici, ma non in senso romantico. Devi capire che per me, Rocco, Gumby, Ace, Bubba e Rex sono come dei fratelli. Farei di tutto per loro. *Di tutto*. Invece con gli altri di solito sono uno stronzo."

Kalee inarcò un sopracciglio.

Phantom scrollò le spalle. "È vero. Puoi chiedere a chi vuoi. Dico sempre la cosa sbagliata nel momento sbagliato. Sono troppo sfacciato. Non sono un tipo affabile, gli altri non hanno piacere a starmi troppo a lungo perché finisco sempre per metterli a disagio."

Lei non gli disse nulla e Phantom cercò di non prendersela per quel silenzio.

Passò un'assistente di volo a chiedere cosa volessero per cena; quando se ne fu andata, Phantom si stava scervellando per pensare a un altro argomento di cui parlare, ma sentì qualcosa sul braccio.

Abbassò lo sguardo e vide che Kalee gli aveva appoggiato una mano sull'avambraccio.

Lei non gli disse nulla, anzi, stava guardando fuori dal finestrino; ma lo aveva cercato... per tranquillizzarlo? Per assicurargli che *lei* non si sentiva a disagio vicino a lui? Per assicurarsi che lui fosse ancora lì?

Lui non ne aveva idea, ma in fin dei conti non gli importava. Quello che *era* importante era che stesse cercando il contatto con lui. Spontaneamente.

Phantom non osò più muoversi. Nemmeno di un centimetro. Gli sembrava che le dita di Kalee gli si stessero imprimendo nella carne. Non aveva mai provato una sensazione tanto bella.

———

Kalee non sapeva bene perché avesse allungato una mano cercando il contatto con Phantom. Non le era piaciuto lo sguardo con cui le aveva detto che metteva gli altri a disagio. Non era dispiaciuto, anzi, era profondamente consapevole di essere diverso dagli altri. Lei non ne conosceva il motivo e fu sbalordita, quando si accorse di voler sapere tutto sull'uomo misterioso che le stava al fianco.

Però non sopportava il pensiero che lui non si rendesse conto di essere un uomo meraviglioso. Avrebbe voluto dirgli moltissime cose, ma le parole le si fermavano tutte in gola.

L'unico gesto concreto era riuscita a fare era toccarlo, mostrargli che non aveva paura di lui, che non le dispiaceva quell'atteggiamento diretto.

Che follia. Non conosceva quell'uomo. Almeno non come ci si aspetta in società che una donna conosca un uomo prima che comincia a provare qualcosa per lui. Qualcosa di molto personale.

Kalee non era nemmeno *sicura* di provare qualcosa di personale per lui, in realtà. Sapeva solo che, quando stava con lui, non aveva paura che un ribelle la trascinasse di nuovo nella giungla. Di Phantom conosceva l'età, il nome, l'indirizzo; sapeva che era un SEAL della Marina, ma erano informazioni molto superficiali. Sapeva anche che era un osservatore attento e gentile e che il suo profumo le ricordava la libertà.

Mentre fissava fuori dal finestrino, si scrollò di dosso quei pensieri con un certo disgusto. Stava ragionando da idiota. Conosceva Phantom da quanto, due secondi? Per lui era soltanto una missione. Niente di più. Ovviamente lei non voleva avere più nulla a che spartire con gli uomini. Aveva visto e provato in prima persona quanto potessero essere malvagi. Come poteva mai tornare a desiderare un uomo?

Del resto, meno di un giorno prima si era ripromessa che non avrebbe mai più toccato un uomo, che non avrebbe aperto la bocca vicino a un uomo, per evitare che le sue parole venissero usate contro di lei, per ferirla. Invece, non solo aveva cercato spontaneamente il contatto con Phantom, ma gli aveva detto ben sette parole.

Sette. Sì, le aveva contate. Eppure non era stata colpita da un fulmine, né da un pugno. Non le era successo nulla di male, anzi: Phantom aveva sorriso, il che probabilmente non gli succedeva tanto spesso.

Kalee doveva solo tenere sotto controllo le proprie emozioni. Phantom la stava portando alle Hawaii perché potesse rimettersi in sesto mentalmente, prima di tornare a casa e riprendere la propria vita. Tutto qua. Non poteva cercare altri significati. Non voleva affezionarsi troppo all'uomo che l'aveva salvata.

Alzò gli occhi al cielo, accorgendosi dei pensieri ridicoli che stava formulando. Lei e Phantom non erano una coppia che stava approfondendo una conoscenza per decidere se stare insieme. Peraltro, lui probabilmente aveva già qualche donna che gli ronzava attorno. Anche se si fossero incontrati in circostanze normali, Phantom non avrebbe mai desiderato uscire con lei. Una donna distrutta. Macchiata.

Scosse la testa. No. Maledizione, lei non era macchiata. Solo una *vittima* l'avrebbe pensato, ma lei non era una vittima: era una sopravvissuta.

Non era stata lei a chiedere di subire ciò che aveva subito. Si era battuta con le unghie e con i denti, smettendo solo quando ormai non le conveniva più lottare. Poi era rimasta sempre in disparte ad aspettare, a osservare. Le piaceva pensare che, prima o poi, sarebbe riuscita a scappare anche da sola. Doveva crederci. Però era arrivato Phantom.

Per la prima volta, decise di ripensare ai ribelli. Si chiese quanto si fossero arrabbiati, svegliandosi e non trovandola più là. L'avevano cercata? Il pensiero della loro frustrazione, della loro rabbia, le diede forza. Che andassero *affanculo*.

Era scappata e loro si sarebbero chiesti per sempre come avesse fatto e dove fosse andata.

Bene. Che se lo chiedessero pure. Magari ci sarebbero pure impazziti.

Con un sorriso, Kalee si voltò verso Phantom. Voleva condividere con lui i propri pensieri, ma le parole non le uscivano.

Però si accorse di non dover condividere. Non del tutto.

"Non so cosa ti abbia fatto venire quel sorriso, ma mi piace," le disse Phantom sottovoce.

Non si era mosso di un centimetro, da quando lei gli aveva appoggiato la mano sul braccio; Kalee sapeva che Phantom si stava impegnando per lasciarle lo spazio che le serviva e lo apprezzava.

Gli strinse il braccio, poi prese la rivista infilata nella tasca dello schienale che aveva davanti, tanto per fare qualcosa. Avrebbe preferito rimanere aggrappata a Phantom, ma sapeva di dover fare di tutto per non appoggiarsi troppo a lui. Phantom se ne sarebbe andato, sarebbe tornato alla sua vita, e lei doveva trovare il modo di andare avanti da sola.

———

Phantom le fece strada attraversando l'aeroporto di Oahu verso la fermata dei taxi. Aveva lasciato a casa l'auto che aveva noleggiato, perché non sapeva per quanto tempo sarebbe mancato. La speranza era di star via solo un paio di giorni, anche se aveva corso il rischio di imbattersi in molti più imprevisti.

Sentì Kalee ansimare e si mosse prima ancora di poter elaborare con la mente. Un uomo stava camminando dietro di lei e le aveva appoggiato una mano sul braccio per cercare di venderle una collana di fiori. Era innocuo, voleva solo offrire le merci che vendeva, ma la stava spaventando.

Phantom si spostò dall'altro lato e portò la mano sul braccio di quell'uomo con un movimento rapido e deciso. Il venditore strillò e si portò il braccio al petto.

"Merda, amico, mi hai fatto *male*!" esclamò.

"Meglio," gli rispose Phantom con tono profondo, "così magari la prossima volta terrai le mani a posto. Non si tocca nessuno senza chiedere il permesso, *specialmente* lei. Ritieniti fortunato che non te l'ho rotto."

"Stronzo pazzo figlio di puttana!" mormorò il fioraio sparendo nella folla che li circondava.

Phantom lo osservò per un attimo, poi si rivolse a Kalee. "Scusa. Mi sono distratto un attimo, non succederà più. Cammina davanti a me, ti prometto che non ti toccherò, ma almeno ti guarderò le spalle."

Kalee aveva gli occhi spalancati; i segni dei lividi e delle ferite la facevano sembrare ancor più vulnerabile. Phantom si sentì un inetto per non aver evitato che quello stronzo la toccasse.

Lei annuì, al che lui tirò un sospiro di sollievo. "Grazie. I taxi sono appena fuori dal terminal, sulla destra. Ne prendiamo uno fino alla North Shore, poi preparo la cena. Domani possiamo passare il tempo a casa, io andrò a fare la spesa, ma se vuoi puoi venire anche tu. Come preferisci."

Lei annuì di nuovo.

"Va bene, tesoro, usciamo di qua, ti va?"

Allora lei si girò per incamminarsi nella direzione che lui le aveva indicato. Avanzava a passi incerti, continuava a guardarsi alle spalle, ma almeno andava nella direzione giusta. Phantom lanciava occhiatacce a chiunque si azzardasse anche solo ad avvicinarsi a lei a meno di un metro. Sapeva di comportarsi in modo esagerato, ma non riusciva a togliersi dalla testa la reazione di panico di Kalee.

Arrivarono alla fila di taxi senza ulteriori intoppi, poi il telefono di Phantom cominciò a squillare. Non avrebbe voluto rispondere, ma vide che era Rocco a chiamarlo.

Sapendo che prima o poi avrebbe dovuto affrontare quella conversazione, prese il telefono e rispose.

"Ciao."

"Perché cazzo non ci hai detto che ti prendevi una vacanza?" gli chiese Rocco con una certa agitazione.

Phantom sospirò. "Perché sapevo che vi sareste preoccupati."

"Puoi dirlo forte, e adesso dove sei?"

"Alle Hawaii."

"Cazzate. Ti conosco bene. Sei a Timor Est, non è vero? Maledizione, Phantom, così butti nel cesso la carriera!"

Phantom sapeva di averla già buttata nel cesso, ma non gli importava. In quel momento, doveva solo fare in modo che uno dei suoi migliori amici gli credesse. "Sono davvero alle Hawaii, Rocco," gli disse con calma. "Ho telefonato a Mustang... sai, il SEAL che ha una squadra su quest'isola... mi ha aiutato ad affittare una casa sulla spiaggia, sulla North Shore. Oggi sono stato in città, ma sono davvero qui."

"Dimostramelo."

"Ma vaffanculo," gli rispose di gola.

"Dimostrami che sei *davvero* alle Hawaii," gli ordinò Rocco, "altrimenti parto con gli altri della squadra per Timor Est."

Phantom strinse il telefono con tutta la forza che aveva. Era proprio quello il motivo per cui non aveva condiviso il piano con gli amici. Sapeva che si sarebbero rifiutati di lasciarlo andare da solo e oltre a rovinare la *propria* carriera, avrebbe rovinato anche la loro. Ma loro erano sposati, avevano figli, parenti di cui preoccuparsi. Lui no.

Gli occhi di Phantom si spostarono senza volere su Kalee. Senza un lavoro, sarebbe stato difficile mantenere una famiglia. Avrebbe dovuto andarsene dalla California, uno stato in cui tutto costava fin troppo. Avrebbe dovuto decidere cosa fare nella vita, che tipo di lavoro cercare. Non aveva idea di chi volesse assumere un ex SEAL della Marina che nella vita non aveva fatto altro che prendere gli altri a calci e farsi insultare.

"Sono... alle... Hawaii," sbottò.

"Te l'ho già detto, me lo devi dimostrare," ribadì Rocco.

"Mi spieghi cosa dovrei fare per dimostrartelo?" gli chiese Phantom.

"Pensaci tu, ma cerca di essere convincente," gli spiegò Rocco, che poi riattaccò.

Phantom rimase a guardare il cellulare per un attimo, sorpreso perché uno dei suoi più grandi amici aveva chiuso la conversazione in quel modo, poi sospirò.

Sentì la mano di Kalee sul bicipite; proprio come gli era successo sull'aereo, quel contatto lo tranquillizzò.

Abbassò lo sguardo verso di lei: lo fissava con un'espressione preoccupata. Phantom si sforzò di rilassarsi e cercò di sorriderle. "Va tutto bene. Era Rocco, è preoccupato per me. Sono costretto a un cambio di programma per stasera, mi dispiace."

Lei si chiuse nelle spalle e gli strinse il braccio.

"Devo invitare qualcuno in casa," Glielo disse rapidamente, in modo da non spaventarla. "Non preoccuparti, non devi incontrarli per forza, puoi anche rimanere in camera, è sufficiente che li veda in cortile. Rocco non crede che mi trovi alle Hawaii. Il modo più veloce per dimostrarglielo è invitare Mustang e i suoi. Mustang è il collega che mi ha aiutato a trovare la casa in affitto, Rocco lo conosce, sa che è di stanza su quest'isola. Se ci vede insieme sulla spiaggia, con l'oceano, a sparare qualche cazzata, la smetterà di tormentarmi. Però mentre parlo con Rocco tu devi stare in casa; l'ultima cosa che voglio è che ti veda. Capirebbe subito cos'ho fatto."

Phantom non aveva bisogno di alcuna approvazione per quanto aveva fatto: l'aveva deciso lui, per necessità, al diavolo le conseguenze. Ma davvero non era il caso di stressare Kalee più di quanto non lo fosse già.

"Se non ce la fai, non è un problema, troverò un altro modo per dimostrare a Rocco che sono alle Hawaii," le disse, "anzi, sì, forse chiamare Mustang e gli altri è una stupidata." Scosse la testa. "Farò un filmato mentre vado in giro per le strade, vedrà i cartelli e saprà che sono qui. Sì, comunque è meglio."

"No. Chiama i tuoi amici."

Phantom si voltò a fissare Kalee: più si allontanava da Timor Est e più sembrava mettersi a suo agio.

"Sei sicura?" le chiese.

Lei annuì.

Phantom fece per allungare le braccia: voleva tanto abbracciarla. Se qualcuno aveva bisogno di un abbraccio, di un contatto umano affettuoso, era proprio lei. Accidenti, anche *lui* ne aveva bisogno. Però riuscì a tenere le mani a posto.

"Grazie," le disse. Intanto si spostarono per seguire la coda per i taxi. "Devo telefonare a Mustang per organizzare il tutto, posso chiamarlo adesso?"

Lei annuì di nuovo.

Dopo aver cliccato sul contatto di Mustang, Phantom si portò il telefono all'orecchio.

"Ehi! Parla Mustang."

"Ciao, sono Phantom, ho bisogno di un altro favore."

"Tutto quello che vuoi."

A Phantom piacevano quasi tutti i colleghi che aveva conosciuto. Di solito, i SEAL erano sempre molto disponibili tra loro, anche se non si vedevano da mesi, persino se non avevano mai collaborato alle stesse missioni.

"Non è che per caso puoi prendere Midas, Pid, Aleck, Jag e Slate e portarli da me per un drink?"

"Certo, quando?"

"Ehm... adesso?"

Mustang fece una risata. "Caspita, non è un gran che come preavviso, come mai?"

"Eh, lo so, scusa. È solo che volevo ringraziarti per bene per avermi trovato un posto dove passare le vacanze."

"E poi?" gli chiese Mustang.

"E poi cosa?"

"E poi che altro c'è? Non penserai davvero che mi beva una scusa tanto debole."

"Va bene. Devo dimostrare a Rocco che sono davvero alle Hawaii e ho pensato che il modo migliore per togliergli ogni dubbio fosse vederci tutti mentre ci beviamo una birra in compagnia."

Quelle parole furono seguite da qualche attimo di silenzio, poi Mustang gli chiese: "Ti serve aiuto per qualche motivo?"

Ecco perché a Phantom piaceva Mustang: era molto intuitivo e non esitava a offrirsi di aiutare. "No, no, va tutto bene. Anzi, alla grande."

Il tono di Phantom finì per convincere Mustang, che gli rispose con voce un po' più rilassata: "Bene. Mi sembra di capire che sei all'aeroporto, riconosco gli annunci. Sento gli altri e ci troviamo da te tra un paio d'ore. C'è un traffico bestiale, ma tra un po' dovrebbe calmarsi. Vuoi che portiamo qualcosa?"

Phantom stava per rispondere di no, ma poi ci ripensò. "Aspetta un attimo," gli disse, poi si appoggiò il telefono al petto e guardò verso Kalee. "Mustang ha detto che verrà con gli altri, c'è qualcosa che ti serve, qualcosa che possono passare a prenderti?"

Lei scosse la testa e Phantom si fece più serio.

"Dico davvero, pensaci. Dev'esserci qualcosa che ti andrebbe, da bere o da mangiare. Qualcosa che ti manca troppo. Una volta mi hanno fatto prigioniero e non facevo che pensare ai cetrioli sottaceto." Vedendola sbalordita, Phantom si fece una risata. "Lo so, è una stupidata, cioè, potevo anche pensare a una bella bistecca succulenta, o a una birrozza ghiacciata, invece il mio cervello si era fissato su degli accidenti di sottaceti."

Phantom non intendeva riversarle addosso tutta quella storia, ma voleva dare a Kalee tutto ciò che le era stato negato mentre era tenuta prigioniera.

"Burro d'arachidi. Croccante. Cioccolato fondente."

Phantom fece un sorriso e senza pensarci alzò una mano

per sistemarle una ciocca di capelli dietro l'orecchio. Solo quando lei scattò, allontanandosi dalla mano, lui si accorse di ciò che stava facendo.

"Merda, scusami, tesoro." Infuriato con se stesso per averla spaventata, Phantom fece un respiro profondo e riportò all'orecchio il cellulare. "Un bel vasetto grande di burro d'arachidi croccante e una valanga di tavolette di cioccolato fondente," disse senza star troppo a spiegare.

"Aggiudicato. Intanto che ci sono, prendo anche dei sottaceti," rispose Mustang scherzando. "A dopo."

Phantom non ebbe nemmeno il tempo di mandare a quel paese l'amico, che ovviamente aveva sentito la conversazione con Kalee. Chiuse la chiamata e infilò di nuovo il telefono in tasca.

"Mi dispiace davvero," disse a Kalee, che sembrava ancora un po' scossa. Phantom odiava vederla in quello stato e cercò di spiegarsi: "È solo che sono tanto orgoglioso di te e mi sono mosso senza pensarci. Vicino all'orecchio hai un ricciolo troppo carino che continua a spostarsi sulla tua guancia, volevo solo sistemartelo dietro l'orecchio. Lo so che non ti piace farti toccare, in futuro cercherò davvero di tenere le mani a posto."

Lei lo guardò e si morse un labbro. Aprì la bocca e subito dopo la richiuse. Poi fece un respiro profondo e le si dilatarono le pupille; sembrava quasi che stesse per fare qualcosa di estremamente pericoloso, come bungee jumping o saltare col paracadute. Invece doveva semplicemente *parlare*. Però riuscì a raccogliere il coraggio per dirgli: "Ho visto la tua mano muoversi verso di me e ho pensato che volessi colpirmi."

Phantom sapeva già ciò che le era passato per la testa, ma sentirglielo dire gli fece male comunque. Si abbassò e le disse sottovoce, in modo che sentisse solo lei: "Non ti colpirei mai, Kalee. *Mai*. Non importa quanto possa essere frustrato o arrabbiato, non ti metterei mai le mani addosso per sfogarmi.

Vorrei tanto tornare indietro e ammazzare ogni singolo bastardo che c'era in quella casa per aver osato approfittarsi di te. Mi fanno incazzare le persone che ritengono di avere il diritto di far del male agli altri. So che servirà del tempo, ma spero che prima o poi tu ti senta davvero al sicuro con me."

"Mi sento al sicuro," gli sussurrò.

Phantom scosse la testa. "Non ancora, ma ci arriveremo. Te lo prometto." Alzò lo sguardo e si accorse che nel frattempo erano arrivati a capo della fila per il taxi. "Il prossimo è nostro."

A quel punto Kalee lo fece rimanere di sasso: allungò una mano e prese quella di Phantom per portarsela verso la guancia. La appoggiò appena e Phantom colse l'invito e con le dita afferrò la ciocca di capelli, spostandogliela dietro l'orecchio con tanta dolcezza.

Si fissarono a vicenda per un attimo, poi l'addetto all'assegnazione dei taxi urlò che toccava a loro e che dovevano salire sul prossimo veicolo.

Phantom lasciò andare un sospiro di sollievo e aprì lo sportello a Kalee. Pensava di aver mandato tutto all'aria con quel gesto, invece lei gli aveva dimostrato che non era successo... non ancora.

Phantom non poteva che temere il giorno in cui avrebbe dovuto raccontarle la propria responsabilità nell'ordalia che le era capitata. Prima però le serviva del tempo per riprendersi. Lui si sentiva un codardo, ma preferiva rimandare ancora per un po'. Non avrebbe sopportato lo sguardo di Kalee, se l'avesse fissato con disgusto, con odio.

CAPITOLO QUATTRO

Phantom strinse con decisione la mano di Mustang, che si era presentato con tutta la squadra poco dopo che Phantom e Kalee erano arrivati in quella casa. Il traffico *era* stato terribile, ma su quell'isola era sempre così. Kalee era rimasta in disparte in casa mentre lui telefonava a Rocco. Phantom si augurava che lei poi li raggiungesse fuori, nel piccolo giardino sul retro.

La casa non era grande, anzi, era piccolina, ma dava direttamente sulla spiaggia, proprio come voleva Phantom, che aveva detto la verità al comandante: gli serviva una vacanza. Ne aveva bisogno. Lui e gli altri della squadra lavoravano incessantemente e di recente si erano trovati in situazioni molto intense; lui era anche stato tormentato dall'angoscia di ricordare cosa gli fosse sfuggito, a Timor Est... e poi quando si *era* ricordato di aver visto il piede di Kalee muoversi, in quella fossa, il tormento era diventato uno sfinimento.

Non vedeva l'ora di passare del tempo in quel paradiso... insieme a Kalee.

Si tolse dalla testa quel pensiero: non doveva certo convincerla a frequentarlo; doveva assicurarsi che riconquistasse un certo equilibrio mentale, prima di tornare a vivere. Phantom salutò gli altri SEAL di stanza alle Hawaii.

Mustang era il più anziano, aveva trentasei anni, era il caposquadra. Era alto più di un metro e ottanta, capelli castani. Midas aveva trentadue anni ed era il più alto del gruppo, più o meno come Phantom, ma aveva i capelli biondi del color dell'oro. Aleck non aveva ancora trent'anni, ma Phantom lo conosceva e sapeva che era il più sveglio di tutti. Mustang raccontava sempre un sacco di aneddoti, situazioni in cui Aleck usava la sua furbizia per tirar fuori tutti da situazioni spinose.

Pid era il più giovane, ventotto anni, anche se si vedeva chiaramente che i suoi occhi nascondevano dei demoni spropositati per la sua età. Jag era il più tranquillo, ma non per questo meno sveglio o letale. Phantom aveva sentito raccontare la storia di quando Jag era riuscito a far fuori un intero plotone di nemici senza batter ciglio.

L'ultimo del gruppo era Slate: un tipo scorbutico, proprio come Phantom, infatti era in disparte con le braccia conserte e il viso imbronciato.

Phantom di solito non si accorgeva nemmeno di quanto fosse irritabile Slate, semplicemente perché anche lui spesso non era di grande compagnia... ma se avesse detto qualcosa a Kalee facendola spaventare, se ne sarebbe pentito.

"Va bene, siamo tutti qui," disse Mustang. "Dai, chiama il tuo Rocco, diamoci una mossa."

"Non capisco perché Rocco non dovrebbe crederti," intervenne Midas, "secondo me, a meno che tu non abbia fatto qualche cazzata galattica, dovrebbe prendere per buona la tua parola."

"Vero?" aggiunse Aleck. "Cos'hai combinato, per perdere di credibilità?"

Phantom ignorò quelle domande, prese il telefono e cliccò sul nome di Rocco. Voleva togliersi quel peso per poter invitare fuori Kalee e darle modo di rilassarsi. Era una bella serata, voleva mostrarle il tramonto, farle ascoltare il suono delle onde che lambivano la costa.

"Sono io," disse Phantom a Rocco appena rispose.

"Bene, adesso dimostrami che sei alle Hawaii," disse Rocco senza perdere tempo.

Phantom cliccò il pulsante della videochiamata a girò il telefono per inquadrare gli altri SEAL. "Sono qui sulla spiaggia, ma siccome sapevo che non ti avrei convinto mostrandoti solo la spiaggia, ho invitato anche qualche amico."

"Che mi venga un colpo!" rispose Rocco vedendo gli altri uomini. "Mustang! Come diavolo ve la passate, ragazzi?"

Mustang fece una risatina e sollevò una birra verso il telefono. "Stiamo bene, come puoi vedere. Devo farti le mie congratulazioni. Ho sentito che una donna ti ha salvato il culo. Bravo."

"Cazzo, hai proprio ragione. Caite è fantastica. Può salvarmi la vita tutti i giorni. E il resto della squadra come sta?"

Gli altri salutarono Rocco e tutti si scambiarono convenevoli per qualche minuto.

Poi Pid chiese: "Allora... cos'ha combinato Phantom, che non ti fidi più di lui?"

Phantom grugnì e girò il telefono, ma Slate gli si avvicinò e gli afferrò il polso. "No, dobbiamo sentire," gli disse.

Phantom lo squadrò, ma non cercò di liberarsi da quella presa. Se lo meritava. Sapeva di meritarselo. Non gli *piaceva*, ma se uno di quegli uomini si fosse presentato in California chiedendo a lui e agli altri della sua squadra di fornirgli un alibi, anche lui avrebbe preteso di sapere il perché.

"Un po' di tempo fa siamo andati in missione a Timor Est, ma è andata male," spiegò Rocco. "Phantom si è messo in testa che era colpa sua e che doveva fare qualcosa per riparare. Di recente ci sono giunte notizie relative proprio a quella missione e gli è stato ordinato di non intervenire. Abbiamo pensato tutti che avrebbe ignorato l'ordine e sarebbe andato lo stesso a Timor Est."

Phantom si irrigidì davanti agli occhi di Mustang e degli altri. Chiunque di loro avrebbe potuto spifferare a Rocco che, anche se Phantom era alle Hawaii, prima era stato altrove; ma grazie al cielo nessuno disse nulla che insospettisse il suo caposquadra.

"Beh, il tuo amico è chiaramente nella terra degli hula hoop e del sole," commentò Midas.

"Bene, fate in modo che ci resti, ok?" chiese Rocco. "La squadra ha bisogno di lui e l'ultima cosa che vogliamo è che faccia qualche stupidata."

"Dovresti avere più fiducia nel tuo commilitone," commentò Slate.

"Non è che non mi fidi di lui," ribatté Rocco, "è che lo conosciamo, è talmente legato alla sua integrità morale che farebbe di tutto per correggere un proprio errore."

"Non è affatto un aspetto negativo," aggiunse Jag.

"Se arrivi a mettere in pericolo la carriera, è negativo," ribadì Rocco.

"Non me ne andrò dalle Hawaii se non per tornare in California," promise Phantom; non era una menzogna.

"Bene. Non dimenticare di telefonare ad Ace tra una settimana, dopo che Piper avrà superato il parto cesareo."

Phantom si era dimenticato che Piper stava per arrivare alla data del parto ed era preoccupato per lei. "Grazie, la chiamerò."

"Merda, bambini?" intervenne Pid, "no, grazie."

Rocco si mise a ridere. "Senti cosa ti dico... quando troverai una donna con cui vorrai passare il resto della tua vita, i bambini non ti daranno più tanto fastidio. Phantom, spegni la telecamera."

Phantom cliccò il pulsante e tornò alla chiamata vocale,

portandosi il telefono all'orecchio. "Adesso ti ascolto solo io," disse a Rocco.

"Scusa se ho chiesto una prova," gli disse Rocco, "è solo che eravamo tutti preoccupati per te. L'ultima cosa che vogliamo è che tu parta per conto tuo a cercare di salvare Kalee. Ti ho promesso tempo fa che l'avremmo portata a casa e non ho intenzione di rimangiarmi la parola data. Ne abbiamo parlato col comandante. Nessuno di noi è contento che lei sia ancora là, da sola, probabilmente spaventata a morte. La porteremo a casa, fosse l'ultima cosa che facciamo."

Phantom si sentì in colpa, ma anche pieno di rispetto nei confronti dell'amico. "Grazie," fu tutto ciò che gli uscì di bocca; non voleva sputare il rospo e dirgli che non doveva più preoccuparsi e che Kalee era sana e salva, lì alle Hawaii con lui.

"Sono sicuro che ti telefoneranno anche gli altri," aggiunse Rocco, "Rex ha detto che Avery è molto preoccupata per te, ovviamente anche Piper. So che avevi bisogno di staccare, ma per favore non sparire. Va bene?"

"Non sparirò," gli rispose Phantom, che non era mai stato uno molto sdolcinato, ma non voleva che gli amici si preoccupassero per lui.

"Divertiti con Mustang. Non farti convincere ad andare per locali e ubriacarti, per poi rimorchiare la prima che passa."

"Da quando in qua pensi che sia uno che passa le serate a rimorchiare nei locali?" gli chiese Phantom.

"Beh, c'è stato quell'episodio all'Aces; se mi ricordo bene, hai imparato la lezione. Però adesso sei là con Mustang e la sua squadra... non si sa mai. Ci sentiamo."

Phantom chiuse la telefonata dopo che Rocco aveva già riattaccato.

"C'è qualcosa che vorresti raccontarci?" gli disse Mustang con un tono che non lasciava spazio all'umorismo. "Sei arrivato alle Hawaii un paio di giorni fa, eppure eri ancora in aeroporto qualche *ora* fa."

Phantom sospirò. Avrebbe preferito evitare, ma gli sarebbe stato impossibile presentare loro Kalee senza un minimo di chiarimento.

"Quasi un anno fa, siamo andati a Timor Est per prelevare una volontaria dei Peace Corps, per via dell'escalation di violenza da parte degli insorti. Quando siamo arrivati, ormai era troppo tardi. Tutti pensavamo che fosse morta. Di recente, però, si sono trovate prove che era ancora viva e che era stata costretta a collaborare coi ribelli."

"Cazzo," commentò Jag.

"Infatti," gli rispose Phantom.

"Quindi ti hanno ordinato di startene buono e tu hai deciso di prenderti una bella vacanza qui alle Hawaii, eh?" gli disse Mustang alludendo palesemente.

"Sì," gli rispose Phantom.

"Tu però ci sei andato lo stesso, vero?" gli disse Pid.

Phantom decise di non confermare né smentire.

"Ti faranno il culo, quando torni a casa," osservò Midas.

"Almeno Kalee è viva," rispose Phantom a voce bassa.

"Ti basterà, quando ti caccerranno a pedate per aver disobbedito a un ordine?" gli chiese Slate.

Phantom si girò per guardare in faccia Slate. "Sì," gli rispose semplicemente. Mentre lo diceva, capì che gli sarebbe bastato davvero. Avrebbe odiato non lavorare più come SEAL, ma avrebbe ripetuto tutto daccapo e nello stesso modo, pur di strappare Kalee dalle mani dei ribelli.

Mustang scrutò Phantom per un momento. "E non hai detto niente ai tuoi compagni d'armi perché sapevi che non ti avrebbero lasciato andare da solo. Non volevi mettere in pericolo anche le *loro* carriere... vero?"

Di nuovo, Phantom si impuntò e rimase in silenzio.

"Cazzo. Sei un brav'uomo," gli disse Mustang scuotendo la

testa. "Folle, ma buono." Poi gli si avvicinò di un passo e gli diede una pacca sulla schiena."

"Allora... ce la fai conoscere?" gli chiese Pid.

"Se fate i bravi, sì," rispose Phantom.

"Ma certo che faremo i bravi," rispose Aleck con un sorriso.

Phantom alzò gli occhi al cielo. "Dico sul serio. Sentite, è molto scattosa, del resto ne ha tutti i motivi. Qualunque cosa facciate, non toccatela, cazzo... le dà fastidio."

Tutti e sei gli altri uomini si indurirono in volto. Immaginavano il motivo per cui a una donna potesse dare fastidio il contatto fisico e quel pensiero li fece infuriare tutti.

"Non assillatela," disse Phantom agli altri. "È una donna fortissima. Ah... non parla molto. Se volete chiederle qualcosa, fate in modo che possa rispondere con un semplice sì o no, va bene?"

Annuirono tutti.

"Bene. Oh... grazie per non aver detto nulla a Rocco. È ovvio che scopriranno tutto quello che ho fatto, quando tornerò. Però voglio che Kalee approfitti di queste settimane per rilassarsi, per non pensare a nulla, se non a superare ciò che le è successo," concluse Phantom.

"Comprensibile," rispose Pid con tono serio.

"È fortunata ad averti trovato," aggiunse Midas.

Phantom sapeva che *non* era vero. Lui era proprio il motivo per cui Kalee si era ritrovata a vivere quell'inferno, ma non disse nulla a quel proposito. I suoi compagni di squadra non l'avevano biasimato per non essersi ricordato ciò che aveva visto quel giorno all'orfanotrofio: aveva visto il piede di Kalee che si era spostato e non aveva allarmato tutti perché la tirassero fuori dalla fossa. Però lui si sentiva in colpa.

Si era trovato nella stessa posizione di Kalee. Non proprio la stessa: aveva affidato agli altri la speranza di farsi tirare fuori da una situazione orribile... e nessuno l'aveva salvato. A quel tempo, si era sentito una merda.

Avrebbe potuto salvare Kalee già nella prima missione e non l'aveva salvata. Avrebbe dovuto sopportare quel peso per tutta la vita.

"Va bene, allora vado a prenderla. Mi raccomando... fate i bravi," ripeté Phantom avvertendo gli amici con un'occhiataccia.

Gli altri risero mentre lui si girava per andare in casa a dire a Kalee che era tutto a posto e che, se voleva, poteva uscire.

———

Kalee era in piedi vicino alla finestra e guardava Phantom parlare con gli amici. Erano tutti omoni grandi e grossi, potevano ferirla facilmente con un manrovescio, pensò.

In passato, sarebbe uscita con loro a scherzare, magari a flirtare con quegli uomini affascinanti. Avrebbe sorriso alle loro battute trite e ammiccanti, magari se ne sarebbe portato uno a casa. Nella vita non le era mai capitata un'avventura di una notte, ma un paio di volte ci aveva fatto un pensierino.

Voleva tornare a essere la donna di prima.

Invece si nascondeva dietro una maledetta tenda, con una paura folle persino di uscire a salutare. Sapeva di avere un aspetto orribile. Aveva i capelli rovinati, le ferite sul viso sbandieravano ai quattro venti l'inferno che aveva patito.

Dopo un respiro profondo, Kalee scosse la testa. Non doveva vergognarsi. Almeno doveva provarci. Non era stata *lei* a colpirsi da sola. Non aveva chiesto che le tagliassero i capelli, rovinandoli. Era tutta opera di altri. Cambiare atteggiamento sarebbe stato difficile, ma lei ce l'avrebbe fatta.

Si girò e vide un cappellino da baseball sul tavolo vicino alla cucina. Era di colore blu marino e sulla fronte aveva il logo dei SEAL, con il tridente. Si incamminò per andarlo a prendere e lo indossò; le nascondeva i capelli e alcune ferite sul volto, o almeno quella era la sua speranza.

Appena si tirò giù la visiera, la porta sul retro si aprì e Phantom entrò.

"Ciao," le disse sottovoce, "il mio cappello ti dona."

Per un secondo, Kalee volle scusarsi per averlo indossato senza chiedergli il permesso, ma preferì drizzare la schiena: era solo un cappellino e lui chiaramente non se l'era presa, quindi non c'era alcun bisogno di preoccuparsi o di scusarsi per averlo preso in prestito. Doveva smetterla di temere che ci fosse qualcuno pronto a prenderla a schiaffi o a calci nelle costole a ogni minima azione.

Rispose a Phantom con un sorriso di gratitudine.

"Sei pronta a uscire per salutare gli amici? Non devono fermarsi a lungo e non si aspettano nulla da te, solo di stare in compagnia con una bella ragazza. Però puoi ignorare il novantacinque per cento di ciò che dicono: sono solo cazzate."

Kalee gli sorrise di nuovo. Che meraviglia, poter trovare qualcosa tanto divertente. Non era passato molto tempo da quando era depressa, terrorizzata e incapace di muovere un dito senza che le fosse dato il permesso. Anzi, non erano passate che alcune ore. Invece era là, pronta a uscire e *intrattenersi* con un gruppo di uomini che senza dubbio potevano essere capaci di uccidere. Ma sapeva che Phantom non avrebbe permesso a nessuno di fare o dire qualcosa che la facesse sentire minacciata.

Indossava ancora i leggings e la maglia che Phantom le aveva procurato a Timor Est, ma non sentiva un gran bisogno di cambiarsi. Dopotutto aveva indossato gli stessi stracci lerci per mesi: al confronto, quelli che indossava in quel momento erano pulitissimi.

Annuì e seguì Phantom fuori dalla casetta, sulla pedana in

legno sul retro. Non appena fu fuori, i sei uomini si alzarono in piedi.

Sussultando per la sorpresa, Kalee fece un passo indietro inspirando di scatto. Però si accorse subito che quegli uomini volevano solo essere gentili e non le sarebbero venuti addosso. Fece del proprio meglio per respirare lentamente e rallentare il battito cardiaco, inclinò il capo in modo da nasconderlo il più possibile dietro la visiera del cappellino che indossava e fece qualche passo di lato per andare a sedersi in una delle due sedie libere sulla destra.

Nessuno commentò quel comportamento anomalo e ben presto ripresero tutti a parlare.

Senza dire una parola, Phantom prese un vasetto di burro d'arachidi e una barretta di cioccolato e glieli passò. Lei sorrise, notando che le aveva già aperto il vasetto. Tenendo lo sguardo fisso sugli altri uomini, che nel frattempo si erano seduti e stavano chiacchierando tranquillamente, spezzò un quadratino di cioccolata e affondò il cucchiaio nel burro d'arachidi.

Appena lo mise in bocca, le esplosero le papille gustative: non aveva mai assaggiato una delizia come quella.

Lanciò un'occhiata a Phantom e lo trovò che la osservava con un sorriso; lui però non commentò, si girò semplicemente verso gli amici. Non le sfuggì che le due sedie su cui sedevano lei e Phantom erano state messe un po' in disparte e lui si era seduto tra lei e gli altri. Le dava molto fastidio aver bisogno di quella barriera, ma nel contempo gliene fu grata.

Kalee osservò con attenzione i SEAL che discutevano. Come aveva notato già mentre era in casa, erano tutti molto muscolosi e in ottima forma. Phantom era il più alto, anche se ce n'era un altro, quello che gli altri chiamavano Midas, che sembrava alto quasi quanto lui.

All'inizio, Kalee cercò di prestare attenzione a tutto ciò che dicevano, ma dopo non molto tempo si ritrovò a vagare con la mente. Guardò più in là, fissando l'oceano. Il sole era appena tramontato ed era difficile distinguere l'orizzonte, ma si sentiva bene lo sciabordio delle onde che si susseguivano ritmicamente sulla spiaggia. Soffiava una brezza tiepida ma rinfrescante che rendeva la temperatura perfetta per stare seduti all'aperto a rilassarsi.

Si accorse che, per la prima volta dopo tanto tempo, si *stava* rilassando, pur essendo circondata da uomini. Non era preoccupata che se la prendessero con lei. Era una sensazione strana, ma molto confortante.

Ben presto, un po' la serata tiepida, un po' lo stomaco pieno, complice il suono dell'oceano, le venne sempre più difficile tenere gli occhi aperti. In ogni caso, non stava intervenendo nella conversazione e dubitava che sarebbe importato a qualcuno, se avesse chiuso gli occhi.

Quando, immaginando che si fosse addormentata, cominciarono a parlare di lei, Kalee non aprì gli occhi, per non rivelare di essere sveglia.

"Non mi sembra messa tanto male, mi aspettavo peggio," disse sottovoce Pid.

"Sta alla grande," ribatté Phantom. Quelle parole le fecero venire voglia di piangere. Non era una stupida e sapeva di avere un aspetto malconcio, ma Phantom sembrava tanto sincero che lei quasi gli credette.

"Ho sempre avuto un debole per le tipe coi capelli rossi," commentò Midas.

"Stalle lontano," gli disse Phantom con un grugnito.

"Eh, calma, santo cielo," ribatté Midas, "sembra che ti abbiano mezzo impalato!"

"È meglio se eviti di farti venire delle voglie, ha passato un inferno e adesso finalmente può rilassarsi, tornare alla normalità. Non è qui per scansare degli stronzi arrapati."

"Calmati, Phantom," gli disse Mustang, "Midas non ci stava mica provando. È più che ovvio che interessa a te."

"Non in quel senso," protestò immediatamente Phantom.

Kalee non poté evitare di sentirsi ferita. Una sensazione ridicola, grottesca. Non era affatto in cerca di un compagno. Assolutamente no. Però in parte si sentì delusa dalla risposta di Phantom. Sapeva bene di avere un aspetto... disastrato. Nessuno sano di mente l'avrebbe trovata minimamente attraente, in quelle condizioni.

"Allora non sei attratto da lei?" gli chiese Aleck.

Kalee sentì Phantom che si sistemava sulla sedia vicina, quasi se lo immaginò sporgersi in avanti per squadrare gli altri SEAL.

"Non ho detto questo," rispose Phantom sottovoce.

Kalee fu sbalordita. Immaginò di aver capito male.

"Ero troppo concentrato per ritrovarla e portarla via da Timor Est, non ho pensato a chi fosse come persona. Non mi importava. Per me era solo una missione. Ma ve lo giuro, nel momento stesso in cui c'è stato un contatto fisico... è cambiato qualcosa. Penso sia la persona più tosta che io abbia mai incontrato. Non abbiamo parlato di ciò che le è successo, ma posso immaginarmelo e non è niente di bello. Ma accidenti, ha fatto tutto ciò che le chiedevo. È grazie a lei che è filato tutto così liscio. La ammiro, sono fiero di lei. Sono meravigliato da lei."

Kalee sentì le lacrime che le bagnavano gli occhi, ma le trattenne. Non voleva far sapere agli altri di essere sveglia. Avrebbero smesso di parlare e lei non avrebbe più sentito quelle parole meravigliose, parole che non sentiva da tantissimo tempo. Le parole gentili di Phantom erano come un balsamo per l'anima. Da mesi, si sentiva una codarda e odiava se stessa. Ciò che lui aveva appena detto contribuì molto a farla sentire meglio.

"Mi ricorda un cagnolino che avevo da piccolo."

Kalee sentì la voglia di sghignazzare alzando gli occhi al cielo. Proprio quando le aveva appena fatto un sacco di complimenti, Phantom doveva paragonarla a una cagna. Per un attimo pensò di fingere di risvegliarsi di sobbalzo, ma decise di non farlo, perché stava troppo comoda dov'era... peraltro voleva sentire come andava a finire il paragone di Phantom.

"Avevo dieci anni, a casa era tutto uno schifo. Mia madre e mia zia erano persone orribili e io facevo di tutto pur di rimanere fuori il più a lungo possibile. Un giorno ho trovato questa cagnolina randagia, un terrier, o una specie simile. Aveva una paura folle delle persone e si era nascosta dietro una casa disabitata vicino alla mia. Decisi che sarei riuscito a conquistare la sua fiducia. Spesso rubavo da mangiare dai cestini dei miei compagni di scuola e ne tenevo da parte per quando tornavo: lo lasciavo a quella cagnolina e pian pianino lei ha cominciato a fidarsi di me. Uno dei giorni più belli della mia vita è stato quando si è lasciata accarezzare."

"Poi è arrivata l'estate e ho passato un sacco di tempo in quella casa con lei. Non mi faceva piacere lasciarcela ogni sera, ma sapevo di non poterla portare da me. Quando la stagione si è fatta più fredda, il pensiero di lasciarla in quella casa a tremare dal freddo mi dava molto fastidio, ma sapevo di non poterle offrire la vita che meritava."

"C'era una signora anziana che viveva vicino alla scuola, era sempre seduta davanti a casa e salutava tutti i ragazzini che passavano. Era molto gentile. Un giorno sono partito al mattino presto e ho legato la cagna a una corda, l'ho portata davanti alla casa della signora e l'ho legata vicino alla sedia dove lei si sedeva. Da quel giorno in poi, ogni volta che andavo a scuola, ho sempre visto la signora e la cagna sedute insieme."

"Quindi trovi giusto paragonare Kalee a una cagna randagia? Non capisco," commentò Slate.

"Io non potevo diventare il padrone di quella cagna. Avrei voluto, ma non poteva funzionare. Così l'ho aiutata a rimettersi in sesto e l'ho consegnata a qualcuno che poteva occuparsi di lei. Quella signora le ha dato tutto ciò che io non potevo darle," concluse Phantom senza scaldarsi troppo.

Kalee avrebbe voluto mettersi a piangere di nuovo, ma non per sé. Poteva immaginarselo, Phantom da bambino che nutriva quella cagnolina fino a farla star meglio, per poi consegnarla a un'altra persona con molto altruismo. Era un'immagine straziante, ma la diceva lunga su quell'uomo. Probabilmente rivelava di Phantom più di quanto lui fosse disposto a svelare.

"Che cazzata," sbottò Pid, "non la storia sul cane, ma l'interpretazione che ne dai. Solo perché hai salvato Kalee non significa che voi due non possiate creare un legame più profondo."

Phantom non rispose e Kalee sentì una stretta al cuore.

"Ti piace. Perché mai non dovresti provare a vedere come potrebbe andare tra voi due?" gli chiese Pid.

"Perché non sono alla sua altezza," rispose Phantom. "Suo papà è straricco, lei è bella e comunque non so cosa succederà, quando tornerò a Riverton. Potrei essere spedito ben presto a un'altra base. Non sarebbe giusto verso di lei, che comunque deve riprendersi."

Kalee non sapeva perché Phantom si aspettasse di essere trasferito, ma il fatto che lei avesse un padre benestante era un motivo ridicolo per non voler uscire con lei.

Poi il cervello di Kalee incamerò l'altra frase che Phantom aveva detto.

Lui la considerava bella? Che pensiero ridicolo.

"Mi sembra un po' malmessa," commentò Mustang.

"Vorrei vedere te, se avessi passato quel che ha passato lei," gli rispose Phantom con una certa irritazione. "Quei bastardi le hanno tagliato i capelli, l'hanno picchiata, hanno abusato di lei, trattandola nel modo peggiore in cui un uomo può trattare una donna, eppure guardala: i lividi rappresentano il tipo di uomini che l'hanno picchiata, non rappresentano *lei*. Comunque spariranno, tornerà in forma, mangerà bene, i capelli le ricresceranno. Loro invece rimarranno quei bastardi maledetti che sono, dentro e fuori."

"La cosa migliore che Kalee può fare per vendicarsi di loro, per dimostrare che non l'hanno distrutta, è vivere al meglio la propria vita. Ha una famiglia e degli amici che le vogliono bene e che faranno di tutto per aiutarla a rimettersi in sesto. So senz'ombra di dubbio che si riprenderà da tutto questo. Si riprenderà prima di quanto ci si aspetti da lei. Ha un carattere d'acciaio, *ecco* cosa la rende tanto bella."

Kalee non riuscì più a trattenere le lacrime. Da troppo tempo stava male, ma non aveva mai ceduto. Aveva lottato per sopravvivere, per rivedere il padre, o Piper, o gli altri amici. Sentire Phantom affermare che si sarebbe ripresa era come sentirsi avvolta da una coperta calda intorno alle spalle. Le dava calore, la faceva star bene. Molto bene.

Aveva ragione lui: non avrebbe mai più rivisto i ribelli che l'avevano tenuta prigioniera. Se avesse vissuto nell'odio e nell'amarezza, non sarebbe mai stata in grado di voltare pagina.

In quel preciso istante, si ripromise di vivere cercando al massimo di essere felice. Sarebbe stata la sua vendetta. Avevano cercato di spezzarla, di distruggerla, ma non ci erano riusciti.

"Kalee?"

La voce di Phantom interruppe quei pensieri. Kalee capì di non poter più starsene seduta a fingere di dormire, con le lacrime sulle guance, così aprì gli occhi. Non si era avvicinato, per darle lo spazio di cui lei aveva bisogno, ma era chiaramente preoccupato. Lo vide alzare una mano, ma si fermò subito, appoggiandola sulla sedia invece di portargliela sul viso.

"Stai bene?"

Lei annuì.

"I brutti sogni ti passeranno. Te lo prometto."

Lei annuì di nuovo, per fortuna Phantom aveva immaginato fossero solo degli incubi. Se si fosse accorto che lei lo stava ascoltando di nascosto, Kalee si sarebbe sentita in imbarazzo.

"Noi stiamo qui ancora un po', ti va di rientrare? È stata una giornata lunghissima; se hai bisogno di qualcosa, sono qui. Se preferisci, per stare più tranquilla, puoi chiudere a chiave la porta della camera da letto, ma io comunque non entro, promesso. Qui sei al sicuro."

Kalee annuì. Sapeva di essere al sicuro. Non c'erano ribelli in agguato nella giungla, nessuno stava cercando di saltarle addosso, specialmente perché c'era Phantom. Si alzò in piedi... e sbatté le palpebre dalla sorpresa, vedendo che tutti gli altri SEAL si alzarono con lei.

Si abbassò per prendere il burro d'arachidi e le barrette di cioccolato rimaste, se le portò al petto, poi fece un piccolo cenno con la mano, accompagnato da un sorriso, infine rientrò in casa.

Dopo essersi chiusa la porta alle spalle, ci appoggiò la schiena e rimase un minuto ad ascoltare.

"Non conosco la tua storia, Phantom, ma sei un uomo eccezionale. Qualunque donna sarebbe fortunata ad averti al suo fianco," disse Midas.

Lei non poteva vedere Phantom, ma se lo immaginava scrollare le spalle. Non lo sentì rispondere alle parole dell'amico, ma lo sentì chiedere se poteva unirsi a loro per alcuni allenamenti, durante la vacanza.

Kalee non aspettò di sentire la risposta. Si allontanò dalla porta con una spinta e si diresse verso la zona notte della casa, dove si trovavano due camere da letto. Sapeva che Phantom le aveva lasciato la stanza più grande, quella con il bagno annesso. Mentre tornavano a casa, si erano fermati in un negozietto per comprare alcuni generi di prima necessità: spazzolino, dentifricio, spazzola, del sapone floreale. L'indomani avrebbero comprato alcuni vestiti e altri prodotti da bagno, ma ciò che aveva in quel momento era già più di quanto avesse avuto nei mesi precedenti.

Si lavò i denti per almeno cinque minuti di fila, che sensazione paradisiaca. Kalee aveva rifiutato l'offerta di Phantom di prenotarle una visita medica. Sapeva di dover fare un controllo, prima o poi, ma per un po' voleva solo rimanere appartata, fuori dal mondo.

Il letto era pulito, lenzuola e coperta. Dopo essersi tolta i leggings e aver indossato una maglia della Marina di colore grigio che Phantom le aveva dato per la notte, si infilò sotto le lenzuola.

Era totalmente sfinita, ma non appena chiuse gli occhi, le immagini del passato cominciarono a scorrerle nella mente, impedendole di lasciarsi andare.

In preda alla frustrazione, aprì gli occhi e fissò il soffitto.

Phantom la trovava bella.

Era fiero di lei e la considerava forte.

Lei non si sentiva affatto di corrispondere a quella descrizione, ma era convinta che Phantom non avrebbe usato quelle belle parole, se non ne fosse stato convinto. Non le sembrava un uomo abituato a mentire. Era un tipo diretto.

Spostò coperta e lenzuolo da parte, si girò e mise i piedi per terra. Andò in punta di piedi verso la finestra e la sbloccò. La aprì di pochi centimetri, poi tornò a letto.

Stavolta, chiudendo gli occhi, poteva sentire il profumo dell'aria fresca che entrava in camera. Poteva sentire anche lo sciabordio delle onde che lambivano la spiaggia. Infine, riusciva persino a sentire il mormorio degli uomini, ancora in giardino. Non riusciva a capire bene cosa si dicessero, ma sapere che erano là, sapere che Phantom era là, l'aiutò a rilassarsi. Lui non avrebbe mai consentito a nessuno di farle del male. Ne era sicura.

Da sveglia, in un attimo si addormentò profondamente, abbandonandosi allo sfinimento. Non aveva mai dormito tanto bene, da quando i ribelli avevano attaccato l'orfanotrofio. Nella mente, sapeva senza ombra di dubbio di essere al sicuro, di poter riposare.

CAPITOLO CINQUE

I giorni successivi erano passati relativamente alla svelta. Phantom faceva sempre attenzione a lasciare dello spazio a Kalee, ma uscivano ogni giorno per qualche faccenda. Per quanto lei volesse nascondersi da tutto e da tutti, doveva pur cominciare ad ambientarsi.

Così, il primo giorno Phantom l'aveva portata con sé al supermercato e ai grandi magazzini, per comprarle il minimo indispensabile: dei cibi ad alto contenuto proteico ricchi di calorie, per aiutarla a riprendere peso ricostruendo i muscoli. La lista della spesa prevedeva anche burro d'arachidi e tanto cioccolato. Gli era piaciuto osservarla, mentre lei affondava la barra di cioccolato nel burro d'arachidi che le aveva portato Mustang.

Kalee si era mostrata riluttante a comprarsi dei vestiti, cercando di sembrare del tutto disinteressata, quindi Phantom aveva deciso di scegliere alcuni dei vestiti più brutti gettandoli nel carrello. Per fortuna, lei alla fine si era stufata e aveva sbuffato, cominciando poi a scegliere ciò che preferiva.

Avevano passato i pomeriggi seduti sul retro della casetta a oziare. Quasi sempre, erano rimasti seduti in silenzio, il che a Phantom era piaciuto molto. Quando il silenzio sembrava durare un po' troppo a lungo, lui si impegnava per divertirla con varie storie sui suoi compagni SEAL. Aveva cercato di ricordare i racconti più strani e stravaganti, in modo da farla sorridere.

Il quarto giorno, però, Phantom aveva capito che era ora di fare un passo avanti. Non aveva programmato molto, oltre a tirar fuori Kalee da Timor Est per trarla in salvo; ma una volta alle Hawaii, aveva cominciato a sentire un bisogno profondo di aiutarla, sia mentalmente che fisicamente.

"Mustang ha detto che domani mattina possiamo unirci alla sua squadra per allenarci."

Kalee si voltò verso di lui aggrottando la fronte. Non era mai stata una chiacchierona; solo ogni tanto gli faceva qualche domanda, oppure rispondeva a quelle che le poneva lui. Phantom non era preoccupato per quell'atteggiamento taciturno. Immaginava che, qualora Kalee avesse avuto qualcosa da dire, l'avrebbe detto. Se invece si sentiva più a suo agio in silenzio, lui non aveva certo intenzione di farle pressioni.

"Se torno dalle ferie sovrappeso e fuori forma, Rocco mi prende a calci in culo. Probabilmente mi costringerà a portare in giro la roccia che gli hanno affibbiato al corso di qualifica, pensa che la tiene ancora a casa sua. So che portare in spalla quel dannato sasso richiederebbe uno sforzo immenso, quindi è meglio che mi alleni. Credo sarebbe più divertente con Mustang e i suoi. Tu non devi per forza venire con me, ma la tua compagnia non mi dispiacerebbe."

Lei sbuffò e fece una risatina.

"Dico davvero," insisté lui, "hai visto com'è il traffico da queste parti, uno schifo. Se mi sei vicina, eviterò di pestare uno di quei turisti scemi che non sanno dove andare e non sanno guidare."

Il sorriso che le si formò in volto gli piacque molto. "Chissà, magari ti viene voglia di allenarti con noi."

Al che lei alzò gli occhi al cielo.

"Ti va di venire con me?"

Vedendola annuire, si sentì sollevato.

Così, nei due giorni successivi, andarono in macchina nella zona ovest dell'isola per incontrare Mustang, poi lei rimaneva seduta sulla spiaggia mentre gli uomini correvano, facevano flessioni, nuotavano o si esercitavano nel corpo a corpo.

Sapere che Kalee era lì vicino gli faceva tanto piacere che quasi lo spaventava. Gli sembrava che avesse ripreso un po' di peso e che i brutti segni sul volto fossero quasi spariti. Quando uscivano, Kalee non scattava più di tanto per allontanarsi dalle persone. Phantom non era un idiota: sapeva bene che i demoni la tormentavano ancora, ma almeno gli faceva piacere vederla ambientarsi di nuovo nel mondo.

Quel giorno, aveva intenzione di darle un'altra spinta.

Erano tornati alla casa sulla spiaggia e stavano facendo una seconda colazione... beh, almeno Kalee stava mangiando per la seconda volta. Lui l'aveva incoraggiata a mangiare anche prima di partire per l'allenamento, poi, al rientro, aveva cucinato una colazione abbondante per entrambi: uova col bacon.

"Oggi pensavo di fare qualcosa di diverso," le disse, interrompendo il silenzio tranquillo mentre mangiavano.

Kalee inclinò la testa: era il suo modo di chiedere quali fossero i piani.

Era davvero sbalorditivo come poteva leggere il modo non verbale in cui lei si esprimeva. Era anche divertente, Phantom era completamente a suo agio nel ruolo di chiacchierone, all'interno del loro rapporto.

Come... rapporto?

Si sforzò di allontanare dalla mente quella parola per tornare all'argomento di cui stavano parlando.

"Mustang stamattina mi ha detto che qui vicino c'è una scuola in cui cercano volontari per la giornata mensile dello sport. Credo che cerchino ogni mese di portar fuori gli alunni per giocare, ma anche per fare ginnastica. Credono che l'attività fisica aiuti a imparare meglio. Danno molto peso alla sportività e allo spirito di gruppo, oltre che al coordinamento motorio e allo stato di salute in generale. Le unità della base navale aiutano, per quanto possono, ma oggi non c'era nessuno libero e disponibile. Mustang pensava che ci potrebbe interessare andare a fare volontariato per qualche ora."

Kalee lo fissò con un'espressione di evidente disagio negli occhi verdi. Phantom avrebbe voluto prenderle le mani per rassicurarla, dicendole che sarebbe andato tutto bene, ma lei non era ancora arrivata al punto di gradire un contatto fisico, per quanto amichevole.

"Sarà bello, Kalee, io ti starò vicino per tutto il tempo."

Non era esattamente la verità: non poteva starle *attaccato* in ogni momento, ma di sicuro l'avrebbe protetta.

"Che età?"

"È un istituto che va dall'asilo alla quinta elementare," le rispose Phantom.

Il viso di Kalee sbiancò.

Phantom non poteva smettere di confortarla: spinse indietro la propria sedia e fece un passo verso di lei. Avrebbe voluto prenderla tra le braccia come aveva fatto all'ostello di Timor Est, ma non poteva. Si accovacciò di fianco a lei e la guardò negli occhi. "Puoi farcela," le disse dolcemente, "pensi che ti inviterei, se non fossi convinto che ce la puoi fare? Non sto dicendo che sarà facile, perché non lo sarà, non sono uno scemo; so che ti verranno in mente le ragazzine dell'orfanotrofio… ma non sei più là, non sono le stesse bambine. Sarai al sicuro, te lo prometto."

La guardò fare un respiro profondo. Non sembrava affatto entusiasta, ma annuì comunque.

"Posso toccarti la gamba?" le chiese Phantom.

Le servì un secondo, ma alla fine Kalee annuì di nuovo.

Lui le mise dolcemente una mano sul ginocchio e le si avvicinò. "Quando tornerai in California, passerai molto tempo con Piper. Lo sappiamo entrambi. Quindi rivedrai anche Rani, Sinta e Kemala. Si sono riprese alla grande, sono ragazze vivaci e ricche di energie, proprio come ogni altra ragazza della loro età. È meglio superare questo momento qui, adesso… se poi ti sentissi male, ci sarò io, pronto ad aiutarti… piuttosto che aspettare e interagire per la prima volta con delle bambine che conosci, quando torni a casa. L'ultima cosa che vuoi è ferire i sentimenti di Rani, Sinta e Kemala, vero?"

Phantom era consapevole di essere insistente. Parecchio. Non voleva certo fingere di non sapere che la stava spingendo in una situazione che potenzialmente poteva farle tornare dei pessimi ricordi.

"Non voglio spaventare nessuno."

"Vedrai che non spaventerai nessuno," le disse Phantom, "per questo verrò con te, per aiutarti a mantenere il controllo. Se ti accorgi che ti stai lasciando andare ai brutti ricordi, tu fammelo sapere e ci penserò io a tirartene fuori."

"Perché?"

Phantom capì cosa gli stava chiedendo Kalee. "Perché non ti meritavi ciò che ti è successo. Perché quei ribelli ti hanno rubato mesi della tua vita, mesi che non avevano il diritto di toglierti. Perché sei una donna coraggiosa e forte; io *so* che ce la puoi fare."

Kalee fece un respiro profondo e chiuse gli occhi poi annuì.

"Ti lascerò anche indossare il mio cappellino," le disse scherzando.

Lei riaprì gli occhi e nella sua espressione quasi spuntò un briciolo di divertimento. Bene. Era proprio ciò che Phantom voleva. Aveva cominciato a stuzzicarla su quel cappellino quasi dal momento stesso in cui lei aveva cominciato a indossarlo. Le donava e a lui non dispiaceva se Kalee sceglieva di coprirsi i capelli con quel cappellino. Se le serviva per andare in giro con maggiore sicurezza, gliel'avrebbe lasciato indossare senza alcun problema.

la guardò dritta negli occhi. "Sono molto orgoglioso di te, Kalee. Lo so che non è facile, ma stai andando alla grande. Non ti direi mai una bugia."

"Non ero sicura di volerci venire," gli disse sottovoce.

"So anche questo. Sono molto onorato che tu ti sia fidata di me abbastanza da passare questa vacanza con me."

"Non è che avessi... o che abbia molta scelta," gli disse.

"Su questo ti sbagli," ribatté lui con un tono più teso del previsto, "hai sempre una scelta. Se vuoi tornare a casa anche subito, posso salire sul prossimo volo per la California insieme a te. Però sono ancora convinto al cento per cento che questo periodo ti serva. Ti aiuterà a ritrovare te stessa. Non sei più la Kalee che è partita come volontaria dei Peace Corps, ma non è necessariamente un male. Sei cambiata, anche Piper è cambiata, tutti cambiamo. Ogni esperienza di vita ci influenza in qualche modo, nel bene o nel male. Ti serve solo un pochino di tempo per scoprire chi sia la nuova Kalee; io sono onorato di poterti stare al fianco nel frattempo. Vuoi tornare a casa? Basta che tu lo dica."

Phantom sentiva il cuore in gola mentre aspettava che lei rispondesse. Le aveva detto la verità: se davvero Kalee voleva tornare in California, lui l'avrebbe aiutata, pur sapendo nel profondo che le serviva più tempo. Era già un po' più forte di quando era arrivata alle Hawaii, ma lui sapeva che c'era ancora tanta strada da fare. C'erano altri demoni da affrontare, da sconfiggere. L'esperienza di quel giorno era solo uno dei tanti passi da compiere.

"Sono sicura che alla scuola hanno bisogno di volontari."

"Phantom lasciò andare il fiato che aveva trattenuto. "Ne hanno bisogno." Si rimise in piedi per tornare alla sua sedia. "Mangia tutte le uova, poi tocca a te lavare i piatti. Quando siamo pronti, usciamo. Ah... oggi guidi tu."

Kalee lo guardò stranita e Phantom fece del suo meglio per non reagire con una smorfia. Fin dal primo giorno, si erano suddivisi i compiti domestici. Kalee non poteva certo starsene seduta tutto il giorno a far niente. Quando lui cucinava, lei ripuliva. Lui spazzava quando tornavano dalla spiaggia con la sabbia ai piedi, mentre lei spolverava i mobili. Lui si occupava della lavatrice, lei rifaceva i letti. La divisione dei compiti decisa da Phantom aveva funzionato, Kalee sembrava contenta di fare la sua parte.

Il giorno prima, aveva cercato di convincerla a guidare, ma lei aveva rifiutato. Però Phantom sapeva di doverla mettere al più presto dietro al volante. La scuola non era molto lontana dalla casa che aveva affittato, non c'era bisogno di prendere la superstrada. Era il momento ideale per rimettersi a guidare. Kalee non aveva con sé la patente di guida, ma non sarebbe stata la prima volta che Phantom si muoveva ai margini della legalità. Se li avessero fermati e ci fosse stato un controllo sull'identità di Kalee, sarebbe saltata fuori anche la patente di guida ancora valida in California, quindi non era un vero e proprio illecito.

Terminarono la colazione e Kalee andò a cambiarsi, indossando pantaloncini e maglietta. Phantom aspettò con pazienza e quando la vide uscire dalla camera le passò le chiavi della macchina a noleggio.

Lei avrebbe voluto protestare, ma non lo fece, e lui se ne

accorse. Kalee respirò profondamente, drizzò la schiena e prese le chiavi.

"Bravissima," le disse Phantom. Solo quando la parola gli uscì di bocca si accorse che poteva sembrare un po' condiscendente. Non era sua intenzione, era solo molto fiero di lei. Per fortuna, lei non ne risentì: scosse appena la testa e si avviò verso la porta.

Kalee guidò un po' lentamente, ma in sicurezza. Phantom capì che, alla fine di quella vacanza sull'isola, sarebbe diventata una professionista. Ogni volta che la spingeva ad andare oltre i propri limiti, gli sembrava non solo che lei si rivelasse all'altezza delle aspettative, ma che fosse anche capace di superarle.

Kalee accostò nel parcheggio delle scuole elementari e lui notò che stringeva il volante con molta forza. Phantom attese che spegnesse il motore, poi le disse: "Respira a fondo, Kalee."

Lei lo ascoltò.

"Brava, ancora. Ottimo. Guardati attorno. Non sei a Timor Est. Non c'è la giungla appena fuori dalla scuola, non ci sono ribelli in agguato. Qui sei al sicuro, gli alunni sono al sicuro. Adesso entriamo, incontriamo qualche studente, li facciamo correre intorno a noi per un po', poi quando abbiamo finito ti porto a mangiare. Mi capisci?"

Lei lo guardò e annuì.

"Adesso ti tocco," la avvertì. Attese che lei gli facesse un cenno di assenso, poi le portò lentamente la mano verso il viso, appoggiandole il palmo sul lato della testa, vicino all'orecchio. Poi le accarezzò dolcemente lo zigomo con il pollice. "Lo so che questo è un momento difficile per te, potrei anche dare l'impressione di essere insensibile, perché ti porto in questa scuola troppo presto, ma che importa quello che pensano gli altri! Vuoi sapere perché oggi ti ho portata qui?"

Lei accennò un assenso con la testa.

"Perché so che puoi farcela. Se diventi nervosa è normale, è normale anche se ti agiti, ma si può sempre cadere per poi rialzarsi. Il punto è che, alla fine, nessuno può compiere questo passo per te, solo *tu*. Vorrei tanto poterti cancellare i brutti ricordi, vorrei tornare indietro nel tempo e uccidere ogni singolo bastardo che ti ha fatto qualcosa di male per fargliela pagare. Però non posso. L'unica cosa che puoi fare è andare avanti, tornare a essere felice, non lasciare che ti portino via la tua vita. Mi capisci?"

Phantom si accorse che negli occhi di Kalee la paura aveva lasciato il posto alla determinazione.

"Ecco, perfetto; un passo alla volta, questo è solo il primo passo. Fa paura, ma ogni passo dopo il primo diventerà sempre più facile. Oggi mi lascerai indossare il mio cappellino?"

Le fece quella domanda apposta per alleggerire l'atmosfera. Kalee si imbronciò e scosse la testa.

Phantom non le avrebbe preso quel cappellino nemmeno se lei gliel'avesse offerto. Kalee aveva bisogno di proteggere il viso dal sole. "Va bene," le rispose fingendo di brontolare. Non le tolse la mano dalla testa e continuò a fissarla negli occhi. "Dai che ce la fai, tesoro," le sussurrò. "Non ho alcun dubbio."

Phantom non era molto generoso con i complimenti. Non aveva mai sentito un legame affettivo con una donna che lo spingesse a farne molti. Però, con Kalee, aveva sentito fin dall'inizio un forte senso di protezione e attaccamento. Invece di infastidirlo, quella sensazione lo faceva sentire più completo.

Phantom sapeva che Kalee, una volta tornata nel "mondo reale", non avrebbe mai scelto di stare con lui, ma in quel preciso istante avrebbe fatto qualunque cosa servisse per farle tornare la fiducia in se stessa, per darle la sicurezza di andare avanti con le proprie forze. Anche a costo di doverla guardare mentre se ne andava, una volta tornata a casa.

Quando Kalee fu abbastanza rilassata da appoggiargli la testa sulla mano, lui si sentì molto più sollevato. "Dai, c'è un branco di cuccioli che non vedono l'ora di correre come forsennati. Andiamo?"

Phantom non era molto bravo coi ragazzini; gli piacevano i bambini, ma non sapeva come parlare o come comportarsi con loro. Quando era vicino a Rani, Sinta e Kemala, si comportava come tutti gli altri. Gli era capitato di rado di doverle intrattenere da solo. Quel giorno, però, affrontare un gruppo di studenti era il minimo che potesse fare per Kalee. Peraltro, era lei ad avere un vero motivo per essere inquieta: l'ultima volta che si era trovata in compagnia di ragazzine, quelle erano state uccise, probabilmente davanti a lei.

Per aiutarla, lui poteva anche mandare giù il rospo.

Staccò la mano da lei e cercò di nasconderle il dispiacere per la perdita di contatto fisico. Phantom non aveva mai capito il bisogno che tante donne avevano di tenere per mano il proprio compagno, di stargli vicino, cercando di continuo il contatto fisico. Finalmente ci era arrivato. Non passava un minuto senza che desiderasse il contatto con Kalee. Il destino si stava senz'altro facendo beffe di lui: lassù in alto, qualcuno doveva farsi una bella risata.

Uscì dalla macchina e incontrò Kalee davanti al veicolo. Prese le chiavi che lei gli stava porgendo e se le infilò in tasca. Trattenne lo stimolo di prenderla per mano e si incamminò al suo fianco verso l'ingresso della scuola.

———

Due ore dopo, Kalee si voltò per guardare Phantom e quasi le si fermò il cuore. Lo vide seduto con un gruppo di bambini, ne teneva due in braccio e altri quattro gli stavano seduti davanti con le gambe incrociate. Lui teneva un libro in mano e stava leggendo ai suoi attenti ascoltatori.

Lei all'inizio non era stata affatto sicura su quell'uscita, ma quando Phantom le aveva detto che era fiero di lei, era diventato impossibile resistergli. Anche perché aveva ragione lui: non era il caso di lasciare ai ribelli il potere di decidere per lei. Se anche fosse rimasta a letto tutto il giorno a dispiacersi, amici e parenti probabilmente non gliene avrebbero fatto una colpa, ma non era quello che voleva.

Lei voleva vivere.

Voleva frequentare qualcuno.

Sposarsi.

Mettere su famiglia.

Se avesse lasciato che i brutti ricordi le dominassero i pensieri e la vita, non avrebbe mai raggiunto quei traguardi.

Ecco perché aveva preso le chiavi che Phantom le aveva porto e aveva guidato fino alla scuola di sua spontanea volontà. Entrando nell'istituto, si era sentita terrorizzata, ma lui aveva mantenuto fede alla parola datale e non si era mai allontanato da lei.

Quando erano entrati nella palestra per essere presentati agli alunni, le era quasi venuto un attacco di panico, ma Phantom se n'era accorto, chissà come: le aveva preso la mano affondando le unghie nella pelle, non tanto da farle del male, ma abbastanza per distrarla, costringendola a pensare a quel contatto ed evitando così che si concentrasse troppo su quei visi, che le ricordavano tanto quelli delle bambine che non era riuscita a salvare.

Solo quando l'aveva lasciata andare, dopo che lei si era ricomposta, Kalee si era accorta che l'aveva toccata, le aveva letteralmente afferrato la mano senza farla spaventare.

Aveva passato l'ultima mezz'ora giocando a rubabandiera con alcuni alunni di quarta, ridendo e scherzando come non faceva da mesi. L'ultima volta che aveva visto Phantom, lui stava giocando a calcio con alcuni dei più grandi.

Un'insegnante le si era avvicinata per portare gli alunni di quarta in mensa per il pranzo, così Kalee era andata a cercare Phantom. Proprio in quel momento, lui alzò lo sguardo e lei gli lesse negli occhi un qualcosa che le fece sbattere le palpebre.

Phantom era uno degli uomini più determinati e sicuri che lei avesse mai incontrato. Eppure in quel momento sembrava tutt'altro che a suo agio. Quando lo esaminò meglio, Kalee si accorse che aveva tutti i muscoli del corpo contratti, quasi quasi le dava l'impressione di essere costretto a leggere quel libro ai bambini.

Nel tentativo di fare qualcosa per metterlo più a suo agio, si sedette vicino a lui in modo che le ginocchia fossero quasi a contatto, poi prese una delle bimbe che gli stavano in braccio. Gli sorrise e allungò una mano per mettergliela sul ginocchio.

Nell'attimo stesso in cui lo toccò, come per magia, Phantom sembrò rilassarsi. Continuò a leggere la storia, facendo le voci simpatiche degli animali quando serviva o cambiando la voce in base ai personaggi del racconto.

Quanto terminò di leggere, un'insegnante li raggiunse in fretta. "Grazie mille per aver intrattenuto questi birbanti, mi dispiace di avervi lasciati da soli tanto a lungo, ho dovuto aspettare la mamma di una bimba che doveva portare un paio di pantaloni puliti. Forza, adesso ringraziate tutti il signor Dalton per avervi letto la storia e andiamo dentro a pranzare!"

I bambini saltarono su e ringraziarono Phantom, poi seguirono allegramente l'insegnante nell'edificio accanto.

Phantom sospirò sollevato passandosi una mano nei capelli.

Kalee reagì sorridendo. "Non ti piacciono i bambini?" gli chiese.

Phantom fece un respiro profondo, poi si lasciò cadere all'indietro fino a sdraiarsi con la schiena sull'erba, fissando i rami degli alberi sopra di lui. "Non è che non mi piacciano, è solo che non sono a mio agio con dei bambini che non conosco. Non so mai cosa dire o cosa fare."

Kalee sembrò perplessa. "E ti sei offerto lo stesso di venire qui oggi?"

Lui girò la testa e la fissò con uno sguardo penetrante. "Sì. Ne avevi bisogno."

Lei sentì come una stretta allo stomaco. Non riusciva a ricordare l'ultima occasione in cui qualcuno avesse messo lei al primo posto, come faceva Phantom. Lui si comportava in quel modo in *tutto*. Faceva mangiare prima lei, le lasciava fare la doccia per prima, le aveva persino lasciato la fetta di torta più grande, due sera prima. Si metteva sempre in mezzo tra lei e gli altri clienti in coda alla cassa del supermercato. Sembrava quasi un comportamento istintivo. Quel giorno, organizzando la visita alla scuola nonostante il disagio nel trovarsi intorno dei bambini, aveva aggiunto un'ulteriore prova alla lunga serie di attenzioni che le aveva riservato.

"Stai bene?" le chiese, interrompendole quei pensieri.

Kalee annuì.

"Dai l'impressione di esserti divertita."

"All'inizio non facevo che pensare alle bambine dell'orfanotrofio. Una bimba di seconda aveva un nastro rosso nei capelli, proprio come una bimba di nome Amivi... lo indossava sempre, a Timor Est. Però poi, più tempo passavo in mezzo a loro e meno mi venivano in mente ricordi dolorosi. Ho ricordato quanto erano felici le orfane quando mi vedevano... non meritavano ciò che è successo, ma io non potevo fare nulla per salvarle."

Era stato il discorso più lungo che Kalee avesse fatto da quando era stata salvata. Stranamente, però, Kalee non sentì il bisogno di fermarsi. "Avevi ragione, ne avevo bisogno," disse a Phantom. "Anche se non volevo venire, una volta arrivata mi sono sentita bene. Grazie."

"Prego," le rispose Phantom semplicemente. Poi aggiunse: "Un giorno diventerai una madre meravigliosa."

Kalee lo guardò sbalordita.

"Cioè, sai... cacchio. Scusami. Probabilmente non era il momento giusto o il posto giusto per dirlo. Ma sai, tesoro, oggi ti ho osservata. A queste bambine sei piaciuta appena ti hanno vista ed è evidentissimo che anche a te sono piaciute. Non tutti sono nati per fare i genitori. Se mia madre fosse stata affettuosa anche solo la metà di quanto lo sei tu, con bambini che peraltro non conosci nemmeno, la mia infanzia sarebbe stata parecchio diversa."

Kalee si spostò per sdraiarsi vicino a Phantom, prendendogli nel frattempo la mano. Sentendo il racconto del cane randagio, aveva avuto l'impressione che la sua infanzia non fosse stata molto felice e quella consapevolezza le dava fastidio.

"Voglio avere dei figli," gli disse dopo un paio di minuti di silenzio. Le riusciva più facile parlarne senza guardarlo in faccia. Ormai aveva cominciato a parlare e non aveva più timore di proseguire. Phantom riusciva chissà come a farle sparire ogni paura, specialmente dopo averle confidato il suo disagio in mezzo ai bambini.

"È un miracolo che non sia rimasta incinta, a Timor Est. Il ciclo mi si è interrotto; il medico da cui mi hai convinta a farmi visitare questa settimana mi ha detto che probabilmente è stata colpa della perdita di peso, per le lunghe camminate... e ovviamente per lo stress. Eppure, nonostante tutto ciò che mi è successo, il sesso non mi spaventa. Sono contenta di non essere stata vergine, quando mi hanno catturata. Conosco bene la differenza tra un atto di violenza e il fare l'amore. Voglio avere dei figli, una bimba e un bimbo.

Voglio insegnare loro a non fare stronzate, a trattare gli altri con rispetto, a diventare delle brave persone."

Sentì che Phantom le stringeva la mano.

"A non fare i bulli, ma a difendere il compagno di classe sfigato che magari puzza e ha dei vestiti troppo stretti," scherzò Phantom.

"Sì. Anche a rispettare l'autorità, ma non se ci sono degli abusi o delle forzature per fare qualcosa di pericoloso o di illecito," aggiunse Kalee.

"Ad amare gli animali."

"A fare degli errori senza aver paura di fallire."

Phantom la guardò, ma lei tenne gli occhi rivolti al cielo.

"Speriamo che abbiano i capelli rossi e gli occhi verdi come la mamma," disse tranquillamente Phantom.

Kalee a quel punto girò la testa istintivamente e le venne la pelle d'oca alle braccia quando incrociò lo sguardo di Phantom. Erano in contatto solo con le mani, ma Kalee poteva sentire un legame quasi elettrico.

Santo cielo. Non poteva essere l'unica a sentire quell'alchimia, vero?

"Ti meriti tutto il bene del mondo e riuscirai a ottenere ciò che vuoi," le disse Phantom, che poi si mise seduto all'improvviso e si staccò da lei. "Dai, adesso andiamo a mangiare. Giurerei di aver sentito il tuo stomaco brontolare anche da qua, mentre eri laggiù a giocare."

Il cambiamento improvviso nel comportamento di Phantom la deluse e la confuse un po'; Kalee si alzò lentamente. Aspettò che Phantom salutasse tutti e firmasse l'uscita dalla scuola, poi lui le passò le chiavi della macchina e salì sul lato del passeggero.

Con un sospiro, lei saltò sul sedile di guida senza lamentarsi; non se la sentiva di discutere su chi dovesse guidare.

Era successo qualcosa tra di loro, ma Kalee non era sicura che fosse qualcosa di positivo o negativo.

All'inizio le era sembrato positivo, sembravano pensarla allo stesso modo, ma poi qualcosa di tetro era sceso a rabbuiare gli occhi di Phantom spazzandogli via ogni emozione dal viso; si era come isolato.

Kalee raddrizzò la schiena. In quel momento poteva essere frastornata, ma era determinata a vincere i propri demoni... ma anche quelli che incombevano su Phantom. Un uomo come lui non doveva farsi mettere a disagio da nulla, niente avrebbe dovuto pesargli. Era un eroe. Il *suo* eroe.

La stava aiutando a superare ciò che le era successo; in cambio, anche lei l'avrebbe aiutato a esorcizzare i suoi spettri. Era il minimo che potesse fare.

Per quanto poi desiderasse che Phantom la considerasse più di una povera ragazza in difficoltà, che la considerasse una donna desiderabile, Kalee aveva la sensazione che non fosse possibile. Però era bello sognare.

CAPITOLO SEI

Passò un'altra settimana e Kalee stava diventando sempre più sicura di sé. Non parlava molto, quando usciva dalla casetta sulla spiaggia, ma con Phantom si era trasformata in una piccola chiacchierona. Di sera, parlavano un po' di tutto: di politica, del padre di Kalee, della sua infanzia, di Piper, dei ricordi delle ragazzine all'orfanotrofio, di cosa volesse fare una volta tornata a casa.

Lei in realtà non ne aveva idea e Phantom voleva aiutarla dandole dei consigli, ma in fin dei conti dipendeva solo da lei. Kalee doveva scoprire la sua nuova normalità, per poi decidere cosa fare nella sua vita futura.

Phantom un pomeriggio l'aveva portata alla fantastica graniteria Matsumoto alla North Shore, si erano messi a ridere quando lei si era sporcata dappertutto di sciroppo appiccicoso. Il mercoledì, erano andati all'Aloha Stadium di Honolulu per vedere il mercato dell'usato e del baratto. Avevano trovato bancarelle con un po' di tutto: abbigliamento, accessori, souvenir delle Hawaii, cibo etnico, bigiotteria, elettronica e tantissimi prodotti artigianali. C'era un sacco di gente ed era molto caldo e chiassoso, ma Kalee sembrava essersi divertita parecchio.

Aveva accettato che Phantom le mettesse un braccio intorno alla vita, anche se era più per sentirsi al sicuro grazie alla sua vicinanza, piuttosto che per il piacere del contatto fisico.

C'era stato solo un incidente: un uomo si era arrabbiato e si era messo a urlare verso uno dei venditori, proprio davanti a Kalee. Lei si era irrigidita proprio di fianco a Phantom, che era stato sul punto di inveire contro quel tipo per aver spaventato Kalee, ma lei aveva respirato profondamente e si era ripresa. Si era lasciata accompagnare fuori dal caos di quel mercatino, a un tavolo per pic-nic.

"Sto bene," gli aveva detto per rassicurarlo, "ma per un attimo sono tornata indietro con la mente e pensavo che stessero per picchiarmi; poi però ho sentito la tua mano sul mio fianco e ho capito che non c'erano i ribelli e che tu non avresti mai permesso a nessuno di farmi del male."

"Puoi dirlo forte," le aveva risposto Phantom.

Erano andati anche a nuotare nell'oceano; un giorno, Phantom le aveva portato a casa un costume da bagno dicendole di indossarlo; era stata una sorpresa. Le aveva detto che sarebbero usciti, poi l'aveva presa per mano e l'aveva accompagnata sul retro, avevano attraversato la spiaggia sabbiosa ed erano entrati direttamente nell'oceano.

Era stata una decisione un po' impulsiva, in quanto non le aveva nemmeno chiesto se sapesse nuotare, ma per fortuna Kalee non aveva problemi con l'acqua; da allora, avevano passato ogni pomeriggio almeno un'ora a galleggiare e nuotare nell'oceano.

Ora stavano per fare qualcos'altro, qualcosa che probabilmente per lei sarebbe stato difficile, anche se Phantom sapeva che Kalee ce l'avrebbe fatta. Erano tornati da Timor Est da quasi due settimane e lui sapeva bene che il tempo che potevano passare insieme si stava lentamente esaurendo. Solo altre due settimane, poi sarebbe arrivato il momento di tornare a Riverton e di affrontare lo sfacelo. Lei si sarebbe sistemata col padre, mentre lui avrebbe dovuto affrontare le conseguenze di ciò che aveva fatto.

"Mustang e gli altri arrivano tra una mezz'ora, ci portano a fare una passeggiata," disse Phantom a Kalee.

Lei gli rivolse un'occhiata perplessa.

"Lo so, ma hanno giurato che è una delle passeggiate migliori sull'isola, non possiamo andarcene senza provarla. È il sentiero di Ka'au Crater... come potrai immaginare, arriva fino al cratere di un vulcano."

"È una passeggiata alla portata di una donna qualunque di trentadue anni, oppure una che solo dei SEAL tosti possono affrontare?" gli chiese Kalee.

Phantom si mise a ridere. "Prima di tutto, tu non sei affatto una donna qualunque, in nessun senso; in secondo luogo, conoscendoli, probabilmente sarà una passeggiata impegnativa, ma ne varrà la pena, ti gusterai ogni passo. Anche se... immagino che potrebbe innescare qualche brutto ricordo, dato che hai passato un sacco di tempo nella giungla di Timor Est. Se davvero non te la senti, non dobbiamo andarci per forza."

Phantom non era del tutto sincero: voleva che Kalee accettasse, perché ne aveva bisogno, ma non aveva nulla di cui preoccuparsi, perché lei gli diede un'ulteriore prova del suo carattere da guerriera.

"Posso farcela."

"Certo che puoi," le confermò Phantom, "se poi ti agiti o ti viene paura, basta che tu me lo dica e ti aiuto io." Non volendo soffermarsi sui pensieri negativi, Phantom proseguì: "Allora, Mustang ha detto che staremo via circa sei ore. Ci sono cascate, salite inclinate, fango, in alcuni punti dovremo salire con l'aiuto di corde."

Kalee strabuzzò gli occhi e Phantom fece una risata. "Sì, anch'io all'inizio ho reagito nello stesso modo, ma mi hanno detto che il panorama dalla cima è assolutamente mozzafiato e che giustifica la fatica. Mi porterò dietro alcuni snack, così avrai sempre una riserva di energia; se poi fai troppa fatica, chiederemo a uno di loro di portarti in spalla per tenere il passo."

Anche quella era una mezza bugia, ma del resto Phantom era disposto a dire qualunque cosa, pur di tranquillizzare Kalee. Non che il pensiero di uno dei SEAL che la portava in braccio fosse rilassante, ma scherzarci sopra l'avrebbe rasserenata.

Inoltre, se proprio qualcuno doveva prenderla sulle spalle, quel qualcuno voleva essere lui.

"All'inizio del sentiero ci sono tanti turisti, ma verso la fine ce ne sono molti meno, perché in tanti rinunciano. Secondo me, noi arriveremo fino in fondo; possiamo sempre fermarci a riprendere fiato ogni volta che vuoi, se ne hai bisogno. Ah, ti ho anche preso questa." Le passò una busta di carta.

Lei scosse la testa. "Phantom, mi hai già comprato fin troppe cose."

"Dai, guarda cos'è," le disse accennando col capo la busta.

Lei guardò dentro... e inspirò bruscamente. Poi tirò fuori una scatolina con dentro una fotocamera impermeabile.

"Ho pensato che se riuscivo a trascinarti su un montagna, almeno dovevo documentare l'impresa per tuo papà e per Piper." Phantom non sapeva cosa l'avesse spinto a comprare quella fotocamera; forse voleva solo che Kalee conservasse dei bei ricordi di quell'esperienza alle Hawaii con lui. Era convinto che non l'avrebbe più rivista, una volta tornati a casa, specialmente se l'avessero trasferito a un'altra base navale, non prima di averlo "appeso all'albero maestro"... un'espressione di Marina che sottintendeva un'udienza con un alto ufficiale che avrebbe comportato un provvedimento disciplinare senza passare per un processo.

"Io... non so cosa dire," gli disse Kalee.

"Un 'grazie' è più che sufficiente," scherzò Phantom, "ma ricordati di scattare tante foto imbarazzanti di Mustang e degli altri, così poi potrò ricattarli."

Lei alzò gli occhi al cielo ridacchiando.

Accidenti, Phantom amava vederla tanto rilassata. Kalee aveva fatto un sacco di strada in due settimane. Guardarla rifiorire era una meraviglia.

Gli riusciva sempre più difficile tenere a freno l'attrazione verso di lei.

Kalee rappresentava tutto ciò che lui aveva sempre desiderato in una donna. Era intelligente, bella, pragmatica, forte, ottimista. Non si era lasciata andare al vittimismo per via delle carte che il destino le aveva servito, non si era persa in pensieri inutili, chiedendosi "perché proprio a me?" Si era rialzata, determinata a vivere.

Phantom si scrollò di dosso quei pensieri: doveva smetterla di rimuginare su quanto fosse meravigliosa Kalee, per cominciare invece a concentrarsi sulla camminata e per assicurarsi che anche lei potesse affrontarla al meglio.

"Pensavo che potresti indossare le scarpe da ginnastica; quando torneremo saranno tutte impantanate, ma penso sia la scelta più comoda. Mustang mi ha detto che passeremo anche vicino a tre cascate, la terza è attraversata dal sentiero, potremo approfittarne per darci una rinfrescata. Indossa il costume sotto ai vestiti. Io porto una borsa impermeabile con il pranzo e un telo, più delle calze di ricambio. Di sicuro, Mustang porterà un telefono satellitare, non si muove mai senza. So che ogni tanto la sua squadra viene chiamata per recuperare dei turisti che si perdono lungo il sentiero, ma devono essere sempre reperibili per il comandante, nel caso ci sia una missione improvvisa."

Kalee annuì. "Phantom?"

"Dimmi, tesoro." Accidenti, ecco un altro vezzeggiativo carino. Per fortuna lei non glielo faceva mai notare.

"Grazie."

Phantom fece un passo verso di lei, ma non cercò il contatto. Si abbassò e le disse: "Non c'è bisogno di ringraziarmi, Kalee. Avrei dovuto arrivare prima, avrei dovuto fare di più."

Si accorse che lei lo stava scrutando intensamente, cercando di scoprire il significato profondo che ovviamente aveva percepito in quelle parole.

"Dai, vai a cambiarti. I ragazzi saranno qui da un momento all'altro," le disse Phantom.

Doveva ancora confessarle di essere lui il motivo per cui lei aveva passato tutto quel tempo coi ribelli. Phantom si sentiva un egoista: voleva passare con lei tutto il tempo che poteva, prima che Kalee scoprisse la verità.

Dopo un'ultima occhiata, Kalee si girò e andò in camera a prepararsi.

———

Kalee era frustrata. Aveva la netta impressione che Phantom le stesse nascondendo qualcosa.

Le sembrava quasi che a lui non importasse non sentirla parlare molto. Le aveva raccontato degli amici e le aveva fatto capire di non aver avuto un'infanzia idilliaca. Portava pazienza con lei, quando la vedeva assente, non si faceva problemi ad affrontare chiunque si comportasse in modo tale da metterla a disagio.

Più passava il tempo con lui, però, più si accorgeva che c'era qualcosa che lo tormentava. Sempre più spesso, quando Phantom la guardava, lei gli leggeva negli occhi un senso di colpa. Non aveva idea del motivo, ma stava cominciando a inquietarla. Se riguardava lei, Kalee voleva... no, aveva *bisogno* di conoscerne il motivo. Doveva riprendere il controllo della propria esistenza e aveva paura che Phantom le stesse nascondendo qualcosa di estremamente importante.

Avrebbe voluto chiedergli direttamente cosa diavolo lo turbasse, ma aveva anche una gran paura: non era del tutto sicura di volerlo sapere.

Arrivarono gli amici di Phantom e si avviarono verso il sentiero di Ka'au Crater. Lei non era convinta di quell'uscita, le sembrava una fatica esagerata. Pid e Midas salirono in macchina con Phantom e Kalee; durante il viaggio, Midas chiacchierò senza sosta, dicendo che i sentieri in pendio erano davvero belli e che l'ultima volta che aveva fatto quell'escursione c'era un sacco di fango. Kalee si sentiva molto più forte rispetto a quando era arrivata alle Hawaii, ma non era comunque sicura di poter tenere il passo di sette SEAL pieni di muscoli.

Phantom accostò e parcheggiò la macchina vicino a quella di Mustang. Avevano raggiunto un quartiere apparentemente normale e avevano parcheggiato ai bordi della strada. C'era un piccolo cartello che indicava l'imbocco del sentiero, nei paraggi c'erano anche una dozzina di altre macchine parcheggiate.

Kalee era stata molto ottimista sul fatto che quella camminata non l'avrebbe influenzata tanto mentalmente, si era preoccupata di più della fatica fisica, ma già dopo i primi passi capì che sarebbe stata più difficile di quanto si aspettasse.

Phantom la seguiva insieme ad alcuni degli altri; all'inizio le era sembrata una buona idea, ma dopo nemmeno un minuto di sentiero, avere uomini davanti e dietro di lei le ricordava già troppo il periodo trascorso a Timor Est.

Quando i ribelli l'avevano presa dall'orfanotrofio, aveva passato con loro molto tempo nella giungla. Le avevano legato una corda intorno alla vita per un paio di mesi, per evitare che scappasse. Ogni tanto l'avevano aggredita di notte, non le avevano dato tanto da mangiare e l'avevano costretta a marce forzate da mattina a sera per attraversare giungle terribilmente simili a quella che stava percorrendo quel giorno.

Dopo pochi minuti, Kalee smise di camminare, non se la sentiva di fare nemmeno un passo in più. Aveva la respirazione accelerata, le girava la testa. Era persa nei brutti ricordi, con lo sguardo fisso in avanti; le immagini dell'inferno che aveva vissuto le comparivano davanti agli occhi ripetendosi ininterrottamente.

Sentì delle vaghe imprecazioni intorno a sé, poi una voce che continuava ripetutamente a chiamarla per nome.

"Kalee! Torna da me. Concentrati. Sono io. Sei al sicuro. Te lo prometto."

Sbattendo le palpebre, Kalee concentrò gli occhi sull'uomo che le stava davanti: Phantom.

Fece un respiro profondo.

"Brava. Respira, tesoro. Va tutto bene. Non ci sono i ribelli, non siamo a Timor Est, sei perfettamente al sicuro."

Senza pensarci, Kalee fece un passo in avanti e avvolse le braccia intorno al corpo di Phantom, appoggiandogli il viso sul petto.

Sapeva che quel gesto l'avrebbe stupito, del resto stupiva anche lei. Era più che ovvio che Phantom aveva fatto tutto ciò che poteva per riportarla al presente, senza toccarla, perché sapeva che poteva darle fastidio. Quando però lei era tornata consapevole di dov'era e delle persone con cui stava, l'unico pensiero che le era rimasto era stato sentire quel corpo forte e saldo addosso al proprio. Aveva bisogno di lui per rimanere ancorata alla realtà.

Lui la tirò subito più vicina con le braccia e Kalee inspirò quel profumo che sapeva di pino, ormai familiare. Ne aveva comprato un flacone anche lei, in negozio, invece di una fragranza più femminile, perché il profumo di Phantom le ricordava che era libera e al sicuro.

Dopo un respiro profondo, Kalee si sforzò di riprendere il controllo. Si sentì in imbarazzo, per essere andata in crisi dopo nemmeno cinque minuti di camminata. Gli altri dovevano pensare che fosse una pappamolle colossale.

"Sono fiero di te," le disse Phantom parlando contro il cappello che Kalee indossava.

Lei fece una risatina senza staccarsi dal suo petto.

"Dico davvero," le disse, "mi aspettavo che succedesse, ma non ero certo che riuscissi a tirartene fuori. Ti giuro che diventerà più facile. Adesso i demoni ti sembrano enormi e terribili, ma prima o poi diventeranno come degli insetti fastidiosi che potrai schiacciare come mosche."

Kalee avrebbe voluto rimanere dov'era per il resto della vita; non voleva dover vedere altri, dover parlare con altri. Però non poteva certo vivere in quel modo: sapeva che c'erano gli altri SEAL, che probabilmente la guardavano incuriositi e trepidanti, chiedendosi se avrebbe avuto altre crisi come quella. Forse erano anche frustrati, per aver dovuto interrompere la passeggiata, al punto da rimpiangere di aver invitato anche lei e Phantom.

"Kalee," la chiamò Phantom con tono deciso, "qualunque cosa tu stia pensando, smettila."

Lei lo guardò sbattendo le palpebre e aggrottando la fronte.

"Stai pensando troppo, me ne accorgo; non c'è niente a cui tu debba pensare, se non a dove mettere i piedi senza scivolare o inciampare. Tutto qua."

"Magari dovreste andare voi, senza di me," disse lei sommessamente.

"No," le rispose Phantom inflessibile, "ne hai bisogno e io voglio stare al tuo fianco per vederti vincere i brutti ricordi. Quei bastardi non ruberanno più nulla da te."

"Mi sento in imbarazzo."

"Non hai motivo di sentirti in imbarazzo," ribadì Phantom con fermezza, "pensi che non sia capitato anche a me di combattere i brutti ricordi? Ho dovuto... e come me anche gli altri. Ti capiscono meglio di chiunque altro. Non importa se il sentiero ci prenderà quattro ore, otto o anche dodici. Siamo tutti con te per tirarti su il morale a ogni passo che fai."

Kalee si voltò verso destra e vide Mustang, Midas, Pid, Aleck, Jag e Slate in piedi là vicino. Non sembravano irritati per aver smesso di camminare ancor prima di cominciare. Sembravano preoccupati, sembravano capirla.

"So che per te è difficile," le disse Phantom, "ma se non pensassi che puoi farcela, non ti avrei portata qui."

All'improvviso, Kalee vide tutto con chiarezza.

Tutto ciò che Phantom le aveva fatto fare nelle ultime due settimane, gliel'aveva suggerito e organizzato per aiutarla a star meglio.

La visita al mercatino per stare in mezzo agli altri, il nuoto per farla rilassare e per riprendere le forze, il tempo passato con gli amici, il volontariato alla scuola, persino la festa *luau* a cui l'aveva portata una sera, occasione in cui lei aveva perso la testa quando il maialino arrostito sotto terra le aveva ricordato la fossa in cui si era svegliata all'orfanotrofio. Tutto quanto per aiutarla ad affrontare i cattivi ricordi, per riuscire a gestirli e superarli.

Kalee non riusciva a trovare un solo motivo per cui quell'uomo aveva rinunciato a settimane della propria vita per aiutarla tanto.

Non lo conosceva nemmeno nella sua "prima vita", come cominciava a considerare il tempo trascorso prima di Timor Est. Non l'aveva mai incontrato. Quando le aveva proposto di fermarsi con lui alle Hawaii, lei non ci aveva pensato troppo; all'inizio le aveva dato fastidio non poter tornare subito a casa, poi si era sentita sollevata all'idea di rimandare il rientro nella sua vecchia vita.

Però in quel momento, tra le braccia di Phantom, in mezzo alla giungla, dopo aver superato un altro attacco di panico, non poteva fare altro che chiedersi... perché? Come mai quell'uomo fantastico si impegnava tanto per aiutarla?

Ma quel pensiero fu seguito subito da un altro.

In realtà, non le importava molto il perché. Era solo infinitamente grata che Phantom ci fosse.

"Se vuoi davvero tornare a casa, allora ti ci porto; ma ti garantisco che poi diventa più semplice. Mustang ha scelto apposta una camminata difficile. Il fango e le salite con la corda terranno la tua mente lontana da altri brutti ricordi. Ti do la mia parola che, se in qualunque momento senti che non ce la fai, ti riporto indietro."

Kalee respirò di nuovo, inalando a pieni polmoni il profumo di Phantom per farsi forza, poi gli disse: "Sto bene, possiamo proseguire."

Lo sguardo di ammirazione sul viso di Phantom fu come un balsamo per l'animo di Kalee. "Bravissima," le disse, poi l'abbracciò di nuovo e si voltò verso gli altri. "Va bene, avanti con lo spettacolo."

Senza aggiungere altro, tutti si avviarono di nuovo lungo sentiero. Kalee si mise in fila per seconda, Phantom dietro di lei. Per una volta, quella formazione non la spaventò, anzi, le faceva piacere saperlo dietro di sé: lui avrebbe fatto in modo che nessuno potesse aggredirla e le sarebbe stato vicino, qualora i brutti ricordi l'avessero sopraffatta di nuovo.

A fianco del sentiero correva un ruscello, si sentiva l'acqua gorgogliare e se ne vedevano i riflessi alla luce del sole, quando i raggi attraversavano la fitta trama di rami e rampicanti che li sovrastava. La camminata era cominciata da meno di venti minuti, ma le scarpe di Kalee erano tutte inzaccherate del fango di cui il sentiero era ricoperto. Le capitò varie volte di cadere sul terreno scivoloso, ma lei non se la prese, del resto scivolavano anche gli altri.

Il sentiero cominciò a salire gradualmente e Kalee si accorse che Phantom aveva ragione: la sua mente riusciva a concentrarsi solo per fare attenzione a dove metteva i piedi per non cadere con la faccia nel fango. Le piaceva sentire gli altri che si prendevano bonariamente in giro a vicenda. Continuavano a stuzzicarsi in botte e risposte, ma sempre in modo amichevole, senza mai eccedere o scadere.

Il gorgoglio dell'acqua era come musica per le orecchie di Kalee. Il sentiero si aprì in una cascata torreggiante che cadeva in uno stagno d'acqua fresca. Era un punto perfetto per lavarsi via di dosso il fango, ormai sparso sulle gambe di tutti; i SEAL della squadra ne approfittarono anche per mettersi a giocare, spruzzandosi l'un l'altro con l'acqua.

Sul sentiero c'erano alcuni turisti e Kalee non poté fare a meno di notare le occhiate di ammirazione rivolte verso i SEAL.

Solo quando una giovane sulla ventina si mise a camminare di fianco a Phantom e gli chiese se avesse già percorso prima quel sentiero e quanto mancasse alla cima, Kalee si accorse di essersi agitata.

Accidenti, era *gelosa*?

La giovane indossava un top sportivo e metteva in mostra delle curve sinuose e la pancia piatta e abbronzata. Aveva i capelli biondi lunghi raccolti alla buona dietro la testa, i pantaloncini corti mostravano le gambe toniche. In pratica, era molto bella e Kalee all'improvviso sentì di non essere all'altezza. Si abbassò la visiera del cappellino di Phantom per coprire lo sguardo imbronciato e si sforzò di guardare dall'altra parte.

Phantom e gli altri erano *davvero* fichi, senza dubbio. Era passato talmente tanto tempo dall'ultima volta che lei aveva immaginato di fare sesso con un uomo che aveva appena notato quanto i ragazzi fossero affascinanti. Tuttavia, in mezzo a quella foresta pluviale, il loro fascino era più che evidente... e all'improvviso le furono più che evidenti tutte le sue carenze.

Era una sensazione sgradevole accorgersi che ciò che provava per Phantom non era solo riconoscenza, che le piaceva come un uomo può piacere a una donna, specialmente dopo tutto ciò che le era successo. Però era la verità.

Kalee si guardò indietro e vide Phantom con occhi diversi. Era alto, molto alto, e a lei piacevano gli uomini alti. Non si sentiva minacciata dal suo corpo imponente; fin da quando l'aveva salvata, Phantom la faceva sempre sentire al sicuro. La barba e i baffi ben curati gli davano un aspetto ancora più virile, se possibile. Gli occhi scuri nascondevano ogni sorta di segreto, ma la tenevano sempre ancorata al presente, tirandola fuori dai frequenti attacchi di panico. Phantom aveva il naso leggermente storto, probabilmente se l'era rotto una volta.

Quando lui l'aveva portata a nuotare nell'oceano, Kalee l'aveva visto con addosso solo un paio di bermuda rossi e le era sembrato che non avesse un filo di grasso. Aveva gli addominali ben scolpiti e le spalle larghe. Persino le vene che gli intravedeva nelle braccia le facevano venire il batticuore.

Forest Dalton era un uomo tremendamente affascinante, in tutto e per tutto. Il suo carattere stoico e l'aspetto costantemente serio non facevano altro che renderlo più misterioso e attraente.

Kalee avrebbe tanto voluto avvicinarsi a quella bionda che tentava di flirtare con lui per dirle chiaramente che Phantom stava insieme a *lei* e che doveva stargli alla larga; però l'amara verità era che... Phantom *non* stava insieme a lei.

Lo vide sorridere all'altra donna... e sentì i capezzoli farsi turgidi all'istante sotto il top sportivo. Ansimò dalla sorpresa.

Erano mesi che non sentiva nemmeno lontanamente un briciolo di desiderio sessuale.

Phantom chiaramente se ne accorse e voltò letteralmente le spalle alla bionda per avvicinarsi a Kalee, che si sentiva bagnata tra le gambe, ma non per la calura della giornata. Phantom le sembrava un felino in agguato, che le si avvicinava di soppiatto con un'intensità tale da farle venire il fiatone. Le prudevano le mani dalla voglia di toccarlo sotto la maglia, di accarezzarlo fino a fargli fare le fusa.

"Riprendi fiato, tesoro," le disse appena le fu vicino.

A quell'ulteriore termine affettuoso, Kalee sentì una stretta allo stomaco e chiuse gli occhi. Accidenti, era davvero nei guai.

"Kalee? Sono qui con te, va tutto bene. Sei al sicuro."

Lei annuì, non sapendo come dirgli che non stava vivendo un attacco di panico o il tormento dei brutti ricordi; si era solo accorta per la prima volta di quanto fosse attratta da lui e stava cercando di non saltargli addosso lì sul posto, in quel preciso istante.

"Adesso ti tocco, non spaventarti," le disse Phantom qualche secondo prima di appoggiarle sulla guancia il palmo calloso della mano. "Apri gli occhi, guardami," le chiese dolcemente, "guarda, sei alle Hawaii con me."

Come se quelle parole fossero legge scolpita nella pietra, lei aprì gli occhi di scatto e incontrò lo sguardo marrone intenso di Phantom.

Si accorse dell'attimo in cui la preoccupazione si trasformò in qualcos'altro, come se Phantom potesse leggerle i pensieri semplicemente fissandola negli occhi.

Tutto intorno a loro scomparve. Gli altri SEAL, la bionda, la cascata. Erano solo loro due sulla faccia della Terra. Il legame che li univa era intenso e immediato, e Kalee si sentiva come se una parte della propria anima si fosse lanciata nel mezzo metro che li separava e si fosse connessa a quella di Phantom.

"Kalee?" le sussurrò con voce profonda e roca.

Lei si leccò all'improvviso le labbra secche e sentì la mano di Phantom spostarsi dalla guancia alla nuca. Sentì una leggera pressione e si mosse volentieri verso di lui. All'ultimo istante, abbassò gli occhi e si appoggiò al suo petto con tutto il peso.

Lui le mise il braccio libero intorno alla vita, facendola sospirare appagata. Le attività mattutine avevano quasi eliminato il profumo di pino fresco che gli aveva sentito addosso in precedenza, ma c'era ancora, sotto il terriccio e il sudore muschiato che gli ricopriva il corpo.

Kalee spostò le braccia senza accorgersene, ma invece di avvolgerle intorno alla vita di Phantom, come aveva fatto prima, gliele infilò sotto la maglia, andando ad appoggiarle sulla pelle nuda della schiena. Lo accarezzò per un secondo, poi gli mise le mani sui fianchi. Infine spostò una mano tra di loro e gliela passò sulle pieghe degli addominali tonici.

"Cazzo," mormorò Phantom con un filo di voce.

Kalee si irrigidì quando si accorse che l'uccello duro le si era appoggiato alla pancia. Spostò la mano che gli teneva ancora sul fianco e gliela appoggiò sulla pancia. Lui si tirò indietro e la guardò negli occhi. Lei si accorse che la guardava prima in faccia, poi sul petto, infine di nuovo negli occhi.

Sapeva di avere i capezzoli turgidi, probabilmente Phantom poteva vederli bene sporgere dal top bagnato che indossava.

Nessuno dei due disse una parola, continuarono a fissarsi a vicenda. Non c'era bisogno di parlare: era evidente ciò che Kalee pensava... e chiaramente Phantom ricambiava le stesse sensazioni.

"Non me l'aspettavo," le disse Phantom dopo un tempo che le sembrò eterno.

"Nemmeno io," gli sussurrò Kalee.

"Allora, ragazzi, vi muovete?" urlò Slate dall'altra sponda del piccolo stagno, interrompendo il momento intimo in cui si erano immersi, come in una bolla.

Kalee tirò fuori controvoglia le mani da sotto la maglia di Phantom, mormorando: "Scusa."

Lui le prese una mano e se la portò alla bocca. Le baciò dolcemente il palmo e poi scosse la testa dicendole goffamente: "Non scusarti."

Sempre tenendole la mano, si girò verso gli altri SEAL. "Non toglietevi le maglie, adesso arriviamo."

Mentre si girava per ripercorrere parte del sentiero a ritroso, Kalee sentì Jag borbottare qualcosa del tipo: "Non siamo noi che dobbiamo ricordarci di tenere addosso le maglie."

Fu più forte di lei, dovette sorridere.

Phantom se ne accorse e scosse la testa, sorridendo a sua volta. "Oddio, quanto adoro quello sguardo," le disse.

"Che sguardo?"

"Uno sguardo felice." Poi le lasciò andare la mano e con le dita dietro la schiena le diede una spinta leggera che le scatenò scintille tra le gambe. "Da quel che mi han detto, il sentiero da qui diventa più difficile. Fammi sapere se vuoi tornare indietro."

Lei strinse le labbra con forza. Aveva sempre amato le sfide e il senso profondo di risolutezza che le era rimasto dentro, a lungo dimenticato, la confortava. Non aveva intenzione di mollare troppo presto, niente affatto.

Phantom aveva ragione: più avanti il sentiero diventava più arduo. Man mano che salivano, videro sempre meno turisti nei paraggi. La seconda cascata non era lontana dalla prima, la videro come all'improvviso. Un attimo prima erano circondati dagli alberi, l'attimo dopo si trovarono davanti l'acqua scrosciante che cadeva sulle rocce. Non si trattennero per molto tempo, solo lo stretto necessario perché Kalee scattasse una foto di tutti i militari; poi ripresero il cammino.

La terza cascata non si scaricava su uno stagno tranquillo e ameno: l'acqua cadeva a strapiombo su un pendio roccioso alto almeno trenta metri. Qualcuno aveva legato una corda in cima, ovviamente serviva a scalare quel pendio scosceso.

Camminarono per almeno tre quarti d'ora e Kalee pensò più volte di dover rinunciare. Le tremavano le braccia per lo sforzo, i sassi scivolosi ai bordi della cascata rendevano ogni passo molto instabile e precario. Tuttavia, ogni volta che le sembrava di non riuscire ad andare avanti, Phantom o un altro SEAL le si avvicinava per aiutarla. A un certo punto, Slate la prese per un polso e lei sentì la mano si Phantom che la spingeva dal bacino.

Quando finalmente raggiunse la cima, a Kalee sembrava di aver scalato il monte Everest o qualche altra cima estrema. Lassù, l'aria sembrava più pulita, più pura. Si voltò verso Phantom e arrossì, notando che la osservava con ammirazione.

"Va bene, adesso bisogna decidere," disse Midas, "c'è un sentiero a destra che scende sinuosamente fino al punto di partenza, ci riporterebbe dove abbiamo parcheggiato. Possiamo chiudere così l'escursione e tornare a casa a farci una bella cenetta con tanto di birra. Oppure..." si interruppe lasciando il discorso in sospeso.

Kalee alzò gli occhi per quella suspense.

"...oppure possiamo continuare a salire, c'è un sentiero stretto che costeggia il crinale e si affaccia sul cratere di Ka'au."

Kalee sentì le gambe che le tremavano, non era sicura di potercela fare; ma accidenti, se voleva provarci. Si sentiva più viva in quel preciso istante di quanto non lo fosse stata prima di quel giorno fatidico all'orfanotrofio, che ormai apparteneva a un passato distante. Voleva conquistare il mondo.

Indicò il sentiero che proseguiva in salita.

"Sei sicura?" le chiese Pid. "Se chiudiamo qui l'escursione, nessuno se ne avrà a male."

"Io sì che me avrei a male," gli rispose Kalee semplicemente.

Tutti e sette gli uomini annuirono in segno di rispetto. Senza aggiungere altro, si avviarono per il sentiero più difficile. Più salivano, più il paesaggio cambiava. Invece di essere circondati da alberi e arbusti, entrarono in spazi più aperti, che lasciavano il cratere sempre più esposto. Non incontrarono altri escursionisti, man mano che si addentravano in quel territorio brullo.

Nell'ultimo tratto del crinale c'era un punto quasi verticale da scalare con l'aiuto di una corda; Kalee si sentì un po' imbarazzata quando Phantom le mise un braccio intorno al corpo e praticamente la tirò su di peso. Quando però finì di arrampicarsi in cima, sentì che le mancava il fiato.

I raggi del sole le colpivano le spalle, ma lei li sentiva appena. Il vecchio cratere vulcanico era verde e lussureggiante, circondato tutt'intorno da picchi montani.

"Vedi laggiù?" le chiese Aleck puntando lontano. "Quella è la costa con Waikiki e Diamond Head."

Kalee ansimava per la fatica di arrampicarsi fino in cima al crinale, ma quasi non se ne accorse. Da lassù, il mondo le sembrava un posto bello e pacifico. Le sembrava di non aver alcun pensiero, di essere invulnerabile.

Si sentiva come rinata.

La camminata non era stata facile, anzi, era stata una delle imprese più impegnative che avesse mai affrontato, sia mentalmente che fisicamente; ma se avesse rinunciato, non avrebbe mai goduto di quella bellezza.

In quel preciso istante, pensò che la camminata e la ricompensa del panorama che aveva davanti fossero un'ottima metafora della sua stessa vita. C'erano stati alti e bassi, delusioni e dolori. Eppure c'era ancora tanto di bello da vivere. Era sopravvissuta all'inferno; aveva visto e fatto cose che di certo le sarebbero tornate in mente sotto forma di incubi per il resto della vita, ma lei aveva continuato a scalare, fino alla cima, per arrivare dall'altra parte.

Non era la stessa Kalee di prima, ma era viva... e c'era tanto altro che desiderava fare nella vita.

Nessuno disse una parola per almeno cinque minuti. Il vento soffiava, gli uccelli cinguettavano. Le sembrò di essere l'ultima persona sulla faccia della Terra, ma poi si voltò. Non era da sola. C'erano anche uomini come quelli che l'avevano accompagnata, sempre pronti a intervenire dove c'era bisogno di loro, pronti a lottare per ciò che era giusto. Pronti a lottare per persone come lei.

Si spostò per mettere un braccio intorno alla vita di Phantom, poi si appoggiò al suo fianco. Lui le mise un braccio sulle spalle; rimasero in quella posizione per lungo tempo, ad apprezzare la bellezza che li circondava.

"Non so voi, ragazzi, ma io sarei pronto per uno spuntino," dichiarò Mustang.

Proprio in quel momento, lo stomaco di Kalee brontolò e tutti si misero a ridere.

Si sedettero nel fango (del resto ormai erano già completamente sporchi) e mangiarono frutta secca, barrette proteiche e qualche caramella che si erano portati dietro. Dopo aver bevuto molta acqua, si prepararono ad affrontare la discesa.

Usare la corda per *scendere* sembrava più semplice che salire, invece si rivelò più complicato. Kalee si mise col sedere in basso e si calò dalla fune letteralmente un palmo alla volta. Rideva tanto forte che quando arrivò in fondo riusciva a malapena a respirare.

Quando arrivarono verso la parte alta della terza cascata, Kalee sorrise nel vedere un folto gruppo di persone. Erano una ventina, c'erano adolescenti ma anche persone di mezza età. Chiaramente erano tutti insieme. A prima vista, sembrava un gruppo che percorreva il sentiero come tanti altri, ma più si avvicinavano e più diventava evidente che ci fosse qualcosa che non andava. Nessuno di loro sorrideva, sembravano estremamente preoccupati.

L'umore degli uomini che accompagnavano Kalee cambiò appena si avvicinarono a quel gruppo: il loro fare rilassato mutò e si trasformarono in SEAL della Marina testi e pronti all'azione.

"Cosa succede?" chiese Mustang avvicinandosi al gruppo.

"Mia figlia è scomparsa!" gridò freneticamente una donna.

"Quando l'avete vista l'ultima volta?" domandò Jag; era un tipo taciturno, ma quando parlava diceva sempre qualcosa di importante.

"Penso... alla seconda cascata. Ci siamo messi sotto il getto d'acqua per rinfrescarci, poi ci siamo avviati per arrivare quassù. Nessuno si è accorto che non era con noi finché non siamo arrivati qui in cima. Io pensavo fosse davanti al gruppo, mentre chi era davanti pensava che fosse in coda con me."

"Niente panico," aggiunse Pid. "Quanti anni ha?"

"Tredici."

"Quanto tempo è passato, dalla fermata alla seconda cascata?" chiese Aleck.

"Non lo so... circa un'ora?"

Kalee osservò i SEAL che raccoglievano informazioni sulla ragazza scomparsa.

"Abbiamo cercato di telefonare per chiedere aiuto, ma i cellulari qui non funzionano," aggiunse un uomo del gruppo.

Mustang tirò fuori il suo telefono satellitare e si allontanò dagli altri.

"Ha un telefono satellitare, adesso chiama per far intervenire altri soccorsi. Nel frattempo, dovete solo continuare a scendere per questo sentiero. Porta al parcheggio attraverso una serie di tornanti. *Non* uscite dal sentiero, specialmente non da soli. Rimanete uniti. Noi scendiamo verso la seconda cascata per cercare sua figlia. Come si chiama?" chiese Slate.

Kalee fece d'istinto un passo indietro. Slate aveva una voce possente e un tono vibrante, pragmatico e imperativo, tanto che sembrava impossibile anche solo pensare di non obbedirgli.

"Lisa."

Kalee si era concentrata talmente tanto su quella povera madre affranta che non si accorse che Phantom le si era avvicinato. Sentendo il suo tocco sussultò.

"Scusami." Phantom abbassò la mano e Kalee sentì subito quel distacco. "Penso che dovresti tornare al parcheggio con il gruppo, poi ci rivediamo alle macchine."

"No," rispose subito Kalee voltandosi per guardarlo in faccia. "Vengo con voi, ragazzi."

"Non sarà semplice ripercorrere il sentiero a ritroso," la avvertì.

Lei esitò. Non voleva essere un peso per i SEAL, ma non voleva nemmeno staccarsi da Phantom. Era meravigliata dal modo in cui era riuscita a superare il sentiero nella foresta, ma senza di lui, senza il suo supporto, era convinta che non ce l'avrebbe fatta.

"Per favore?"

Phantom la scrutò per un secondo, poi annuì. "Va bene, ma stavolta dovrai lasciare che ti aiutiamo di più. Dobbiamo muoverci alla svelta per cercare tracce della ragazzina prima che si allontani troppo dal sentiero."

Kalee annuì di nuovo. Lo capiva. Durante la salita, i SEAL c'erano andati piano per consentirle di andare al suo passo; ma ora c'era una missione da compiere.

In pochi minuti, lei e i ragazzi stavano già tornando per il sentiero scivoloso, giù dal pendio scosceso, usando la rupe da cui erano saliti per arrivare alla terza cascata. Scesero in una frazione del tempo che avevano impiegato a salire.

Quando furono scesi tutti, Mustang disse: "La squadra di ricerca e soccorso sta arrivando, ma spero che troveremo presto la ragazzina, così potremo avvertirli che il loro intervento non serve più. La madre ha detto che era con loro alla seconda cascata, quindi cercate tracce per capire in quale direzione possa essere andata quando si è allontanata dal sentiero."

Tutti si mossero senza dire altro. Mentre camminavano, nessuno aprì bocca, tanto erano concentrati a osservare il fogliame nei paraggi, per cercare di scoprire il punto dove la ragazzina aveva abbandonato il sentiero.

Più camminavano, più a Kalee tornavano dei brutti ricordi. Non molto tempo dopo che i ribelli l'avevano trovata all'orfanotrofio, un giorno in cui la stavano facendo marciare da un villaggio all'altro in cerca di persone da terrorizzare e uccidere, si erano imbattuti in un gruppetto di capanni. Erano tre famiglie che vivevano insieme nella foresta; i ribelli avevano cominciato a sparare senza esitazione. Un ragazzo, all'incirca sui dieci anni, era scappato di corsa nella foresta, ma ovviamente i ribelli non erano disposti a lasciarselo sfuggire: volevano costringerlo a unirsi a loro, farlo combattere, proprio come avevano fatto con lei.

Avevano inseguito quel ragazzo per giorni. Kalee aveva osservato da vicino gli uomini che si indicavano a vicenda gli indizi del passaggio di quel ragazzo nella foresta. Aveva imparato molto, guardando con attenzione i ribelli che inseguivano vittime innocenti. Rami spezzati da una parte, foglie accatastate da un'altra, ogni indizio innocente diventava una prova lampante ai loro occhi esperti. I ribelli si erano vantati con lei, dicendo che quel ragazzo non sarebbe mai sfuggito loro.

Alla fine, avevano avuto ragione. Erano come un branco di cani da caccia che inseguivano la volpe. Un giorno, il ragazzino si era ritrovato circondato e i ribelli non gli avevano dato alternative: unirsi a loro o morire.

Kalee non aveva capito cos'avesse risposto quel bimbo in lingua tetum, ma i ribelli avevano aperto il fuoco; i proiettili avevano posto fine alla vita di quel povero ragazzino prima ancora che potesse cominciare appieno.

Era stato anche per via di quell'episodio se lei non aveva mai più cercato di scappare. I ribelli sapevano leggere la giungla molto meglio di lei e sicuramente l'avrebbero ritrovata e uccisa con la stessa facilità con cui avevano ammazzato quel bambino innocente.

Le riusciva sempre più difficile rimanere ancorata al presente e non farsi risucchiare dai ricordi di Timor Est, ma Kalee si sforzò al massimo. L'ultima cosa che voleva era distrarre Phantom dalla ricerca in atto.

La ricerca procedeva da circa un quarto d'ora, quando Kalee vide qualcosa davanti a sé, sulla sinistra. Non era sicura di cosa fosse e forse non era nulla: uno a uno, i SEAL davanti a lei passarono oltre, seguendo il sentiero.

Però Kalee si avvicinò, strizzò gli occhi e inclinò la testa; si fermò in mezzo al sentiero, nel punto più vicino a dove aveva visto le foglie appena smosse.

"Cosa c'è?" le chiese Phantom affrettandosi a raggiungerla, forse preoccupato che stesse per avere un altro attacco di panico.

Lei indicò un alberello vicino al percorso. I rami penzolavano verso il terreno, proprio come quelli degli altri alberi vicini... ma le foglie di *quel* particolare albero non erano ricoperte di gocce d'acqua. La notte prima era piovuto e tutti gli alberi avevano le foglie bagnate. Tranne quello.

Phantom non le chiese altro; uscì dal sentiero per avvicinarsi a quell'albero, osservò il terreno, poi fece un fischio lungo e potente. Quasi subito arrivarono tutti gli altri.

"C'è un'impronta," disse Phantom indicando il fango appena sotto l'albero.

"Cazzo, e noi stavamo passando oltre," commentò Aleck.

"Come hai fatto a vederla?" chiese Pid a Phantom.

"Non l'ho vista io," gli rispose, "l'ha vista Kalee."

Sei paia di occhi si rivolsero a lei e Kalee non poté far altro che sforzarsi di mantenere il controllo, evitando di saltare all'indietro per allontanarsi da loro.

"Cos'hai visto?" le chiese Slate col suo fare brusco.

"Le foglie sono diverse da quelle degli altri alberi," gli rispose lei, senza farsi problemi a parlare. "Niente gocce d'acqua."

"Che mi venga un colpo!" esclamò Mustang. "Hai ragione. Lisa deve aver scrollato via le gocce d'acqua dalle foglie passando di qua."

"Magari le scappava la pipì, o qualcosa del genere," disse Midas.

"Occhio di falco," la lodò Jag.

"Per fortuna, il fango è ancora bagnato. Dai, forse riusciamo a trovarla," disse Pid.

Era difficile attraversare la boscaglia facendosi strada tra i rami, ma l'entusiasmo cresceva ogni volta che si trovava un'orma di Lisa. Dopo aver percorso pochi metri fuori dal sentiero, Kalee si guardò alle spalle e fu meravigliata: non si capiva più da dove fossero arrivati. Nel momento stesso in cui avevano deviato dal sentiero, sembrava che la foresta li avesse inghiottiti.

Si aprirono a fatica la via tra gli alberi per altri dieci minuti; proprio quando Kalee cominciava a pensare che le tracce della ragazzina si fossero perse... sentì Pid gridare.

Poi sentì una vocina femminile stridula rispondere e infine sentì le ginocchia quasi cedere per la soddisfazione.

In pochi secondi, si ritrovarono tutti intorno a un'adolescente molto impaurita, ma molto sollevata.

"Grazie al cielo!" disse la ragazzina. "Avevo paura di dover passare la notte qui all'aperto! Ho cercato di tornare al sentiero, ma non ci sono riuscita. Quando ho capito di essermi persa, mi sono fermata qui e mi sono accovacciata, per aspettare che qualcuno mi trovasse."

"Furba," le disse Jag.

"Mio papà mi ha insegnato che, se mi perdo, devo fermarmi, non importa dove sono. Mi ricordo che abbiamo visto in TV una storia, c'era una signora che si è persa mentre camminava sui monti Appalachi e però ha continuato a camminare per trenta chilometri nella direzione sbagliata, prima di fermarsi. Però ormai era troppo lontana dalla zona in cui l'hanno poi cercata, quindi alla fine è morta. La mia mamma è arrabbiata?" chiese.

"Ma no, al contrario," la rassicurò Midas, "è preoccupatissima, ma non è arrabbiata."

"Siete arrivati alla svelta!" disse Lisa meravigliata.

"Passavamo per caso, stavamo facendo un'escursione da queste parti," le spiegò Mustang. "Sei stata fortunata. Poteva passare molto tempo, prima che arrivasse la squadra di ricerca e soccorso."

"Sei stata ancor più fortunata, perché lei, Kalee, ha notato il punto in cui sei uscita dal sentiero," aggiunse Phantom.

Lisa si voltò verso Kalee e le disse: "Grazie!"

Di nuovo, Kalee si ritrovò ad ammettere che, non fosse stato per l'esperienza coi ribelli nelle giungle di Timor Est, anche lei sarebbe passata oltre senza notare i segni della deviazione di Lisa. Era una stranezza ritrovarsi a essere grata per l'inferno che aveva vissuto, eppure era così.

"Va bene, truppa, adesso giriamo i tacchi e torniamo da dove siamo venuti," disse Slate, "Kalee, fai strada tu?"

Lei sbatté le palpebre, sorpresa dal fare burbero di quel SEAL.

"Io?" gli chiese.

"A me sembra che, tra tutti noi, tu sia la più qualificata," le spiegò Slate.

Lei sapeva che non era esattamente quella la verità; era

sicura che ciascuno degli uomini intorno a lei avesse come una bussola innata e sapesse esattamente come tornare al sentiero, ma sentirsi addosso la fiducia di Slate fu una bella sensazione.

Annuì, si girò e quasi andò a sbattere contro Phantom, che la seguiva da vicino. "Te la senti di guidare il gruppo? Di farti seguire da tutti?" le chiese sottovoce.

Ancora una volta, sentirsi costantemente al centro dei pensieri di Phantom le ravvivò una sensazione interiore di calore e dolcezza. Gli rispose annuendo.

"Va bene. Io ti seguo, mi metto tra te e gli altri. Se cambi idea, basta che me lo dici."

Quelle parole non fecero che confermare ciò che ormai lei sapeva bene. Nessuno di loro aveva bisogno di essere guidato da lei, ma gliel'avevano chiesto lo stesso. Kalee fece un passo in avanti... e quasi le venne da ridere per quanto vide.

Non sarebbe stato difficile tornare al sentiero: si erano lasciati dietro delle tracce che persino un bimbo di quattro anni avrebbe potuto seguire. Oltre ai solchi profondi lasciati dai loro passi, c'erano rami spezzati e foglie ammucchiate lungo tutto il tragitto che avevano percorso.

Raggiunsero il sentiero in metà del tempo che avevano impiegato per cercare Lisa. Decisero di continuare a scendere a ritroso, invece che risalire alla terza cascata per fare il giro. Non era necessariamente la scelta più semplice, ma probabilmente era quella più veloce.

Mustang usò di nuovo il telefono satellitare per avvertire la squadra di ricerca e soccorso dell'avvenuto ritrovamento, dicendo loro che avrebbero incontrato i genitori di Lisa e il resto del gruppo nella zona in cui avevano parcheggiato.

Quando arrivarono alle macchine, Kalee era sfinita. Tra gli sforzi fisici, le fatiche mentali, gli alti e bassi emotivi, era più che pronta a tornare a casa alla North Shore e crollare sul letto.

Dopo che i genitori di Lisa li ebbero ringraziati un centinaio di volte, Phantom accompagnò Pid e Midas, infine si diressero a nord verso la casa in affitto; ormai Kalee faceva fatica a tenere gli occhi aperti.

"Hai qualche altro programmone per domani?" gli chiese scherzando, ormai talmente stanca da non riuscire nemmeno a tacere. "Cioè, magari potremmo fare un volo panoramico e paracadutarci mentre l'aereo si schianta tra le fiamme. Oppure potremmo andare a un poligono di tiro, così vediamo se reggo anche quello. Ah no, ce l'ho: possiamo iscriverci a una gara di Ironman, sai il triathlon super lungo, quello in cui si nuota per cinque chilometri, si va in bici per un milione di chilometri e si corre per quaranta chilometri?"

Phantom cominciò a ridacchiare, per poi scoppiare a ridere a crepapelle, tanto da lasciar andare la testa all'indietro, faticando a tenere la macchina in strada.

Kalee era troppo stanca per poter fare qualsiasi cosa a parte fissarlo. Era già attratta da Phantom prima di quel momento, ma vederlo ridere apertamente e senza pensieri le fece perdere la testa per lui.

"Pensavo di passare un po' di tempo a casa, domani, una giornata tranquilla sulla spiaggia. Che ne dici?" le chiese, appena ebbe ripreso il controllo.

"Un vero paradiso," gli rispose sinceramente.

Phantom appoggiò un braccio sulla consolle tra i sedili, poi girò il palmo verso l'alto. Kalee gli guardò la mano per un lungo momento, poi appoggiò anche la sua, intrecciando le dita.

"Oggi sei stata fantastica," le disse Phantom.

"Eh, certo, ti sei dovuto fermare solo una miriade di volte per riprendermi, quando mi sono persa nei miei pensieri," gli rispose con sarcasmo.

"Mi aspettavo di doverlo fare almeno il doppio," ribatté Phantom senza esitare.

Lei lo fissò, palesemente scettica. "Davvero?"

"Davvero. La mia esperienza con la paura mi dice che affrontare ciò che ti spaventa è il modo migliore per vincerlo. Ogni volta che ti sei persa nei tuoi pensieri, ti è servito sempre meno tempo per uscirne. Quando hai trovato Lisa nella giungla, è stata una super-ciliegina sulla torta. Le tracce erano sfuggite a tutti noi, stavamo andando oltre, invece tu no. Di sicuro Lisa e i suoi sanno esattamente quanto ti devono ringraziare per ciò che hai fatto di oggi."

Quelle parole la fecero star bene, ma le interessava di più la prima parte di ciò che le aveva detto. "Qual è stata la tua esperienza con la paura? Cosa ti spaventa?"

Lui rispose senza esitare. "Diventare come mia madre."

Kalee gli strinse forte la mano. "Come mai?"

Phantom sospirò. "È una lunga storia, non è il caso di raccontartela adesso, visto che siamo entrambi stanchi e ci serve una bella doccia calda."

"Va bene, però... Phantom?"

"Sì?"

"Immagino che tua madre non sia stata molto buona con te; se è così, posso dirti senz'ombra di dubbio che non sei affatto come lei."

"Grazie, tesoro," le rispose Phantom, che poi sospirò. "Però... dobbiamo parlare."

Lei si irrigidì: non era un bell'inizio di discorso.

"Non stasera, ma presto. Ci sono cose che devi sapere, prima di tornare in California. Purtroppo, la partenza si fa sempre più vicina. Non hai idea di quanto avessi bisogno anch'io di questa vacanza."

Kalee davvero non aveva idea di cosa lui volesse dirle, ma stava diventando estremamente curiosa. Non si aspettava di aver tanto bisogno di quel periodo di adattamento e relax. Fosse stato per lei, sarebbe tornata immediatamente a casa del padre, a Riverton. Se l'avesse fatto, però, chissà in che stato mentale si sarebbe ritrovata. Certo, aveva ancora dei problemi irrisolti, ma almeno aveva potuto vivere le proprie emozioni, sempre con Phantom vicino, pronto ad aiutarla per farle superare i momenti di depressione; non sarebbe mai stata in grado di ripagarlo.

Il resto del viaggio di ritorno a casa si svolse in silenzio. Kalee chiuse gli occhi e si godette la sensazione della mano di Phantom nella propria. Un tempo non molto remoto, avrebbe schivato qualunque contatto fisico; non si aspettava di tornare a gradire la vicinanza delle altre persone come faceva prima della brutta avventura a Timor Est, ma almeno non si ritraeva con violenza se qualcuno la sfiorava al supermercato, o se qualcuno cercava di abbracciarla.

Più tardi, quella sera, finalmente sdraiata nel suo letto caldo e pulito, al sicuro, Kalee ripensò a Phantom. Se lo immaginò in piedi, sulla spiaggia, con addosso nient'altro che i bermuda rossi. Visualizzò il suo corpo tonico e forte, ricordando come si era sentita quando lui l'abbracciava e la complimentava, dandole la sicurezza di poter conquistare il mondo.

Girò la testa e vide il cappellino da baseball del SEAL della Marina sul comodino. Fece un respiro profondo e inalò il profumo del sapone al pino che aveva usato per farsi la doccia.

Mosse la mano quasi inconsciamente, giù sulla pancia, sotto l'elastico delle mutandine.

Si toccò ripensando al calore che li univa quando si erano ritrovati in piedi, uno di fronte all'altra, vicino allo stagno fresco in mezzo alla foresta.

Si toccò il clitoride immaginando di baciare Phantom, mentre lui la teneva tra le braccia rassicurandola che nulla e nessuno avrebbe mai potuto più farle del male.

Divaricando le gambe, Kalee si immaginò a cavalcioni su di lui, che le diceva di prendere ciò che voleva. Phantom l'avrebbe amata con sentimento e premura, portandola agli antipodi rispetto alle esperienze del recente passato.

Mentre si avvicinava all'orgasmo, per la prima volta, dopo tantissimo tempo, Kalee sospirò soddisfatta. In parte, aveva temuto di non riuscire mai più a provare piacere sessuale; credeva che quell'aspetto di lei si fosse definitivamente inceppato.

Un'onda di euforia la percorse e lei si girò su un fianco e abbracciò un cuscino, stringendoselo al petto. Al diavolo i ribelli. Sarebbe tornata a vivere una vita normale, nonostante ciò che le avevano fatto, nonostante tutti i tentativi di distruggerla: aveva vinto lei.

Si addormentò con un sorrisetto beato in viso e pervasa da un ottimismo che non provava da un'eternità. Forse Phantom non sarebbe mai stato più di un amico, ma lei l'avrebbe amato fino all'ultimo respiro. Non solo l'aveva salvata da un inferno totale in Terra, ma le aveva dato anche il tempo di riprendersi e superare ciò che le era accaduto, dandole modo di riabituarsi alla libertà e aiutandola a ritrovare se stessa.

CAPITOLO SETTE

Il mattino dopo, Phantom era seduto sul retro insieme a Kalee, che aveva accettato di farsi tagliare i capelli per sistemarli un po'. Sarebbe passato ancora del tempo, prima che i suoi bei capelli rossi le crescessero di nuovo, diventando lunghi come lo erano prima che i ribelli glieli tagliassero senza pietà; ma anche con i capelli corti, era pur sempre la donna più bella che lui avesse mai incontrato in vita sua.

Quel mattino, Phantom si accorse che in parte lo sguardo di Kalee si era liberato dalle tenebre che l'avevano oscurato, anche se quelle tenebre non si sarebbero mai dissipate del tutto. Le esperienze che aveva vissuto l'avrebbero accompagnata per tutta la vita, ma senza dubbio si sarebbe ripresa, prima o poi.

Mancavano ancora diversi giorni, prima di dover partire dalle Hawaii e tornare a casa, prima che Phantom dovesse affrontare le conseguenze delle proprie azioni, prima che Kalee finalmente si riunisse al padre e a Piper. Lui era intenzionato a sfruttare al massimo il tempo che gli rimaneva con lei, perché una volta scoperta la verità su ciò che era successo all'orfanotrofio, Kalee probabilmente non avrebbe più voluto né vederlo né parlargli.

Phantom sentì il telefono squillare e fece per prenderlo. Quando vide il nome sul display, si irrigidì. *Merda.*

Raddrizzò la schiena e rispose: "Pronto?"

"Parla il comandante North. Il tuo permesso è stato interrotto, dovrai fare rapporto nel mio ufficio alle quattordici di domani. Ci siamo capiti?"

Phantom deglutì a fatica. "Sissignore."

"La signorina Solberg verrà con te, faremo una riunione informativa con entrambi."

Phantom sentì un brivido. "Non è pronta," disse al comandante.

"Sia come sia, è una decisione che non dipende da me. Mi hai deluso, Phantom," proseguì il comandante. "Non solo hai disatteso la mia fiducia, ma con le bugie e disobbedendo agli ordini hai deluso anche la tua squadra, il senso di appartenenza al corpo. Il contrammiraglio Creasy ha ricevuto l'ordine di organizzare un'inchiesta interna al più presto per stabilire quale sarà la punizione più adeguata nei tuoi confronti. Alcuni sostengono che dovresti essere sottoposto a processo davanti a una corte marziale per aver disobbedito apertamente a un ordine diretto e aver minato il buon nome della Marina degli Stati Uniti, ma io e il contrammiraglio abbiamo insistito per un procedimento meno ufficiale."

"Sissignore," ripeté Phantom.

"C'è un volo che decolla alle diciannove di stasera. Saliteci, Phantom. Sei già abbastanza nei guai."

"Sissignore."

"Ci vediamo domani."

A quel punto il comandante chiuse la conversazione senza aggiungere altro.

Phantom sentì una stretta allo stomaco e chiuse gli occhi, sentendosi pieno di rimorsi nel profondo dell'anima. Non aveva più tempo da trascorrere con Kalee, doveva dirle subito la verità, seduta stante.

La speranza che lei gli si affezionasse prima di sapere com'erano andate veramente le cose svanì come una nuvola di fumo al vento.

Chissà come, il comandante aveva scoperto del viaggio a Timor Est, che lui stesso gli aveva espressamente vietato, e del salvataggio di Kalee. Phantom avrebbe dovuto ringraziare il cielo per il tempo che era riuscito a darle per recuperare, prima che lei scoprisse ciò che lui aveva fatto. Sapeva bene che il suo segreto sarebbe stato svelato nel momento stesso in cui avesse messo piede in California con Kalee al seguito, ma gli dispiaceva perdere i giorni residui con lei.

"Cos'è successo?" gli chiese Kalee preoccupata, avvicinandosi.

Dopo un respiro profondo, lui si girò verso di lei.

Kalee indossava un paio di pantaloncini e una canotta; la pelle aveva ripreso colore e le lentiggini cominciavano a spuntare sulla carnagione. Nelle ultime due settimane, aveva ripreso qualche chilo e le ossa non le sporgevano più dalla pelle. I lividi erano ormai riassorbiti, come i cerchi scuri intorno agli occhi.

In breve, due settimane alle Hawaii le avevano fatto un bene dell'anima. Ormai non era più Kalee Solberg la prigioniera dei ribelli, stava tornando a essere la donna forte che era stata, prima che il destino la prendesse a ceffoni.

Phantom sbatté le palpebre, ma tutto ciò che riuscì a vedere nell'animo era Kalee come l'aveva abbandonata a Timor Est. Immobile, su una catasta di cadaveri, nella fossa davanti all'orfanotrofio. In quell'incubo a occhi aperti, lei girava la testa e lo guardava dal basso, dicendogli con voce straziante: "Perché mi hai abbandonata?"

"Phantom!"

Sentendosi chiamato con tanta urgenza e preoccupazione, si risvegliò da quei pensieri tormentosi.

"Cos'è successo?" ripeté Kalee. "Si tratta dei tuoi amici? Stanno bene?"

"Stanno tutti bene," la rassicurò, "ma adesso è il momento di parlare. Stasera dobbiamo salire su un aereo che ci riporterà a casa." Phantom sentiva di avere un tono di voce piatto, privo di emozioni, ma in quel momento non poteva permettersi di lasciarsi andare, non quando sapeva di doverle raccontare ciò per cui lei l'avrebbe odiato.

"Stasera? Come mai? Pensavo avessimo ancora qualche giorno."

Phantom sospirò e appoggiò la schiena alla sedia con lo sguardo fisso sulle onde che si frangevano sulla spiaggia. Non poteva guardare Kalee, mentre affrontava quella conversazione. Dicevano tutti che i SEAL della Marina erano persone coraggiose, che non avevano mai paura di nulla, ma si sbagliavano: Phantom era terrorizzato, perché doveva raccontare a Kalee il vero motivo per cui era stata presa prigioniera dai ribelli.

Però non era il tipo da girarci attorno: aveva rinviato l'argomento più che poteva, ma era giunta l'ora di dirle la verità.

"Sono *io* il motivo per cui sei stata catturata dai ribelli e sei rimasta prigioniera per tanto tempo," le disse senza mezzi termini.

Non sentendo alcun tipo di reazione dalla donna che gli stava di fianco, azzardò un'occhiata verso di lei.

Non stava piangendo, non lo guardava con rabbia. Aveva la fronte aggrottata e la testa inclinata, sembrava totalmente confusa.

Dopo un sospiro, Phantom tornò a guardare l'oceano. Doveva ricominciare, spiegarle tutto dall'inizio. Kalee meritava di sapere che tipo di uomo lui fosse.

"Non ho mai conosciuto mio padre. Non ho mai avuto un

modello maschile positivo nella vita. Mia madre viveva con sua sorella; quando ero piccolo, immagino andasse tutto bene, ma quando sono cresciuto abbastanza da risponderle, abbastanza da pensare di testa mia, le cose sono cambiate. Mia madre e mia zia *odiavano* gli uomini. Non so bene il perché, immagino che non avessero mai avuto ottimi rapporti col genere maschile, e dato che ero maschio anch'io, hanno cominciato a sfogare le loro amarezze su di me, sia a parole che con i fatti. Mi picchiavano, mi chiudevano in camera mia senza cena."

"Sono arrivate al punto di punirmi se non facevo tutto alla perfezione: preparare la tavola, passare l'aspirapolvere, finire i compiti... Se per caso non rispondevo a una domanda negli esami, mi veniva un attacco di panico perché sapevo che sarei stato punito severamente. Ci si divertivano pure. La loro punizione preferita, quando facevo qualcosa di sbagliato, era impedirmi di mangiare o bere. Quindi dovevo rubare da mangiare ai miei compagni di scuola. Così alla fine anche *loro* hanno finito per odiarmi."

Kalee non disse nulla, ma lui sentì che gli appoggiava una mano sull'avambraccio stringendo un pochino. Phantom stava impugnando i braccioli della sedia con tutte le forze, nel tentativo di non uscire di senno. Odiava parlare della propria infanzia, della madre, ma sentiva di doverlo a Kalee, per cercare di spiegarle come fosse diventato l'uomo che era. "A tredici anni mi è venuta l'appendicite, sia mia madre che mia zia mi dicevano di smetterla di lamentarmi per il dolore. Così sono finito in ospedale, anche se non certo grazie a loro; ma quando sono tornato a casa, le cose sono cambiate."

Phantom fece un respiro profondo, poi proseguì.

"Ho deciso che ne avevo avuto abbastanza della loro cattiveria, così ho detto loro senza mezzi termini che, se avessero cercato di mettermi le mani addosso, se ne sarebbero pentite. Nonostante l'età, ero già alto e penso che abbiano capito che facevo sul serio. Da quel momento in poi, non abbiamo fatto che ignorarci a vicenda. Vivevamo sotto lo stesso tetto, ma non ci parlavamo mai. Ho trovato lavoro e ho cominciato a guadagnare qualcosa, mi compravo da mangiare e anche i vestiti. Sapevo già di voler diventare un SEAL, così mi sono fatto il mazzo studiando. Sono entrato in Marina il giorno dopo il diploma delle superiori."

"Hai mai più rivisto tua madre o tua zia?" gli chiese Kalee con dolcezza

"No e nemmeno voglio rivederle. Le odio. Però mi hanno fatto diventare l'uomo che sono: cinico, diretto, pragmatico. Un uomo che odia sbagliare." Si costrinse a guardare di nuovo la donna più meravigliosa che avesse mai incontrato. "Il più grande rimpianto della mia vita è l'errore che ho commesso nei *tuoi* confronti, Kalee."

Lei sbatté le palpebre sorpresa.

Lui non le lasciò il tempo di fargli domande: cominciò a spiegarsi. "Io c'ero, Kalee. All'orfanotrofio. Ti ho vista in quella fossa. Te l'ho già raccontato, la mia squadra era venuta per portarti a casa. Tuo papà ti amava tanto e si è rivolto alle persone giuste: dato che tu tecnicamente eri una dipendente pubblica, noi siamo stati incaricati di intervenire per riportarti in patria. Quando Ace e gli altri hanno trovato Piper e le ragazzine nel buco in cui avevi detto loro di nascondersi, io ero fuori e guardavo quello che credevo essere il tuo corpo morto, in quel buco nel terreno."

Kalee lo ascoltava con gli occhi spalancati.

"Avrei voluto scendere giù e riportarti a casa con noi, ma abbiamo sentito i ribelli avvicinarsi e abbiamo capito di dovercela filare alla svelta. Con Piper, Rani, Sinta e Kemala, le nostre possibilità di scappare senza farci scoprire erano considerevolmente ridotte. A me non importava, io volevo comunque prenderti e riportarti a casa, era quello l'obiettivo della missione: trovarti e riportarti in California."

"Ce ne siamo andati. Cioè... non è che abbiamo *deciso* di andarcene, siamo stati costretti alla ritirata perché i ribelli si stavano avvicinando. Io ho provato a trovare un modo per tirarti fuori da quella fossa e portarti con noi, ma era impossibile, sarebbe stata un'angoscia per Piper e per le altre, per non parlare della difficoltà di trasportare un corpo. Però c'era qualcosa che non mi tornava, in ciò che avevo visto in quella fossa. Qualcosa che non riuscivo ad afferrare in alcun modo. Mi sono scervellato per mesi, nel tentativo di capire cosa fosse. La missione era fallita, già quello mi dava fastidio, ma c'era di più. Solo non molto tempo fa sono riuscito a ricordare cos'avevo visto, qualcosa che il mio cervello aveva incamerato nell'inconscio."

Phantom si sporse in avanti e si appoggiò i gomiti sulle ginocchia, lasciando cadere la testa.

"Avevo visto che ti eri mossa. Solo il piede... ma non eri morta. Eri viva e io ti ho *lasciata* dov'eri. Ho lasciato che i ribelli ti catturassero, che ti prendessero con la forza, che ti picchiassero; ho lasciato che ti costringessero a fare tutte le cose terribili che hai fatto. È colpa *mia*, Kalee. Non so per quale motivo, ma il mio cervello mi ha offuscato quel ricordo. Hai sofferto per mesi per causa *mia*."

La sentì fare un rumore strano e non si trattenne: dovette girarsi per guardarla.

Le lacrime luccicavano nei suoi begli occhi verdi, sembrava straziata.

Oddio, quanto gli faceva male vederla in quello stato.

Phantom chiuse gli occhi e finì il racconto. "Quel mio amico genio informatico, ti ricordi che te ne ho parlato? È stato tanto abile da rintracciare storie di una donna americana coi capelli rossi che collaborava coi ribelli; le sue fonti dicevano che eri corrotta come loro, ma io non ci ho creduto. Del resto, non mi importava: ormai avevo deciso di portare a termine la missione a ogni costo."

"I miei superiori si sono accorti di quanto fossi ossessionato da te; per pura cortesia, mi hanno lasciato esaminare i documenti che Tex aveva messo insieme, con tutte le informazioni che aveva trovato su di te a Timor Est. Allora ho chiesto un mese di permesso e ho promesso che non sarei venuto a cercarti. Sono venuto in volo alle Hawaii e mi sono incontrato con Mustang, poi ho scaricato tutti i bagagli in questa casetta che avevo affittato, ma il giorno dopo sono ripartito in volo per Timor Est."

"Non mi importava più, potevi anche esserti unita ai ribelli: dovevi venire via con me, ero disposto a tutto. Ho imparato a memoria il numero del tuo passaporto e tutte le tue informazioni personali. Sapevo dov'eri stata avvistata più di recente. Il resto lo conosci già: ti ho trovata e ti ho portata qui per darti il tempo di rimetterti in sesto. Sapevo che, quando sarei tornato a Riverton insieme a te, tutti avrebbero capito cos'avevo fatto, ma non mi importava... io..."

Phantom fu interrotto all'improvviso da Kalee, che gli mise una mano sulla spalla spingendolo per fargli drizzare la schiena.

Sorpreso, Phantom si appoggiò di nuovo allo schienale... poi rimase incredulo a guardarla, mentre lei si metteva a cavalcioni circondandolo con le ginocchia e lasciandosi cadere sulle sue gambe. Non ebbe il tempo di ragionare sul fatto che la donna che aveva salvato due settimane prima, quella che non voleva farsi sfiorare da nessuno, gli si fosse seduta in grembo.

Kalee gli mise le mani ai lati del viso e lo costrinse a guardarla negli occhi. "Non è stata colpa *tua*, Phantom," gli disse con fermezza.

Lui strinse i denti costernato. Kalee non aveva capito ciò che stava cercando di dirle. "Sì che è colpa mia," insisté.

Lei scosse la testa. "Invece no. Ascoltami. Prima di tutto, tua madre è una stronza. Non si merita un figlio così meraviglioso. Sono contenta che tu te ne sia andato via appena hai potuto e spero che tu non la riveda mai più."

"In secondo luogo, so che sei un SEAL tosto e che durante le missioni hai visto ogni sorta di malvagità, ma non riesco a immaginare cos'hai provato davanti a quella fossa. Non sei Superman: vedere tutte quelle bambine massacrate e gettate via come sacchi dev'essere stato traumatizzante. Sei un uomo che fa di tutto per salvare gli altri; sapere di non aver potuto salvare anche loro, ovviamente, ti ha colpito più di quanto tu stesso possa immaginare. Il tuo cervello ha reagito in modo da proteggerti. *Non è stata colpa tua*, Phantom."

Lui continuò a fissarla e lentamente alzò le mani, appoggiandogliele sui fianchi con leggerezza, pronto a lasciarla andare al primo segno di disagio che le avesse letto negli occhi. Era impensabile che lei lo perdonasse tanto facilmente per ciò che aveva fatto... o per ciò che *non* aveva fatto.

"Ho commesso un errore terribile nei tuoi confronti, Kalee," le sussurrò, "l'errore peggiore che un uomo può commettere nei confronti di una donna. Proprio come mia madre ha sbagliato nei miei confronti."

"No, non è così." gli disse con ostinazione. "Quanto tempo è passato, da quando ti sei ricordato di aver visto il mio piede muoversi a quando hai detto qualcosa?"

"Beh, mi avevano appena sparato a una gamba e appena l'elicottero è atterrato mi hanno fatto un'anestesia per l'intervento chirurgico che serviva per rimettermi in sesto; ma appena ho ripreso conoscenza, ho parlato con gli altri della mia squadra e loro mi hanno organizzato un incontro col comandante."

"Appunto," gli disse lei, "e appena hai avuto i dettagli su dove mi trovassi, sei venuto a prendermi. Sai cos'ho pensato, quando mi sono svegliata e tu mi hai messo la mano sulla bocca?"

"Che stavano per attaccarti ancora?" le chiese Phantom con un tono chiaramente disgustato.

"No," gli spiegò Kalee, "cioè sì, all'inizio ho pensato che magari uno di loro si fosse ricordato che ero una femmina... ma appena ho sentito il tuo profumo mi sono sentita sollevata."

"Il mio profumo?" le chiese.

Lei sorrise. "Sì. È una pazzia, ma so che ogni volta che sentirò il profumo di sapone al pino, non potrò che pensare a te. Ormai credevo che non venisse più nessuno a salvarmi, pensavo di dover trascorrere per forza il resto della mia vita in costante pericolo. Ero quasi certa che qualcuno mi avrebbe sparato, uccidendomi. Eppure, il sollievo che ho provato quando ti sei abbassato per dirmi che eri venuto dagli Stati Uniti e che mi avresti portata in salvo è stato immenso, tanto che mi sembrava di svenire. *Nulla* di ciò che è successo è successo per colpa tua. Non sei l'Onnipotente in persona! Anche se magari te l'avranno detto in tante..." Gli fece un gran sorriso, ma lui non era ancora pronto a ricambiarlo.

Allora anche lei smise di sorridere e si abbassò su di lui fino a sfiorargli il naso col proprio. "Sei stato traumatizzato tanto quanto me, ma non hai smesso di agire. Non mi ricordo di averti visto all'orfanotrofio con la tua squadra, ma non posso minimamente pensare di incolparvi per le vostre scelte. Dovevate trarre in salvo Piper e le ragazzine, non c'era tempo di scendere nella fossa per prendere anche me, così, per un impulso. Sarebbe stata una stupidaggine bella e buona, quando tutti gli indizi facevano credere che fossi già morta. Portare in giro il mio corpo morto avrebbe traumatizzato Piper e le altre. Hai fatto la cosa giusta, Phantom."

"Ti ho lasciata là," le ripeté sottovoce.

"È vero, ma anche gli altri mi hanno lasciata là. Tu però sei tornato a prendermi appena hai potuto." Poi la preoccupazione cominciò lentamente a prendere il sopravvento nei suoi occhi. "Oh ma... Phantom, ti sei messo nei pasticci per causa mia?!"

Lui non riuscì più a tenere le mani lontane da lei. Lentamente, le mise le mani dietro la schiena e la invitò ad avvicinarsi. Il corpo di Kalee era sinuoso e si accasciò su di lui, con il naso affondato nel suo collo. Lei teneva le braccia tra i loro corpi, con le dita che affondavano nei muscoli del petto di Phantom.

"Va tutto bene, Kalee."

Lei scosse la testa, andando a solleticargli la barba con i capelli corti. "Ti avevano ordinato di farti da parte e non alzare un dito, invece tu sei venuto a salvarmi."

"Verrò sempre, per te," le promise Phantom, "non mi interessa quanti anni passano o in quale situazione saremo; se dovessi aver bisogno di me, io ci sarò."

Quelle parole gli uscirono senza pensarci, eppure Phantom sapeva fin nel profondo dell'animo che era la verità.

Due settimane prima, Kalee era solo una missione. Un errore da correggere. Un modo di tornare indietro e fare la cosa giusta. Nel frattempo era diventata molto di più. Si era fatta conoscere per la donna meravigliosa che era, al di là delle tante pagine dei rapporti che la descrivevano. Era Kalee Solberg... accidenti, e lui l'amava più di chiunque altro avesse mai amato in vita sua.

Avrebbe smosso mari e monti, abbandonato la carriera in Marina, ucciso chiunque avesse osato farle del male.

Fu una rivelazione illuminante, ancor più perché si accorse che lei non era spaventata.

Per tutta la vita, Phantom si era protetto con uno scudo, rifiutandosi di lasciare avvicinare chiunque. Voleva bene ai commilitoni dei SEAL, ma non allo stesso modo. L'amore per lei era totale e incondizionato. Lo faceva star bene dalla testa ai piedi. Anche se la conosceva solo da due settimane, la pensava da molto più tempo.

Non aveva idea di cosa provasse lei, ma non gli importava: ormai Phantom era cotto a puntino. Non avrebbe mai amato un'altra donna come amava Kalee Solberg.

Lei alzò la testa. "Se parlassi col tuo comandante, magari lascerebbe perdere?"

Phantom apprezzò quell'offerta, ma sapeva bene che le cose non funzionavano in quel modo. Era andato a Timor Est ben sapendo quale sarebbero state le conseguenze, anche se, tornando indietro, avrebbe rifatto tutto esattamente allo stesso modo. "Quando torniamo, dovrai fare una dichiarazione," le disse apertamente.

Lei annuì con decisione, come convinta di poterlo aiutare a evitare ogni guaio raccontando la storia per come l'aveva vissuta lei. Kalee tornò ad accoccolarsi contro di lui e Phantom chiuse gli occhi beatamente. Forse sarebbe stata l'ultima occasione di tenerla in braccio in quel modo, voleva ricordare ogni attimo, ogni dettaglio.

Dopo un po', le disse: "Non ti dà fastidio questo contatto fisico?"

Lei scosse la testa e gli parlò nel collo. "Tu non mi faresti mai del male."

Phantom chiuse gli occhi beandosi e le promise: "Mai."

Kalee si mosse su di lui... e Phantom fu percorso dall'eccitazione come da una scossa elettrica. Sentì l'uccello indurirsi, i capezzoli diventare turgidi. Non riusciva a pensare ad altro che alle gambe di Kalee, spalancate sopra di lui, mentre pochi strati di cotone separavano le loro parti intime.

Cercò di tirare indietro i fianchi per non spaventarla, ma lei non glielo permise.

Kalee si agitò fino a spingersi contro di lui più che poteva.

Phantom non riusciva quasi più a trattenersi. "Kalee..." cominciò a dirle, ma lei lo interruppe.

"Non ho paura di te, di questo," gli disse con tono deciso. Poi alzò la testa e lo fissò nel profondo con i suoi occhi verdi.

"Sono stata violentata, lo sappiamo entrambi, ma non lascerò che quei bastardi mi tolgano questo piacere. Sì, mi piaci, Phantom, mi piaci molto. Sono attratta da te. Il sesso mi piaceva già prima e ho tutte le intenzioni di farmelo piacere ancora. Di te mi fido. Se qualcun altro mi toccasse in questo modo, probabilmente darei di matto, mi spaventerei... ma sei tu... e di te non ho paura."

Maledizione, quelle parole l'avevano steso.

Purtroppo, Phantom sospettava fortemente che la sua carriera nei SEAL fosse finita. L'avrebbero trasferito in un'altra base e non avrebbe più rivisto Kalee, ma in quel momento non trovava le forze necessarie per respingerla. Forse non le avrebbe mai trovate.

Si mosse di nuovo lentamente, le mise una mano dietro la nuca e la tenne ferma. Sentiva il sangue affluire all'uccello, ma lo ignorò, per quanto poteva. "Sei la donna più fantastica che abbia mai conosciuto," le disse d'istinto, "dovresti odiarmi."

"Invece no," gli rispose lei, "mi meravigli, Phantom, nessuno ha mai fatto per me ciò che hai fatto tu: hai messo a rischio la tua carriera, persino la tua stessa vita, solo per me. Come potrei odiarti?"

"Mia madre mi odiava."

"Che vada al diavolo. Phantom, sei un essere umano. Anche tu sbagli. Se fossi perfetto, non mi piaceresti tanto."

Phantom continuò a guardarla negli occhi il più a lungo possibile, mentre le si avvicinava lentamente, lasciandole il tempo di scostarsi, o di dirgli che non era il caso di baciarla. Invece lei rimase ferma e non gli disse nulla. Anzi, gli si avvicinò e andò con una mano ad accarezzargli i capelli.

Le loro labbra si incontrarono... e Phantom giurò di aver visto le stelle.

In quel momento, la sua intera esistenza mutò.

Apparteneva a *lei*.

Sotto sotto, aveva sempre deriso i compagni di squadra,

perché pensava che fossero troppo inclini a soddisfare le rispettive compagne; in quel momento, capì. Qualunque cosa Kalee gli avesse chiesto, lui gliel'avrebbe data, senza se e senza ma.

Le labbra di Kalee erano calde e a Phantom sembrava di non esserle mai abbastanza vicino; cercò timidamente di tastarle la bocca con la lingua e lei aprì subito le labbra. Invece di lanciarsi e prendere ciò che desiderava, Phantom lasciò a lei l'iniziativa. In principio Kalee fu timida, ma già dopo qualche secondo inclinò la testa, gli strinse i capelli e cominciò a leccargli la lingua con impeto.

Era un bacio perfetto e Phantom sapeva che sarebbe rimasto volentieri tutto il mattino a pomiciare con Kalee, ma non c'era tempo. Purtroppo la cruda realtà si era intromessa: c'erano molti preparativi, prima di salire sull'aereo che avrebbero dovuto prendere quella sera stessa.

Con riluttanza, ammorbidì il bacio e si tirò indietro. Non si allontanò di molto: appoggiò la fronte su quella di lei e le accarezzò col pollice la nuca. Ansimavano entrambi; il calore tra le gambe di Kalee quasi gli accendeva l'uccello eretto. Vide i capezzoli duri come rocce che spingevano sotto la canotta, avrebbe tanto voluto avere il tempo (e il diritto) di toglierle quella canotta seduta stante per gustare pienamente la vista delle tette.

"Non è stata colpa tua," gli ripeté Kalee, "e se per caso dovessi ripeterlo, sarò costretta a prendere misure drastiche."

Phantom fece un gran sorriso. "Ah sì?"

"Eh sì."

"Va bene." Phantom sapeva che non sarebbe stato tanto facile rimuovere quel senso di colpa, ma lei sembrava totalmente sincera e non era il caso di insistere, col rischio di sminuire quel coraggio, quella determinazione a superare il passato.

"Allora, adesso cosa succede?"

Phantom capì esattamente cosa lei intendesse. "Prendiamo un aereo e torniamo in California. Io devo incontrare il comandante, tu invece incontrerai dei funzionari di Marina, dovrai spiegare tutto ciò che ti senti di raccontare su quanto è successo a Timor Est. Probabilmente avvertiranno tuo padre. Per lui sarà uno choc," le spiegò.

"Lo so. Mi hai detto cosa gli è successo, quando pensava che fossi morta. Quel che ha fatto è odioso, ma Piper l'ha perdonato e non mi sorprende: lei è fatta così."

Lui annuì e si tirò indietro. Sentiva un dolore quasi fisico. "Probabilmente Ace porterà Piper alla base, così incontrerai anche lei."

Kalee annuì con entusiasmo. "Sai quanto sono felice che stia bene? Non ho mai smesso di pensare a lei, di chiedermi se i ribelli l'avessero uccisa, o se l'avessero presa in ostaggio come avevano fatto con me. Mi sentivo tremendamente in colpa, perché lei era venuta a trovare me."

"Invece lei si sentiva in colpa perché si è nascosta quando le hai detto di nascondersi," ribatté Phantom. "Ormai ci siamo sorbiti abbastanza senso di colpa per generazioni a venire."

Lei annuì, era d'accordo. "Phantom?"

"Dimmi, tesoro."

"Grazie per queste due settimane."

"Non c'è di che."

"Tu sapevi che ne avrei avuto bisogno, perché anche tu hai passato un'esperienza simile, vero?"

Lui annuì. "All'inizio della carriera in Marina, era tutto più difficile. Quando dovevamo affrontare una missione particolarmente brutta, poi mi serviva del tempo per farmela passare. Ho pensato che, se aveva funzionato per me, molto probabilmente sarebbe stato utile anche a te."

"Ti va di..." Kalee lasciò la frase in sospeso.

"Sì," le rispose Phantom con decisione.

Lei si mise a ridere. "Ma non sai nemmeno cosa stavo per chiederti," protestò.

"Fa lo stesso. Qualunque cosa fosse, la risposta è sì."

Si fissarono l'un l'altra per un lungo momento, legati da una profonda comprensione a livello emotivo.

"Stavo per chiederti se ti andava di venirmi a trovare, quando sarò tornata in California," gli spiegò.

"Dopo che ti sarai sistemata con tuo papà, se sarai ancora della stessa idea, certo che verrò," le rispose. Phantom era sinceramente convinto che Kalee non avrebbe più avuto tanto bisogno di lui, che il padre le avrebbe dato tutto; senza dubbio, anche Piper le sarebbe stata vicina. In quel paradiso, si erano avvicinati molto, ma lui sentiva che Kalee si sarebbe accorta di poter avere molto di più. Certo, gli sarebbe sempre stata grata per averla salvata, ma col tempo anche lui sarebbe diventato solo un vecchio ricordo del passato.

Kalee cambiò espressione e si distanziò un poco. Phantom sentì subito la mancanza del suo corpo contro il proprio.

"Guarda che se non vuoi, non è un problema," gli disse.

Phantom non voleva certo farle credere che non desiderasse rivederla; gli venne spontaneo metterle di nuovo una mano dietro la nuca e tirarla più vicino. "Certo che voglio," le spiegò con decisione, "fosse per me, farei in modo che ti trasferissi subito a casa mia e non ci separeremmo mai più."

A quelle parole seguì il silenzio e Phantom si accorse di averle svelato molto più di quanto intendesse, con quella frase. *Merda*.

———

Kalee deglutì a fatica e continuò a fissare Phantom. Sentiva la pelle d'oca sulle braccia, ma era più calma di quanto lo fosse stata nell'arco dell'ultimo anno. Phantom non aveva intenzione di scaricarla a casa del padre e non tornare più indietro.

Si era sentita presa dal panico, quando lui le aveva spiegato che avrebbe dovuto incontrare i funzionari della Marina per rilasciare la propria deposizione, aggiungendo che il padre sarebbe passato a prenderla.

Le era sembrato di capire che fosse un modo per chiudere, per dirle che lui aveva portato a termine il suo compito e che lei sarebbe andata avanti per conto suo. L'idea di non rivedere più Phantom la spaventava più di quanto lei fosse disposta ad ammettere. Si era affezionata a lui solo perché l'aveva salvata, oppure c'era qualcosa di più?

Si concentrò sulla situazione in cui si trovava in quel preciso istante: sulle gambe di Phantom, tra le sue braccia. Poteva sentire il suo uccello eretto, il che non le creava alcun problema. Si erano baciati e le era piaciuto. Voleva di più.

No, la preoccupazione di non rivederlo più non era dovuta al fatto che Phantom l'aveva salvata. Nasceva dal piacere di averlo vicino. La faceva star bene, la faceva sentire al sicuro. Si sentiva attratta da lui.

Quanto si sentiva imbranata! Aveva trentadue anni, aveva vissuto il peggio dell'umanità, ma anche il meglio.

Aveva già creduto di essersi innamorata, in passato, ma nessuno degli uomini con cui era stata l'aveva mai fatta sentire come la faceva sentire Phantom; lui era schietto, a volte anche troppo schietto. Con gli altri era un brontolone, anche distaccato, ma con lei era in totale sintonia emotiva. Quando le serviva dello spazio, lui faceva in modo di lasciargliene. Quando le serviva vicinanza, lui era sempre pronto ad affiancarla. Con lei era sensibile, protettivo. Si faceva in quattro per ribadirle quanto era orgoglioso di lei, ma non aveva timore di correggerla, se la vedeva fare qualcosa di sbagliato. Le bastava che lui la guardasse per sentirsi bella, nonostante lei sapesse bene di non essere affatto attraente.

Kalee non sapeva bene perché lo amasse, ma *sapeva* che la

spaventava a morte il solo pensiero che Phantom la scaricasse per poi andarsene senza più tornare.

Sentirlo ammettere di volerla rivedere era una sensazione molto piacevole; ma sentirlo dire che, fosse stato per lui, le avrebbe chiesto di convivere e di non separarsi mai più... le fece inturgidire i capezzoli e svolazzare le farfalle nello stomaco.

"Non posso trasferirmi da te," gli disse sottovoce.

"Lo so," le rispose con un grugnito.

"Però mi piacerebbe passare del tempo con te. Non ho idea di cosa farò della mia vita adesso, il che mi spaventa non poco," ammise.

"Qualunque sia la tua decisione, andrai fortissimo," le disse Phantom con convinzione. Poi lei sospirò. "Nemmeno io so che ne sarà di me."

"Pensi che ti cacceranno dalla Marina?"

Lui scosse la testa. "No, ma potrebbero togliermi i gradi, o anche togliermi le autorizzazioni di sicurezza, quindi sarei a tutti gli effetti fuori dalle squadre. C'è anche il rischio che mi trasferiscano in un'altra base."

Kalee sentì gli occhi pieni di lacrime. Non aveva mai incontrato gli uomini di quella squadra, ma l'aveva sentito parlare di Rocco, Gumby, Ace, Bubba e Rex e aveva capito che erano tutti legati da una profonda amicizia. Qualora Phantom fosse stato cacciato dai SEAL e fosse stato trasferito a un'altra base, ci sarebbero rimasti tutti molto male.

"Mi dispiace. Cosa posso fare per aiutarti?"

Le sorrise con dolcezza. "Nulla," le rispose.

Lei scosse la testa con ostinazione. "No, questo non lo accetto. Dev'esserci pur *qualcosa* che io possa fare. Cioè, ti sei messo nei guai per me."

"No, non è così. Mi sono messo nei guai perché ho disobbedito a un ordine diretto. Se non verrò punito, si creerà un precedente, un brutto esempio per tutti gli altri. Quando sono salito sull'aereo per Dili, ho accettato le conseguenze delle mie azioni. Sapevo che avrei dovuto risponderne."

Kalee lo ammirò ancor di più.

"Però forse sarebbe meglio per entrambi se non ci tuffassimo troppo in questa cosa," le disse, facendo un cenno con il capo verso le proprie gambe, dove lei era seduta. "Posso accettare di essere trasferito o anche di essere cacciato dai SEAL, perché so che sei viva e che sei tornata dai tuoi cari. Ciò che non penso di poter accettare è staccarmi da te, *se* ci facciamo coinvolgere di più."

"Potrei sempre venire con te," gli suggerì con esitazione.

Phantom scosse subito la testa e lei sentì una fitta al cuore. Poi lui le disse qualcosa che le fece tornare la speranza.

"Non posso allontanarti di nuovo da tuo padre e da Piper," le spiegò con tono sicuro. "Hai perso fin troppo tempo con loro e io mi rifiuto di causare altro dolore a te o a loro."

Kalee si imbronciò. "Non è giusto," commentò sussurrando.

"Lo so," concordò Phantom, "ma vedrai che andrà tutto bene, non ho alcun dubbio. Incontrerai qualcuno, avrai dei figli che adorerai. Avrai successo e sbaraglierai un sacco di altra gente nel campo che ti sceglierai."

Quelle parole l'avrebbero devastata, se non avesse intravisto un bagliore di disperazione anche negli occhi di Phantom. Lui le strinse la nuca con la mano, dandole una carezza con il pollice che le fece partire un brivido in tutto il corpo.

Senza pensarci, Kalee si abbassò di nuovo per un altro bacio.

No, *non* era disposta a lasciarlo andare.

Le venne in mente che anche lui non aveva mai potuto contare su qualcuna disposto a lottare *per lui*. La madre e la zia di Phantom di sicuro non si erano mai schierate con lui. I professori, a scuola, se mai si erano accorti che c'era qualcosa che non andava, non si erano mai mossi per aiutarlo.

Non sapeva davvero che fare; lei non era in Marina, probabilmente nessuno l'avrebbe ascoltata; ma in fin dei conti Phantom era nei guai per lei, perché aveva deciso di non lasciarla nelle mani dei ribelli un solo giorno in più, mentre i suoi comandanti non avevano mostrato la stessa premura. Loro *sapevano* dov'era, sapevano almeno in parte cosa stava passando, eppure non avevano mosso un dito per aiutarla.

Mentre si baciavano, Phantom strinse di nuovo la mano che le teneva dietro la nuca, e la sensazione di benessere che lei provava in quell'abbraccio si decuplicò. Decise di lottare con tutta se stessa per tirarlo fuori dai guai.

A quel punto fu lei a farsi indietro. Non le fu facile, dato che desiderava di più, ma Phantom aveva ragione: c'era molto da fare. Non potevano perdere il volo di quella sera, altrimenti i guai sarebbero peggiorati e l'ultima cosa che Kalee voleva era causargli ulteriori dispiaceri.

Si fissarono per un lungo momento, poi Phantom sospirò, le accarezzò un'ultima volta la nuca e lasciò cadere la mano. "Devo procurarti una valigia, ce l'avevo in programma per questa settimana. Poi devo telefonare a Mustang per fargli sapere che ce ne andiamo. Prenoterò i biglietti online, poi possiamo andare all'aeroporto. È presto, quindi facciamo in tempo a fermarci alla Dole Plantation, mentre andiamo a sud. C'è un labirinto molto divertente che possiamo percorrere. Hai mai provato un Dole Whip?"

Kalee scosse la testa.

"Bene, allora oggi è la tua giornata fortunata. È una specie di sorbetto morbido e senza lattosio al gusto di ananas."

Lei gli sorrise; quella voglia di farle passare un'ultima giornata divertente alle Hawaii la fece innamorare ancor di più.

"Devi alzarti, tesoro," le disse sottovoce.

Lei non si mosse.

"Per favore," la pregò.

Dopo un sospiro, Kalee capì di non poter più rimandare.

Si tolse lentamente dalle sue gambe e si mise in piedi davanti a lui. Anche lui si alzò in piedi, torreggiante al confronto, poi alzò una mano per sistemarle con un dito una ciocca di capelli corti. La guardò negli occhi e le disse: "Non ho idea di cosa succederà una volta tornati a Riverton, ma sappi che, per qualunque motivo, se hai bisogno di me, non devi fare altro che telefonarmi o mandarmi un messaggio e io ci sarò. Se ti viene paura, se sei preoccupata, se hai bisogno di parlare con qualcuno... non importa dove sarò o cosa starò facendo: per te ci sarò sempre."

Lei annuì.

"Devo essere sicuro che tu mi capisca," le disse, "è importante."

"Ti capisco," gli disse Kalee dolcemente, ripromettendosi che, se Phantom pensava di riportarla a casa per poi non rivederla mai più, si sbagliava di grosso. Tra loro si era creato qualcosa, e Kalee voleva capire come quel qualcosa potesse svilupparsi. Le condizioni avrebbero potuto essere migliori, ma lei, forse più di tante altre donne, sapeva riconoscere un brav'uomo, quando ne incontrava uno... e Phantom era uno degli uomini migliori che avesse mai incontrato.

"Va bene, andiamo a prendere una valigia. Non scegliamone una qualunque, impersonale: dev'essere di un bell'arancione deciso, o magari gialla, un colore che non sfugga. Così gli addetti ai bagagli non potranno perderla e nessuno la prenderà per sbaglio. Voglio anche fermarmi a comprarti un cellulare."

Lei scosse la testa. "Phantom, è troppo."

Lui la guardò con un'espressione talmente intensa da impedirle di muoversi, tanto che lei fu sul punto di scusarsi per essersi opposta.

"Ti prendo un cellulare. Non l'ho fatto prima perché sapevo che qui alle Hawaii non mi sarei mai allontanato da te; adesso però tornerai a casa e voglio darti anche la sicurezza in più di un telefono a portata di mano. Se ti preoccupa il costo, lascia stare: posso permettermelo.”

Fece un respiro profondo e ingentilì il tono: “So di crearmi molte aspettative. Magari quando tornerai a casa, quando tornerai alla tua vita, tra noi le cose cambieranno... è probabile, potresti capire che sono un rinnegato e un asociale, ma voglio comunque che tu abbia uno strumento per metterti in contatto con me. Sono dalla tua parte, tesoro. Sarò *sempre* dalla tua parte. Se ti senti sovraccarica, telefonami. Se vuoi parlare dell'inferno che hai dovuto subire, telefonami. Anzi, ci scarichiamo anche l'applicazione di Uber e qualche applicazione per ordinare da mangiare a domicilio. Potrai sentire Piper e chiunque altro vorrai. Non sei più da sola, Kalee. Un telefono ti *serve*. Per favore, non ti opporre.”

Come poteva dirgli di no? Si leccò le labbra, poi annuì.

“Grazie.” Phantom sembrò sollevato.

Quando lui si girò per tornare in casa, le venne voglia di piangere. Però poi Phantom tornò indietro e le prese la mano, tirandola perché lo seguisse. Era pazzesco: solo due settimane prima, il pensiero di farsi toccare da lui era orribile; invece, dopo due settimane, non riusciva a immaginare qualcosa di più desiderabile.

CAPITOLO OTTO

Phantom non era sorpreso: nessuno era venuto ad aspettarli all'aeroporto, al rientro in California. Forse era meglio così, almeno il comandante North non aveva avvertito la squadra di quanto era successo, altrimenti Rocco e gli altri si sarebbero incazzati, sapendo che lui era andato a Timor Est senza di loro.

Teneva stretta la mano di Kalee mentre uscivano dall'aeroporto e andavano verso la postazione dei taxi. Gli sembrava di vivere un déjà vu, la stessa scena di quando era arrivato con lei a Honolulu, ma meglio. Kalee era meno scattosa e gli stava più vicino che poteva, cosa che a lui faceva molto piacere.

Per il volo di rientro, Phantom aveva optato per la prima classe; Kalee si era addormentata tenendogli la mano. Lui invece non aveva affatto dormito, preferendo viversi ogni minuto di quella vicinanza. Sapeva che, appena avesse messo piede alla base navale, li avrebbero separati e lui avrebbe dovuto cercare di giustificare ai superiori il proprio comportamento ingiustificabile.

"Ricordati una cosa: quando cominceranno a farti domande su domande, non è un interrogatorio, tu non hai fatto nulla di male," le disse per la quarta volta. "Se ti senti a disagio, se hai bisogno di fare una pausa, devi solo dirlo. Non sono cattive persone, hanno solo bisogno di capire cosa ti è successo."

"Lo so," gli rispose Kalee sottovoce.

Phantom odiava la sensazione di vederla tornare all'inferno da cui l'aveva fatta uscire. Si era quasi dimenticato quanto fosse taciturna, nel momento in cui l'aveva salvata. Ormai si era abituato alle loro conversazioni, tanto che gli sembrava strano vederla titubante, reticente a parlare con altre persone.

"Pensavo di fare un salto al mio appartamento, prima di andare alla base, se per te va bene," le disse, "posso prendere la mia auto, così non dovrò preoccuparmi di chiamare un taxi o di implorare per un passaggio, dopo l'incontro col comandante."

Kalee sembrò sollevata e annuì.

Phantom immaginò che anche lei fosse ben felice di rimandare l'inevitabile.

Non le chiese se voleva che lui la portasse a casa dopo l'incontro: immaginò che qualcuno avesse già avvertito il padre e che l'avrebbe accompagnata lui. Peraltro, non aveva idea di quanto sarebbero durati i rispettivi incontri informativi; aveva la sensazione che il comandante non ci sarebbe andato leggero con lui e che gli avrebbe chiesto un resoconto dettagliato di ogni minuto passato a Timor Est, persino alle Hawaii.

Il viaggio verso l'appartamento fortunatamente fu rapido, per una volta il traffico non fu infelice. Dopo aver pagato il tassista, Phantom saltò fuori dal taxi e prese la propria borsa e quella di Kalee.

Non gli era mai importato tanto del proprio appartamento; si trovava in una zona relativamente sicura di Riverton, non lontano dalla base, una zona in cui nessuno si impicciava degli affari altrui. Abitava in un palazzo a tre piani, le porte affacciavano sull'esterno. Le scale erano al coperto, ma all'esterno del palazzo. Lui non aveva mai pensato che non fosse sicuro, ma mentre accompagnava Kalee su per le scale, pensò a come avrebbe potuto sentirsi lei, tornando la sera e dovendo salire quelle scale per raggiungerlo nell'appartamento.

Non sapeva nemmeno lui il perché di quei pensieri, era improbabile che Kalee passasse del tempo da lui, eppure quell'idea lo infastidì. Aprì la porta di casa, lasciando che fosse lei a entrare per prima. La seguì a ruota e chiuse la porta a chiave.

Entrando nel salottino, gli venne un sussulto. Di solito lo teneva piuttosto in ordine, era uno dei tanti insegnamenti della Marina; ma dopo l'incidente in Afghanistan, non aveva mantenuto gli stessi standard di pulizia. Poi, appena saputo che Kalee era viva, non gli era importato più di *nulla* se non ti scoprire tutte le informazioni disponibili su dove potesse trovarsi, per andarla a prendere.

Il tavolino vicino alla cucina era coperto di mappe di Dili e delle zone circostanti. Tex gli aveva fornito le informazioni necessarie con un rapporto dettagliato su dove pensava che i ribelli la tenessero prigioniera, ma Phantom aveva comunque scelto di imparare tutto il possibile su quelle zone, prima di metterci piede.

"Scusa per il disordine," le disse tranquillamente. "Dubito che in frigo ci sia molto da mangiare, ma prendi pure ciò che vuoi, intanto io mi cambio."

Non aspettò che gli rispondesse, si diresse rapidamente nel corridoietto che portava alla camera da letto. La presenza di Kalee in quell'appartamento lo metteva a disagio, paradossalmente proprio per il tanto piacere che gli dava. Avrebbe tanto desiderato sedersi con lei sul divano a guardare la TV, preparare con lei da mangiare in quel cucinotto, bersi qualcosa insieme sul minuscolo balconcino, osservando in distanza una sottile strisciolina di oceano.

Kalee Solberg era fuori dalla sua portata, tanto che a Phantom riusciva difficile persino concepire quanto. Eppure l'amava. Lo sapeva senza il minimo dubbio. Altrimenti non lo avrebbe ferito in quel modo sapere che sarebbe tornata a casa dal padre e ignorare se e quando l'avrebbe rivista.

Era proprio il tipo di donna che lui aveva sempre sognato. Divertente, sensibile, maledettamente forte. Però lui non era l'uomo giusto per lei; Kalee aveva bisogno di un uomo con un impiego regolare, un uomo che non dovesse sparire di punto in bianco per andare chissà dove a svolgere una missione pericolosa. Certo, lui non sapeva nemmeno se il giorno dopo sarebbe stato ancora un SEAL.

In fin dei conti, per quanto desiderasse Kalee nella propria vita, nel proprio letto, non era destino. L'aveva salvata, ma del resto era stato lui a lasciarla in quella situazione terribile, a Timor Est. Lei probabilmente non aveva capito fino in fondo l'accaduto, ma dopo la riunione informativa, dopo il lasso di tempo necessario per pensarci, ci sarebbe arrivata senza dubbio... e da quel momento non avrebbe più voluto né sentirlo né vederlo.

Phantom si imbronciò, si tolse bruscamente la maglia e prese la divisa mimetica della Marina. Per l'incontro col comandante, era meglio presentarsi in maniera professionale. Ci mise solo dieci minuti a cambiarsi, a sistemarsi la barba e a darsi un aspetto abbastanza pulito, sufficiente a sostenere l'occhio attento e critico del comandante.

Quando Phantom tornò nel salotto dell'appartamento, fu sorpreso di vedere Kalee a capo chino sulle mappe dispiegate sul tavolino; le stava esaminando come se avesse dovuto prepararsi per un esame di geografia.

"Kalee?"

Quando lei alzò la testa, lui si accorse che aveva gli occhi pieni di lacrime, gliele vedeva dall'altra parte della stanza. Per un attimo la fissò a sei metri di distanza, l'attimo dopo era già al suo fianco. "Che succede?" le chiese con voce roca, cercando di osservare tutto ciò che aveva intorno per capire cosa l'avesse turbata tanto.

"È solo che... tutto questo, per me?" gli chiese.

Phantom non si calmò, pur capendo che quelle lacrime non erano dovute a una minaccia imminente; sentiva il cuore battergli a mille e si accorse che vederla piangere gli aveva fatto scattare qualcosa dentro. Era diventato iperprotettivo, si sentiva pronto ad ammazzare chiunque potesse farle del male.

"Dovevo sapere esattamente a cosa andavo incontro," sbottò, "le informazioni che ho ricevuto parlavano di un gruppo di ribelli asserragliati in città, ma non ero sicuro che ti avrei trovata là con loro, al mio arrivo. Dovevo cercare di capire dove potessero spostarsi. Tornare nella giungla? Salire in collina? Continuare lungo la costa? Mi servivano tutte le informazioni possibili per tirarti fuori da quel macello."

"Io pensavo solo... non lo so cosa pensavo," sussurrò Kalee. "So che mi avevi parlato di quel Tex, quello che ti ha passato le informazioni per trovarmi, ma immagino di non aver capito fino in fondo cosa intendessi veramente."

"Non ti sono capitato addosso per caso," le disse pacatamente; si spostò lentamente per non farla spaventare, le mise un dito sotto al mento e le alzò la testa per guardarla negli occhi. "Non me ne sarei mai andato da Timor Est lasciandoti là una seconda volta. Speravo non servisse tanto tempo, per rintracciarti, ma ero pronto a rimanere giorni, settimane, anche mesi, fosse stato necessario."

Kalee inspirò bruscamente. "Ma, il tuo lavoro," gli disse confusamente.

"Tu sei più importante del mio lavoro. Più importante *di tutto*," le disse con risolutezza.

"Phantom..." gli disse, quasi non completando nemmeno il nome.

Attratto da lei, incapace di trattenersi, Phantom si abbassò, lasciandole tutto il tempo di protestare, di allontanarsi. Al contrario, lei si alzò in punta di piedi e alzò una mano, mettendogli le dita nei capelli proprio come aveva fatto alle Hawaii; lo tirò con forza, facendogli avvicinare le labbra alle proprie con foga.

Nessuno dei due esitò. Kalee si attaccò alla bocca di Phantom come se da quel gusto dipendesse la sua stessa esistenza. Lui le lasciò l'iniziativa e la sentì che con la lingua gli entrava in bocca, cercando la sua. Le dita con cui gli stringeva i capelli richiamarono l'attenzione del suo uccello. Accidenti, quanto era bella! Maledizione, era bella a prescindere da ciò che faceva, ma in quel momento, quando si prendeva ciò che voleva? Era una provocazione diabolica.

La tirò a sé e si ritrovarono appiccicati dai fianchi al petto, poi Phantom inclinò la testa per trovare un angolo migliore.

Chissà quanto tempo rimasero in mezzo a quel salotto a baciarsi, Phantom non ne aveva idea. Sapeva solo di non averne mai abbastanza. Tornò in sé solo quando sentì che Kalee gli stava portando una mano all'altezza dei bottoni dei pantaloni modello cargo, per aprirli. Ogni volta che con la mano gli passava vicino all'uccello, lui sentiva come uno spasmo.

Con una mano le teneva la testa da dietro, con l'altra andò a tastarla sotto la maglia e si ritrovò a stringerle un seno da sopra il reggiseno sportivo. Tirò indietro la testa all'improvviso gemendo.

A Kalee sfuggì un lamento di frustrazione, cercò di fargli riavvicinare la testa, ma lui rimase dov'era, con una mano dietro la testa di lei e l'altra sul seno, immobile. Poteva sentire sul palmo il capezzolo turgido, non voleva far altro che strapparle il reggiseno e toccarle la pelle nuda. Ma non poteva.

Con riluttanza, tirò fuori da sotto la maglia la mano e prese quella di Kalee, che stava ancora tentando di sbottonargli i pantaloni. La portò tra i loro corpi e ne baciò il palmo, poi la tirò a sé fino ad abbracciarla. La sentiva ansimare pesantemente contro il proprio petto e anche lui ansimava.

"*Shhhhh*," le disse per tranquillizzarla. La sentì prendere fiato e spostare lentamente le braccia fino a mettergliele intorno alla vita, poi gli appoggiò la testa sul petto.

Rimasero in quella posizione per un lungo momento, cercando entrambi di riprendere il controllo, di tornare lucidi. L'uccello di Phantom era ancora durissimo e le spingeva sulla pancia, ma in quel momento lui non poteva farci nulla. L'ultima cosa che voleva fare era lasciarla andare, quindi Kalee avrebbe dovuto sopportare quell'evidente eccitazione.

Finalmente lei parlò. Senza alzare la testa, gli disse contro il petto: "Ero molto sola, sapevo che nessuno mi stava cercando, ormai pensavo che mi avrebbero uccisa. Tu non mi conoscevi nemmeno, eppure hai mollato tutto per venire a prendermi. È... mi ci vuole del tempo per accettarlo."

Phantom non sapeva che dirle. Le aveva già spiegato che era stato proprio lui a lasciarla dov'era, in mano ai ribelli. Era stato lui a imporle quell'inferno. Non l'aveva mai incontrata prima, di lei sapeva solo ciò che gli avevano detto Piper e il padre. Per lui era stata solo una missione, un modo di porre rimedio a qualcosa che era andato storto.

Nel momento stesso in cui quei pensieri gli passavano per la testa, Phantom capì che erano bugie. Kalee non era solo una missione. Non lo era mai stata. Chissà come, lui aveva capito che era una donna speciale. Ecco perché c'era rimasto malissimo quando si era ricordato di ciò che aveva visto, quando aveva capito che non era morta in quella fossa all'orfanotrofio, come avevano creduto tutti quando l'avevano lasciata laggiù.

Lui non era un tipo particolarmente poetico, non era mai

stato molto romantico, eppure era come se la sua anima *sapesse* che Kalee gli apparteneva; era come se l'altra metà di lui stesse soffrendo, costringendolo a fare qualcosa.

"Non sei mai stata da sola," le disse dopo un momento, "non ho mai smesso di pensare a te, da quando me ne sono andato da quella fossa. Non potevo. Quando mi sono ricordato che ti eri mossa, che eri viva, ho capito che non avrei mai smesso di cercarti, che prima o poi ti avrei ritrovata e ti avrei riportata a casa sana e salva."

"Grazie," gli disse Kalee parlandogli contro la maglia.

"Non ringraziarmi," le rispose Phantom un po' goffamente, mentre si staccava da lei per guardarla in faccia. "Dovresti chiedermi come mai ci ho messo così tanto tempo, accidenti."

Lei accennò un sorriso. "Se mi va di ringraziarti, ti ringrazierò, accidenti."

Phantom la fissò un po' frustrato, perché lei non si stava comportando come lui si aspettava. "Dovresti odiarmi," le disse finalmente.

Lei scrollò le spalle. "Non ti odio."

Lui scosse la testa, quasi esasperato. Le passò un'altra volta la mano sui capelli corti, poi, controvoglia, fece un passo indietro. "Dobbiamo andare."

Kalee annuì.

Nessuno dei due si mosse.

"Cazzo," mormorò Phantom, che poi si abbassò di scatto e le catturò un'altra volta le labbra con le proprie. Non gli bastava mai e sapeva che, nell'attimo stesso in cui avessero messo piede fuori dall'appartamento, riuscire a sentire di nuovo quel sapore sarebbe stato difficile. Kalee sarebbe tornata nel suo mondo, mentre lui aveva un futuro incerto.

Fu un bacio breve, ma tremendamente eccitante; Phantom pensò che gli sarebbe servito un miracolo per dare una calmata al proprio uccello, in modo da riuscire a fare il saluto al comandante. Quando Kalee gli morse il labbro inferiore, lui si sforzò di fare un passo indietro... poi, per darci un taglio, mise tra sé e lei una sedia.

"Non importa cosa succederà oggi, dove andrò a finire, cosa deciderai di fare tu della tua vita. Passi un'ora, una settimana, un anno o anche dieci anni. Se avrai bisogno di me, telefonami. Io ci sarò, Kalee, senza fare domande. Hai capito?" Sapeva di averglielo già detto più volte, ma doveva essere sicuro che lei avesse capito e che sapesse che era sincero.

Le tornarono le lacrime agli occhi, ma lei le trattenne sbattendo le palpebre. "Ho capito," affermò.

Phantom annuì. "Bene. Dai, andiamo, dobbiamo arrivare alla base."

Si girò e non aspettò di vedere se lei lo seguisse. Non ne aveva bisogno: ne percepiva la presenza. La sentiva dietro di sé. Kalee si abbassò per raccogliere il cappellino da baseball che ormai considerava proprio e se lo mise in testa. L'aveva indossato per tutto il viaggio, togliendoselo solo una volta entrata in quell'appartamento.

"Pronta," gli disse, ma non c'era entusiasmo nella sua voce.

"Non ti serve il cappellino," le disse Phantom d'istinto, "sei bella così come sei."

Le si accesero gli occhi, ma lei fece spallucce. "Mi piace."

Phantom non insisté; lui non era un esperto di donne, ma immaginò che Kalee preferisse non esporre troppo il taglio di capelli che le avevano fatto i ribelli, almeno finché non le fossero cresciuti più lunghi. Quel taglio di capelli brutale si univa ai tanti altri motivi per cui lui si augurava che morissero tutti lentamente e atrocemente.

Con quel pensiero allietante, Phantom afferrò la nuova valigia gialla fiammante di Kalee e le fece cenno di precederlo fuori dalla porta. La seguì fuori e chiuse la porta a chiave, poi scesero le scale insieme fino alla macchina di Phantom, che lui aveva lasciato al solito posto nel parcheggio. La sua vecchia Honda Accord gli si addiceva; la trattava molto bene e andava a meraviglia.

Phantom sistemò la valigia di Kalee nel baule e si mise dietro al volante. Girò la chiave nel blocco di accensione e sospirò sollevato appena il motore si avviò, al primo colpo. Prima che inserisse la retromarcia per uscire dal posto auto, Kalee gli appoggiò una mano sull'avambraccio.

"Phantom?"

"Sì, tesoro?" gli venne un sussulto, sentendo il proprio tono di voce tanto addolcito; doveva smetterla. A lei sembrava non importare, ma insomma...

"Voglio parlare col tuo comandante. Magari non sarai tanto nei guai, se ascolterà anche la mia campana."

Phantom sentì il cuore sciogliersi. Per un uomo che non pensava nemmeno di *averlo*, il cuore, era una sensazione stranissima. Le prese la mano e ne baciò il palmo. "Lo apprezzo, ma non sarà necessario. Ho disobbedito a un ordine diretto, il motivo non importa; devo affrontare le conseguenze della mia decisione."

"Però..."

"La tua voglia di aiutarmi è adorabile, ma non cambierà nulla," le disse con più decisione, interrompendola. "Tu dovrai solo raccontare agli investigatori ciò che ti è successo, poi incontrerai tuo papà e finalmente potrai essere felice."

Lei lo guardò a lungo, dandogli l'impressione di voler aggiungere qualcos'altro, ma alla fine si limitò ad annuire.

Non c'era molto altro da dire, ora bisognava andare avanti; Phantom fece retromarcia, uscì dal parcheggio e si diresse verso la base.

———

Mona Saterfield guardò senza troppo interesse lo smartwatch che aveva sentito vibrare. Si aspettava di vedere la notifica di un'email, probabilmente altro spam. Invece si ritrovò a sbattere le palpebre, credendo a malapena ai propri occhi: era una notifica del dispositivo che aveva attaccato alla macchina di Forest.

"È tornato!" sussurrò, ignorando poi gli sguardi straniti che le persone intorno le rivolgevano. Uscì dalla coda in pasticceria e tornò di corsa alla macchina.

Ringraziò ancora una volta la propria buona stella, per gli orari di lavoro flessibili. Fare la modella le lasciava tutto il tempo di tener d'occhio Forest, tra uno scatto e l'altro.

L'emozione di sapere che era tornato era incontenibile. Erano passate settimane dall'ultima volta che quella macchina si era mossa. Lei si era preoccupata fino a starci male, non sapendo dove fosse andato. Gli amici di Forest, quegli stupidi, erano rimasti in città; lei lo sapeva perché era andata in spiaggia a spiare uno di loro che ci viveva. Se *loro* erano in città, doveva esserci anche Forest. Non andava mai da nessuna parte senza di loro, quindi lei aveva capito che era successo qualcosa di brutto.

Forse uno dei genitori di Forest si era ammalato e lui era partito per occuparsene. Oppure gli era morto un parente. Si era immaginata una decina di altri motivi per cui Forest potesse essere partito senza lasciare traccia.

Però era tornato! Che felicità!

Quando arrivò alla macchina, aprì sul telefono l'applicazione collegata al dispositivo di tracciamento della macchina di Forest e vide subito che stava andando alla base. Sapendo che era molto difficile (ma non impossibile) accedere alla base, decise di tornare a casa, cambiarsi, darsi un filo di trucco, giusto per stare tranquilla, per poi andare ad aspettarlo al suo appartamento. Voleva vederlo coi propri occhi, constatare che stesse bene.

Sentendosi felice quanto mai lo era stata nelle ultime settimane, Mona decise in quel preciso istante che avrebbe smesso di lasciare spazio a Forest. L'aveva osservato e aspettato per troppo tempo. Più di un anno, mentre il desiderio di lui le cresceva dentro, diventando ogni giorno più intenso.

Era ora di fare in modo che Forest sapesse quanto lei l'amava. Lei poteva sopportare le missioni, non sarebbe diventata isterica.

Gliel'avrebbe detto e lui avrebbe finalmente capito che erano fatti l'uno per l'altra; sarebbero stati per sempre insieme, felici e contenti.

La separazione era un peso per entrambi, era ora di farlo ragionare, doveva smetterla di respingerla. Forest Dalton era l'uomo per lei e niente avrebbe impedito loro di stare insieme. *Niente*.

CAPITOLO NOVE

Kalee era seduta su una poltroncina in un ufficio e cercava di respingere l'idea di filarsela. Si sentiva completamente circondata; era seduta a un tavolo rotondo, gli uomini che l'avevano accompagnata l'avevano fatta accomodare nel posto più lontano dalla porta, poi si erano seduti di fronte a lei, impegnati a scrivere sui computer mentre lei parlava.

Con quegli uomini intorno, si sentiva sfasata, nervosa. Si era abituata alla presenza di Phantom, che la faceva sempre sentire al sicuro, in qualunque frangente. Quando erano arrivati nell'enorme palazzo in cui si trovava l'ufficio del comandante, due ufficiali l'avevano separata da lui. Lei si era guardata alle spalle un'ultima volta, Phantom non si era mosso. Era rimasto in piedi in mezzo al corridoio, a fissarla.

Un uomo alto quanto lei, con i capelli marroni e circa una ventina di anni in più di lei, era in piedi a Phantom con lo sguardo parecchio accigliato. Lei vedeva l'uomo parlare, ma gli occhi di Phantom erano fissi su di lei.

Nell'attimo stesso in cui aveva svoltato in un altro corridoio, aveva sentito intensamente la perdita del contatto visivo con Phantom. S'era sentita rabbrividire, i dubbi avevano cominciato a tormentarla. Aveva salito una rampa di scale e l'avevano accompagnata lungo un altro corridoio, fino all'ufficio in cui si trovava in quel momento.

Stava congelando dal freddo; l'aria condizionata era regolata troppo bassa. Kalee immaginava di aver passato troppo tempo in un clima tropicale, il suo corpo doveva essersi abituato a temperature diverse e ora le dava fastidio l'aria fresca; era comunque un altro motivo per cui si sentiva a disagio.

"Grazie per essersi unita a noi quest'oggi," le disse uno degli uomini; al che lei avrebbe tanto voluto alzare gli occhi al cielo. Non le avevano lasciato molta scelta, ma decise comunque di non dire nulla... per il bene di Phantom. Dover raccontare ciò che le era successo non la entusiasmava affatto, ma l'avrebbe fatto, per aiutare Phantom

"Può cominciare dall'inizio e dirci cosa le è successo a Timor Est?"

Cominciare dall'inizio? Kalee non capiva cosa volesse dire, ma immaginò che quell'uomo si riferisse all'attacco dei ribelli. Dopo un profondo respiro, Kalee concentrò la propria attenzione su una macchiolina nera sul tavolo che aveva davanti e cominciò il racconto.

"Io e Piper stavamo visitando l'orfanotrofio. Volevo farle incontrare le ragazze con cui passavo il tempo libero. Abbiamo sentito degli spari, ci siamo spaventate. Le bambine hanno cominciato a correre un po' dappertutto, quelle più grandicelle erano altrettanto disorientate e impaurite. Quando l'attacco è cominciato, noi eravamo in cucina, stavamo aspettando che ci servissero il pranzo. Ho detto a Piper e alle tre ragazzine che stavano in cucina con noi di scendere nella cantina, sotto la cucina; ho detto loro che sarei tornata subito con altre bambine."

"Sono uscita di corsa, volevo radunare altre orfane, ma mi sono imbattuta in un gruppetto di uomini, tutti vestiti di nero e coi fucili a tracolla. Ci hanno riunite tutte, ci hanno tenute raggruppate per un paio di giorni. Hanno violentato alcune delle ragazze più grandi, ci hanno preso gusto a torturarci. Poi mi hanno presa e mi hanno portata nel bosco; ho lottato quanto potevo, ma mi hanno violentata."

Kalee sapeva di parlare con un tono piatto e privo di emozioni, ma era l'unico modo in cui poteva ripercorrere gli eventi senza crollare.

"Poi credo che si siano stufati, o forse dovevano andare a saccheggiare qualche altro posto; ci avevano portate nella giungla; a quel punto hanno portato via le ragazze a due a due. Abbiamo sentito degli spari e abbiamo capito cosa stava succedendo. Una bambina di circa dieci anni ha cercato di scappare, ma uno dei ribelli si è messo a ridere, ha preso la mira e le ha sparato, l'ha uccisa mentre correva via."

"Io sono stata l'ultima a essere portata fuori dalla giungla. Mi hanno messa di fronte alla fossa che avevano scavato per i corpi, mi hanno fatta girare per guardare in faccia l'uomo che stava per spararmi. Ricordo di aver sentito lo sparo, poi più nulla."

"Quando mi sono risvegliata, giacevo su una montagna di corpi, erano quelle ragazzine amorevoli e piene di vita. Pian pianino mi sono trascinata fuori dalla fosse, ma ho trovato un altro gruppo di ribelli. Non erano gli stessi di prima, non li ho riconosciuti, ma poco importa. Mi hanno picchiata e mi hanno costretta a seguirli."

"Come l'hanno costretta?" le chiese uno degli uomini interrompendola.

Lei chiuse gli occhi e cercò di rimanere calma. Si immaginò il viso di Phantom, il modo in cui si imbronciava quando qualcuno le si avvicinava troppo. Il modo in cui le sorrideva, quando lei lo stuzzicava rubandogli il cappellino. Gli occhi preoccupati con cui la osservava, quando pensava che lei non se ne accorgesse. Tutto di lui la calmava.

"Non so parlare bene il tetum, ma non è difficile capire quello che ti chiedono, quando ti puntano una pistola alla tempia e ti tirano per un braccio per costringerti a marciare," rispose con un tono più accalorato. "Siamo rimasti nella giungla per un paio di mesi, almeno così mi è sembrato. Avevo sempre qualcuno al mio fianco con una dannata pistola. Ho tentato qualche volta di scappare, mi hanno sempre catturata e mi hanno riportata indietro. Minacciavano ogni giorno di uccidermi, se non avessi obbedito ai loro ordini. Si divertivano a picchiarmi, spesso facevano a turno, prima di andare a dormire."

"Ogni mattina si partiva, in cerca di un villaggio da razziare. Hanno smesso di abusare sessualmente di me, dopo che uno di loro ha provato e... non ha concluso, non so se mi spiego. Mi hanno soprannominata 'diavolo rosso'. Penso che dopo quell'episodio volessero solo picchiarmi a sangue. Invece erano *loro* i diavoli, non io."

Kalee fu presa da un tremore. Non voleva continuare a parlarne, non voleva ricordare; ma doveva aiutare Phantom, doveva assicurarsi che tutti conoscessero esattamente l'inferno da cui lui l'aveva salvata.

"Un giorno mi sono stufata e ho deciso di mettermi a correre a tutti i costi. Morivo di fame, mi faceva male dappertutto per le botte della sera prima, non ne potevo più. I ribelli hanno trovato un altro villaggio e nel casino dell'attacco sono riuscita ad allontanarmi dall'uomo che doveva tenermi d'occhio. Pensavo di avercela fatta, finalmente, di essere sfuggita all'inferno in cui mi ero ritrovata, ma ho incrociato uno dei ribelli insieme a una giovane madre del villaggio. Quella donna teneva il bambino appeso al petto con delle fasce, il piccolo avrà avuto qualche mese, la madre sì e no diciott'anni. Il ribelle mi ha vista da sola e ha capito che stavo scappando; allora mi ha fatto cenno di avvicinarmi. Io ho rifiutato."

"Mi ha fatto un altro cenno, io ho fatto un passo indietro,

ero pronta a scappar via di corsa. Allora lui ha alzato il fucile e lo ha puntato verso quella donna, e ha sparato. Non le ha detto nulla per avvertirla, ha solo alzato l'arma e le ha sparato alla testa. Il bambino si è messo a piangere e urlare, probabilmente il corpo morto della madre gli aveva fatto male nel cadere. Il ribelle mi ha indicato di raggiungerlo e ha puntato il fucile verso il bambino." Kalee si chiuse nelle spalle. "Così ho obbedito."

"Il neonato si è salvato?" le chiese uno degli uomini nella stanza.

Lei scosse la testa. "No. Quando sono arrivato dal ribelle, lui mi ha messo un braccio intorno al petto in modo che gli dessi le spalle, poi ha puntato il fucile al bambino e ha sparato. Alla fine mi ha picchiata a sangue, tanto che riuscivo a malapena a intravedere qualcosa dagli occhi. Mi ha puntato il fucile alla fronte. Sentivo sulla pelle il calore del metallo, per i due proiettili che aveva sparato poco prima; non ho capito una parola di ciò che mi ha detto, ma so che mi stava minacciando: se avessi tentato ancora di scappare, avrebbe ucciso altre donne, altri bambini."

"Porca vacca," commentò uno dei presenti con un filo di voce.

Kalee ignorò quel commento sbalordito. Nulla poteva più stupirla, dopo aver vissuto coi ribelli per così tanto tempo. "Il messaggio mi è arrivato forte e chiaro; in quel preciso istante ho deciso che non sarebbe morto più nessuno per colpa mia. Quella sera ho pagato caro il tentativo di scappare: tutti i ribelli del gruppo hanno fatto a turno per picchiarmi. È stato l'ultimo tentativo che ho fatto. Il rischio era troppo. Alla fine hanno smesso persino di farmi la guardia: avevo imparato la lezione, ero diventata una prigioniera modello. Non rispondevo più alle provocazioni, non attiravo l'attenzione, li lasciavo fare ciò che volevano senza lamentarmi; dopo un po' di tempo si sono quasi dimenticati che ero una donna. Mi hanno tagliato i capelli, mi hanno fatto impugnare un fucile per i raid, ci siamo avviati nella giungla, fino a raggiungere la capitale."

"Le è mai capitato di usarlo?"

"Cosa, il fucile?" chiese Kalee.

L'uomo annuì.

Lei scosse la testa. "Facevo finta. Quando sono stata costretta a sparare, facevo sempre in modo di mancare il bersaglio. Non ho mai ucciso nessuno," spiegò con decisione, "nemmeno una persona. Ho solo fatto una gran scena, quando sparavo esageravo l'effetto del rinculo; nessuno si è accorto quando gettavo dei proiettili ancora perfettamente intatti, nel bel mezzo del parapiglia."

"Cos'è successo quando è stata salvata?"

"Eravamo arrivati alla capitale e i ribelli si stavano innervosendo perché non facevano progressi. Da quel che ho capito, volevano occupare i palazzi del potere, ma quando il gruppo è arrivato in città, altre bande di ribelli erano già state respinte. Ci siamo rintanati in un quartiere della capitale pieno di palazzi fatiscenti e parzialmente distrutti. Di giorno uscivamo per seminare il terrore tra gli abitanti, poi di sera tornavamo furtivamente al rifugio. Prima che me lo chiediate... sì, ho pensato ancora di tentare la fuga. Ogni accidenti di sera, ma ero tormentata dal viso di quella ragazzina e dall'immagine di suo figlio. Sapevo che, se li avessi provocati, avrebbero trovato altri innocenti da massacrare."

"La sera che Phantom è arrivato, era una sera come tutte le altre. Ero là, sdraiata per terra, quando avrei voluto essere da tutt'altra parte. In un attimo, mi sono sentita mettere una mano sulla bocca: era lui, mi ha detto che era della Marina degli Stati Uniti. Siamo scesi dalla finestra e siamo spariti nel buio della notte."

"Così, come niente?" le chiese con tono scettico uno degli uomini.

"Sì, come niente," confermò Kalee. "Non ha dovuto uccidere nessuno. Non si è sparato un colpo. Siamo semplicemente spariti. Vorrei tanto aver visto le facce dei ribelli, quando si sono svegliati e si sono accorti che non c'ero più. Scommetto che si sono incazzati. Non mi trovavano certo simpatica, ma si divertivano a tenermi prigioniera. Godevano della paura che avevo di loro, del fatto che obbedissi ciecamente."

Si sporse in avanti e appoggiò i gomiti sul tavolo, fissando quegli uomini uno dopo l'altro: voleva che ascoltassero con attenzione ciò che stava per dire. Con *molta* attenzione. "Ero destinata a morire in quella giungla, nessuno se ne sarebbe mai accorto, ormai non importava più a nessuno. Qui pensavano tutti che fossi già morta e che il mio corpo fosse marcito da qualche parte nella giungla. Anche quando è sorto il sospetto che *non* fossi morta, nessuno si è mosso per venire a salvarmi. Solo Phantom. Lui è stato l'unico che ha avuto le palle di fare la cosa giusta."

"Gli era stato ordinato di non intervenire," replicò uno degli uomini.

"Lo so," ammise Kalee, "ma se non fosse intervenuto, dove sarei io adesso? Magari i ribelli avrebbero deciso di ricominciare a violentarmi. Magari mi avrebbero sparato alla testa. Chi lo sa? Dite la verità, mentre Phantom era in permesso, qualcuno stava organizzando un tentativo di intervento per venirmi a prendere? La Marina, l'Esercito, *qualcuno* stava organizzando un piano per accorrere a Timor Est e tirarmi fuori da là? Oppure ero già stata archiviata come danno collaterale? Collaboravo coi ribelli, non è questo che dicono i rapporti dei servizi? Non dicono che mi ero unita a loro? Magari era troppo rischioso inviare dei militari a salvare una donna che in fin dei conti non era così importante."

Li vide arrossire. Sapeva di avere ragione. Non esisteva

alcun piano per andarla a salvare. S'era saputo che era ancora viva, eppure l'avevano abbandonata.

Andassero al diavolo. Andassero tutti al diavolo.

Sentì una forte amarezza in gola, ma si sforzò di continuare a parlare. "Phantom ha ignorato un ordine diretto, non lo nego, non lo nega nemmeno lui. Ancor prima di mettere piede sull'aereo che l'ha portato da Honolulu a Dili, sapeva già che quel passo avrebbe rovinato la sua carriera. Però è intervenuto lo stesso. Per *me*. Per una donna che non aveva mai conosciuto. Per una donna che anche lui aveva creduto morta. Appena ha capito di essersi sbagliato, ha fatto tutto il possibile per porre rimedio a quell'errore, per portare a termine la missione. A me sembra che sia *esattamente* il tipo di uomo che vorreste far intervenire, qualora foste catturati dal nemico in un paese straniero, che Dio ve ne scampi."

Concluse così, ce l'aveva fatta. Strinse le labbra e si sforzò di non vomitare dal disgusto su quel tavolo.

"Può raccontarci meglio come ha passato il tempo nella giungla?" le chiese uno degli uomini, cliccando sui tasti del computer e controllando ciò che aveva scritto. "C'è rimasta per diversi mesi... Cosa si ricorda? Con chi parlavano i ribelli? Come comunicavano con gli altri gruppi? Sembravano organizzati, oppure andavano in giro a casaccio?"

Kalee si appoggiò allo schienale della sedia, era più spossata di quanto non lo fosse stata dopo i chilometri e chilometri di camminate nelle foreste fitte, sulle montagne di Timor Est. I ricordi degli orrori che aveva vissuto le scorrevano davanti agli occhi come le immagini di un brutto film.

Chiuse gli occhi, appoggiò la testa tra le mani, isolandosi dagli uomini presenti. Non ne poteva più di parlare dei ribelli. Al solo ricordo, le veniva un formicolio su tutto il corpo.

Sentendosi disperata, ripensò alla casetta sulla spiaggia, alle Hawaii, a Phantom che le parlava di continuo, cercando di distrarla per farla star meglio, quando erano appena arrivati. Meglio ancora, ripensò a come si sentiva quando lui l'abbracciava, quando le metteva una mano dietro la nuca e la teneva stretta. Ricordò la sensazione della sua mano sul seno, quel mattino, quando avevano perso il controllo e si erano quasi saltati addosso a vicenda.

Lui non era affatto come i ribelli. *Tutt'altro.*

Gli altri probabilmente si aspettavano che lei non volesse mai più fare sesso in vita sua, che fosse troppo traumatizzata. Invece non era così. Non sarebbe più tornata a essere la persona che era prima del rapimento. Il fatto che l'avessero presa con la forza le avrebbe sempre innescato una reazione di profonda rabbia, ma lei aveva capito che si era trattato di una questione di potere e sapeva anche che avrebbe potuto andarle molto peggio. Avrebbero potuto violentarla ogni santo giorno. Invece, per quanto potesse sembrare strano, si sentiva più traumatizzata dalle tante botte, molto più che dalle poche volte in cui l'avevano stuprata.

Phantom era un uomo alto e forte, in grado di fare del male senza alcuna fatica, eppure lei sapeva che non avrebbe mai fatto nulla che potesse causarle dolore. Con lei era sempre stato paziente, tutto ciò che le aveva proposto di fare gliel'aveva proposto avendo a cuore ciò che era meglio per lei.

L'aveva spinta ad andare oltre, a uscire dal proprio guscio, e ogni volta lei aveva finito per sentirsi meglio. La passeggiata, il mercatino, la festa *luau* in cui aveva osservato gli addetti che tiravano fuori un maialino dalla fossa in cui era rimasto tutto il giorno ad affumicarsi. Ogni volta che lei si sentiva male, lui era pronto a starle vicino, dandole la forza che le serviva per tornare a reggersi in piedi da sola.

Si rese a malapena conto che i due uomini uscivano, ma non rialzò la testa. Le sembrava che pesasse un quintale. Era sfinita e non voleva più parlare.

———

Phantom era sull'attenti davanti alla scrivania, nell'ufficio del comandante North, con un'espressione che non lasciava trapelare minimamente i pensieri che gli passavano per la testa.

"Ti sei comportato in modo irresponsabile e sconsiderato. Hai gettato fango su tutta la Marina. Ma che cazzo pensavi di fare, il mercenario?" sbraitò il comandante North mentre camminava avanti e indietro, oltre la scrivania.

Phantom immaginò che la domanda fosse retorica e rimase in silenzio.

"Pensavo di potermi fidare di te, invece mi hai mentito spudoratamente. A me e al contrammiraglio Creasy. In questa base ci sono un sacco di colleghi che preferirebbero vederti affrontare una corte marziale, invece di un procedimento interno. Ci ho pensato anch'io, ma mi hanno convinto a lasciar perdere. Voglio sapere che cazzo avevi in mente, Phantom."

Nell'ufficio c'era anche il contrammiraglio Creasy, che fino a quel momento era rimasto in silenzio, lasciando che fosse il comandante North a parlare. Il contrammiraglio aveva passato i cinquanta, ma era ancora molto in forma. Phantom sapeva che Creasy ogni tanto raggiungeva le reclute durante gli allenamenti per intimorirle. Era un brav'uomo, metteva sempre al primo posto la sicurezza dei suoi SEAL, quando organizzava una missione.

Phantom non era fiero di aver ingannato i due comandanti, ma sapeva che avrebbe rifatto tutto allo stesso modo.

"Sul serio pensi di rimanere lì impalato senza dire una parola?" sbraitò il comandante North, dato che Phantom non parlava.

"Immagino che stia cercando un modo per dirti che non gli dispiace di aver fatto ciò che ha fatto, senza però farti uscire di senno," disse il contrammiraglio.

Phantom giurò di aver percepito un pizzico di umorismo

nel modo in cui si era espresso Creasy, ma si convinse che fosse solo un'impressione.

"Cazzo!" esclamò il comandante passandosi una mano nei capelli. Fece un respiro profondo e si lasciò cadere di peso sulla poltroncina in pelle dietro la scrivania. "Adesso cosa devo farti, Phantom?"

Di nuovo, Phantom rimase in silenzio, immaginando che il comandante non si aspettasse davvero una risposta.

"Per contro, io sono molto orgoglioso di te," gli disse il contrammiraglio Creasy. "Hai fatto qualcosa di stupido, irresponsabile e pericoloso, ma ci sei riuscito. È un miracolo che Kalee Solberg sia ancora viva e senza dubbio suo padre ti sarà molto grato e magari sarà felice di fare una donazione generosa al fondo dei SEAL. Un giorno, in futuro (ovviamente non prima del provvedimento disciplinare), mi piacerebbe trovarci per una birra, vorrei che mi raccontassi tutto nel dettaglio. Come l'hai trovata, cos'è successo quando l'hai raggiunta, come avete fatto a scappare senza farvi beccare. Com'era il suo stato mentale, nel periodo che avete trascorso alle Hawaii. È una sensazione strana, essere incazzato e allo stesso tempo fiero di uno dei miei SEAL."

Phantom mosse il capo annuendo molto brevemente verso di lui. Dag Creasy era un mito. I racconti delle sue gesta, quando era ancora un SEAL, circolavano negli ambienti militare con dovizia di particolari. A Phantom non sarebbe dispiaciuto trovarsi con lui per una chiacchierata in scioltezza. Certo, non prima di aver ascoltato quale fosse la punizione inflittagli.

Si schiarì la gola e parlò per la prima volta, intuendo che l'invettiva del comandante si fosse più o meno conclusa, almeno per il momento. "Mi dispiace aver disobbedito, signori, ma per quanto mi riguarda stavo solo portando a compimento la missione che era fallita mesi prima. So che è solo un gioco di parole e che siete delusi dal mio comportamento, ma anche se non l'avessi trovata subito, anche se nel frattempo mi avessero sparato, se mi avessero ucciso, non mi sarei mai pentito di aver fatto ciò che mi sembrava giusto fare."

Il comandante North sospirò. "Sì, più o meno è proprio quello che mi aspettavo dicessi, Phantom. Quella missione non era fallita."

"Con tutto il rispetto, signore, era fallita. Siamo stati inviati a Timor Est per trovare Kalee Solberg e riportarla a casa e non ci siamo riusciti."

"Sappiamo bene entrambi che a volte le missioni non vanno per il verso giusto e bisogna cambiare obiettivo."

Phantom strinse i denti con forza.

"Ecco. Appunto. Il procedimento interno è stato fissato tra due settimane. L'ammiraglio di divisione Lister esaminerà il caso e deciderà la punizione. Fino a quel giorno, tutta la tua squadra sarà confinata alla base fino all'esito del procedimento interno. Mi aspetto di vederti in servizio tutti i giorni per gli allenamenti; ma se in queste due settimane mi arriva all'orecchio anche solo un sospetto di insubordinazione, ti sbatto personalmente in gattabuia a calci in culo. Hai capito?"

Phantom sapeva bene che non sarebbe successo: non aveva alcuna intenzione di attirare ulteriore attenzione su di sé, o su Kalee. "Sissignore!"

"Bene. Riposo. Abbiamo finito. Penso che la tua squadra ti stia aspettando da basso, nella saletta in cui di solito studiate le missioni."

Phantom a quel punto *ebbe* un sussulto. Maledizione, sperava proprio di avere più tempo. Rocco e gli altri non avrebbero reagito bene a ciò che aveva fatto. Non poteva certo biasimarli. Fece il saluto al comandante e al contrammiraglio, girò i tacchi e uscì dall'ufficio.

"Phantom?" lo chiamò il comandante North prima che uscisse.

Phantom si girò di nuovo verso quell'uomo, che rispettava fino al midollo, e inarcò un sopracciglio.

"Ottimo lavoro. Paul Solberg ha ritrovato la figlia proprio in questo momento. È stata un'impresa eccezionale."

Phantom annuì e si girò per andarsene. Gli dava fastidio non aver potuto star vicino a Kalee, mentre incontrava di nuovo il padre per la prima volta. Era un incontro carico di emozioni. Paul Solberg era crollato completamente, quando aveva appreso che la figlia era stata uccisa. Vedersela riportare a casa sarebbe stato un colpo altrettanto forte, Phantom avrebbe preferito essere presente per osservare quell'uomo, anche per assicurarsi che non dicesse o facesse nulla che potesse urtare la figlia.

Del resto, non ne aveva il diritto, per quanto desiderasse averlo.

Sempre a testa alta, Phantom si avviò giù per le scale. Anche lui doveva affrontare un incontro carico di emozioni. L'unico dubbio che aveva... era chi gli avrebbe dato il primo colpo: Rocco? Ace? Rex?

Pensandoci bene, avrebbe puntato tutto su Rex: con lui aveva un rapporto molto stretto, da quando avevano salvato Avery in Afghanistan. Rex non avrebbe accettato facilmente quell'impresa solitaria a Timor Est, non l'avrebbe presa bene. Diamine, nessun membro della squadra l'avrebbe presa bene. Phantom non poteva certo biasimarli. Al posto loro, anche lui si sarebbe infuriato.

Si fermò davanti alla porta della sala riunioni e fece un respiro profondo. Poi spinse la porta per aprirla, preparandosi a subire tutto ciò che i compagni di squadra gli avrebbero detto.

CAPITOLO DIECI

Kalee era seduta al tavolo con la testa tra le mani, davanti agli occhi le scorrevano le immagini di Phantom, quando all'improvviso si sentì chiamare per nome da una voce molto familiare che le riportò alla mente serate di coccole e risate tonanti.

Alzò la testa e vide il padre in piedi, dietro al tavolo.

"Kalee," la chiamò un'altra volta, "sei davvero tu?"

"Ciao papà," gli rispose un po' goffamente, non sapendo bene che dire.

"Mi avevano detto che eri morta. Pensavo che fossi morta," sussurrò lui con voce confusa.

Kalee si sforzò di alzarsi e girò intorno al tavolo per raggiungerlo; alzò le braccia all'altezza dei fianchi e gli disse con un sorriso sardonico: "Invece non sono morta."

Per la prima volta in vita sua, Kalee vide il padre piangere.

Era stato sempre un uomo pieno di vita, specialmente con lei, che l'aveva sempre considerato altissimo (era alto quasi uno e novanta, ma ovviamente non le sembrava più tanto alto, da quando si era abituata a Phantom); per lei, il padre era sempre stato forte come una roccia, ma evidentemente saperla morta l'aveva cambiato.

Aveva le spalle incurvate, molti più capelli bianchi nella chioma fulva. Borse sotto gli occhi, persino la pelle sembrava un po' meno tonica.

"Papà," gli sussurrò, poi si fece abbracciare.

All'inizio le piacque quell'abbraccio, era proprio come se lo ricordava, come quando era piccola; più lui la stringeva, però, più Kalee si sentiva a disagio.

Invece del profumo rilassante al pino a cui si era abituata, quando era Phantom ad abbracciarla, il padre emanava un odore più naturale, di pelle, che le ricordò troppo da vicino quello dei ribelli che l'avevano sopraffatta, costringendola a marciare e dormire con loro.

Kalee cercò di controllare la propria reazione di panico (in fondo era con il *padre*), ma dovette dar fondo a tutta la propria forza di volontà per non staccarsi bruscamente da quell'abbraccio e andare dietro al tavolo.

Proprio quando stava per perdere il controllo, col rischio di ferire i sentimenti del padre, lui la lasciò andare e fece un passo indietro. Le appoggiò le mani sulle spalle e lei riuscì a non sussultare... quasi.

"Ah, la mia bella bimba, non posso crederci! Quando ho ricevuto la telefonata del contrammiraglio, quando mi ha detto che doveva parlarmi, ho pensato che avessero trovato il tuo corpo e che finalmente lo portassero a casa, per darti una degna sepoltura. Non avrei mai immaginato, mai sognato... *questo.*"

"Mi dispiace, papà."

Lui scosse la testa. "Non devi dispiacerti. Oddio, Kalee... non ci posso credere." Poi lei lo vide cambiare espressione, sembrava impietrito. "Ho fatto una cosa orribile," le disse con un filo di voce sofferente.

"Shhhhh, papà, so tutto. Ma ho sentito che Piper ti ha

perdonato. Non mi sorprende, è sempre stata tenera di cuore."

"Sono stato malvagio," proseguì il padre.

Kalee sentì che era inutile cercare di tranquillizzarlo. Era sempre stato lui a prendersi cura *di lei*. Non l'aveva mai visto tanto sconvolto, era sempre stato un uomo stoico. Gli mise la mano su un bicipite. "Papà, basta, va tutto bene. Non eri in te."

Paul Solberg respirò a fondo e annuì.

Kalee sperava tanto che potesse perdonarsi; non riusciva a immaginare quanto fosse stato brutto per lui, trovarsi in quella situazione. Sì, lei aveva passato un inferno, ma anche lui aveva dovuto affrontare un inferno tutto suo. Perdere la figlia unica doveva essere un dolore incredibile, impossibile da risanare.

"Cosa ti è successo?" le chiese a bassa voce.

Mai e poi mai Kalee avrebbe voluto rievocare tutto un'altra volta. Non in quel momento, probabilmente mai con il padre. Così gli fece un riassuntino succinto in versione Bignami. "I ribelli hanno deciso che volevano più persone ad aiutarli, volevano rovesciare il governo, ma adesso sto bene."

"Come hai fatto a scappare?"

Kalee si fece seria: nessuno aveva raccontato quella parte a suo padre? "Un SEAL della Marina di nome Phantom è venuto a prendermi e mi ha riportata a casa."

"Phantom? Sul serio?"

Kalee annuì.

"Wow. Io non sapevo proprio nulla. Sono venuti quelli della sua squadra?"

Kalee scosse la testa.

"Lo hanno inviato in missione da solo?"

Kalee non capiva bene a chi si riferisse il padre, ma scosse comunque la testa.

"Ah, merda, ecco perché sono tutti con la bocca cucita e

non dicono nulla." Paul la guardò a lungo, poi sospirò. "Non riesco a credere che tu sia davvero qui. Dai, torniamo a casa."

"Ehm... al mio appartamento?" gli chiese Kalee.

Il padre sembrò confuso per un momento, poi gli tornò la tristezza negli occhi. "No, mi dispiace, tesoro, pensavamo che tu fossi... insomma, Piper ha smistato le tue cose, ne ha date molte in beneficienza. Abbiamo dovuto svuotare il tuo appartamento, ho anche venduto la tua macchina."

Kalee scosse la testa. Vero, Phantom gliel'aveva già detto, ma all'epoca lei non aveva elaborato davvero quell'informazione. Era stata fortunata: quando aveva deciso di partire in missione per i Peace Corps, il padre si era offerto di continuare a pagare l'affitto per lei, fino al suo rientro, e aveva anche finito di pagare la macchina. Per qualche motivo stupido, lei s'era immaginata che tutto in California si fosse fermato a com'era prima, esattamente come quando era partita. In quel momento cominciò a capire di non avere più nulla, letteralmente: niente vestiti, niente piatti, nemmeno un cacchio di asciugamano. Sei sentì ancora più spiazzata.

"Però puoi stare da me, a casa mia, poi deciderai cosa fare. Possiamo trovarti un nuovo appartamento, ti prendiamo una macchina nuova. Non preoccuparti. Sei a casa, sei viva, tutto il resto non conta, è solo roba."

Kalee sapeva che il padre aveva ragione, ma non riusciva a non pensare a tutte le sue cose, che non avrebbe rivisto mai più. C'erano alcuni oggetti che sperava Piper avesse conservato: gli annuari delle superiori, gli animali di pezza che aveva da sempre; ma tutto il resto era semplicemente sparito. Il bel vestitino nero che aveva comprato, ma che non era mai riuscita a indossare; il paio di infradito che le stavano perfettamente comode, dopo che si erano adattate ai suoi piedi; persino il cuscino che teneva sempre sul letto. Si era affezionata a quello stupido cuscino, che ormai era sparito. Sentì le lacrime accumularsi negli occhi e si voltò, per non farsi vedere dal padre. Lui non aveva colpe, l'avevano convinto che fosse morta. Che ci faceva con il set di piatti che lei aveva trovato a una vendita privata e di cui si era innamorata? Quelli blu scuro con i fiorellini gialli...

"Va tutto bene, Kalee," le disse il padre mettendole un braccio intorno alle spalle.

Lei si irrigidì leggermente, ma si impegnò a mascherare quella reazione per evitare che il padre se ne accorgesse. Se avesse scoperto che anche un semplice contatto le faceva venire i brividi, ci sarebbe rimasto malissimo.

Uscì da quella stanza con lui, sperando oltremisura di rivedere Phantom almeno una volta, prima di doversene andare.

Non lo rivide. Tutte le porte davanti a cui passarono erano chiuse e lei non sapeva nemmeno dove lui fosse.

Cominciò a sentirsi sopraffatta dalle emozioni e un po' claustrofobica, così si lasciò accompagnare fuori dall'edificio, nel sole di San Diego. A ogni passo che faceva, si sentiva sempre più trascinata verso la persona che era diventata a Timor Est.

Impaurita, nervosa, sempre in guardia.

———

"Non ci posso credere, sei andato a Timor Est senza di noi!" tuonò Bubba con tono sprezzante.

"Non hai imparato nulla, in addestramento?" gli chiese Gumby. "Siamo una squadra!"

"Sembra proprio che si creda Superman!" sbottò Ace.

"Porca puttana, Phantom, sapevo che eri scombussolato, ma non mi sarei mai aspettato che facessi qualcosa di tanto stupido come disobbedire a un ordine diretto e andartene da solo a cercare Kalee," gli disse Rocco passandosi una mano tra i capelli.

Rex si limitò a squadrarlo, dal punto in cui si era appoggiato a una parete, nella saletta delle riunioni.

Phantom si rifiutò di abbassare lo sguardo. I suoi compagni di squadra erano incazzati, proprio come lui si aspettava. Non sapeva bene come spiegare ciò che aveva fatto in modo da farsi comprendere, o almeno abbastanza bene da farli calmare.

"Non solo ti sei messo nei casini da solo, hai messo nei casini tutti noi della squadra!" esclamò Gumby. "Se ti tolgono le autorizzazioni di sicurezza, ti manderanno via dalla squadra e dovremo trovare un sostituto. Per quanto tu sia irritante, sei sempre un SEAL cazzuto!"

Era proprio ciò che lo preoccupava di più.

"Perché non ti sei fatto aiutare da noi?" gli chiese Rocco.

Phantom sospirò. "L'ultima cosa che volevo in assoluto era mettere a rischio la carriera di anche solo uno di voi. Siete tutti impegnati, avete famiglia, delle compagne che sarebbero disperate se vi succedesse qualcosa. Io non ho nessuno."

"Vaffanculo!" sbottò Rex, che parlava per la prima volta. "Nessuno? Maledizione, Phantom, e noi chi siamo? Se hai pensato anche solo per un secondo che Avery, o chiunque altra delle nostre donne non ci facesse il culo, sapendo che ti è successo qualcosa, sei un idiota imbecille, peggio di quanto pensassi... che adesso sarebbe quasi impossibile, perché già penso che tu sia un idiota colossale."

Phantom sussultò. "Non è che mi aspetti che non se la prendano, ma è diverso. Se mi mandano dall'altra parte del paese a pelare patate su una nave mercantile, è un problema mio e solo mio. Voi siete tutti impegnati, avete delle compagne e una vita legata a Riverton. Caite lavora per l'NCIS, Piper è appena diventata *mamma*, gli altri figli di Ace adorano le scuole che frequentano; Gumby ha la casa sulla spiaggia e Sidney i suoi cani. Merda, se trasferissero voi, sarebbe devastante. Ma io?" Phantom portò avanti le mani.

"Io non ho altro che un appartamento di merda. Niente famiglia, niente legami."

Si accorse che quelle parole non stavano sortendo l'effetto desiderato, così cambiò tattica. "Insomma, sapevo che trovare Kalee non sarebbe stato difficile." Mentiva, ma cercò di convincerli. "Sapevo dove la tenevano, sapevo che sarebbe stato molto più facile infiltrarmi e filarmela da solo. Se fossimo andati tutti insieme in giro per Dili, saremmo stati fin troppo riconoscibili e quei ribelli ci avrebbero individuati in un batter d'occhio."

Rex commentò con una sbuffata, poi si avviò verso la porta. Si girò all'ultimo passo e fissò Phantom con uno sguardo micidiale. "Sei talmente pieno di cagate che ti esce merda da tutti i pori. Hai fatto una cazzata, Phantom. Con il tuo modo di agire sconsiderato, hai mancato di rispetto non soltanto a noi, ma a tutto il corpo dei SEAL. Chissà, forse la squadra funzionerà meglio, senza di te."

Dopo quella bomba verbale, spinse la porta della saletta e se ne andò.

Phantom era incazzato. Scattò verso la porta, pronto a rincorrere Rex per fargli capire i motivi per cui si era mosso come si era mosso, ma Rocco e Gumby lo presero per le braccia. "Datti una calmata, Phantom," gli ordinò Rocco.

"Al diavolo!" gli rispose ansimando. "Mi sono fatto il culo per guadagnarmi questo tridente e lo sapete bene tutti!"

"Rex è incazzato," gli spiegò Gumby, "devi lasciargli il tempo di sbollire."

"No," rispose Phantom seccamente, "non mi interessa quanto è incazzato, mi ha tirato un colpo basso."

I due SEAL non lasciarono andare le braccia di Phantom, che si agitò per un attimo in quella presa, per poi respirare a fondo.

Si sarebbe chiarito con Rex, prima o poi. Se non poteva parlargli subito, l'avrebbe affrontato più avanti.

"Sto bene, lasciatemi andare," sbottò.

Gli altri lo osservarono per un attimo, poi gli lasciarono andare le braccia.

Phantom si voltò verso gli altri della squadra. "Mi dispiace di avervi delusi," disse loro, "ma non mi dispiace per ciò che ho fatto. Sapevo bene cosa comportava, sapevo che ve la sareste presa e che mi sarei messo nei guai con il comandante. Sapevo che mi stavo assumendo un rischio, ma col cazzo che avrei lasciato là Kalee. Ho passato diciotto anni della mia vita in un inferno senza via d'uscita. Nessuno ha mai mosso un dito per aiutarmi. Nessuno ha mai voluto rischiare di passare dei guai per aiutare un ragazzino strano, riservato e fin troppo magro. Kalee non aveva scelta. *Nessuna.* Il governo non stava facendo niente per aiutarla."

"Suo padre poteva assumere uno specialista privato per andarla a prendere," gli spiegò Bubba cercando di ragionare.

"Ah sì? Chissà quanto tempo sarebbe passato! Tempo che Kalee non aveva. Lo sapete bene tutti; peccato che non siete stati voi a sbagliare, verso di lei. Sono stato io."

"Cazzate," ribatté Rocco. "Noi siamo una squadra, abbiamo sbagliato tutti insieme."

Phantom scosse la testa con ostinazione. "No. Ti ringrazio per le tue parole, ma la colpa è stata mia. Sono stato io a trovarla in quella fossa, sono stato io a vederla muoversi, ma chissà perché il mio cervello non ha assimilato l'informazione. So che non potete capirmi, ma ho dovuto fare ciò che ho fatto."

"Potevi anche chiederci aiuto," gli disse Gumby.

"No, non potevo."

"Non pensi che avremmo fatto tutto il possibile per aiutarti?" gli chiese Ace.

Phantom si morse un labbro per il nervoso, poi respirò di nuovo a fondo. "Sapevo che avreste fatto tutto il possibile per aiutarmi," ribatté, "e avreste rischiato di perdere *tutto*. Vi voglio troppo bene per farvi correre un rischio del genere. Se avessi temuto di non potercela fare da solo, o se avessi avuto la certezza che non ci avrebbero scoperti, sarei venuto a parlarvi in un baleno. Però sapevo bene che mi avrebbero beccato. Sapevo che la mia carriera ne avrebbe risentito e non volevo farvi subire le stesse conseguenze. Col cazzo."

Quelle spiegazioni furono seguite dal silenzio, Phantom sperava con tutto se stesso che lo capissero. Lui non era abituato a parlare di sentimenti, ma odiava sapere che gli amici erano incazzati con lui. Capiva le ragioni di quella rabbia, ovviamente, ma ciò che aveva detto loro era tutto vero: tornando indietro, avrebbe rifatto tutto nello stesso modo.

"*Cazzo!*" imprecò Gumby.

"Perché devi anche avere ragione?" gli chiese Rocco. "Non sono pronto a smettere di essere incazzato con te."

"Ti sei perso la nascita di mio figlio," gli disse Ace in tono basso.

"Mi dispiace," gli rispose Phantom. "Come sta Piper?"

"Sta bene, è stanca," gli rispose Ace.

"Sono sicuro che Kalee sarà felicissima di vederlo. Come si chiama?"

"John. Abbiamo scelto un nome forte, ma *normale*."

Phantom non ne fu sorpreso. Il nome di battesimo del suo amico, Beckett, era un nome tosto, ma sapeva bene, per esperienza personale, che i bambini potevano essere crudeli e immaginò che anche Ace avesse dovuto subire una bella dose di prese in giro. Annuì. "Anch'io sono ansioso di conoscerlo. È brutto come te?"

"Vaffanculo," gli rispose Ace con un sorriso non tanto entusiasta. "È perfetto."

"Quando ci sarà il procedimento interno contro di te?" gli chiese Rocco.

Phantom sospirò. "Tra due settimane. Penso che il comandante voglia prima farmela sudare, se no l'avrebbero fissato già per domani."

Rocco appoggiò una mano sulla spalla di Phantom. "Non so gli altri, ma io sono ancora arrabbiato con te. Però farò comunque tutto ciò che posso per sostenerti."

"Anch'io," aggiunse Gumby.

"Idem," disse Ace allo stesso tempo.

Bubba annuì appena.

"Se hai bisogno di qualcosa, non devi far altro che chiedere," gli disse Rocco.

"Ci sarebbe qualcosa di cui avrei bisogno," esordì Phantom, ignorando lo sguardo sorpreso dell'amico; lui non chiedeva mai aiuto. *Mai*. Però l'avrebbe chiesto, per Kalee. Per lei era disposto a tutto. "Ace, so che Piper sarà di sicuro sfinita, ma penso che a Kalee farebbe un bene dell'anima vedere coi suoi stessi occhi che la sua migliore amica sta bene."

"Va bene," gli disse Ace. "Che ne pensi di farle incontrare Rani, Sinta e Kemala? Pensi che se la senta? Sarebbe più un male che un bene?"

"Penso che sarebbe un bene," gli disse subito Phantom. "Non sto dicendo che non sarà difficile, ma penso che abbia bisogno di vedere che stanno bene, che sono sane, che con te e con Piper sono cresciute bene."

"D'accordo."

"Grazie." Phantom si girò verso gli altri. "Gumby, magari potresti organizzare qualcosa a casa tua e invitare tutti, così Kalee può conoscervi? Adesso ha molto bisogno di amicizie e so che Caite, Sidney, Zoey e Avery sarebbero meravigliose come sempre e l'accoglierebbero nella loro cerchia."

"Certamente," gli rispose Gumby, "posso organizzare qualcosa per questo fine settimana, se va bene per tutti."

Phantom sospirò sollevato.

"Tutto qua?" gli chiese Bubba. "Niente sul tuo procedimento? Cosa possiamo fare per aiutarti a uscirne bene?"

Phantom scrollò le spalle. "Niente. Andrà come andrà. L'ammiraglio deciderà la mia punizione e io me la farò andar bene. È molto probabile che voglia usare il mio caso per dare un esempio a tutti. Del resto non si può accettare che dei killer addestrati vadano in giro come dei cani sciolti."

Gli altri si agitarono. "Ma è ridicolo," commentò Rocco. "Non sto dicendo di non essere comunque arrabbiato con te, per averci esclusi, però tu hai fatto del bene, Phantom. Kalee Solberg è ancora viva ed è tornata dal padre, grazie a te. Hai ragione, se non fossi andato tu a prenderla, sarebbe rimasta là a patire per chissà quanto tempo ancora. Come SEAL, ci insegnano che dobbiamo pensare e agire d'istinto, senza esitare. È proprio quello che hai fatto."

Phantom si chiuse nelle spalle. Quelle parole gli fecero molto piacere. Non era sicuro di poter mettere una pezza alla rottura con gli altri, dopo ciò che aveva fatto, ma almeno Rocco sembrava già avviato sulla via del perdono.

"Io voglio solo che Kalee sia felice e che sia al sicuro."

Capì di aver detto troppo quando vide che Bubba inclinava la testa per scrutarlo meglio. "Allora, hai salvato Kalee e poi avete passato insieme due settimane alle Hawaii. C'è per caso qualcos'altro che vuoi dirci, caro?"

"No." Phantom doveva chiudere subito quell'argomento. L'ultima cosa che voleva era che Kalee si ritrovasse circondata da un gruppo di SEAL in versione Cupido, con tanto di compagne che la interrogavano.

"Va bene, come vuoi, lasciamo stare... per ora," gli disse Bubba, "però c'è un'ultima cosa che devo dirti."

Phantom sospirò rassegnato.

"Pensavo che fosse impossibile che la storia tra me e Zoey potesse funzionare, ci siamo ritrovati insieme nelle condizioni peggiori possibili; invece qualcosa è scattato, nella natura selvaggia dell'Alaska. Abbiamo legato. La mia sensazione è che tu sia andato a Timor Est con l'intenzione di salvare

Kalee per poi andare avanti con la tua vita, ma poi è successo qualcosa."

Ace portò avanti il discorso da dove l'aveva sospeso Bubba. "Se Kalee è meravigliosa anche solo la metà di come la descrive Piper, non mi sorprenderebbe se tu fossi attratto da lei. Non c'è niente di male."

Phantom alzò una mano per interrompere gli amici. "È tornata dal padre; quel che è successo alle Hawaii è semplice, ho aiutato una donna molto fragile a riprendere in mano le redini della sua vita." Sentì una stretta di rimorso nel profondo. Kalee era tutt'altro che fragile.

Gli mancava con una potenza che non aveva mai sentito prima. Era come se gli fosse stata strappata una parte del corpo e il vuoto lasciato da quell'assenza fosse insostenibile. Maledizione, non era passato nemmeno un giorno da quando si era staccato da lei, eppure gli sembravano trascorse intere settimane.

"Sì sì," commentò Bubba con una smorfia.

"Se lo dici tu," aggiunse Rocco con un gran sorriso.

Phantom non ne poté più. Non sapeva bene che fare per il resto della giornata, ma non aveva intenzione di rimanere ad ascoltare gli amici che lo prendevano in giro. Sapeva di dover parlare a tu per tu con Rex, per fare capire anche a lui le scelte che lo avevano spinto a partire, ma sapeva anche di dovergli lasciare del tempo.

In Afghanistan, si erano trovati a dover affrontare insieme una situazione molto intensa; se Rex fosse partito per conto suo a fare ciò che aveva fatto Phantom, gli sarebbe toccato lo stesso trattamento.

Phantom si avviò verso la porta, chiedendosi se forse, chissà, magari potesse vedere di sfuggita Kalee prima di andarsene, ma si fermò sentendo la mano di Rocco sul braccio.

"Ottimo lavoro, l'hai ritrovata," gli disse Rocco pacatamente, "è una donna fortunatissima, ad averti dalla sua parte."

Phantom non ne era del tutto sicuro, così annuì appena, ma tornò subito a pensare a Kalee. Dov'era? Com'era andato l'incontro con gli investigatori? Era stato difficile, dover raccontare quanto era successo? Era ricaduta nel suo mutismo? Aveva poi incontrato il padre, alla fine?

Le domande erano troppe, le risposte nessuna. Sentiva un bisogno disperato di telefonarle, di parlarle, ma sapeva anche di doverle lasciare un po' di spazio. Kalee aveva bisogno di acclimatarsi di nuovo, di riabituarsi alla vita di prima, a Riverton. Gli aveva detto che intendeva rivederlo, al rientro in California, ma Phantom si chiedeva se fosse davvero la scelta migliore per lei, visto che vederlo significava anche farle tornare in mente ogni giorno dov'era stata e l'inferno da cui l'aveva salvata.

Ricordi schifosi.

Dopo un'ora e mezza, Phantom parcheggiò davanti al suo palazzo e uscì dalla macchina. Afferrò tutte le borse che poteva portare in un solo viaggio e prese a salire le scale. Nel tornare a casa, si era fermato a fare la spesa al supermercato, dato che in casa non c'era molto da mangiare, oltre a delle scatole di pasta e delle lattine di frutta sciroppata.

Si era ritrovato a comprare le cose che piacevano a Kalee, come un vasetto gigante di burro d'arachidi croccante e delle tavolette di cioccolato fondente. Era un'assurdità, dato che lei probabilmente non avrebbe mai più messo piede in quell'appartamento; ma non aveva potuto fare a meno di ricordare lo sguardo beato di Kalee, quando aveva mangiato il primo boccone di quella prelibatezza, alle Hawaii. Fosse stato per lui, avrebbe fatto di tutto, pur di farle tenere quel sorriso beato e contento per tutta la vita.

Era appena entrato e aveva appena appoggiato a terra tutte le borse che aveva portato con un braccio, quando sentì bussare alla porta. Sperò che fosse Rex, passato a scusarsi, così andò subito ad aprire la porta.

Una donna che lui non aveva mai visto prima era là in piedi con una scatola in mano. "Salve, ho una consegna per lei da Cakes to Go," gli disse con un sorriso enorme. Indossava una maglietta col nome della pasticceria e sulla scatola che teneva in mano c'era un enorme logo aziendale.

Phantom sapeva di non aver ordinato nulla, ma decise di ritirare comunque la scatola.

"Qualcuno ha deciso di farle un bel pensierino, quella è una delle torte più costose che vendiamo, ed è anche buonissima! Buona giornata," gli disse quella donna pimpante, che poi si girò per andarsene.

L'unica persona che secondo lui poteva ordinargli una torta a domicilio era Kalee. Curioso di scoprire cosa gli avesse fatto consegnare, alzò il coperchio della scatola senza nemmeno muoversi dall'ingresso.

Guardò dentro e non poté far altro che sorridere.

Non c'era alcun biglietto, ma lui non ne aveva bisogno, per sapere che era un regalo di Kalee. Dentro c'era una tortina al cioccolato con una glassa decorativa che si sviluppava in vortici e volute perfette. A quella vista, gli venne l'acquolina in bocca.

Gli tornò in mente una conversazione avuta con lei alle Hawaii, quando avevano condiviso i loro cibi preferiti ed erano arrivati ai dolci. Lui aveva ammesso di non aver mai mangiato una torta di compleanno in vita sua. La madre e la zia non erano certo intenzionate a spendere dei soldi per comprargliene una e non avevano mai nemmeno festeggiato il suo compleanno. Per scoprire quando fosse nato, un giorno aveva dovuto rubare il proprio certificato di nascita dall'armadietto della madre.

Si sentì pervaso in tutto il corpo da una sensazione di calore. Per Kalee era stata di sicuro una giornata difficile, eppure lei si era sforzata di pensarlo e di ordinare per lui una tortina dalla pasticceria del quartiere. Un gesto molto dolce e carino, proprio come lei.

Muovendosi con cautela, per non far cadere il dolcetto, Phantom lo portò in casa e lo mise sul mobiletto vicino al lavandino.

All'improvviso, la serata non gli sembrò più tanto deprimente. Sì, l'avrebbe passata da solo, ma sapere che Kalee aveva pensato a lui lo faceva stare cento volte meglio.

————

Mona Saterfield osservava dalla macchina, nell'angolo più lontano del parcheggio; sorrise nel vedere Forest dall'obiettivo del binocolo con fotocamera digitale. Scattò una foto dopo l'altra del suo uomo che apriva il regalo. Anche lui aveva un enorme sorriso in volto, il miglior modo di accogliere il dono che lei gli aveva fatto recapitare a casa.

Si era chiesta cosa fargli arrivare, ma poi s'era immaginata che la cioccolata piacesse a tutti, infatti il regalo sembrava proprio aver avuto successo. Si sistemò sul sedile e quando vide il suo uomo sparire all'interno dell'appartamento, dopo aver portato in casa un altro bel carico di borse della spesa dalla macchina, non poté più resistere e si infilò una mano nelle mutandine.

Chiuse gli occhi e cominciò a fantasticare di condividere quella tortina al cioccolato con Forest, che gliela spalmava sul petto per poi leccargliela via. Lei poi faceva lo stesso sul suo uccello. Si leccò le labbra e cominciò a muovere freneticamente la mano tra le gambe. Sentì i capezzoli turgidi e poco dopo stava già tremando nella macchina per l'orgasmo massiccio che si era data.

Dopo essersi ripresa, afferrò di nuovo il binocolo digitale. Accidenti, le tende di quell'appartamento erano completamente chiuse e non riusciva a vedere cosa stesse facendo il suo uomo in casa.

Non le importava: aveva accettato il regalo e presto sarebbero tornati di nuovo insieme. Nelle ultime settimane, gli aveva dimostrato di poter reggere le assenze dovute alle missioni. Lui doveva solo capirlo, poi sarebbe stato pieno di gratitudine e di desiderio. Le avrebbe chiesto di perdonarlo e sarebbero tornati insieme. Si sarebbe trasferita da lui e sarebbe rimasta incinta in tempi brevi.

Signora Mona Dalton.

Sospirò soddisfatta. Il nome da sposata era assolutamente perfetto.

Posò il binocolo e avviò il motore per tornare a casa. Voleva stampare al più presto le fotografie che aveva scattato e ingrandirle per fissare tutta la notte quel bel sorriso.

"A presto, amore mio. Presto saremo di nuovo insieme."

CAPITOLO UNDICI

Due giorni dopo essere tornata a casa col padre, Kalee pensava di essere sul punto di impazzire. Invece di sentirsi sempre più a suo agio, per essere tornata in California, diventava sempre più irritabile e fuori fase, rispetto al periodo passato con Phantom nella casetta sul mare alle Hawaii.

Il padre di Kalee era un uomo meraviglioso, felicissimo che lei fosse viva e desideroso di comprarle tutto un guardaroba di abiti nuovi e di soddisfare qualunque altro desiderio. Dopo tutto ciò che aveva dovuto passare, però, lei non apprezzava più i beni materiali come in passato. Non le interessava veramente riempire il guardaroba di abiti firmati: si sentiva meglio a indossare pantaloncini corti, maglietta e il cappellino di Phantom.

Il padre l'aveva accompagnata dalla parrucchiera per "sistemarle i capelli" e se da un lato Kalee doveva ammettere che quella signora aveva fatto un lavoro incredibile, tagliandole i capelli corti alla Pixie, la sua autostima non ne aveva minimamente tratto beneficio.

Le mancavano i capelli lunghi.

Le mancava il suo appartamento.

Le mancava l'indipendenza.

Però non sapeva bene come dire al padre che la stava soffocando, che l'enorme tenuta in cui era cresciuta, ironia della sorte, la stava facendo diventare claustrofobica.

Kalee non poteva non ripensare alla casetta affittata alle Hawaii. Come mai quella casetta non l'aveva fatta sentire rinchiusa, circondata? Forse perché lei e Phantom passavano molto tempo seduti fuori, nel giardino sul retro, baciati dal sole e con gli occhi persi nell'immensità dell'oceano.

Però non era *davvero* quello il motivo e lei lo sapeva.

Era grazie a Phantom. Chissà come, quando le tornavano in mente dei brutti ricordi, lui riusciva sempre a farla star bene. Non la faceva sentire tanto pazza, quando lei si sentiva osservata. Le bastava saperlo presente per sentirsi al sicuro; purtroppo, nell'enorme casa del padre, Kalee non si sentiva al sicuro.

Era una sensazione stupida. Lei *era* al sicuro. Non c'erano ribelli in agguato dietro l'angolo, nessuno si nascondeva negli armadi, in attesa di saltar fuori e costringerla ad andar via. Lei però non riusciva a ignorare la sensazione di avere sempre gli occhi addosso.

Dopo un respiro profondo, cercò di rilassarsi. Piper stava per arrivare, era questione di minuti; Kalee non vedeva l'ora di ritrovare la migliore amica. Però aveva anche una paura folle. Non si *aspettava* che Piper fosse amareggiata con lei, perché l'aveva invitata a Timor Est, facendola ritrovare in quella situazione; però c'era sempre una piccola parte di lei che era pietrificata.

Era stata Kalee a suggerire a Piper di farle visita. L'avevano vissuta come una grande avventura, dato che Piper non usciva mai molto. Tra le due amiche, Kalee era quella più avventurosa. Quella più estroversa. Almeno lo era in passato. Ormai era...

Kalee non sapeva più com'era.

Sentì una macchina accostare davanti a casa e andò alla finestra per sbirciare.

Un uomo piuttosto alto uscì dal lato di guida di un SVU Denali e ci girò subito intorno per aprire la portiera sul lato del passeggero, da cui uscì Piper.

Nel rivedere l'amica, Kalee inspirò di scatto. L'ultima volta che l'aveva vista, Piper era spaventata a morte e la stava pregando di rimanere con lei nel nascondiglio sotterraneo, sotto il pavimento della cucina dell'orfanotrofio.

Invece in quel momento l'amica guardava quell'uomo con gli occhi pieni di amore, tanto che Kalee quasi sentì le ginocchia cedere. Ace, del quale Kalee aveva sentito tutto da Phantom, le restituiva lo sguardo con rinnovato amore. Anche se si erano sposati per comodità, all'inizio, poi era evidente che il matrimonio si fosse arricchito di amore e devozione.

Ace disse qualcosa a Piper e lei annuì. Si aprì una delle portiere posteriori del SUV e Kalee strabuzzò gli occhi due volte, prima di riconoscere Kemala, quella che a Timor Est era stata un'adolescente tranquilla, che andava spesso in giro con le spalle ricurve, come nel tentativo di nascondersi al mondo.

Invece, quel giorno, Kemala sembrava una qualunque ragazza americana, sana e felice. Indossava un paio di jeans attillati e una canotta, aveva i capelli tirati indietro e raccolti in una treccia, con un sorriso che quasi accecava. Kalee la vide abbassarsi sul sedile posteriore per aiutare una bambina a uscire. Rani. Kalee la osservò chiacchierare insieme a Kemala, alla mamma e al papà. Dopo poco tempo, durato forse un'eternità per la piccola, Rani rimase in silenzio, non più in grado o non più disposta a parlare.

La terza ragazzina che uscì dal veicolo fu Sinta. Kalee non l'aveva conosciuta molto bene, all'orfanotrofio, ma si vedeva chiaramente che erano tutte e tre felici, che stavano bene e che crescevano al meglio.

Le lacrime riempirono gli occhi di Kalee quando Ace fece il giro della macchina per sparire dall'altro lato e poi uscirne di nuovo dopo qualche momento, con in braccio un neonato in fasce. Kalee non riusciva a vedere quel neonato, ma le bastava sapere che la sua migliore amica non solo era sopravvissuta all'inferno in cui si era ritrovata, ma aveva anche incontrato l'amore della sua vita e con lui aveva creato la famiglia che aveva sempre desiderato; le venne voglia di lasciarsi cadere a terra, sopraffatta dalla gioia.

Non le importava più tutto ciò che le era capitato; in quel momento, vedendo l'amica palesemente felice, pensò che ne fosse valsa la pena.

Piper si avviò col resto della famiglia verso l'ingresso della casa e Kalee fece un passo indietro, allontanandosi dalla finestra. Voleva davvero tanto incontrare Piper, ma all'improvviso si sentì nervosa. Si passò una mano in testa, agitandosi per come era vestita. Non era più la stessa. Non aveva ripreso i chili che aveva perso, anche se sapeva bene di stare molto meglio, rispetto a quando Phantom l'aveva trovata.

All'improvviso, Kalee desiderò con tutto il cuore che Phantom fosse con lei. Non si era sentita tanto nervosa, quando aveva incontrato gli altri SEAL alle Hawaii, nonostante fossero degli omoni grandi e grossi. Quella era *Piper*, la sua migliore amica. Eppure Kalee non riusciva a scrollarsi di dosso la sensazione di panico che sembrava opprimerla come un giogo.

Sentì Sam, l'uomo assunto dal padre per occuparsi della casa, ma anche per verificare che Paul prendesse tutte le medicine e mangiasse bene, che apriva la porta di casa. Kalee si irrigidì, sentendo dei passi avvicinarsi al salotto dove lei stava aspettando.

Poi Piper entrò.

Kalee trattenne il fiato e si leccò le labbra, non sapendo bene che dire.

Non avrebbe dovuto preoccuparsene. In un attimo, dall'altra parte della stanza, Piper le arrivò davanti come un fulmine. Invece di gettarle le braccia al collo, Piper le porse le mani. "Kalee," fu tutto ciò che disse.

Kalee afferrò le mani dell'amica e le strinse.

"Ace mi ha detto che in questo momento non ti farebbe piacere troppo contatto, quindi mi sforzo di non abbracciarti e stringerti, ma faccio davvero tanta, tanta fatica," le disse Piper con voce rotta dall'emozione.

Sentendosi dispiaciuta per il dolore dell'amica, Kalee le lasciò andare le mani e l'abbracciò.

Fu un sollievo accorgersi che la vicinanza di Piper non le faceva scattare alcun brutto ricordo; Kalee si rilassò, perdendo la sensazione del tempo che passava, abbracciata a Piper. La sentì piangere contro di lei e la strinse ancor più forte.

Solo quando Kalee sentì uno strattone alla manica lasciò andare la presa.

Kemala era in piedi vicino a lei, con occhi marroni enormi. "Kalee?" la chiamò indecisa.

Kalee si schiarì la gola e annuì. "Sì, sono io."

A quel punto la ragazza scoppiò a piangere.

Kalee fu colta di sorpresa e si voltò verso Piper con gli occhi pieni di paura, ma l'amica si limitò a sorridere e a mettere un braccio intorno alla figlia.

"Va tutto bene, amore mio, sta bene, te l'avevo detto che stava bene."

Kemala a si mosse lentamente e mise le braccia intorno alla vita di Kalee, stringendola con tanta forza che quasi le fece male.

"Hai salvato me e le mie sorelle, ci hai fatto conoscere una mamma e un papà che ci hanno adottate. Sono strafelice che tu stia bene!"

Kalee sentì di nuovo un groppo in gola, ma riuscì lo stesso

a rispondere: "Anch'io sono strafelice che *voi* stiate bene. Ero tanto preoccupata per voi!"

Kemala alzò gli occhi per guardarla. "Ti hanno fatto molto male?"

Kalee odiava sapere che quella ragazza, per lei tanto preziosa, avesse già scoperto i tanti mali del mondo, specialmente le azioni di cui erano in grado i suoi stessi connazionali. Però decise di non mentire, così si limitò ad annuire, poi aggiunse: "Però adesso sto bene."

Kemala annuì e disse con convinzione: "Perché Phantom ti ha trovata, proprio come papà Ace ha trovato noi."

Kalee non poté far altro che annuire di nuovo.

Kemala respirò a fondo e poi, come se l'incontro fosse terminato, si allontanò. Fu Sinta ad avvicinarsi e abbracciare Kalee brevemente. Rani fece lo stesso, ma Kalee si accorse che le due più piccole non l'avevano riconosciuta veramente. Evidentemente la loro vita era proseguita e a Kalee faceva piacere.

Arrivò il turno del marito di Piper. Kalee si fece forza e si girò verso di lui, che però non le si avvicinò, ma si limitò ad annuire. "Mi fa molto piacere incontrarti, Kalee, non saprai mai *quanto* piacere."

Lei fece un sorriso un po' mesto. "Penso di averne un vago sentore."

Ace fece una risata e Kalee capì il motivo per cui la sua amica era attratta da lui: era un uomo affascinante e mascolino, con una barba come quella di Phantom, ma con i capelli più corti e un po' meno alto.

Inoltre, non le faceva andare il cuore in gola come Phantom.

Kalee si rimproverò mentalmente: doveva smetterla di pensare a lui. Phantom l'aveva salvata, aveva fatto il suo mestiere. Fine della storia. Certo, si erano detti entrambi di voler passare del tempo insieme, una volta tornati in California, ma dopo esserci tornati veramente, le sembrava imbarazzante telefonargli tanto per farsi una chiacchierata.

Negli ultimi due giorni, aveva cominciato a scrivere innumerevoli messaggi per cercare di mettersi in contatto con lui. Si chiedeva come stesse, se il comandante gli avesse urlato contro... e se avesse avuto ripensamento su ciò che aveva fatto.

Ma ciò che veramente voleva chiedergli era se avesse ripensato a lei, se gli mancasse. Perché lui le mancava terribilmente. Le sembrava che le fosse stata tolta una parte di sé. Forse era solo perché lui l'aveva salvata, ma la sensazione c'era lo stesso.

Erano passati solo due giorni; Kalee sperava che col passar del tempo quella sensazione svanisse... ma in quel preciso istante, a ogni minuto che passava senza parlare con lui, senza vederlo, lei si sentiva sempre più alla deriva, sempre più a disagio.

"Vuoi prenderlo in braccio?" le chiese Piper prendendo il neonato da Ace.

Le mani di Kalee tremavano mentre lei annuiva. Prese con cautela il neonato addormentato dalle braccia di Piper e abbassò lo sguardo verso di lui. Aveva un nasino molto piccolo e si vedeva il petto muoversi avanti e indietro, mentre dormiva.

"Si chiama John. Fosse stata femmina, l'avremmo chiamata Kaylee... con una Y in più. Sì, perché tu sei insostituibile, ma comunque avrebbe preso il nome da te, perché è grazie a te che ho incontrato Ace e che ho questa famiglia meravigliosa."

Kalee cercò di non mettersi a piangere, ma una lacrima le scese lo stesso. Atterrò dritta sulla guancia di John, che le si mosse tra le braccia, aprì gli occhi e, quando si accorse che un viso sconosciuto lo stava fissando, aprì la bocca e fece partire un vagito da spaccare i timpani.

Quel grido fece tornare subito Kalee a Timor Est.

Tornò alla foresta, a quando si era rifiutata di seguire il ribelle e lui aveva sparato alla giovane madre. Le tornò in mente il neonato che urlava appoggiato al petto della donna, già caduta a terra esanime. Quel neonato l'aveva guardata negli occhi proprio mentre il ribelle aveva alzato il fucile, appoggiandoglielo sulla piccola fronte.

Kalee chiuse gli occhi strizzandoli e restituì alla cieca il piccolo John, con una paura folle di farlo cadere, nella foschia indotta da quel ricordo. Nell'attimo in cui se lo sentì togliere dalle braccia, arretrò fino a trovarsi spalle al muro, si lasciò cadere col sedere per terra e tirò le ginocchia al petto. Se le strinse e cercò di respirare.

"Kalee?!"

"Spostati, Piper, fammi provare a parlarle per un attimo. Magari puoi portare le ragazze a salutare il nonno?"

Kalee avrebbe anche sorriso, sentendo il padre chiamato "nonno", ma non riusciva a far entrare abbastanza aria nei polmoni, riusciva solo ad ansimare.

"Kalee? Sono Ace. Mi senti? Va tutto bene."

Lo sentiva, ma si strinse le ginocchia con più forza. Le sembrava di essere sul punto di saltare in aria in mille pezzi. Sentì un fruscio davanti a sé, proprio come quello delle foglie della giungla, quando il vento soffiava e le faceva muovere.

"Ciao, sono Ace. Ho bisogno di te, amico."

Kalee corrugò la fronte confusa. Sentiva le parole di Ace, ma non ne capiva il senso.

"Sono con Piper a casa di Kalee, le è venuto un attacco, brutti ricordi. Sì, adesso ti metto in video così può vederti. Va bene, un attimo."

"Kalee?"

Nell'attimo stesso in cui sentì la voce di Phantom, Kalee cominciò a singhiozzare.

"Guardami. Tira su la testa e guardami," la invitò Phantom.

Morendo dalla voglia di vederlo, Kalee fece come le aveva detto. Ace si era messo di fianco a lei, accovacciato. Era molto vicino, tanto da farla tremare, ma visto che lui stava tenendo in mano il cellulare e lei aveva bisogno di Phantom, Kalee non si lamentò.

"Ecco, brava. È passato troppo tempo dall'ultima volta che ho visto quei begli occhi azzurri," disse Phantom con un sorriso. "Stai respirando troppo veloce. Guardami, respira con me. Su dal naso, trattieni il fiato... brava... adesso espira lentamente. Perfetto. Ancora."

Kalee seguì quelle indicazioni e ben presto cominciò a star meglio. Ebbe la netta sensazione che non fosse merito della respirazione rallentata, ma del fatto che aveva rivisto Phantom.

"Parla con me, tesoro, dimmi cos'è successo."

"Mi è venuto un flashback."

"L'avevo capito, ma cos'hai visto?"

Lei non voleva dirglielo.

"Stava tenendo in braccio John, quando è successo," disse Ace.

Kalee distolse gli occhi dal telefono il tempo necessario per guardare Ace si sfuggita, prima di tornare a guardare Phantom.

"Kalee? Ho letto le trascrizioni di ciò che hai raccontato agli investigatori della Marina."

Lei chiuse gli occhi e sentì di nuovo una forte fitta al petto.

"No, niente paura, guardami."

Lo guardò. Quasi giurò di vedere l'amore in quegli occhi... ma non poteva essere vero.

"Dovevo sapere, ma volevo risparmiarti l'agonia di raccontare tutto di nuovo. Ti è tornato in mente l'episodio in cui hai cercato di scappare, non è vero? John ti ha ricordato quel neonato?"

Ovviamente Phantom aveva capito esattamente cosa le aveva scatenato quell'attacco; sembrava sempre in grado di leggerle nella mente, quando erano alle Hawaii; perché mai non doveva essere in grado di farlo anche in quel momento?

"I neonati sono piccoli e vulnerabili, vero?" le chiese Phantom.

Kalee annuì.

"Io l'ho incontrato ieri e ti giuro che avevo paura di romperlo, anche solo tenendolo in braccio. L'hai già visto sorridere? Ho detto ad Ace che quando suo figlio diventerà un ragazzo, ci sarà da preoccuparsi, perché quella fossetta nella guancia sarà come una calamita per le ragazze."

Kalee deglutì e fece un respiro profondo, rilassando di poco la forza con cui si teneva le gambe.

"Aspetta di vedere quanto sono protettive Kemala, Sinta e persino Rani, con lui. Appena si muove nella culla, loro arrivano subito a chiedere se possono dargli da mangiare o se devono cambiargli il pannolino. Sarà viziatissimo, Ace non potrà farci niente."

Kalee capì cosa stava cercando di fare Phantom. Cercava di distrarla, e stava funzionando. L'aveva fatto anche alle Hawaii, le parlava di continuo di cose prive di senso finché lei riusciva a riprendere il controllo.

Per la prima volta, Kalee si concentrò su qualcosa di diverso dagli occhi di Phantom e vide che lo sfondo si stava muovendo.

"Dove sei?" gli chiese.

"Ti sto raggiungendo," le disse Phantom senza esitare.

Kalee si accigliò e guardò Ace, fece con la testa un cenno verso il telefono e lui annuì, lasciandoselo prendere di mano. Appena lei ebbe in mano il cellulare, Ace si alzò in piedi e si allontanò, senza andare via. Chiaramente Phantom non era l'unico uomo dotato di istinto di protezione. Una bella fortuna per Piper.

"È illegale guidare mentre fai una videochiamata," gli disse.

"Lo so."

Lei corrugò la fronte. "Ti metterai nei guai."

Phantom fece una risata. "Sì, tesoro, penso di sapere anche questo, ma ormai dovresti aver capito che non me ne frega un cazzo. Se hai bisogno di me, io ci sono, non mi importa se mi dicono che non posso, o che non dovrei, o che me ne pentirò."

Quelle parole le entrarono nell'anima, e Kalee si sciolse. "Phantom..."

"Adesso stai bene?" le chiese lui, non lasciandole il tempo di commuoversi.

Lei annuì.

"Starai bene nel prossimo quarto d'ora, intanto che ti raggiungo?"

Lei annuì di nuovo. "È solo che... mi è arrivato all'improvviso. Però sto bene, non devi venire qui."

Per la prima volta, Phantom le sembrò in difficoltà. "Kalee, ho passato le ultime quarantasette ore e mezza a preoccuparmi per te. Mi manchi. Ho letto il resoconto di ciò che ti è successo e mi sono dovuto sforzare per non telefonarti o raggiungerti immediatamente. Lo so che probabilmente ti faccio tornare dei cattivi ricordi, ma ho *bisogno* di vederti, anche solo per sapere che stai bene."

"Tu non mi fai tornare dei cattivi ricordi," gli disse.

Lui sembrò scettico.

Kalee guardò Ace con un certo nervosismo e lui capì quello sguardo e le disse: "Vado a cercare mia moglie." Con quelle parole, uscì dalla stanza lasciandola seduta sul pavimento con la schiena contro al muro, da sola.

Kalee si sforzò lentamente di rimettersi in piedi e andò a

sedersi sul divano vicino. "Tu mi fai sentire al sicuro," spiegò a Phantom. "So che qui non ci sono ribelli pronti ad assalirmi e portarmi via, ma sento lo stesso gli occhi addosso e mi chiedo se ci sia qualcuno dietro l'angolo pronto ad aggredirmi. Quando stavo insieme a te, non mi sono mai sentita così, nemmeno una volta. Persino quando eravamo ancora a Dili e mi sono dovuta spogliare per farmi la doccia, nemmeno allora ero preoccupata di cosa potesse succedere, perché sapevo che c'eri tu dietro la porta e che avresti ucciso chiunque avesse anche solo provato a prendermi. Non so spiegartelo, Phantom, ma quando sono insieme a te mi sento come la Kalee di sempre, non come una poveretta, vittima di un rapimento."

"Tu *non sei* una vittima," le disse Phantom con decisione, "sei una sopravvissuta, una guerriera."

Kalee rilassò un po' di più le spalle, poi sorrise. "Penso che tu sia l'unico a vedermi in quel modo. Mio papà mi vede come se fossi pronta in ogni momento a mettermi a urlare come una pazza. Il che è ironico, dato che è *lui* ad avere avuto una crisi psicologica."

Notò gli occhi di Phantom andare rapidamente alla strada che stava percorrendo, per poi tornare su di lei e si accorse che ciò che lui stava facendo era veramente pericoloso. "Adesso chiudiamo la chiamata. Devi prestare attenzione alla strada."

"Sono un SEAL della Marina, tesoro, pensi che non sappia guidare e parlare con te allo stesso tempo?"

Lei alzò gli occhi al cielo. "Sei un SEAL, ma non sei invincibile; poi non riuscirò a baciarti, se ti ricoverano in ospedale tutto insanguinato," gli disse per provocarlo un po'. Quell'ammissione avrebbe dovuto imbarazzarla, invece le piaceva stuzzicarlo. Si accorse anche di volere *davvero* quel bacio.

"Vuoi baciarmi?" le chiese Phantom con dolcezza.

"Sì," gli rispose semplicemente.

Al che lui sbuffò. "Perfetto, adesso mi tocca guidare con il pisello duro, *oltre* a violare la legge videochiamandoti."

Lei si mise a ridere.

"Adesso stai bene davvero, Kalee?" le chiese.

"Sto bene," gli ripeté per rassicurarlo.

"Ottimo. Comunque arrivo tra poco."

"Non vedo l'ora."

"Ciao."

"Ciao."

Kalee chiuse la chiamata e respirò a fondo. Il fatto che Phantom si fosse messo in viaggio non appena aveva saputo che lei era preda dei brutti ricordi non avrebbe dovuto stupirla, invece era sorpresa.. Da quando erano tornati in California, non le aveva più inviato un "ciao", un "arrivederci" o nemmeno un "vai al diavolo". Lei aveva dedotto che quel silenzio fosse un segno del sollievo che lui provava per aver chiuso con lei.

Invece lui probabilmente aveva avuto gli stessi dubbi, perché anche *lei* non si era più fatta sentire. Che casino.

Si infilò una mano nella tasca posteriore per prendere il cellulare, su cui cliccò. Rilesse il messaggio che gli aveva scritto la sera prima, ma che poi non gli aveva inviato perché se l'era fatta sotto; aggiunse qualcos'altro alla fine, poi cliccò per inviarlo.

Si infilò di nuovo il telefono in tasca, strinse forte quello di Ace e andò a cercare la sua migliore amica. All'improvviso, grazie all'arrivo imminente di Phantom, quella visita le sembrò più semplice sotto ogni aspetto. Quanto era appena successo avrebbe dovuto preoccuparla, ma sapere che Phantom la considerava una sopravvissuta e non una vittima riusciva in qualche modo ad alleviarle ogni paura, ogni preoccupazione.

———

Phantom non si era mai sentito tanto nel panico come nel momento in cui aveva sentito cosa stava succedendo a Kalee. Per fortuna, Ace gli aveva telefonato. In pratica, era uscito di corsa dal proprio appartamento ed era saltato in macchina. Kalee non si sbagliava: per cercare di raggiungerla il prima possibile, aveva infranto una mezza dozzina di articoli del codice della strada, ma non gli importava.

Quando fu quasi arrivato alla casa del padre di Kalee, sentì il telefono vibrare, era arrivato un messaggio. Accostò la sua vecchia Honda dietro il SUV di lusso di Ace e spense il motore. Poi lesse il messaggio che aveva appena ricevuto

Kalee: Sono sdraiata a letto, sono fuori di me dalla paura. Non ho motivo di esserlo. L'allarme della casa è attivato e so che quei bastardi dei ribelli non sanno dove sono, ma ho paura degli incubi che di sicuro mi verranno. Lo sai che c'è? Quando ero alle Hawaii con te non me n'è venuto nemmeno uno. Non so proprio il perché. Però sto cominciando a pensare che il merito sia tuo, Phantom. Cos'hai di tanto speciale da cacciar via i miei demoni?

(Phantom, avevo scritto questo messaggio ieri sera, con tutte le intenzioni di cancellarlo, esattamente come ho fatto con gli altri 423 messaggi che ti avevo scritto. Pensavo che mi avessi promesso di rimanere in contatto solo per gentilezza. Inviandoti questo messaggio, so di espormi e prego solo di non mettermi solo in imbarazzo. Mi sei mancato, Phantom, so che sono passati solo due giorni, ma a me sembra passato un anno. A presto.)

All'improvviso, Phantom capì che avrebbe fatto tutto il possibile per stare con lei.

Kalee era destinata a *lui*, maledizione!

Era stufo di starsene in disparte. Se Kalee l'avesse voluto, Phantom sarebbe stato *con lei*.

Pur sapendo che l'avrebbe rivista in meno di un minuto, Phantom doveva rispondere. Kalee era la donna più coraggiosa che lui avesse mai incontrato e voleva farglielo sapere.

Phantom: Ho preso il cellulare quattrocento*sessantasette* volte per telefonarti, per sapere come ti andava, assicurarmi che stessi bene. Poi me la sono fatta sotto ogni singola volta. Ho pensato che fossi sollevata di essere tornata a casa e non volevo ricordarti ciò che avevi passato. Colpa mia. Non succederà più. Anche tu mi sei mancata, tesoro.

Poi cliccò per inviare e uscì dalla macchina, incamminandosi a grandi falcate verso l'ingresso della casa. Bussò e aspettò con impazienza che qualcuno aprisse. Avrebbe fatto irruzione volentieri, ma non voleva far arrabbiare il padre di Kalee. Anche se si conoscevano già, non era comunque il caso.

Appena la porta si aprì, Phantom allungò lo sguardo dietro il signore che gli aveva aperto e vide Kalee in piedi in un corridoio sulla destra. Stava rimettendosi il telefono in tasca e sorrideva.

Senza esitare, Phantom superò quel signore gentile e la prese tra le braccia, sospirando alla sensazione di riunirsi con lei. Kalee si appoggiò a lui, che la sentì inspirare profondamente, mentre gli affondava il naso nel lato del collo.

"Mi stai annusando?" le chiese a bassa voce, divertito.

"Sì. Non so perché, ma su di te il tuo sapone ha un profumo diverso da quello della bottiglietta. Penso che assocerò sempre questo profumo alla sicurezza."

Phantom si ripromise in quel momento di non cambiare mai più sapone. Anzi, quella sera sarebbe tornato a casa e ne avrebbe ordinato una valanga, nel caso smettessero di produrlo.

Si staccò da lei e le mise le mani ai lati del viso, tenendole ferma la testa. La squadrò da capo a piedi per valutare le sue condizioni, soffermandosi sui capelli. "Ti sei sistemata il taglio," le disse dopo un momento.

"Sistemata il disastro, vorrai dire," ribatté con un sorriso autocritico.

"No no. Eri perfetta anche prima," le disse. "Allora adesso potrò avere indietro il mio cappellino?" le chiese con un gran sorriso.

"Te lo sogni," gli rispose.

"Cazzo se mi sei mancata," le sussurrò Phantom, un attimo prima di abbassare lentamente la testa cercando le labbra di lei. Era passato fin troppo tempo dall'ultima volta che l'aveva baciata, ma voleva anche assicurarsi dei sentimenti di Kalee.

Non aveva nulla di cui preoccuparsi: lei gli si avvicinò per raggiungerlo; nell'attimo stesso in cui le loro labbra si incontrarono, Phantom si tranquillizzò. Kalee era esattamente dove doveva essere: tra le sue braccia.

Ben sapendo dove si trovava, Phantom non approfondì quel bacio. Le leccò le labbra e le mordicchiò appena, ma non trasformò quel ricongiungimento in uno spettacolo a luci rosse. Sapeva che a guardarli c'era Ace con tutta la famiglia, erano in piedi dall'altra parte dell'ingresso; per non parlare di Paul Solberg... A Phantom non dispiaceva giocare a carte scoperte, assicurarsi che tutti sapessero bene come stavano le cose tra lui e Kalee, ma non intendeva metterla in imbarazzo.

Quando sentì che lei gli stava infilando una mano sotto la maglietta, capì che doveva essere lui a frenare entrambi. Si tirò indietro e baciò Kalee sulla fronte. "Ti sei ripresa da prima?" le chiese.

Lei annuì. "John mi ha ricordato tantissimo... insomma, hai capito."

"Lo so. Vedrai che andrà meglio," le disse.

"Davvero?"

"Sì," le rispose senz'ombra di dubbio. "All'inizio, quando me ne sono andato da casa di mia madre, mi spaventavo ogni volta che sentivo una donna alzare la voce. Non potevo fare a meno di immaginare che fosse lei a gridarmi contro, o mia zia che mi diceva che non valevo nulla e che non avrei mai concluso niente nella vita." Phantom apprezzò lo sguardo fiero e arrabbiato che si formò nel viso di Kalee. Per *lui*.

"Era una stronza. Erano *due* stronze."

"Già," concordò Phantom," ma intendo dire che poi mi è passata."

"E sei diventato un uomo eccezionale," gli disse Kalee.

"Sono contento che tu la pensi così."

Lei alzò gli occhi al cielo. "La pensano tutti così," insisté lei.

Phantom scrollò le spalle. "Non sono certo l'immagine del supereroe," le disse, "ma a me va bene così. Ho fatto incazzare un sacco di gente e probabilmente capiterà ancora. Però, se tu continuerai a guardarmi come stai facendo adesso, di tutto il resto non me ne fregherà nulla."

"Phantom, che piacere rivederti," disse Paul Solberg dietro di loro.

Senza un briciolo di vergogna, per aver baciato Kalee davanti al padre, Phantom si girò tenendole un braccio intorno alla vita.

Rispose a Paul annuendo, ma senza ricambiare. Il padre di Kalee non era tra le persone che Phantom preferiva, specialmente da quando aveva rapito la piccola Rani, ma si era corretto facendo la cosa giusta, non le aveva fatto del male e l'aveva rilasciata. Dopo quell'episodio, Paul era andato in una clinica psichiatrica per farsi dare l'aiuto di cui aveva bisogno.

Poi aveva fatto di tutto, per farsi perdonare il proprio comportamento. Ormai Rani lo chiamava nonno e non aveva più alcuna paura di lui, il che aveva convinto Phantom a perdonargli ciò che aveva fatto... ciò che però non avrebbe mai dimenticato.

In quel momento, però, Phantom si rese conto di dover cambiare approccio. Paul era pur sempre il padre di Kalee; tra padre e figlia c'era un amore profondo ed evidente, quindi non era il caso di adombrare in alcun modo il loro rapporto.

Dopo un respiro profondo, porse la mano per stringere quella di Paul.

Paul sembrò sorpreso, ma non esitò a ricambiare. Si strinsero la mano e si fissarono a lungo, in segno di comprensione e di reciproca accettazione.

"Grazie per aver ritrovato Kalee," gli disse Paul sottovoce.

Phantom annuì; non voleva approfondire quell'argomento, in quel momento. Non voleva dare il via a un lungo e prolisso discorso di ringraziamento: voleva solo controllare che l'incontro tra Kalee e la sua migliore amica andasse bene, per poi discutere i prossimi passi.

Paul si voltò verso la bambina che teneva in braccio. "Qualcuno ha fame? Ho ordinato da mangiare e adesso in cucina c'è più cibo di quanto potrei mangiarne in un anno."

"Tacos!" esclamò Rani, che poi si agitò per farsi mettere giù.

Paul si abbassò e la mise coi piedi a terra, così Rani se ne andò insieme alle due sorelle maggiori; tutte e tre urlavano a più non posso mentre andavano in cucina, aspettandosi di trovare ciò che amavano di più mangiare.

Ace si mise in piedi dietro a Paul, con Piper sottobraccio e il figlio nell'altro. "Tutto bene?" chiese a Kalee.

Lei annuì. "Grazie. Mi dispiace di..."

"No no," la interruppe Ace, "non puoi scusarti per le tue emozioni e per quanto ti è successo."

Kalee a quel punto fece una risatina. Sapeva bene che non sarebbe mai riuscita a ridere, senza Phantom al suo fianco.

"È un po' dispotico," finse di sussurrare Piper, "ma è molto utile averlo a portata di mano."

Kalee respirò a fondo e si tirò fuori dalle braccia di Phantom, incamminandosi verso Piper. "Tuo figlio è perfetto, le tue ragazze sono meravigliose, sono felicissima di ritrovarti."

Phantom vide le lacrime negli occhi di Piper. "Non riesco ancora a credere che tu sia qui e che tu stia bene."

"Non sto ancora davvero bene, ma ci sto lavorando."

Piper lanciò una rapida occhiata a Phantom, poi tornò a guardare Kalee. "Sai, una volta pensavo che Phantom non mi vedesse tanto di buon occhio, ma adesso so il perché: era molto preoccupato per *te*. Nessuno di noi sapeva il perché, nemmeno lui, ma son proprio contenta che sia tornato a Timor Est per trovarti."

"Anch'io," disse Kalee guardandosi alle spalle per vedere Phantom.

Sentirono uno schianto provenire dalla cucina e Piper sussultò. "Sembra che il tempo a nostra disposizione sia scaduto: devo andare a vedere in che guaio si sono cacciate. Sai, quando le abbiamo adottate, pensavo che fossero mogie mogie e timidone. Invece adesso proprio non si direbbe, a guardarle o ascoltarle."

"E tu le ami anche per questo," le disse Ace abbassandosi verso di lei per baciarla sulla testa. "Vai pure, ti seguiamo a ruota."

Phantom riguadagnò il fianco di Kalee e si avviarono tutti per la cucina. Non aveva idea di cosa sarebbe successo, nelle due settimane che mancavano al procedimento interno, ma lui era più che mai determinato a includere Kalee nei propri piani per il futuro.

CAPITOLO DODICI

Passarono delle ore, Piper era già tornata a casa con la famiglia, Kalee aveva cenato col padre e con Phantom, infine si erano seduti in salotto a guardare un programma in TV che illustrava un bombardiere usato nella seconda guerra mondiale; a quel punto, dopo aver preso fiato profondamente, trovò la forza di dire ciò che le era venuto in mente quando aveva visto il viso di Phantom sul telefono di Ace.

"Papà, ti voglio tanto bene... ma non posso vivere qui."

Lui spense il televisore e si voltò verso di lei. "Mi aspettavo che me lo dicessi, prima o poi."

Kalee fu sorpresa. "Davvero?"

"Sì. Per quanto io continui a considerarti la mia bimba, sei una donna adulta e ti sei abituata a fare quello che vuoi, quando vuoi. Non hai bisogno di tuo padre che ogni cinque minuti viene a chiederti come stai, dove vai, che programmi hai, come so bene di aver fatto."

"Non sei stato tanto male," gli disse Kalee.

Lui fece una risata. "Invece sì, ma solo perché sono troppo contento di riaverti qui."

Kalee sentì che Phantom le stringeva la mano. Si erano

tenuti per mano tutta sera, per lei era una sensazione meravigliosa.

"Non è che non apprezzi le tue premure nei miei confronti, è solo che..." lasciò la frase in sospeso.

"...ti senti soffocare," proseguì il padre sottovoce. "Questa non è casa tua, qui non ti senti a tuo agio e hai bisogno di scoprire chi è questa nuova Kalee senza il fiato sul collo del tuo babbo."

Kalee fece un gran sorriso al padre. "Ti voglio bene."

"Anch'io ti voglio bene. Non saprai mai quanto. Non è un segreto, quando pensavo che tu non ci fossi più, sono crollato; ma da allora ho imparato molto. Ho imparato a non dare mai nulla per scontato, a vivere ogni giorno come se fosse l'ultimo. Quando le voci che sentivo hanno avuto il sopravvento sulla mia mente, è stata l'esperienza più spaventosa della mia vita. Sapevo che non mi dicevano la verità, ma mi hanno risucchiato finché non le ho ascoltate. Kalee, io voglio solo ciò che ho sempre voluto: che tu sia felice. Se non sei felice in questa casa, allora devi andare da qualche altra parte."

"Grazie, papà!"

"Non devi ringraziarmi," le disse il padre scuotendo leggermente la testa, "ma devi promettermi che rimarremo in contatto."

"Te lo prometto."

"Tipo, ogni giorno," aggiunse lui con fermezza, ma Kalee intravide negli occhi del padre il luccichio delle lacrime.

"Non sarà affatto un problema," gli disse per rassicurarlo.

Paul Solberg si schiarì la gola e le domandò: "Hai un programma? So che non ne abbiamo parlato molto, ma... ho aperto un conto a tuo nome." Alzò una mano per prevenire le proteste della figlia. "Lo so, lo so, ma l'ultima cosa che voglio è che tu accetti un lavoretto sottopagato qualunque, che ti mantenga a malapena. Voglio che tu possa rilassarti e prenderti tutto il tempo che vuoi per decidere cosa fare della tua vita. Di soldi ne ho a bizzeffe, più di quanti ne possa spendere... e un giorno saranno comunque tutti tuoi. Preferisco che li usi adesso, quando ti servono davvero, piuttosto che lasciarli nel conto a marcire e impolverarsi."

Kalee alzò gli occhi al cielo. "Non penso che prenderebbero la polvere," gli rispose con ironia.

"Sai cosa intendo. So che non vuoi i soldi, ma per favore, prendili lo stesso. Puoi usarli per una caparra, per comprarti un appartamento... se vuoi puoi anche comprarti tutto il palazzo, a me basta sapere che sei al sicuro."

"Sarà al sicuro," gli promise Phantom.

Kalee lo guardò.

"Potrà stare con me finché troverà un appartamento in cui sentirsi sicura, un posto adatto alle sue attuali condizioni anche mentali." Quelle parole erano rivolte al padre di Kalee, che però non smise mai di guardare la figlia negli occhi.

"Posso anche andare in albergo," suggerì lei.

Phantom strinse le labbra e scosse la testa. "Nemmeno per sogno."

Glielo disse in modo molto deciso, forse andando un po' oltre, ma Kalee non ritenne minimamente di preoccuparsene. Quando le era venuto l'attacco ed Ace gli aveva telefonato, Phantom l'aveva raggiunta senza esitare.

Alle Hawaii avevano legato. Magari era solo una questione di gratitudine, perché lui l'aveva salvata, o perché si sentiva in colpa per essersi accorto troppo tardi che lei era viva, quando ormai lei stava già vivendo l'inferno. Tuttavia, nel profondo, Kalee sapeva che c'era dell'altro. Le bastava stargli vicino per sentirsi più centrata, per non dover più fare troppa attenzione alle piccole cose che le succedevano intorno. Quella di Phantom era una presenza di conforto.

Non solo: come gli aveva scritto nel messaggio, Phantom le era mancato e lui le aveva risposto che anche lei gli era mancata. Un SEAL tosto come lui avrebbe mai detto una frase del genere a una persona con cui non voleva passare il tempo? Chissà. Però Phantom no, di questo era certa tanto quanto era certa del proprio nome. Lui non scherzava coi sentimenti degli altri: diceva ciò che pensava e pensava ciò che diceva.

Phantom le strinse la mano. "Kalee? Rimani da me finché non troviamo un appartamento che ti vada bene e che sia sicuro."

Non glielo stava chiedendo.

Lei alzò gli occhi al cielo e sorrise. "Va bene."

Poi tornò a rivolgersi al padre e notò che la stava guardando teneramente. Forse si sarebbe aspettata di trovarlo irritato dall'uscita di Phantom. Invece sembrava sollevato.

"Si sta facendo tardi," disse Paul, "perché non vai di sopra a preparare le tue cose? Io rimango qui con Phantom ad aspettarti."

Lei non era certa che fosse una buona idea lasciare da soli il padre e Phantom, ma annuì lo stesso, poi si alzò. Phantom era un uomo adulto e se Paul voleva proteggerla, ne aveva tutto il diritto, in fondo era sempre il papà.

I vestiti da portar via non erano molti, ma riempirono facilmente la valigia gialla che Phantom le aveva comprato alle Hawaii. Ciò che non vi entrava poteva tranquillamente rimanere in quell'armadio, sarebbe passata a prendere il resto più avanti. Del resto, non aveva molto, solo dei vestiti e dei prodotti da bagno.

Uscì dal salottino, seguita a ruota dal padre e da Phantom, che le teneva appoggiata con delicatezza una mano sulla schiena; lei si meravigliò di nuovo che quel contatto non le facesse venire delle paranoie. Era difficile crederlo, quando non molto tempo prima odiava qualsiasi contatto umano; eppure apprezzava molto la mano di Phantom sulla schiena.

Si avviò su per le scale, lasciando il padre con Phantom nell'atrio della casa. Girò l'angolo al piano di sopra, ma non andò subito in camera sua: quando era a Timor Est, pur non conoscendo la lingua tetum, aveva imparato molto bene che origliando poteva scoprire tante informazioni interessanti e utili. Non si sentiva minimamente in difetto nell' ascoltare la conversazione tra il padre e Phantom.

"Prenditi cura di lei," disse Paul.

"Ma certo," gli rispose Phantom.

"È tutto ciò che mi rimane al mondo."

"Secondo me si sbaglia," gli disse Phantom. "Ci sono tre ragazzine che la chiamano nonno, poi c'è sempre Piper."

"C'è bisogno che ti chieda quali sono le tue intenzioni nei confronti di mia figlia?" gli chiese Paul dopo un momento.

"Lei può chiedermi quello che vuole, ma se c'è qualcosa tra me e Kalee rimane tra noi due, a meno che lei non sia pronta ad aprirsi," rispose Phantom con calma. "So quello che vorrebbe sentirsi dire, ma a questo punto non posso garantire nulla. Non so cosa sarà di me, la Marina potrebbe anche togliermi le autorizzazioni di sicurezza, nel qual caso non potrò più fare il SEAL. C'è anche la forte probabilità che, a prescindere da come andrà il procedimento interno nei miei confronti, io venga trasferito lontano da Riverton. Io ci tengo a Kalee e non farei mai nulla per ferirla, sia fisicamente che mentalmente. Su questo posso darle la mia parola."

"Ci tieni a lei," ripeté Paul.

"Sì," ribadì Phantom semplicemente.

"A me basta questo... almeno per adesso."

Kalee sorrise e si avviò di gran passo verso camera sua, per fare i bagagli. Le piaceva la schiettezza di Phantom. Una parola, *sì*, era bastata a darle la certezza profonda che stava facendo la cosa giusta, andando con lui.

Dopo un quarto d'ora, Kalee fingeva di non vedere le lacrime negli occhi del padre, che la abbracciava per darle l'arrivederci. Se avesse preso atto di quelle lacrime, avrebbe cominciato anche *lei* a piangere.

Si rilassò sul sedile vicino a Phantom e tirò un sospiro di sollievo quando la macchina si allontanò da quella casa.

"Stai bene?" le chiese Phantom.

Kalee annuì.

"Ciò che ho detto a tuo padre ti ha fatta agitare?"

Lei lo guardò sorpresa. "Come fai a sapere che stavo ascoltando?"

"Beh, non ho sentito il rumore dei tuoi passi nel corridoio, dopo che sei andata di sopra."

"Hai detto la verità a mio padre?" gli chiese Kalee.

"Io dico sempre la verità," le rispose Phantom, "le occasioni in cui ho dovuto stiracchiare la verità o mentire spudoratamente a qualcuno si contano sulle dita di una mano. Dire a tuo padre che tengo a te di sicuro non è una di quelle occasioni."

"Non mi sono agitata," gli spiegò Kalee, rispondendo alla domanda precedente, "perché io provo lo stesso nei tuoi confronti. Pensi davvero che la Marina ti trasferirà in un'altra base?"

Lui sospirò e si concentrò solo sulla strada per un lungo momento. Poi scrollò le spalle. "Sinceramente, non lo so. Ho fatto qualcosa di decisamente sbagliato. La Marina potrebbe usarmi come esempio per far capire a tutti che non è il caso di disobbedire a un ordine diretto."

Kalee era combattuta. Capiva che le azioni di Phantom potevano essere considerate sbagliate, ma le aveva salvato la vita. L'aveva tirata fuori dalla situazione terribile in cui si trovava. Era stata rapita, violentata, picchiata e costretta a partecipare alle attività di quei criminali. Se Phantom non fosse andato a salvarla, si sarebbe trovata ancora a Timor Est. "So di avertelo già proposto, ma... posso parlare col tuo comandante? Voglio solo essere sicura che capisca che, anche se ciò che hai fatto era contro le regole, se non ti fossi mosso, oggi potrei anche essere morta."

Phantom appoggiò la mano sulla console tra i sedili, col palmo in alto; Kalee gli prese la mano volentieri. Le piaceva quel gesto, non era stato *lui* ad afferrarle la mano. La lasciava decidere se prendergliela o meno.

"Grazie, tesoro. Per me è molto importante, ma non c'è bisogno. Immagino che il mio destino sia già deciso, però la prima data disponibile per l'ammiraglio era tra due settimane." Scrollò le spalle. "O è così, oppure volevano solo farmela sudare."

"Quindi, fino a quel momento puoi solo rimanere in sospeso?" gli chiese Kalee sbuffando.

Lui si chiuse nelle spalle rispondendo: "Sì."

"Che rottura."

Lui accennò un sorriso.

"Comunque non è giusto che abbiano già deciso una punizione senza nemmeno parlare con me."

"Apprezzo il pensiero, più di quanto possa esprimerti," ripeté Phantom. "Comunque, tornando a noi... quando me ne sono andato da casa di mia madre, ho giurato che non sarei mai diventato come lei. Anche se odiavo lei e mia zia, non volevo diventare il tipo di uomo che sfogasse quell'odio sulle altre donne. Perché è questo che facevano loro... sfogavano su di me l'odio nei confronti di mio padre, solo perché ero un maschio anch'io. Alle Hawaii, mi sono reso conto che, per quanto inconsciamente, anch'io ho fatto esattamente lo stesso, negli ultimi quindici anni. Sono rimasto alla larga dalle relazioni e non mi sono mai affezionato troppo a nessuna."

Kalee gli strinse la mano. Erano parole dette con un dolore che lei percepiva, ma del resto Phantom non parlava molto di se stesso, a nessuno. Quell'apertura nei suoi confronti la faceva sentire speciale.

"Poi sei arrivata tu e hai fatto crollare ogni mio pregiudizio sulle donne. Non avevo nemmeno mai parlato con te. Accidenti, ero più agitato al pensiero della tua presunta morte di quanto non lo fossi stato in passato per la fine di rapporti durati anche diversi mesi. Ho cercato di convincermi che ero solo irritato per via della missione non compiuta, ma nel profondo sapevo che c'era dell'altro. Sapevo che eri una persona speciale e che non ero riuscito a conoscerti. Quel pensiero mi tormentava. Quando mi sono accorto che *non* eri morta, che avevo mancato nei tuoi confronti nel modo peggiore... ho capito che niente e nessuno mi avrebbe impedito di tornare a Timor Est per trovarti e riportarti a casa."

"Adesso sono a casa," gli disse, "e comunque non hai mancato nei miei confronti e non mi piace che lo pensi."

Lui scrollò le spalle e Kalee capì che su quell'argomento non l'avrebbe mai convinto; era un uomo orgoglioso, un SEAL eccezionale, avrebbe dovuto trovare da solo il modo di superare quanto era successo all'orfanotrofio.

"L'idea che mi ero fatto era di venirti a salvare, di portarti alle Hawaii e di aiutarti a recuperare emotivamente, poi ti avrei riportata qui e fine della storia. Poi però si è complicato tutto." Accostò davanti al palazzo dove abitava e parcheggiò la macchina. Spense il motore e si voltò verso di lei. "Mi sono accorto che non volevo lasciarti andare, che ti eri infiltrata oltre la corazza che mi ero creato dal giorno in cui mi ero accorto che mia madre mi odiava. Mi sono spaventato a morte, così *ti ho* lasciata andare... senza dirti ciò che provavo. Quando oggi Ace mi ha telefonato, l'ho capito."

Non sentendolo continuare, Kalee si fece seria. "Capito cosa?"

"Ho capito che non potevo starti lontano. Ho detto la verità a tuo padre, ci tengo a te, anche molto, ma in un certo senso non gli ho detto tutta la verità."

"Phantom, ci stai girando attorno," brontolò lei. "Se non mi vuoi a casa tua, posso andare in albergo, non è un problema." Per lei *era* un problema, ma era disposta a fare di tutto pur di non crollare, qualora lui le avesse chiesto di andarsene.

Invece Phantom le si avvicinò e le infilò le dita nei capelli su entrambi i lati della testa. Lei si appoggiò alla console che li separava, mentre lui la tirò più vicino.

"Ti amo, Kalee."

Vedendola spalancare la bocca, lui proseguì: "Lo so che è troppo presto, so che sembra una follia e non ti sto chiedendo nulla in cambio. Ti dichiaro il mio amore in tutta libertà e senza riserve. Non me ne frega un tubo delle decisioni della Marina sul mio futuro, perché pur di raggiungerti avrei violato ogni legge di questo mondo. L'avrei fatto due settimane fa, ma lo rifarei in futuro. Sarei disposto ad ammazzare chiunque osasse anche solo cercare di farti del male."

"Non ti sto dicendo tutto questo per metterti sotto pressione o per stressarti. Ti chiedo solo di lasciarti aiutare da me. Lasciami stare vicino a te, mentre decidi come vuoi andare avanti con la tua vita. Se non dovessi amarmi allo stesso modo, lo capirei. So bene di non essere un tipo particolarmente adorabile, vedi com'è andata con mia madre... ma ti giuro sulla mia stessa vita che farò tutto ciò che posso, per essere sicuro che tu arrivi dove vuoi arrivare. Se ciò significa fare un passo indietro, un passo che potrebbe quasi farmi morire di dolore, comunque lo farei."

"Se invece decidi che vuoi provarci, che vuoi dare una chance al nostro rapporto, sappi che non te ne pentirai. Ti sosterrò, starò al tuo fianco e ti darò tutto ciò che desideri, tutto ciò che potrò. Farò del mio meglio per non diventare uno stronzo troppo possessivo. Potrai avere le tue amicizie come io ho le mie. Se ci capita di uscire in gruppi separati non è un problema, niente in contrario con le serate tra amiche, a me basta sapere che sei al sicuro. So cucinare, fare le pulizie e il bucato. Se un giorno dovessimo avere dei figli, non accollerei mai tutto il peso e tutte le responsabilità su di te. Anche se diventare padre mi spaventa da morire, so bene che, con te al mio fianco, posso riuscire a fare tutto."

"Adesso mi rendo conto che sto parlando a vanvera e magari ti sto spaventando... ma insomma, quel che conta è che ci tengo a te, tesoro. Oggi, domani, tra un anno. Non cambierà."

Kalee stava già piangendo. Non riusciva a credere che Phantom avesse ammesso di amarla con tanta semplicità. Avrebbe voluto dichiararsi anche lei, ma le parole le si bloccavano in gola.

Lei lo amava? Non poteva negare di sentirsi cento volte più al sicuro quando stava insieme a lui, ma era quello l'amore? Lei non lo sapeva e si rifiutava di illuderlo, prima di essere sicura, in un senso o nell'altro.

Forse accorgendosi del turbinio confuso negli occhi di Kalee, Phantom le disse: "Shhh, scusami, non è giusto da parte mia farti questa dichiarazione, quando il mio destino si conoscerà solo tra due settimane. Non potrei mai allontanarti da Piper, o da tuo padre. Vedremo cosa fare, un passo alla volta."

Kalee si mosse in avanti e gli afferrò i polsi. Lui le stava ancora tenendo le mani intorno al viso e lei non seppe più trattenersi: si slanciò con le labbra su quelle di lui, che inclinò immediatamente la testa, dandole un angolo migliore per baciarlo. Lei gli spinse con determinazione la lingua in bocca, godendo quando lui la accolse. Mentre lo assaggiava, Kalee sentiva il profumo al pino: non era mai stata tanto eccitata in vita sua.

Si tirò indietro e lo guardò leccarsi le labbra e fissarla pieno di desiderio. Kalee non si sentiva spaventata. Phantom non le avrebbe mai fatto del male, ne era certa al cento per cento.

"Sei pronta ad andare in casa?"

Lei annuì.

"Però dovresti lasciarmi andare," le disse con un sorriso.

Lei ricambiò il sorriso. "Anche *tu* dovrai lasciarmi andare," ribatté.

"Ti sei portata il mio cappellino?" le chiese. "Lo voglio indietro."

"Chissà, forse. Comunque ormai è *mio*," gli rispose per stuzzicarlo, appena lui allontanò le mani.

Kalee sapeva bene che Phantom stava solo cercando di alleggerire la tensione; lei sentiva ancora il cuore batterle all'impazzata nel petto. Era difficile credere che tutte le decisioni prese in passato l'avessero portata a quel punto, in quel momento, in quel posto. Era seduta nella macchina di Phantom, nel parcheggio davanti all'appartamento dove abitava lui, l'aveva appena baciato e ci stava meravigliosamente. Non aveva alcuna paura di lui e non la spaventava l'idea di fare sesso. Sapeva senza il minimo dubbio che, se le fosse venuto un attacco di panico nell'intimità, lui si sarebbe fermato immediatamente. Le bastava saperlo, per sentirsi più rilassata.

Saltò fuori dalla macchina e sbuffò, perché lui si rifiutò di lasciarle trasportare la valigia su per le scale. Phantom le tenne saldamente la mano, mentre salivano le tre rampe di scale e camminavano nel corridoio che portava all'appartamento. Lui aprì, entrarono e appena la porta si chiuse, Kalee si sentì protetta, ma senza sentirsi oppressa.

L'appartamento di Phantom non era certo cresciuto, dall'ultima volta che c'era andata. Era ancora piccolo e un po' fatiscente, ma pur sempre pulito. Poi... inspirò profondamente dal naso... c'era il profumo di Phantom.

Guardò verso la cucina e vide sul mobile una scatola.

Lui si accorse di dove stava guardando e le disse: "A proposito, grazie per la torta."

Lei si accigliò. "Come?"

"La torta. Mi è arrivata appena sono tornato a casa, l'altro ieri. Ho capito che me l'avevi mandata tu, per via del cioccolato."

Vedendo Kalee che lo fissava confusa, lui smise di sorridere. "Non me l'hai mandata tu?"

Lei scosse la testa. "No. Però te l'avrei mandata, se avessi saputo che ti piaceva tanto."

"Accidenti, avevo dato per scontato che fossi stata tu. Non c'era nessun biglietto, nulla."

Lei scoppiò a ridere.

"Cosa c'è?" le chiese lui.

"Sto solo immaginando che c'è un'altra donna incazzata perché il suo uomo non le ha telefonato subito per ringraziarla della torta che gli ha fatto arrivare a casa. Mi sa che quel tipo dovrà strisciare a terra per farsi perdonare."

Lui le sorrise. "Probabile. La torta era buonissima. Non troppo asciutta, la quantità perfetta di glassa."

"Vuoi che telefoniamo alla pasticceria per chiedere chi l'ha ordinata, magari così potremo spiegare l'equivoco?" gli chiese Kalee.

"No. Di sicuro chi ha fatto l'ordine si sarà già accorto che c'è stato un problema, dato che chi doveva riceverla non l'ha ricevuta. Preferisco non perdere tempo a fare ricerche inutili."

"*Come* preferiresti passare il tempo?" gli chiese Kalee, che poi arrossì per le implicazioni piccanti di ciò che aveva appena detto.

Phantom la tolse subito dalle spine. "Parlando con te. Magari possiamo prepararci da soli una torta, con gli ingredienti e la ricetta. Oppure possiamo andare in spiaggia e rilassarci. O anche fare il pieno delle serie TV, tutte le puntate che hanno trasmesso mentre eri via. Possiamo fare la spesa, poi posso guardarti mentre affondi il cioccolato nel vasetto di burro d'arachidi croccante che ho messo in dispensa."

Tutte quelle idee la facevano sentire al settimo cielo. Kalee si leccò le labbra, poi notò che Phantom prima le guardò la bocca, poi gli occhi.

"È tardi. Perché non prendi la valigia e vai in camera da letto?" le chiese.

Kalee si accorse per la prima volta che nell'appartamento di Phantom c'era solo un letto. "Accidenti, non ci avevo nemmeno pensato. Posso dormire sul divano."

"No."

Le rispose in modo conciso e definitivo.

"Ma..."

"No," le ripeté Phantom.

Lei gli fece il broncio. "Non è giusto che..."

"Se pensi di poter dormire altrove e non nel mio letto, sappi che ti illudi," le disse alzando un po' la voce. "La mia donna non può certo dormire sul pavimento, o sul divano. Non quando c'è un letto perfettamente adatto a lei. Hai passato fin troppe notti a dormire per terra, a Timor Est. Mai più, Kalee. Mai più."

Lei cercò di trovare un argomento valido con cui controbattere, ma non le venne in mente nulla.

Phantom fece un passo verso di lei, ma senza toccarla. Poi le disse, con un tono basso e persuasivo: "Sono giorni che non cambio le lenzuola, è probabile che abbiano preso l'odore del sapone al pino che ti piace tanto."

Beh, ecco, a quel punto l'aveva conquistata e lo sapeva benissimo. Ormai non poteva più rifiutare.

"Va bene," gli disse fingendo di sbuffare, "ma domattina non voglio sentirti brontolare perché ti fa male la schiena, dopo aver dormito sul divano."

"Sei qui a casa mia, dormi nel mio letto, non mi sentirai brontolare, accidenti... nemmeno una parola," le disse.

"Phantom?"

"Dimmi, tesoro."

"Lo so che non vuoi sentirtelo dire, ma io devo dirtelo lo stesso. Grazie."

A quel punto, invece di prendersela con lei, Phantom mosse appena la testa per annuire. "Non c'è di che."

Poi Kalee prese la valigia e si avviò nel corridoio per andare in camera da letto.

Mezz'ora più tardi, dopo aver dato la buona notte a Phantom, che nel frattempo aveva usato la camera per cambiarsi, Kalee si girò di fianco sul letto a una piazza e mezza, poi abbassò la testa e inspirò. Phantom aveva ragione: sul cuscino e sulle lenzuola c'era ancora il profumo di pino. Le sembrava di essere circondata da lui e non si era mai sentita tanto appagata in vita sua.

Quel profumo le faceva venire i brividi, ma lei ignorò l'eccitazione che le cresceva tra le gambe. Era sfinita. Non aveva dormito bene, ultimamente; la presenza di Phantom a portata di mano la rassicurava, tanto che all'improvviso si sentì totalmente rilassata e stanca; capì che si sarebbe addormentata nel giro di pochi secondi.

Le parole amorevoli che le aveva detto le riecheggiavano nel cervello. Kalee chiuse gli occhi e si abbandonò al sonno.

———

Mona era seduta in macchina e fissava incredula la porta chiusa della casa di Forest.

Cos'era appena successo?

Lei era già pronta a saltar fuori dalla macchina e incontrarlo "per caso". Sapeva che lui sarebbe stato *contentissimo* di rivederla e che l'avrebbe invitata a salire nel suo appartamento. Le avrebbe detto di aver capito che era stata lei a inviargli la torta e che aveva pensato a lei costantemente. L'avrebbe presa tra le braccia, sarebbero finiti a letto insieme. Avrebbero fatto l'amore tutta la notte, lentamente, dolcemente.

Lei gli avrebbe detto che prendeva la pillola, che non c'era bisogno di usare il preservativo, anche se non era vero. Così sarebbe rimasta incinta e lui le avrebbe chiesto subito di sposarlo, appena scoperta la gravidanza.

Quella sera doveva essere la prima sera del resto della loro vita insieme!

Invece, appena lui era arrivato nel parcheggio, Mona aveva visto una donna sul sedile del passeggero. Non era il caso di giungere a conclusioni affrettate; il suo Forest era un bravo ragazzo, probabilmente stava solo accompagnando a casa quella donna.

Invece li aveva visti, erano rimasti in macchina a parlare per tanto tempo.

Quando aveva guardato più da vicino, con il binocolo digitale, si era quasi messa a urlare, infuriata.

Si stavano baciando. *Baciando!* Non era stato un bacio casto, sulla guancia, per ringraziare del passaggio. No: quella puttana gli era praticamente saltata addosso! Poi erano usciti dall'auto e Forest aveva tirato fuori una *valigia*. Quella stronza si sarebbe fermata a passare la notte! Altrimenti perché mai si era portata dietro una valigia?

Quando Forest aveva preso la mano di quella donna, accompagnandola su per le scale, Mona si era imbestialita.

Ormai erano spariti in casa e lei cominciò a dare pugni al volante urlando in preda alla rabbia, alla frustrazione.

"No! No, no, *no!*" gridò istericamente. "Non è giusto! Lui è mio! MIO!"

Doveva starci *lei* con Forest, in quel momento.

Era stata *lei* a comprargli la torta. Nessun uomo resisteva a quella torta!

Era stata *lei* a preoccuparsi per lui per settimane!

Nell'ultima missione, doveva essergli successo qualcosa. Avrebbe dovuto tornare a casa e accorgersi che non poteva vivere senza di lei!

Stringendo con tutte le forze il volante, Mona sentì la

testa che le girava. Forest Dalton doveva stare con *lei*. Doveva liberarlo dall'influsso maligno di quella troia.

Mona fu presa da un'ondata di furia tale che per poco non uscì di corsa dalla macchina, fiondandosi su per le scale per presentarsi alla porta di Forest e pretendere che cacciasse quella stronza a calci in culo. Come *osava* mancarle di rispetto in quel modo? Come osava tradirla?!

Cercò di respirare a fondo per calmarsi.

Era costretta ad alzare la posta. Doveva assicurarsi che il suo uomo capisse cosa si stava perdendo. Doveva capire quanto lei lo amava, così sarebbe tornato da lei. Ne era certa.

Altrimenti... gli avrebbe fatto capire quanto si sbagliava.

Se Mona non poteva avere Forest, *nessuna* poteva.

CAPITOLO TREDICI

Phantom era in piedi sull'uscio della camera da letto, appoggiato allo stipite, stava semplicemente fissando Kalee. Stentava a credere di averle detto che l'amava... e lei non era scappata a gambe levate. Doveva essere un buon segno. Durante la notte, si era svegliato varie volte per controllare come stesse; gli era venuto l'istinto di fermarsi in camera e sdraiarsi vicino a lei, nel caso le venisse un incubo; ma l'ultima cosa che voleva era farla svegliare ed essere *lui stesso* a farle venire paura.

Phantom indossava i pantaloncini rossi in cui aveva dormito, se li era rimessi dopo essere tornato dall'allenamento. Di solito dormiva nudo, ma con Kalee in casa, sapeva bene che era meglio coprirsi. Che strano, quanto gli piaceva averla in casa propria! Kalee non era disordinata, aveva piegato per bene gli abiti che indossava il giorno prima e li aveva appoggiati accanto alla valigia, sul pavimento, vicino al muro. Non aveva sparpagliato le sue cose dappertutto, in bagno.

Phantom l'avrebbe preferito.

Da quando era diventato un SEAL, non aveva mai convissuto; gli piaceva stare da solo, si ricordava fin troppo bene la madre che rovistava tra le sue cose e gli rubava tutto ciò che credeva di potersi prendere impunemente. Invece, con Kalee, non aveva alcuna preoccupazione, non aveva nulla da nasconderle. Accidenti, le aveva persino confessato di amarla, cosa c'era di più personale di quell'ammissione?

Kalee si rigirò nel letto e lui la osservò respirare a fondo nel sonno; sentì uno spasmo piacevole nei pantaloncini. Maledizione, che bella. Lei di sicuro avrebbe detto di non essere particolarmente bella. Però non erano i capelli o il corpo di Kalee che gli piacevano. Era *lei*. Come prendeva la vita. La sua forza, la sua capacità di superare la melma che aveva attraversato. Kalee non si lagnava. Certo, faticava a superare i brutti ricordi e a voltare pagina, ma quella era una reazione umana.

Phantom si costrinse a rimanere esattamente dov'era, nonostante la voglia di raggiungerla e di prenderla tra le braccia. Kalee era adorabile, quando cercava di svegliarsi. La vide espirare a lungo, poi mettersi le braccia sopra la testa e stiracchiarsi. Poi si appallottolò sul fianco, prese tra le braccia un altro cuscino e gemette leggermente; quel suono andò dritto tra le gambe di Phantom, che se la immaginò fare lo stesso verso mentre lui la penetrava per la prima volta.

Si sforzò di pensare ad altro, ma fece fatica a togliersi quell'immagine dalla testa. Aveva letto i resoconti di ciò che le avevano fatto i ribelli e lui non avrebbe mai avanzato alcuna proposta sessuale senza che fosse lei a fare la prima mossa; comunque, ci sarebbe andato piano, lasciando a lei l'iniziativa. Per l'ennesima volta, gli tornò il rimpianto di non avere ucciso almeno qualcuno dei ribelli, prima di portarla via da quel palazzo.

Rimase sull'uscio a guardarla per almeno dieci minuti, poi lei finalmente sospirò e aprì gli occhi; si mise seduta... e si bloccò vedendolo.

"Buongiorno," le disse Phantom sottovoce.

"Ehm... ciao. Quanto tempo è che sei lì in piedi?" gli chiese.

"Abbastanza da sapere che non sei particolarmente mattiniera," le rispose con un certo sarcasmo.

Lei fece una risata. "È vero, ma lo sapevi già anche alle Hawaii. Che ore sono?"

"Le dieci."

"Le dieci?" ripeté lei sbalordita, per poi mettere da parte la coperta. "Devo alzarmi!"

"Perché?" le chiese Phantom.

Al che lei si fermò. "Ehm... perché?"

Lui si mise a ridere. "Se avevi dei programmi per la mattinata, scusami, ma non lo sapevo e ti ho lasciata dormire; però direi che ne avevi bisogno. Quando mi sono alzato per l'allenamento, eri *KO*. Quando sono tornato, dormivi ancora come un ghiro. Stamattina mi sembri molto più rilassata. I cerchi intorno agli occhi sono spariti e non sembri più tanto inquieta."

La vide riflettere su quelle osservazioni, Kalee non sapeva come prenderle.

"Non ho più dormito tanto bene, dopo il rientro dalle Hawaii," ammise lei.

"Mi dispiace."

"Non è colpa tua."

Lui scrollò le spalle. Anche se Kalee non lo riteneva responsabile, lui si permetteva di pensarla diversamente. Avrebbe dovuto sentire come stava già dal primo giorno in cui lei era andata a casa del padre. Però finalmente erano insieme e Phantom si sarebbe assicurato che mangiasse bene, che dormisse bene e che avesse tutto ciò che le serviva per riuscire il prima possibile a riprendere a vivere. "Pensavo di preparare da mangiare, poi magari possiamo fare un giro in macchina, ti faccio vedere cos'è cambiato da queste parti e cosa non è cambiato, da quando eri partita. Possiamo anche portarci uno spuntino e mangiare sulla spiaggia prima di andare a trovare tuo padre. Quando torniamo, faccio le bistecche alla griglia o qualcos'altro, ho anche il pollo, se preferisci."

Kalee lo fissò tanto a lungo che lui cominciò ad agitarsi sul posto. Poi la vide uscire dal letto e lui dovette trattenersi per non andare di corsa ad annusare le lenzuola dove lei aveva giaciuto tutta notte. Lei poteva anche pensare che il profumo al pino fosse buono, ma lui si scioglieva sentendo il profumo naturale della pelle di Kalee.

Lei lo raggiunse e gli mise le mani sul petto senza esitare. Sentire quel contatto sul petto nudo gli fece venire la pelle d'oca alle braccia. Phantom tenne le mani lungo i fianchi, non voleva inquietarla.

"Il tuo letto è davvero molto comodo," gli disse sottovoce.

Per tutta risposta, lui grugnì: non riusciva a pensare lucidamente, mentre lei gli teneva le mani addosso ed era così vicina.

"Comunque avevi ragione, c'è il tuo profumo."

Lui annuì.

"Però mancava qualcosa."

"Cosa?" le chiese Phantom. "Possiamo fermarci a fare la spesa, compriamo quello che vuoi."

"Mancavi tu," gli disse Kalee.

Phantom deglutì a fatica. "Cosa mi stai dicendo, tesoro? Vorrei tanto che mi dicessi chiaramente cosa mi stai chiedendo."

"Non di fare sesso," gli disse subito, "almeno non ancora. Ci pensavo ieri sera, ho capito che non è importante dove dormo: mi sento al sicuro se ci sei anche *tu*. Alle Hawaii, avevo bisogno di spazio, ma sapevo che tu eri vicino, nel caso succedesse qualcosa. Quando sono andata a casa con mio padre, ho capito fino in fondo quanto tu mi faccia sentire al sicuro. Per questo non riuscivo a dormire. Te lo giuro, vedevo ribelli in agguato dietro ogni ombra, li sentivo a ogni strano rumore. Mi è piaciuto addormentarmi sentendo il tuo profumo, ieri sera, ma voglio di più."

"Non voglio correre. Se è per via di quello che ti ho detto ieri sera..."

"No, non è per quello," gli disse lei interrompendolo, "almeno non del tutto. Per te provo sentimenti che non ho mai provato prima, per nessuno," gli spiegò. "Mi eccita e mi spaventa allo stesso tempo. Lo so che non è giusto chiederti di tenermi abbracciata mentre dormiamo; accidenti, non so nemmeno se ti piace tenermi tanto vicina di notte. Però so di potermi fidare di te. Non c'è niente che mi conforti di più del saperti accanto a me. Non solo nello stesso appartamento, o dall'altra parte di una porta chiusa, ma proprio vicino a me. Però se ti chiedo troppo, non vorrei..."

"Va bene," le disse Phantom toccandola per la prima volta. Le mise le mani sui fianchi e la tirò più vicino. Lei gli tenne le mani appoggiate sul petto, sembrava non voler perdere quel contatto di pelle. "Farei i salti mortali, pur di darti ciò che vuoi, Kalee. Se mi vuoi accanto mentre dormi, è esattamente ciò che avrai. Quando vorrai qualcosa di più che rimanere tra le mie braccia mentre dormi, non avrai che da dirmelo. Però sappi che puoi cambiare idea in *qualunque* momento. Dico sul serio. Non mi arrabbierò mai. Anzi, piuttosto mi arrabbio se mi lasci fare qualcosa che non vuoi. Hai capito?"

Lei fece un respiro profondo e poi annuì. "Sono ancora un po' nervosa riguardo al sesso, ma non mi spaventa. So che ciò che può succedere con te non ha *nulla* a che vedere con quello che mi hanno fatto. Posso distinguere chiaramente, razionalmente, ma è ovvio che potrò essere sicura delle mie reazioni solo quando succederà."

"Non c'è fretta, tesoro. Se ti servono dei mesi per essere sicura di sentirti pronta, allora passeranno dei mesi."

Lei lo guardò sbigottita. "Dei mesi? Ma sei matto? Non c'è verso che aspetti tanto a lungo!"

Sembrava talmente infervorata che Phantom non trattenne una risata. Non gli era mai successo di ridere con una donna mentre parlavano di sesso. Per lui, gli incontri sessuali erano sempre stati vagamente asettici. Si spogliava, si metteva un preservativo, qualche preliminare, qualche spinta e dei versi, poi finiva tutto. Nessuna donna era mai stata nel suo letto e lui non aveva mai capito davvero il senso di prendersela troppo comoda prima di arrivare al dunque. Gli era capitato di ricevere e concedere sesso orale, ma non ne aveva mai sentito il bisogno.

Invece non vedeva l'ora di assaggiare Kalee; voleva leccarla in ogni punto del corpo, scoprire cosa la facesse eccitare, cosa mandasse su di giri. Era come se, senza essersene nemmeno accorta, Kalee gli avesse svelato una dimensione tutta nuova.

"Dove sei finito con la testa?" gli chiese sottovoce.

Lui le fece un gran sorriso. "Stavo solo pensando alle meraviglie che faremo insieme. Andremo al tuo passo," la rassicurò, "ma bisogna che sia tu a prendere l'iniziativa," l'avvertì. "Non metterti a sbuffare e brontolare se non faccio quello che vuoi, perché prima me lo devi dire. Mi rifiuto di andare più alla svelta o più oltre di quel che tu mi consenti."

"D'accordo," gli rispose arrossendo, "ma tu sei sicuro? Di me? Cioè, non ci conosciamo molto bene."

"Sbagliato," le disse Phantom stringendo leggermente la presa. "So che ti piacciono il burro d'arachidi e il cioccolato, che hai un debole per gli animaletti carini e che hai una tempra d'acciaio. So che sei intelligente, divertente, leale e sensibile. So che vuoi bene alle persone, forse anche troppo, che sei determinata a vivere la tua vita al meglio, a prescindere da chi o da cosa ti metta i bastoni tra le ruote. Sei determinata, ostinata e sei la donna più bella che abbia mai conosciuto."

Quando Phantom finì di parlare, Kalee era ormai paonazza, lo fissava e si leccò le labbra.

"So anche che sei una matta se vuoi avere a che fare con me. Sono un brontolone, lunatico, non ho famiglia, persino mia madre non mi ha voluto. Non mi interessa seguire le regole sociali e me ne frego se offendo qualcuno dicendo ciò che penso, o ciò che sento. Proteggerò i miei amici da qualunque situazione e da chiunque osi provare a fare il coglione con loro... e se la cosa dà fastidio a qualcuno, pazienza. È anche molto probabile che finisca per dare fastidio anche *a te*, ma pur sapendolo... farò di tutto per farti mia, anche se ciò significa esagerare, o monopolizzare il tuo tempo."

"Me lo dici perché dovrei spaventarmi?" gli chiese. "Stai cercando di elencare tutti i tuoi difetti per farmici pensare due volte prima di stare con te?"

Lui scrollò le spalle. "Ti dico solo le cose come stanno."

"Beh, sappi che non mi fai paura," gli disse Kalee avvolgendolo con le braccia e appoggiandogli i palmi delle mani sulla schiena; poi gli appoggiò il naso sotto l'orecchio e lui inclinò la testa per esporsi meglio. "Tua mamma è stata un'idiota," gli disse semplicemente, "e a me piace sapere che dici quello che pensi, mi fa sentire... mi consola. Almeno saprò sempre come la pensi. Tanto per fartelo sapere, se qualcuno fa lo stronzo con te, non gliela faccio passare liscia: ho imparato molto dai ribelli, tra l'altro, ho imparato anche a giocare sporco." Alzò la testa e lo fissò negli occhi. "So che sei un SEAL, sei tosto, massiccio, ma anche il militare più cazzuto ha bisogno di aiuto, qualche volta."

"Tu *non* correrai rischi per me," le disse Phantom con determinazione.

Kalee non sembrò minimamente dissuasa da quella

reazione orgogliosa e fece spallucce. "Invece sì, se qualcuno ti tratta male."

Phantom sospirò allibito. "Merda."

Lei fece una risatina.

Lui respirò a fondo e la spinse leggermente indietro. "Va a finire che mi farai morire. Preparati per questa giornata, dolcezza, intanto cucino le uova e i waffle, così poi usciamo."

"Non devi andare da nessuna parte?" gli chiese lei perplessa.

Lui scosse la testa. "No. Devo farmi sentire tutti i giorni dal comandante, fare gli allenamenti, ma per il resto sono in sospeso fino al procedimento interno."

Kalee aggrottò la fronte in modo esagerato. "Odio pensare a quel procedimento."

"Allora non pensarci," le rispose semplicemente Phantom.

"Ma tu non sei preoccupato?" gli chiese.

Lui alzò una spalla. "Non serve a niente continuare a pensarci. Andrà come andrà. Ormai io mi sono messo il cuore in pace. Tu sei qui con me, tutta intera. Niente di ciò che decideranno potrà cambiare la situazione. Alla fine della fiera, a me interessi *tu*."

Kalee lasciò andare la testa in avanti, appoggiandogliela sul petto. Phantom la sentiva respirare velocemente sulla pelle nuda e non poteva negare quanto gli piacesse. Non era giusto, lei era sopraffatta dalle emozioni, mentre lui si eccitava al solo sentirla *respirare* su di sé.

"Ricomponiamoci, tesoro," le disse stuzzicandola, "devo andare a cucinare e tu a prepararti per oggi."

Kalee fece un gran respiro e si scostò per guardarlo. "Va bene," gli disse sottovoce.

"Va bene," ripeté Phantom, che la baciò con dolcezza sulla fronte e poi fece un passo indietro, staccandosi dalle mani di Kalee. Si sentiva fiero di sé, riuscendo a non tornarle subito vicino per farsi toccare di nuovo. "Mi mancherà questa acconciatura, quando ti cresceranno i capelli."

Kalee si fece seria e si portò una mano sulla testa con imbarazzo. "Buon Dio, ho i capelli da tutte le parti, vero?"

Lui sorrise. "Acconciatura da notte brava; non riesco a non pensare di passarci le mani, quando sono così in disordine."

Kalee abbassò la mano e rise, scuotendo la testa. "Lo dicevo che mi piace la tua schiettezza."

"L'hai detto," confermò lui. "Adesso avanti, cara mia, doccia! Sentiti libera di usare il mio sapone, so che ti piace tanto."

A quel punto lei socchiuse gli occhi fissandolo. "Mi piace; se per caso mi fermo in doccia più tempo di quanto ti aspetti, ti avverto di non correre in bagno per controllare se sto bene: potresti imbatterti in una scena che al momento non puoi reggere."

Phantom inclinò la testa perplesso.

Lei si girò, si avviò e si guardò alle spalle, poco prima di entrare in bagno. "Mi sfogherò pensando a cosa mi farai in futuro, per scombussolarmi i capelli in questo modo... mentre respiro il tuo profumo eccitante."

"Cazzo," commentò Phantom, che sentì una stretta allo stomaco pensando a Kalee che si masturbava sotto la doccia. Fece un passo verso di lei senza pensarci... poi rimase fermo a fissare la porta chiusa del bagno, mentre la sentiva ridere da dentro.

Si sistemò l'uccello ormai completamente duro nei pantaloncini e scosse la testa divertito. Non intendeva indirizzare la conversazione sul sesso, commentando sui capelli scombussolati di Kalee, ma almeno lei non si era spaventata; gli aveva risposto a tono. Accidenti, Phantom era davvero nei guai.

Quando sentì l'acqua della doccia che cominciava a scorrere, prese una maglia dalla cassettiera e uscì dalla stanza. Gli sarebbe tanto piaciuto rimanere là in piedi, fuori dal bagno a fantasticare su ciò che stava succedendo sotto la doccia, ma aveva molto da fare. In primis, doveva prepararle da mangiare.

Quando si accorse che stava attraversando il proprio appartamento con un gran sorriso, Phantom scosse la testa. Non ricordava l'ultima occasione in cui era stato tanto felice. Aveva un futuro incerto, una donna da cui sperava tanto di essere ricambiato, pur non avendo la minima idea di come farsi amare da lei, e degli amici importanti da cui farsi perdonare... ma in quel preciso istante gli sembrava che nulla potesse abbatterlo.

In appartamento con lui c'era Kalee, era allegra e rideva.

Ripensò alla scatola piena di encomi e medaglie ricevute per il coraggio che aveva dimostrato nelle varie missioni svolte per la Marina: nulla per lui era tanto importante quanto vedere Kalee sorridere.

———

Due giorni dopo, Kalee era in casa sorridente che osservava Phantom preparare la cena con la sua griglia scalcagnata, sul balconcino dell'appartamento. Il palazzo non era un granché, ma lei non avrebbe voluto essere in nessun altro posto, se non con lui.

Negli ultimi giorni, Phantom si era fatto in quattro per distrarla e lei lo apprezzava molto. Kalee si aspettava che le notti diventassero imbarazzanti, data la forte tensione sessuale che si scatenava tra loro; invece, quando Phantom era arrivato in camera senza la minima preoccupazione, si era tolto la maglia e i pantaloni e si era accoccolato contro di lei con indosso solo dei boxer, lei si era resa conto di essere estremamente fortunata.

Se la prima notte aveva pensato che fosse bello dormire nel letto di Phantom, sulle sue lenzuola, poi si era resa conto che non era nulla, rispetto a dormire abbracciata a lui, come aveva fatto nelle ultime due notti.

Ripensò alla sera prima. C'era stato un temporale infernale che le aveva ricordato il primo temporale nella giungla, quando era a Timor Est.

All'epoca, uno dei ribelli aveva appena finito di aggredirla e lei era rannicchiata in un angolo, nella casa di qualche poveretto di un villaggio. La famiglia che abitava in quella casa era stata sterminata, i ribelli si erano già ingozzati con il cibo che avevano trovato. Il suono del tuono le era sembrato vibrarle dentro, il lampo l'aveva fatta sussultare. Era assai spaventata, fuori di sé per tutto ciò che era successo; non aveva saputo fare altro che abbassare la testa fra le ginocchia e pregare che il temporale non distruggesse completamente quella casa.

La notte appena trascorsa, quando lei si era impaurita per i rumori del temporale, Phantom non aveva cercato di tranquillizzarla dicendole che andava tutto bene, non le aveva detto le solite frasi senza senso, come "non c'è nulla da temere". L'aveva fatta girare per trovarsela di fronte, le aveva fatto mettere la testa sulla propria spalla e le aveva raccontato di quella volta in cui, a sei anni, si era spaventato per un temporale. La sua mamma l'aveva chiuso in un armadio e gli aveva detto di starsene zitto perché le dava fastidio.

Raccontando a Kalee quell'episodio, Phantom non voleva farla commuovere o impietosire, ma solo farle capire che non era l'unica ad avere dei brutti ricordi. Lei non si era messa a piangere per lui; come poteva, dopo tutto quello che Phantom aveva passato? Era letteralmente l'uomo più forte e coraggioso che lei avesse mai incontrato, era riuscito nella vita, nonostante l'infanzia orribile.

L'indomani avevano in programma di andare a casa di Gumby e Sidney. Era una casa sulla spiaggia, tutti gli altri della squadra, con le relative compagne, si sarebbero trovati per una mangiata in compagnia all'aria aperta. Kalee era felice di rivedere Piper e le ragazzine, ma non era altrettanto sicura di incontrare gli altri. Sapeva bene che c'era ancora tensione tra Phantom e i suoi commilitoni, e odiava esserne la causa.

Infatti, per quante volte Phantom continuasse a ripeterle che lei non aveva nulla a che fare con ciò che era successo tra lui e gli altri SEAL, Kalee continuava a pensarla diversamente: lui aveva rotto il vincolo di fiducia con gli altri per venire a salvare lei! Non poteva non sentirsi responsabile.

"Smettila di pensare tanto," le disse Phantom senza girarsi.

Lei gli sorrise. "Stavo solo pensando al bel sedere che hai, visto da qui."

Lui si girò e scosse la testa. "Anche se non mi importa nulla che mi guardi il sedere, so che stai pensando a domani, che sei preoccupata."

"Non so che farci," gli rispose Kalee con un sospiro.

"È una nostra tradizione, trovarci tutti a mangiare a casa di Gumby," le spiegò. "Quando ha cominciato a frequentare Sidney, ci siamo presentati tutti da lui senza preavviso per conoscerla. Lui si è arrabbiato, ma a noi non interessava così è diventata un'abitudine... ci troviamo tutti, quando qualcuno inizia una relazione seria."

Kalee non fu sorpresa.

"Dato che Gumby vive sulla spiaggia, le ragazzine possono mettersi a correre; lo sai che a noi SEAL piace l'oceano," proseguì nella spiegazione, mentre metteva gli hamburger nel piatto. Poi Phantom tornò dentro, chiudendosi alle spalle la porta scorrevole in vetro.

"Quindi è una specie di ispezione," commentò Kalee.

Phantom fece spallucce, appoggiò il piatto sul tavolo, poi si accovacciò davanti alla sedia dov'era seduta Kalee; le appoggiò le mani sulle ginocchia e la guardò negli occhi.

"Non me ne frega un cazzo di ciò che pensano," le disse in tono serio. "Ho smesso di preoccuparmi di come mi vedono gli altri quando avevo sei anni e non ho certo intenzione di ricominciare. Faccio ciò che ritengo giusto e rispondo di ciò che faccio."

"Quindi, se dovessero odiarmi, a te non interessa?" gli chiese Kalee.

Lui sbuffò. "Nessuno ti odia, tesoro. *Nessuno*."

"Però è colpa mia se adesso la tua squadra è sospesa."

"Sbagliato," le disse subito Phantom. "La colpa è mia. Però te l'ho già detto e te lo ripeterò finché non ne sarai convinta... rifarei esattamente ciò che ho fatto, centomila volte, a prescindere dalla punizione che la Marina mi impartirà. Venire a salvarti è stata la cosa giusta da fare. Non è stato un intervento irresponsabile o precipitoso. Tu sei importante, Kalee; per quanto mi riguarda, lasciarti dov'eri ad arrangiarti sarebbe stato come lasciare un compagno SEAL nelle mani dei terroristi a combattere da solo per salvarsi la vita."

Kalee si leccò le labbra e ammise: "Voglio tanto piacere ai tuoi amici, ma non posso non pensare che mi incolperanno per averti rovinato la carriera."

"Tu piaci *già* ai miei amici," le disse Phantom stringendole le ginocchia, "non devi fare altro che essere te stessa, Kalee Solberg. Fosse per me non ti ci porterei neanche, domani, solo che li conosco bene: se non ci andiamo, troveranno qualunque scusa per venirci a rompere le scatole qui. Si presenterebbero a gruppetti con dei pretesti senza senso e saremmo costretti a dare spiegazioni ogni volta daccapo. Fidati, è meglio fare tutto d'un colpo. Ti vedranno, capiranno che sei meravigliosa, che io sono felice. Andrà tutto bene."

"Tu ne sei proprio convinto, vero?" gli chiese Kalee.

"Sì."

"E se poi non piaccio?"

Lui sospirò. "Ma mi stavi ascoltando?" le chiese.

"È solo che..." Kalee respirò a fondo. "Hai ragione. Di

solito non mi preoccupa tanto quello che pensano gli altri di me. Però adesso è diverso."

"Perché?"

"Perché voglio che mi accettino. Non voglio che tu debba scegliere tra passare il tempo con loro o con me. Se mi intromettessi, andando a turbare le amicizie che ti sei fatto da una vita, non me lo perdonerei mai."

Phantom alzò una mano e le sfiorò una guancia con le nocche. "Non dovrò scegliere, tesoro. Se però fossi costretto, sceglierei te. Tutti i giorni, due volte la domenica."

Kalee quasi si sciolse sulla sedia in cui si trovava. Phantom non era un tipo molto romantico, del resto non ce n'era bisogno, se poi diceva la cosa giusta al momento giusto.

"La pappa si sta freddando," le disse, poi si alzò.

Kalee voleva mettersi a ridere. Evidentemente per lui era normale, prima la faceva sentire la donna più apprezzata al mondo, poi parlava di pappa. Era quello, il carattere di Phantom, e lei non poteva certo prendersela: le aveva preparato da mangiare.

Phantom aveva visto com'era Kalee a Timor Est, quando i ribelli non le davano altro che le briciole di scarto. Prepararle da mangiare era un altro modo per mostrarle quanto ci teneva a lei. Se poi Kalee avesse guadagnato tanto peso da ritrovarsi con cinquanta chili di troppo, a Phantom forse non sarebbe nemmeno importato: a lui bastava saperla felice.

Quella breve chiacchierata non la fece stare molto meglio riguardo all'uscita del giorno dopo, ma Kalee avrebbe fatto del suo meglio per mostrarsi coraggiosa. Voleva di cuore fare una buona impressione sugli amici di Phantom. Forse gli uomini l'avrebbero accettata con una certa facilità, ma Kalee aveva l'impressione che il vero esame sarebbe stato l'incontro con Sidney, Caite, Zoey e Avery.

CAPITOLO QUATTORDICI

Kalee non riusciva a credere di essersi preoccupata tanto per l'incontro con le amiche di Phantom.

Nell'attimo stesso in cui era entrata nella casetta sulla spiaggia, l'avevano accolta tutte a braccia aperte. Ovviamente Piper era stata contentissima di rivederla e l'aveva abbracciata forte, dicendole con un filo di voce: "È davvero pazzesco riaverti qui, quando pensavo di averti persa per sempre."

Sidney le era piaciuta a prima vista: era come un vulcano in miniatura. Aveva un cane, Hannah, che le rimaneva sempre al fianco, tranne quando giocava con le ragazze.

Caite era più giovane di Kalee, ma sembrava la più anziana e matura del gruppo. Sorrideva molto e parlava con tono affabile, ma Kalee l'aveva rivalutata, dopo aver sentito ciò che le era successo, quando aveva salvato la vita a Rocco, Ace e Gumby. Era una Wonder Woman nascosta sotto una facciata di beatitudine.

Zoey era adorabile, scherzava con gli altri come se avesse fatto parte di quel gruppo da anni.

L'aspetto più sorprendente era la somiglianza tra Kalee e Avery: anche lei aveva i capelli rosso fuoco, con in più le tipiche lentiggini che ogni persona dai capelli rossi spesso aveva e odiava; Kalee invidiava l'estrema sicurezza che Avery emanava da ogni poro. Non era stata una sorpresa sentire che Avery era una ufficiale della Marina, ma Kalee aveva apprezzato molto vederla passare tranquillamente il tempo con dei marinai non graduati.

Le donne avevano mandato gli uomini fuori dalla casa, dicendo loro di andare a giocare con le ragazzine in spiaggia. Loro erano usciti tutti senza lamentarsi... tutti tranne Ace, che non aveva resistito e aveva dato un ultimo bacio al volo al figlio addormentato, per poi filarsela e raggiungere gli altri.

Avevano passato il pomeriggio a ridere e a conoscersi meglio; Kalee non si era mai sentita tanto ben accolta. Forse l'aveva aiutata anche il fatto che Piper era la sua migliore amica, anche se non era per forza una garanzia di piacere anche alle altre.

Quando gli uomini e le ragazzine furono richiamati dalla spiaggia, dopo un po' di bevute, Kalee ormai aveva l'impressione di conoscere le altre da una vita. Le conversazioni non erano mai state imbarazzanti, nonostante la sorpresa per la facilità con cui le altre parlavano delle loro esperienze traumatizzanti, un'apertura che le aveva confermato la sensazione di aver trovato il gruppo giusto in cui inserirsi. Nessuna di loro si crogiolava nel dolore causatole da ciò che le era successo, erano tutte contente di essere vive e di aver trovato qualcuno che le amasse per quelle che erano.

Proprio ciò che desiderava anche Kalee: non voleva essere vista come la poveretta che era stata rapita, stuprata e costretta a terrorizzare gli altri. Non avrebbe mai dimenticato ciò che aveva visto e fatto, ma quel passato non la definiva. Lei era Kalee Solberg, non "la tipa che è stata rapita"; voleva essere trattata esattamente come la trattavano quelle cinque donne, in quella casetta sulla spiaggia. Ridevano, gustavano lo spettacolo dei fondoschiena degli uomini e legavano tra loro condividendo le esperienze passate.

L'unico dettaglio che macchiava una giornata altrimenti perfetta era l'assenza di un uomo del gruppo.

Rex non si era presentato.

Avery ne aveva portato le scuse, Rex non aveva potuto partecipare. Eppure Kalee non poteva non considerare un po' futile il pretesto addotto: dover controllare dei documenti che gli aveva consegnato il comandante. Rex non sembrava in grado di superare quello che considerava un tradimento di fondo da parte di Phantom, e a Kalee dava molto fastidio.

Si era fatto tardi e Piper se n'era andata con tutta la famiglia. Anche tutte le altre si erano ritirate, tranne Kalee e Phantom, ovviamente Sidney e Gumby, dato che erano i padroni di casa, e sorprendentemente anche Avery.

Hannah russava leggermente sulla pedana vicino alle scale che portavano giù in spiaggia, mentre Kalee era seduta su un divanetto, vicino a Phantom, che le aveva preso la mano appena rientrato dai giochi sulla spiaggia e sembrava intenzionato a non lasciargliela più andare. Sidney e Gumby erano in casa a rassettare, ma avevano insistito perché gli altri tre rimanessero fuori a godersi il clima mite della sera.

"Mi dispiace che Rex non sia venuto," disse Avery sottovoce.

Phantom commentò appena con un verso.

"È per colpa mia?" le chiese Kalee con incertezza. "Però dimmi la verità, perché lo capisco, se è stato per me."

"No!" esclamò Phantom.

Allo stesso tempo, Avery le rispose: "Assolutamente no!"

Kalee notò l'occhiata che si erano scambiati Phantom e Avery... e si accorse per la prima volta che i due sembravano avere un legame particolare. Non se ne ingelosì: come poteva, quando Phantom continuava senza tregua ad accarezzarle il dorso della mano col pollice?

Avery si voltò verso Kalee e cercò di spiegarle: "Quando mi hanno fatta prigioniera in Afghanistan e poi mi hanno liberata, ho passato più di ventiquattr'ore molto intense con Rex e Phantom. Phantom mi ha raccontato delle cose molto personali, e io ho ricambiato. In quel periodo mi sono innamorata follemente di Rex, ma penso che anche Rex e Phantom abbiano legato in un modo diverso, più profondo, nonostante si conoscessero da tanti anni. Nessuno di noi si sarebbe salvato, in quel folle gioco a nascondino con i ribelli, se non ci fossimo coordinati alla perfezione. Rex si è fidato di Phantom, dandogli il compito di vegliare su di me mentre lui andava in perlustrazione; a sua volta, Phantom si è fidato di *me*, quando è stato ferito."

Dato che Avery non proseguì, fu Phantom ad andare avanti con il racconto. "Rex era presente quando mi sono ricordato di averti vista muovere, quando ho capito che non eri morta. Quando ha scoperto ciò che ho fatto, senza dirlo a lui o agli altri della squadra, lui l'ha presa molto più sul personale. Sapevo che lui avrebbe fatto di tutto pur di aiutarmi, mi avrebbe seguito senza fiatare, proprio come nell'operazione in cui abbiamo salvato Avery."

Kalee annuì, poi però guardò Avery con preoccupazione. "Pensi che perdonerà mai Phantom?"

"Sì. Ha solo bisogno di tempo," le rispose Avery senza esitare.

Kalee guardò subito Phantom: lui non ne sembrava altrettanto convinto.

In quel momento, Hannah alzò di scatto il muso e cominciò a ringhiare. Poi scese rapidamente le scale e scattò sulla spiaggia.

Phantom si alzò e corse verso il parapetto. "Hannah!" La chiamò con un tono forte e determinato allo stesso tempo.

Kalee osservò il pit bull fermarsi sul posto, ma non

tornare immediatamente indietro. La vide abbassarsi sulla sabbia e ringhiare minacciosamente.

Gumby uscì di casa e chiamò il suo cane. "Hannah! Dai, adesso torna qui!"

Lentamente, Hannah prese a camminare all'indietro, sempre ringhiando, poi si girò e tornò di corsa verso la casa.

"Wow, che impressione!" esclamò Kalee. "È stata una coccolona tutto il giorno."

Gumby scrollò le spalle. "È molto protettiva. Ogni tanto decide che questa fetta di spiaggia è tutta sua. Ci stiamo lavorando. L'ultima cosa che vogliamo è che corra dietro a qualcuno o spaventi a morte un passante che si sta solo godendo una passeggiata al tramonto."

"Penso sia ora di andare," disse Avery, "devo tornare a casa e raccontare a Cole quanto sono carine le ragazze, poi il piccolo John mi ha anche sorriso. Sarà gelosissimo."

"Non tormentarlo," disse Phantom mettendo un braccio intorno alle spalle di Kalee, "ha ragione di sentirsi come si sente."

"Ha ragione, ma se il suo comportamento mette in difficoltà la mia nuova amica, che si chiede se è lei stessa il motivo per cui lui non è venuto, allora non ha più ragione," rispose Avery con determinazione.

"Lascia perdere," le suggerì Phantom.

Avery sospirò. "Non mi piace vedere uno di voi due infelice."

Phantom fece un passo verso Avery e la prese tra le braccia. Nessuno dei due parlò, del resto non ce n'era bisogno. S'erano detti tutto senza tante parole.

Avery fu la prima a staccarsi da quell'abbraccio. Guardò Kalee con un po' di imbarazzo. "Scusami."

"Non preoccuparti, so bene che gli abbracci di Phantom sono miracolosi."

"Come fai a chiamarlo Phantom? Cioè, puoi chiamarlo

come ti pare, ma so che noialtre chiamiamo i nostri uomini con il loro vero nome."

Kalee fece spallucce e guardò negli occhi Phantom, che l'aveva ripresa sotto un braccio. "Non ci ho mai pensato veramente. È che il nome Forest non mi sembra adatto a lui. Poi non faccio altro che chiedermi cos'avranno pensato i ribelli, quando si sono svegliati e si sono accorti che ero sparita. Avranno immaginato che sia stata portata via da un fantasma[1] in piena notte. Ogni volta che ci penso, mi viene da sorridere, perché è vero."

Avery fece una risatina. "Mi piace l'idea. Spero che ci rivedremo presto, Kalee."

"Anch'io."

Quando Avery uscì dalla porta di casa, Phantom si girò verso Kalee. "Sei pronta ad andare?"

Lei annuì. Era stata una giornata meravigliosa; le aveva fatto molto piacere conoscere non solo gli altri uomini della squadra di Phantom, ma anche le loro compagne.

"Quando siamo in macchina, puoi mandare un messaggio a tuo papà e dirgli che stai bene e che stiamo tornando al mio appartamento."

Ecco un altro aspetto di Phantom che Kalee apprezzava molto: anche se Paul non gli andava tanto a genio, Phantom si faceva in quattro per tenerlo sempre aggiornato sui loro spostamenti e su come stesse la figlia, solo perché sapeva quanto si amassero i due.

Salutarono Sidney, Gumby e Hannah. A Kalee non sfuggì l'attenzione che Phantom riservò al cane.

Quando furono in viaggio, dopo aver mandato un messaggio al padre, Kalee chiese a Phantom: "Hai mai pensato di prenderti un cane?"

Lui cercava sempre di nascondere quel desiderio, ma Kalee se n'era accorta lo stesso.

Phantom si chiuse nelle spalle. "Sono via di casa troppo spesso, non sarebbe giusto."

Era la verità: a ogni SEAL poteva capitare di dover partire all'improvviso. Sarebbe stato difficile tenere un cucciolo. Kalee però sapeva senza dubbio che Phantom sarebbe stato un bravo padroncino per un cane. Si ricordava la storia che lui aveva raccontato agli altri SEAL, alle Hawaii, l'aneddoto del cucciolo di terrier che Phantom aveva salvato quando era ancora un ragazzino. Gli augurò di salvare un altro cane, un giorno: sarebbe stato il cane più fortunato del mondo.

Arrivarono nel parcheggio del palazzo dove viveva Phantom e uscirono dalla macchina. Quando si avviarono verso le scale e Phantom la prese per mano, a lei sembrò un gesto tanto naturale quanto respirare. Kalee faticava a ricordare anche solo un momento in cui la presenza di Phantom l'aveva infastidita. A ogni minuto che passava, si stava innamorando di lui sempre più profondamente.

Non sapeva bene nemmeno lei il perché, ma i sentimenti che nutriva nei confronti di Phantom la mettevano in difficoltà. Lo desiderava. Voleva fare l'amore con lui. Temeva le proprie reazioni, ma sapeva senz'ombra di dubbio che lui l'avrebbe fatta star bene, nonostante le brutte esperienze che lei aveva vissuto. Phantom aveva ammesso di amarla, non le aveva nascosto il piacere di farla dormire nel proprio letto; del resto, il modo in cui la teneva abbracciata tutta notte dava credito alle parole che le diceva. Allora come mai si sentiva tanto combattuta?

In parte, perché dubitava che stessero procedendo troppo in fretta. Si chiedeva se Phantom non fosse influenzato nei sentimenti dal fatto di averla salvata, tanto quanto *lei* era influenzata dal fatto che lui l'avesse salvata. Le erano venuti altri dubbi dopo aver sentito da Avery il racconto del momento in cui Phantom era stato ferito e del forte sanguinamento sull'elicottero, quando poi lui si era ricordato di averla vista muovere un piede.

Sapeva di essere stata come un'ossessione per lui, ormai l'aveva capito. Però era un'ossessione che poteva portare a un lieto fine per entrambi, oppure poteva spezzarle il cuore, se lui si fosse accorto di non amarla veramente, ma di essere solo stato sopraffatto dalla gioia di aver portato a termine una missione in cui prima aveva fallito.

Se c'era una cosa che lei sapeva di Phantom era che lui *odiava* il fallimento. Era un condizionamento dovuto alla madre, che gli aveva dato del perdente per diciott'anni, dicendogli che non valeva nulla.

Quei pensieri confusi furono interrotti bruscamente quando arrivarono al corridoio esterno del piano di Phantom. Ormai era buio, ma si vedeva chiaramente qualcosa appoggiato davanti alla porta del suo appartamento.

Phantom spinse Kalee dietro di sé con una mano, poi si avvicinò lentamente alla porta.

Lei sbuffò e si abbassò sotto il suo braccio; lo sentì grugnire ma si impuntò, riprendendolo: "Smettila, sono solo dei fiori, Phantom, non è una granata."

Ci rimase male lei stessa, appena finito di parlare. Sicuramente lui si era trovato in situazioni in cui anche oggetti dall'apparenza innocua si erano rivelati ordigni esplosivi ed erano scoppiati in faccia a qualche povero soldato ignaro.

"Me li hai inviati tu?" le chiese lui.

Kalee lo guardò in faccia. "No. A questo punto immagino che non li abbia ordinati tu. Mio padre non mi spedirebbe dei fiori senza dirmelo prima e tu non mi sembri il tipo da ordinare fiori per la casa."

"Infatti," confermò lui.

Phantom smosse leggermente il bouquet con un piede. I fiori caddero e dai boccioli uscì una bustina con il logo del fioraio.

"Pensi che rimarremo qui in piedi tutta notte a fissare quei fiori, o li prendiamo e li portiamo dentro?" gli chiese Kalee dopo una lunga pausa.

Sentì il petto di Phantom vibrare, immaginò fosse un altro lamento, poi lo vide abbassarsi e raccogliere i fiori, infine aprì la porta, tutto nel giro di pochi secondi. La invitò a entrare e si girò subito per chiudere a chiave e mettere il chiavistello.

Infine, comportandosi in modo molto insolito, Phantom procedette oltre l'ingresso senza lasciarla andare avanti. Kalee lo seguì da vicino e lo osservò andare in cucina e aprire il cestino delle immondizie. Phantom gettò le rose rosse nella spazzatura senza alcuna esitazione.

Poi estrasse qualcosa dalla bustina e l'appoggiò sul mobile, mettendo le mani sul top in formica e abbassando la testa per esaminare il biglietto.

"Phantom?"

"Dammi un secondo," le rispose con un tono che non gli aveva mai sentito usare prima.

Kalee si stava preoccupando e rimase dov'era, non sapendo bene se cercare di confortarlo o se allontanarsi per lasciargli dello spazio.

Dopo un minuto, Phantom alzò la testa e la fissò negli occhi in modo penetrante dicendole: "Non ce l'ho con te."

Kalee si rese conto di non essersi mossa, era come inchiodata sul posto.

L'aveva imparato nel peggiore dei modi dai ribelli: quando qualcuno era irritato, la cosa peggiore che lei potesse fare era attirare l'attenzione su di sé. Quindi si era abituata a rimanere assolutamente immobile, cercando di confondersi con l'ambiente che la circondava.

Inspirò in modo irregolare, ma quando Phantom si tirò su e le porse un braccio, lei non esitò a prenderlo.

Fece il giro intorno al mobile della cucina e si appoggiò al fianco di Phantom, poi abbassò lo sguardo su quel biglietto... e strabuzzò gli occhi.

Era un ritaglio di giornale. C'era una foto di Phantom in piedi sulla spiaggia, insieme ai suoi compagni di squadra. Rideva, come se qualcuno avesse appena detto o fatto qualcosa di spassoso. Non si capiva da dove fosse tratto quel ritaglio, ma Phantom sembrava più giovane, diverso dall'uomo serio che aveva conosciuto lei.

Kalee si abbassò per leggere da vicino la didascalia, spiegava che la foto era stata scattata alla spiaggia dei SEAL e che illustrava alcuni militari del posto che facevano allenamento. Phantom non era citato per nome, ma evidentemente qualcuno l'aveva riconosciuto.

Kalee si chiedeva come mai qualcuno gli avesse inviato quel ritaglio, insieme a un bouquet di fiori.

"Beh, è molto interessante," commentò Kalee, "immagino provenga da una donna."

"L'immagino anch'io," confermò Phantom.

"Hai una vaga idea di chi sia?" gli chiese Kalee.

Lui sospirò e si voltò verso di lei. "Ultimamente non ho avuto molte frequentazioni. Qualcuna ha reagito male, quando ho chiuso la conoscenza, ma solo una è diventata... troppo."

"Troppo?"

"Sì, troppo. Pensava che il nostro rapporto fosse a un livello già avanzato, ma non era così. Però... è tantissimo tempo che non ho più sue notizie, non l'ho né vista né sentita per più di un anno, quindi non posso essere sicuro che sia stata lei. Potrebbe essere qualcuno alla base, magari qualcuno che ha trovato il ritaglio di giornale e ha pensato che mi avrebbe fatto piacere averlo."

"Allora perché mandare anche i fiori? Perché non darti semplicemente la busta quando sei alla base?"

"Non lo so," le rispose Phantom con un tono palesemente diffidente.

Kalee avrebbe capito che era sincero anche se non le avesse detto nulla: glielo leggeva negli occhi, era confuso, frustrato, anche arrabbiato.

Si spostò fino a mettersi tra lui e il mobile, sperando di impedirgli di vedere quella foto, che l'aveva fatto tanto agitare. "Respira, Phantom," gli sussurrò.

Lui sospirò, e quando finalmente la guardò negli occhi, Kalee si sentì sollevata. "Non mi fa affatto piacere," le disse. "Non mi piacciono i misteri, né i giochetti. Francamente, sono incazzato."

"Lo so," gli disse Kalee, che lo capiva. Ogni muscolo del corpo di Phantom trasmetteva rabbia. Incoraggiata dalla voglia disperata di calmarlo, Kalee gli mise le mani sotto la maglia e le fece salire lentamente sul suo petto. Si fermò all'altezza dei capezzoli e cominciò a giocarci con i pollici.

Lui alzò le mani e le mise su quelle di lei, fermando quei movimenti provocanti. Kalee sentì contro i palmi delle mani i capezzoli di Phantom inturgiditi e si mosse per l'eccitazione.

"Cosa stai facendo?" le chiese.

"Cerco di distrarti, di tranquillizzarti, magari anche di farti capire chiaramente cosa voglio che succeda stasera."

Funzionò. La rabbia e la frustrazione sparirono dagli occhi di Phantom come se un interruttore fosse stato premuto. "Temo proprio che dovrai essere più chiara di così, tesoro."

Kalee non si era mai sentita bassa, quando era a Timor Est. Gli uomini che aveva intorno, quelli che l'avevano tenuta in ostaggio, erano più o meno alti come lei. Vicino a Phantom, invece, si sentiva piccolina e delicata. Quella sensazione avrebbe dovuto innervosirla, ma lui era una persona completamente diversa rispetto agli uomini che le avevano fatto del male. Era diverso per dimensioni, per temperamento, sotto qualunque altro aspetto.

Liberò a fatica le mani dalla presa di Phantom, ma capì di esserci riuscita solo perché lui l'aveva lasciata fare. Gli afferrò il bordo della maglia e cercò di alzarla per sfilargliela dalle braccia. Non ci sarebbe mai riuscita senza il suo aiuto, era troppo alto. Phantom incurvò la schiena e si lasciò sfilare la maglia da sopra la testa.

Quando si rialzò, aveva i capelli scompigliati. Quel mattino, si era dato una sistemata alla barba. A Kalee venne l'acquolina in bocca, si leccò le labbra e alzò una mano per accarezzarlo in viso. I peli della barba erano morbidi, le solleticavano il palmo. Gli sfiorò il labbro inferiore col pollice, non vedeva l'ora di assaggiarlo di nuovo.

"Kalee," le disse con un tono chiaramente agitato, "dimmi cosa vuoi."

"Te." La risposta le uscì all'istante, senza nemmeno pensarci. Dopo un respiro profondo, Kalee decise di sbilanciarsi e si espose del tutto. "Voglio te, Phantom. Voglio che mi porti a letto e che facciamo l'amore. Mostrami che gli uomini non sono tutti come quei bastardi che mi hanno rapita a Timor Est. Sappi che non voglio che tu ti trattenga. Voglio che tu sia te stesso. Ne ho bisogno. Ho bisogno *di te*."

Lo guardò negli occhi, ci vide preoccupazione, ma subito dopo anche desiderio. Phantom aveva le pupille dilatate e Kalee gli sentiva il cuore sotto il palmo della propria mano, palpitava sempre più veloce. Phantom le mise le mani nei capelli e le fece girare la testa tenendo gli occhi fissi nei suoi.

"Tesoro, puoi cambiare idea in qualunque momento. Non mi interessa quanto ci spingiamo oltre. Hai capito?"

"Sì," gli sussurrò lei.

"Se ti tocco in un modo che ti ricorda troppo quei bastardi, tu dimmelo e io cambio subito."

"Va bene."

"Se hai bisogno di prendere il controllo, a me va più che bene."

A quel punto, lei semplicemente annuì.

"Cazzo," mormorò Phantom, che poi la tirò su con un braccio dietro la schiena e l'altro sotto le ginocchia e la portò fuori dalla cucina, in direzione della camera da letto.

Kalee sorrise e gli avvolse le braccia intorno al collo, aggrappandosi a lui.

Phantom non esitò: la portò dritta a letto, la mise giù, poi saltò anche lui sul letto e si mise su di lei. Prima si mise carponi, poi in un attimo si girò di schiena portandola con sé; Kalee si ritrovò cavalcioni su di lui, a guardarlo negli occhi.

"Perché non cominciamo così?" le chiese, mettendosi le mani dietro la testa e cercando di sembrare rilassato e innocuo... senza riuscirci affatto. "Sono tutto tuo, Kalee. Fai di me ciò che vuoi."

CAPITOLO QUINDICI

Phantom tratteneva il fiato, mentre Kalee era seduta su di lui, immobile. Ne sentiva il calore tra le gambe. Gli sembrava rovente, nonostante entrambi indossassero ancora i pantaloni. Però era terrorizzato: non voleva fare nulla che le facesse riaffiorare i brutti ricordi anche solo per un solo secondo.

Ammirava Kalee, era una donna forte che voleva andare oltre ciò che le era successo. Era stata visitata da un medico alle Hawaii, e aveva scoperto con grande sollievo che i risultati delle analisi erano negativi: non aveva contratto alcuna malattia. Aveva riferito al medico che era passato molto tempo, dall'ultima volta che avevano abusato di lei; Phantom le aveva creduto. Però i brutti ricordi potevano sempre tornare a tormentarla.

Phantom era felice che Kalee volesse averla vinta sui ribelli, tornando a essere felice, senza lasciare loro il potere di rovinarle la vita. Però era anche preoccupato del suo stato mentale. Era preoccupato che lei non stesse affrontando fino in fondo ciò che le era capitato.

Per il momento, preferiva lasciare che fosse Kalee a scacciare con il proprio corpo i demoni che aveva dentro, sempre che ne avesse. Phantom sentiva l'uccello spingere contro la cerniera dei jeans. Sentiva anche i propri boxer bagnati. Era passato molto tempo da quando era stato con una donna, ma solo quella mattina si era sfogato sotto la doccia. Passava tutto il giorno, da mattina a sera, a desiderarla e niente avrebbe mai potuto rovinare quel momento.

Phantom era ancora preoccupato per i fiori e il ritaglio di giornale che aveva ricevuto; immaginava che li avesse mandati la stessa persona che gli aveva fatto recapitare la torta; in quel momento, però, era più preoccupato che Kalee gli credesse, quando le diceva di non avere nessun'altra nella propria vita, perché era lei l'unica donna che lui voleva, l'unica senza la quale non poteva pensare di vivere.

Dopo averla invitata apertamente, Phantom si aspettava che Kalee gli saltasse addosso; invece lei lo sorprese, togliendosi la maglia e dandogli l'impressione che l'avrebbe sempre sorpreso, per tutta la vita.

La osservò sfilarsi lentamente la maglia da sopra la testa. Con estrema sicurezza, Kalee si mise le mani dietro la schiena per sganciare il reggiseno di cotone bianco. Lui trattenne il fiato e seguì lo spogliarello più sensuale che avesse mai visto. Lei gli sorrise timidamente, mentre si toglieva il reggiseno.

L'aria fresca le fece subito inturgidire i capezzoli e Phantom non si trattenne: si mosse sotto di lei. Spinse leggermente con il bacino, facendola sussultare un poco. Le mise le mani ai fianchi, ma non distolse lo sguardo da quei capezzoli rosa chiaro, che sembravano diventare sempre più turgidi man mano che li guardava.

Kalee abbassò le mani e gliele appoggiò sul petto, stimolandogli i capezzoli e facendolo gemere.

"Non ti stai muovendo," gli disse dopo un attimo con tono accusatorio.

"Non mi hai detto di muovermi," riuscì a dirle a denti stretti.

"Muoviti, Phantom," gli ordinò, "toccami, succhiami, fai qualcosa per domare l'incendio che mi si è sprigionato dentro il corpo."

Non se lo fece ripetere due volte. Le mise una mano dietro la schiena per tirarla giù, alzò la testa e chiuse gli occhi, mentre si metteva in bocca il capezzolo di Kalee. Lei gli stava sopra, con i seni penzolanti, fremendo a ogni respiro tremante.

Phantom perse la cognizione del tempo mentre le succhiava i seni, li leccava, li adorava. Ci sarebbe rimasto tutta la notte, ma si accorse che a Kalee tremavano le cosce. Doveva essere in una posizione scomoda, faceva fatica a rimanerci.

Lasciò uscire il capezzolo dalla bocca con uno schiocco e la spinse indietro. Lei si appoggiò su di lui di peso e Phantom la fece spostare in avanti fino ad averla sul petto, poi allungò una mano per sbottonarle i pantaloni e tirarle giù la cerniera. Imprecò, appena si accorse di non essere in grado di fare ciò che voleva, con lei vestita, in quella posizione.

"Salta su e spogliati," le ordinò con decisione.

Lei sbatté le palpebre guardandolo, poi gli si tolse di dosso tremando; Phantom le tenne una mano sul fianco finché non fu sicuro che non cadesse. Mentre lei si tirava giù i jeans, lui si sbottonò i propri e li spinse giù insieme ai boxer.

Kalee esitò, fissando quell'erezione maestosa che pulsava, inarcandosi verso la pancia di Phantom.

Lui sapeva di essere ben dotato; non ci aveva mai pensato molto, ma in quel momento leggeva chiaramente la trepidazione negli occhi di Kalee.

"Scegli tu il gioco, Kalee," le ricordò, "io non farò nulla che tu non voglia."

Lei annuì, poi cominciò a rimettersi sopra di lui. Phantom la fermò con una presa salda sul fianco, ordinandole: "Via le mutande."

"Ah, sì, certo," rispose lei nervosamente; poi si tirò giù l'indumento di cotone bianco. Infine tornò rapidamente su di lui, accomodandosi sulla sua pancia.

Lui riusciva ancora a vederle le ossa dell'anca e si ripropose distrattamente di darle da mangiare in abbondanza, finché non avesse perso per sempre qualunque traccia della prigionia. La fece risalire finché Kalee non si trovò con le gambe aperte esattamente davanti agli occhi di Phantom. Lui si mise un cuscino sotto la testa per trovarsi nella posizione perfetta.

"Phantom?"

Lui risalì con gli occhi il corpo di Kalee e notò che si stava mordendo un labbro. Aveva appoggiato le mani alla parete e lo stava guardando con occhi timidi ma eccitati.

"Sì?"

"Io... non l'ho mai fatto così."

Lui non ignorò quella confidenza. Sentì un'esplosione di eccitazione e possessività nel petto. "Nemmeno io. Allora, se faccio qualcosa che non ti piace, tu dimmelo, va bene?"

Lei lo guardò sbalordita. "Non l'hai mai fatto?"

"Non così. Non ho mai voluto, ma se non ti metto la bocca addosso nei prossimi cinque secondi, penso che potrei morire."

"Non vorrei mai che tu muoia, per carità!" esclamò lei nervosamente.

Phantom le appoggiò le mani sul sedere e la spinse per farla spostare di qualche centimetro, fino ad avere il centro bagnato sulla bocca. Chiuse gli occhi e inalò profondamente. Accidenti, pino e passera, non sarebbe mai più riuscito a dormire in quel letto senza ricordarsi quel preciso istante.

Tirò fuori la lingua e leccò Kalee per tutta la lunghezza, labbra e clitoride. Sentì le papille gustative come rinascere. La leccò di nuovo, facendola sospirare: un suono che gli sembrò tremendamente meraviglioso. Le diede un colpetto sulle ginocchia e lei divaricò meglio le gambe, aprendosi di più.

Phantom prese a leccarla ripetutamente; a ogni leccata, si concentrava sempre più sul clitoride. Alla fine lei cominciò ad affondare a ogni leccata, cercando di prolungare il piacere sul fascio di nervi sensibile. Non gli servirono spiegazioni per capire cosa volesse. Phantom era in grado di leggerla come fosse un libro aperto. Kalee non fece mai per allontanarsi; continuava ad affondare i fianchi, incoraggiandolo.

Phantom le infilò facilmente un dito nelle pieghe bagnate, poi alzò la testa e prese in bocca il clitoride. Lo succhiò con forza, poi tirò fuori la lingua per giocarci.

"Merda! Phantom!" esclamò lei, poi incurvò la schiena su di lui e oscillò avanti e indietro coi fianchi. Gli stava scopando la faccia e il dito allo stesso tempo; Phantom capì che avrebbe avuto barba e baffi pieni dell'essenza del piacere di Kalee. Gemette contro la sua passera e non riuscì a trattenere i propri fianchi, con cui spinse verso l'alto. Non ricordava di aver mai avuto un'erezione tanto dura. Era eccitato dall'eccitazione di lei; gli sembrava di essere già sul punto di esplodere.

"Sto per venire!" ansimò lei; ma Phantom non aveva bisogno di essere avvertito: era più che ovvio, dal modo in cui lei si stringeva intorno al suo dito. Ne aggiunse un secondo e continuò a muoversi dentro e fuori, mentre le succhiava forte il clitoride.

Quando Kalee arrivò sull'orlo del precipizio, in un attimo esplose. Le cosce le tremarono intorno alla testa di Phantom, che fu quasi soffocato, quando lei si dimenticò di sostenere il proprio peso e allargò leggermente le ginocchia.

Lui si sentiva in paradiso; accidenti, aveva in faccia una passera ben soddisfatta che gli si sfregava contro. L'unico modo per migliorare sarebbe stato avere quel calore intorno all'uccello.

Phantom le spinse indietro i fianchi, finché lei non gli fu sul petto, invece che sulla faccia. Kalee respirava affannosamente, come se avesse appena corso i centro metri, le mani le tremavano, appoggiate alle spalle di lui.

Phantom si leccò le labbra, assaggiandola; l'uccello continuava a scattare dalla voglia, impaziente. Allungò una mano verso il comodino di fianco al letto e tirò il cassetto. Afferrò un preservativo e pregò che non fosse scaduto, ma non se la sentì di controllare. Allungò le mani dietro la schiena di Kalee e se lo infilò alla cieca, poi le mise subito le mani sui fianchi.

"Dimmi cosa vuoi," le disse goffamente.

Lei lo guardò negli occhi e gli rispose: "Te."

"Come?"

"Come ti va di prendermi."

Gli bastarono quelle parole. Phantom la sostenne per farle sollevare i fianchi, poi l'aiutò ad andare indietro, fino a mettergli la passera gocciolante proprio sopra all'uccello. Lui se lo prese con una mano, mentre con l'altra le afferrò la coscia. "Prendimi come ne hai voglia, come senti di aver bisogno," le disse, fissandola negli occhi.

Kalee fissava gli occhi marroni di Phantom, era quasi impossibile notarne il colore, tanto aveva le pupille dilatate; aveva la barba piena di succhi, ma lei non provava alcun imbarazzo. Come poteva, quando era palese che a lui non importasse affatto?

Le piaceva stargli sopra. Era già l'opposto delle sue esperienze più recenti, come dal giorno alla notte. Phantom doveva esserne consapevole, il che glielo fece amare ancor di più.

Oddio...

Amare?

Sì. Lo amava.

Phantom rappresentava tutto ciò che lei aveva sempre desiderato in un uomo. Kalee non aveva bisogno di frequentarlo per mesi, di portarlo a eventi mondani interminabili: si era già mostrato com'era, ogni minuto che avevano passato insieme.

"Kalee?"

Lei scosse la testa. Non era quello il momento di perdersi tra le nuvole.

Gli spinse via la mano dall'erezione e gliel'afferrò lei stessa. Era grosso, ma del resto era normale, considerata l'altezza di Phantom; ma quando glielo prese, riuscì a malapena a chiudere il pugno, poi quasi ansimò per il piacere.

Si sentiva pronta a riceverlo, sotto molti aspetti.

Kalee si abbassò...

...ma appena sentì la punta dell'uccello che le sfiorava le pieghe, per un momento fu presa dai brutti ricordi e si fermò.

Capì di doversi muovere alla svelta e con decisione, fece un respiro profondo... e si calò su quell'asta dura con un unico movimento rapido.

Ansimarono entrambi. Il leggero dolore della penetrazione la indusse a fermarsi. Phantom non disse una parola, ma lei sentì che le stringeva forte la coscia. Kalee deglutì, poi si sforzò e aprì gli occhi. Abbassò lo sguardo e trovò gli occhi di Phantom, pieni di eccitazione, ma anche un po' preoccupati.

Al diavolo.

"Sto bene," gli disse muovendo appena le labbra.

"Stai bene," confermò lui.

Quella risposta tranquilla la aiutò a mantenere l'equilibrio mentale. Abbassò lo sguardo sul proprio corpo, vide i propri peli pubici rossi, mescolati a quelli di lui, più scuri. Uno spettacolo erotico che la eccitò ancora di più. Si tirò su, senza smettere di guardarsi tra le gambe, vide l'uccello che le usciva dal corpo, brillava del frutto dell'eccitazione.

"Cazzo, che bello," commentò Phantom con ammirazione.

Lei si accorse che anche lui si era messo a guardare dove i loro corpi si univano; allora, invece di guardarsi mentre lo prendeva, Kalee osservò Phantom, senza smettere di alzarsi e abbassarsi lungo l'asta.

Lui si leccò le labbra e gemette.

Kalee non riuscì a trattenersi e si mise a ridere. Era un vero sollievo, riuscire a farlo, essere con Phantom. Si sentiva raggiante.

Quando lui allungò una mano tra loro e raccolse un po' dei succhi di Kalee, portandosi poi il dito in bocca, lei trattenne per un attimo il fiato.

"Hai un sapore gustosissimo, cazzo," le disse, poi le si aggrappò ai fianchi, mentre lei lo cavalcava. Era bellissimo, ma Kalee si stufò presto.

"Che succede?" le chiese Phantom stringendo la presa e tenendola ferma.

La sorprese la rapidità con cui era riuscito a fermarla; allo stesso tempo, però, non stava prendendo lui l'iniziativa. Lasciava che fosse lei ad avere il controllo, anche in quella situazione. Le lasciava le redini del gioco, consentendole di fare ciò che lei desiderava. Tuttavia, quello che Kalee voleva, quello di cui aveva bisogno, era che anche Phantom godesse di quel momento. Sapeva che, probabilmente, gli piaceva farsi cavalcare, ma anche che aveva bisogno di muoversi di più.

"Devi prendere l'iniziativa," gli disse.

Lui si accigliò.

"Per favore," sussurrò lei, "voglio che tu goda quanto godo io, voglio che ti ricordi della nostra prima volta come un'esperienza nientemeno che fantastica. Io sto bene. Ci hai pensato tu a rassicurarmi, in questo letto non c'è nessun altro, siamo solo noi due."

"Ti fidi di me?" le chiese, sempre tenendosi ai suoi fianchi, impedendole di muoversi.

"Sì." Era quello il punto: Kalee si fidava davvero di lui. In tutto e per tutto. Col cuore, con tutta se stessa.

Senza dire altro, Phantom le sollevò leggermente i fianchi, poi spinse con forza dentro di lei.

Kalee gemette. Cacchio, se le piaceva!

Phantom spinse di nuovo. Più volte.

I loro corpi si scontravano e quel rumore echeggiava nella stanza, altrimenti tranquilla; Kalee non si sentiva affatto imbarazzata. Gli appoggiò le mani sul petto e tremò su di lui. Phantom non si fermò. Continuò a spingere coi fianchi, ininterrottamente. Stringeva i muscoli dell'addome, poi li rilassava; la scopava con forza.

Poi le mise una mano sul clitoride e cominciò a sfregarlo con decisione, sempre continuando a muoversi dentro di lei.

Kalee ansimò e inarcò la schiena, quasi facendoglielo uscire con quel movimento. Lei fece un versolino e riabbassò i fianchi. Lo sovrastava, appoggiata sulle mani e sulle ginocchia, mentre Phantom la scopava come un forsennato. Il sudore gli imperlava la fronte, mentre dai polmoni gli uscivano versi erotici talmente eccitanti che Kalee pensava di svenire.

Quando lei si sentì sul punto di non farcela più, Phantom le pizzicò il clitoride e si spinse dentro di lei.

Kalee superò la soglia del piacere talmente alla svelta che non ebbe il tempo di avvertirlo, o di prepararsi alla sensazione d'euforia che le attraversò il corpo. Sentì i muscoli interni stringergli il membro duro, che cominciò ad agitarsi dentro di lei nel profondo, mentre anche lui veniva.

Phantom la fece abbassare di scatto contro il proprio torace, in modo che nemmeno un centimetro li separasse. Aveva il petto madido di sudore, ma a lei non interessava. Kalee gli respirava addosso al collo, ansimando pesantemente e con il corpo ancora tutto tremante.

Phantom le fece muovere il bacino leggermente, avanti e indietro, facendole strofinare il clitoride contro di sé.

"Phantom!" esclamò lei, appena prima che un altro leggero orgasmo la prendesse.

"*Cacchio*, che bello!" esclamò lui mentre la teneva tra le braccia con una forza d'acciaio.

Kalee agì senza pensarci. Alzò la testa e si attaccò con la bocca a quella di Phantom come se da quel bacio dipendesse la sua stessa vita. Lui fu contento di assecondarla, lasciandole prendere l'iniziativa. Kalee sentì il proprio sapore su di lui, il bacio diventò così molto intimo. Passarono vari momenti, prima che sentisse il proprio corpo finalmente rilassarsi; addolcì il bacio, mentre il corpo scendeva dal picco di piacere. Si sentiva fradicia tra le gambe, ma non le importava.

Leccò di nuovo le labbra di Phantom, poi gli appoggiò la fronte sulla spalla.

"Porco cane, penso che tu mi abbia steso," le disse Phantom.

Kalee fece una risatina. "Volevo dirti la stessa cosa," ribatté, poi gli appoggiò il naso sulla spalla e sospirò. "È stato perfetto," gli disse; lo sentì respirare, pronto a rispondere, ma si affrettò lei a proseguire. "Non ero sicura di come sarebbe andata, ti dico la verità... credevo di trovarmi in imbarazzo, di voler arrivare in fondo e basta; speravo solo di tutto cuore di poter fare ciò che mi ero convinta di fare dal momento in cui ho capito che mi piacevi." Kalee alzò la testa. "Tu hai fatto tutto esattamente come dovevi, penso di aver avuto bisogno proprio di stare sopra, almeno per questa prima volta; però non ti ci abituare, non voglio fare tutto io, in futuro."

"Fare tutto tu? Ma sentila, questa; sono madido di sudore e mi sento sfinito come se mi avessero rivoltato come un calzino, mi sembra di aver appena fatto mille addominali; se mi dici che hai fatto tutto tu, allora sono fottuto!"

Kalee fece una risatina; non riusciva a credere di essere

sdraiata su un uomo, che le stava ancora dentro e che la faceva ridere.

Kalee era sdraiata di peso su Phantom, ma in un attimo lui girò entrambi e la mise di schiena sotto di sé. Per una frazione di secondo, lei fu presa dal panico, ma rilassò il corpo quasi subito.

"Tutto bene?" le chiese Phantom con la fronte corrugata.

Kalee non si sorprese del fatto che Phantom avesse notato quella leggera esitazione: non aveva mai incontrato un uomo altrettanto sintonizzato con lei. "Sì; comunque, prima che tu mi dica che non farai mai l'amore con me in questa posizione, sappi che ne ho bisogno. Devo, voglio voltare pagina. Ho *già* votato pagina. Devo solo ricordarmi ogni tanto che sei tu e non qualcun altro."

"Non sarà *mai* nessun altro," ribatté Phantom di gola; poi tirò indietro i fianchi scivolando facilmente fuori da lei.

Kalee gemette contrariata.

Lui accennò un sorriso, poi alzò una mano e si grattò la barba. "Non so tu, ma io sono un disastro. Ti va di fare la doccia insieme?"

"Sei sicuro che ci staremo?"

"Oh, ci staremo," le rispose Phantom ammiccando, per poi appoggiare i fianchi su di lei. L'uccello, contro i fianchi di Kalee, si riprese rapidamente.

Lei non riuscì a non dire: "Ti amo, Phantom."

Gli si dilatarono le narici e lei per un attimo si irrigidì.

Poi lui si abbassò seguendo il corpo di lei, tenendole fermi i fianchi e facendole divaricare le gambe col proprio corpo.

"Phantom?"

"Se pensi che me ne vada da questo letto, dopo avertelo sentito dire, sei matta."

Lei lasciò cadere di nuovo la testa sul cuscino, poi gemette, sentendo di nuovo la lingua di Phantom contro il clitoride, sensibilissimo.

"Tieniti forte," le disse Phantom, "mi sa che ci rimarrò per un po'." Fu l'unico avvertimento che le diede, poi abbassò la testa e fece del proprio meglio per farla impazzire del tutto.

———

Nel parcheggio davanti al palazzo, Mona Saterfield ribolliva di rabbia.

Aveva osservato il suo uomo per tutto il giorno... e non le era piaciuto ciò che aveva visto.

Le era sembrato *felice*. Come diavolo poteva essere felice, senza *lei*? La stronza con cui si era seduto sul retro della casa di un amico non era la donna giusta per lui. Come poteva esserlo, se era Mona la donna predestinata a stare con lui?

Aveva visto Forest giocare con la ragazzina più piccola e si era persa, sognando a occhi aperti di essere *lei* la madre di quella bambina, di essere lei seduta con Forest su quella spiaggia, di essere *lei* a tenerlo per mano.

Saperlo in casa con un'altra era una tortura totale.

Lui non doveva desiderare altra donna al di fuori di *Mona*.

Le aveva detto che non potevano stare insieme perché non voleva che lei si preoccupasse quando lui era in missione.

Era una bugia.

Forest stava ancora con *lei*. Non aveva resistito e gli aveva inviato un ritaglio di giornale, per ricordarglielo.

Gli avrebbe lasciato ancora un po' di tempo per tornare a miti consigli, altrimenti, se lui avesse insistito a stare con quell'altra, se ne sarebbe pentito.

Se lei non poteva stare con Forest Dalton, nessun'altra poteva. *Punto*.

L'avrebbe affrontato, non aveva alcun dubbio, ma prima doveva preparare un piano. Poi gli avrebbe parlato, gli avrebbe dato una scelta. O lei... o nessun'altra.

Avrebbe scelto lei. Per forza.

CAPITOLO SEDICI

Tre giorni dopo, Kalee era seduta sulla pedana sul retro della casa di Piper, guardava con lei Rani, Sinta e Kemala che correvano. Era bello passare di nuovo il tempo con la migliore amica, ma era anche strano, dato che Piper era diventata mamma e aveva quattro figli. Era pazzesco, quanto le cose fossero cambiate mentre Kalee era stata via.

"Sei felice?" domandò Kalee a Piper, fissando le bimbe che giocavano. Sentì su di sé lo sguardo di Piper, ma non si voltò verso di lei.

"Moltissimo," le rispose Piper.

Kalee sospirò, poi guardò l'amica. "Hai sempre voluto una famiglia numerosa."

"Infatti, ma non mi aspettavo che le cose andassero come sono andate."

Kalee esitò, poi disse ciò a cui stava pensando già da un po' di tempo. "Mi dispiace."

"Per cosa?" le chiese Piper.

"Per averti invitata nel bel mezzo di una ribellione."

Invece di dirle di non preoccuparsi con la solita voce

dolce, Piper la sorprese; di solito era molto affabile, invece le rispose con una voce talmente avvelenata che quasi la spaventò: "Se provi anche solo a ripetere una cosa del genere, guarda che le prendi!"

Kalee la guardò strabuzzando gli occhi.

"Dico sul serio, Kalee. Non sto dicendo che sia stato tutto rose e fiori, ma guarda..." Le indicò il cortile, poi il figlio che le dormiva in braccio, poi la casa che avevano dietro. "Mi avevi promesso un'avventura, ma non mi avevi promesso che avrei trovato l'amore della mia vita, che avrei trovato una famiglia già pronta, le nozze, tutto ciò che avevo sempre sognato da quando ho imparato a leggere e a capire i romanzi che prendevamo in prestito in biblioteca."

A quel ricordo, Kalee non poté far altro che sorridere. Da ragazzine, si segnavano i passaggi preferiti nei libri che prendevano in prestito, poi se li leggevano a turno. A quel tempo, non capivano cosa fossero gli orgasmi, non capivano le emozioni e i sentimenti delle eroine dei romanzi, ma sapevano entrambe di volere ciò che avevano quei personaggi di fantasia.

"Non posso negare di aver avuto paura. Ero pietrificata," proseguì Piper, "non avevo idea di dove fossi tu, ma mi avevi detto di rimanere sotto a quella botola e di non uscirne, qualsiasi cosa fosse successa, quindi avevo capito che stava succedendo qualcosa di brutto." Abbassò il tono. "Volevo aiutarti, ma non sapevo come."

Kalee allungò un braccio e appoggiò una mano sulla gamba di Piper, stringendola. "Lo so. Grazie per essere rimasta nascosta. Non so come avrei potuto reggere, se anche tu fossi stata catturata dai ribelli."

Rimasero sedute per un lungo momento. Due grandi amiche che avevano quasi perso la vita e che avevano temuto di essersi perse a vicenda.

Kalee voleva parlare di Phantom, di come la faceva

sentire, di quanto lo amava, ma nonostante le fantasie che avevano condiviso da ragazzine, nonostante la vicinanza che le univa, non le sembrava giusto. Era preoccupata anche per il procedimento contro di lui, in programma per la settimana successiva. Phantom diceva che l'avrebbero appeso all'albero maestro, ma era un'espressione gergale che nascondeva un'udienza, o forse un processo, qualcosa del genere.

"Ace ha parlato con Phantom ultimamente?" le chiese Kalee. "Cioè, si vedono tutte le mattine per gli allenamenti, mi chiedevo se parlassero dell'udienza disciplinare."

Piper si tirò su e si voltò verso Kalee. "Ace non vede Phantom da quando siete venuti a casa di Sidney, qualche giorno fa."

"Cosa? Ma si alza presto per allenarsi, va a fare gli allenamenti con gli altri, o almeno credevo che si incontrassero."

"Non che io sappia."

"Beh, cavolo," commentò Kalee.

"Magari mi sbaglio," le disse subito Piper, "Ace non mi dice tutto."

"Ragazze, vi serve nulla?" domandò l'uomo in questione facendo capolino dalla porta come se l'avessero convocato.

Kalee lo raggiunse. "Hai più parlato con Phantom, da quando l'hai visto alla casa sulla spiaggia?" gli chiese. Si domandò da dove le venisse tutto quel coraggio, ma era importante. Phantom aveva bisogno degli amici; per quanto a lei piacesse passare il tempo con lui, doveva essere stressante non avere il supporto che gli serviva, quello dei compagni di squadra.

Ace scrollò le spalle. "No."

"Perché no?" insisté lei.

Ace uscì di casa e si appoggiò al muro, incrociò le braccia al petto e sospirò. "Non si è presentato a fare gli allenamenti con noi."

Kalee scosse la testa. "No, non mi basta." Fece un cenno

verso Piper. "Tu stai insieme alla mia migliore amica, quindi sono anche affari miei e mi intrometto, ne ho il diritto. E se succedesse qualcosa a Piper? E se venisse rapita da qualche spacciatore e venisse portata in Messico? E se tu sapessi dov'è, ma ti dicessero che non puoi andare a riprenderla? Te ne staresti seduto a dire: 'Va beh, i miei superiori la sanno lunga'? No, no di sicuro!" rispose Kalee alla sua stessa domanda, senza lasciargli il tempo di parlare. "Andresti dritto in Messico a riprenderla. Sono anche abbastanza sicura che non metteresti in pericolo la carriera dei tuoi amici, quindi andresti da solo, specialmente se avessi la certezza quasi assoluta di dove si trova."

Ace lasciò cadere le braccia e si sporse verso di lei, entrando nello spazio personale di Kalee. Lei non era a suo agio, ma rimase dov'era.

"Sbagliato. Parlerei coi miei amici per avere la loro opinione; poi deciderei cosa fare."

"Ma dai, finiscila!" ribatté lei. "Hai sposato Piper due secondi e mezzo dopo averla incontrata. Ti sei fermato a parlarne prima coi tuoi amici? Hanno approvato la tua decisione? L'hai chiesto a Phantom? Immagino che lui non l'abbia presa benissimo, solo perché era preoccupato per *te*. Però tu sei andato avanti lo stesso e Phantom ha sostenuto sia te che Piper. A lui non fa tanto piacere avere intorno dei bambini, ma non si sottrae mai dal giocare con Rani, Sinta e Kemala, vi aiuta come può."

"Phantom preferirebbe *morire*, piuttosto che fare qualcosa che ferisce te o gli altri. Darebbe la vita per proteggere Piper, Avery e le altre. Eppure, proprio quando ha più bisogno del vostro supporto, quando si isola da voi, voi glielo lasciate fare! È come se prima di dirgli che state dalla sua parte voleste conoscere la punizione che la Marina gli infliggerà. Che *schifo*. Dovreste stargli vicino, soprattutto in questo momento!

Dovreste raccogliere testimonianze in suo favore e presentarle a quella stupidaggine dell'albero maestro. Lui ha bisogno di voi, dovete dimostrare che non l'avete dato per perso!"

Kalee riprese fiato. "Sono sinceramente delusa. So che Piper ti ama e sembri davvero un bravo papà, ma se non sei disposto a stare al fianco di un uomo che probabilmente ti ha salvato la vita diverse volte, proprio quando ne ha più bisogno, *non* sei l'uomo giusto per la mia migliore amica."

Quando finì di parlare, stava ormai tremando ed era preoccupata di aver esagerato. Ace sembrava incazzato. Kalee fece un passo indietro, sempre tenendosi tra Ace e Piper. Non che si aspettasse uno sfogo nei propri confronti o nei confronti dell'amica, ma non voleva correre alcun rischio.

In un baleno, la rabbia di Ace si trasformò in una smorfia. "Phantom mi aveva fatto intendere che tu non parlassi molto, che avessi paura degli uomini."

Lei deglutì a fatica e scosse appena la testa. La sua intenzione era solo quella di difendere Phantom. C'era rimasta malissimo nello scoprire che non si stava allenando con la squadra. Sapeva bene che allenarsi insieme era un momento importante per le squadre di SEAL, forse per via del modo in cui gli uomini erano stati addestrati. Era stata dura per lei apprendere che Phantom non vedeva gli amici da diversi giorni.

Il rapporto tra lei e Phantom andava a meraviglia. Avevano fatto l'amore ogni notte, passando il tempo insieme di giorno. A volte parlavano, altre volte guardavano la TV o leggevano semplicemente dei libri. Andavano a fare la spesa; il giorno prima, Phantom l'aveva portata a fare un lungo giro della costa. Lei non aveva mai legato tanto bene con un uomo; fino a qualche minuto prima, pensava che in generale a Phantom le cose andassero bene.

"Hai ragione," le rispose Ace tranquillamente, "abbiamo

fatto una cazzata. Poi lo chiamo per dirgli di farsi trovare sulla spiaggia domattina, per fare allenamento insieme."

"Telefonagli adesso," insisté Kalee. "Mi ha accompagnato qui, poi doveva tornare all'appartamento e aspettare che lo chiamassi per dirgli che ero pronta a tornare."

"Va bene, lo chiamo adesso!" esclamò Ace con un altro sorriso. Poi si fece serio. "Non l'abbiamo dato per perso, Kalee," le disse.

"Allora dimostralo," ribatté lei.

Ace la fissò per un attimo, poi annuì. "Se per te va bene, vorrei baciare mia moglie e mio figlio, prima di tornare in casa per telefonare al mio amico."

Kalee si accorse di essere ancora in piedi tra lui e Piper; si accorse anche di essere arrossita, ma rifiutò di scusarsi. Fece un passo di lato e seguì con gli occhi Ace che abbracciava e baciava la moglie, poi baciava il figlio sulla fronte, infine si girava e tornava in casa.

Si sentiva un po' in imbarazzo per il modo in cui si era scagliata sul marito di Piper, tanto che, quando tornò a sedersi, non riusciva a guardare in faccia l'amica.

"Non mi farebbe mai del male," le disse Piper sottovoce, quando la vide accomodata.

"Lo so."

"Non credo che tu lo sappia veramente," ribatté Piper, "almeno a giudicare dal fatto che ti sei messa in mezzo tra lui e me. Però ti capisco. Posso immaginare almeno in parte ciò che hai passato, nelle mani dei ribelli, ma non so tutto. Non mi dispiace che tu ti senta di proteggere me o i miei figli, dico solo che Ace non mi farebbe mai del male, ma nemmeno gli altri SEAL."

Kalee deglutì a fatica e rispose tranquillamente: "Forza dell'abitudine."

Piper si avvicinò e prese la mano di Kalee, che provò una

sensazione piacevole. Si chiese cos'avrebbe pensato Phantom, sapendo che lei si era sfogata con Ace, ma non le importava: lo avrebbe protetto a prescindere da tutto, anche a costo di affrontare i suoi amici più cari.

"Hai più pensato a cosa ti andrebbe di fare?" le chiese Piper.

Kalee fu sollevata da quel cambio di argomento, anche se il futuro non era certo un argomento più semplice. "Non proprio. Non credo di potermi adattare a un lavoro d'ufficio, chiusa tra quattro mura per otto ore."

"Magari ti andrebbe di lavorare in ambito medico?" le chiese Piper.

Kalee arricciò il naso. "No."

"Edilizia?"

Kalee scosse la testa.

Andarono avanti in quel modo, con Piper che le suggeriva vari campi professionali e Kalee che li respingeva tutti.

"Vedi? Non ho prospettive. È proprio per questo che ero entrata nei Peace Corps," spiegò Kalee brontolando. "Già allora non avevo idea di cosa fare nella vita. Prendermi qualche anno di respiro per andare a Timor Est mi sembrava un'avventura, in quel momento, un modo di rimandare delle scelte di vita vera."

"Che ne dici di lavorare coi bambini?" le chiese Piper.

"Non voglio insegnare," ripose Kalee.

"Non mi riferivo all'insegnamento. Ci sono un sacco di lavori che si possono fare coi bambini, senza fare la maestra. Diciamocelo, comunque non *devi* lavorare." Piper alzò una mano, bloccando in anticipo la reazione immediata di Kalee a quell'idea. "Tuo papà è straricco, anche se so che tu non pensi che quei soldi siano tuoi, ma lui ne ha più di quanti gliene servano... e poi tu non l'hai visto, Kalee: era devastato quando pensavamo tutti che fossi morta. Era distrutto. Non parlo solo di ciò che è successo quando ha smesso di prendere le medicine. Darti dei soldi lo renderebbe felice. Se puoi trovare qualcosa da fare, un modo di sfruttare il tuo tempo, qualcosa che ti piaccia, anche se non ti farà guadagnare tanto non importa, perché tuo papà sarà sempre felice e contento di darti tutto ciò di cui hai bisogno per vivere."

Kalee sospirò. "Lo so, ma non voglio essere quel *tipo* di persona, una che vive coi soldi del papà e svolazza da un lavoretto all'altro a seconda dei colpi di testa."

"Va bene. Allora vivi coi soldi di Phantom, invece dei soldi di tuo padre."

Kalee guardò l'amica sbalordita.

"Cosa c'è?" le chiese Piper con un sguardo tutt'altro che innocente. "Non avrai mica intenzione di startene seduta lì a dirmi che non sei follemente innamorata di lui, vero?"

Kalee lasciò andare uno sbuffo. "No."

"Appunto. Allora, tu lo ami, lui ti ama. Vi sposate e vivete insieme. Tu ti trovi un lavoro, fai qualcosa che ami senza doverti preoccupare dei soldi. Se ti serve più di quello che guadagna Phantom, c'è il papà che può aiutarti."

"Non mi va bene lo stesso," rispose Kalee, "mio padre mi ha già aiutata dandomi dei soldi, ma penso che mi sentirei una vera sanguisuga se non lavorassi."

"Al diavolo," le disse Piper con irruenza.

Kalee spalancò gli occhi, sentendo imprecare l'amica, di solito tanto posata.

"Senti, sul serio, la vita è troppo breve per preoccuparsi di queste cavolate. Specialmente quando hai due uomini disposti a darti il mondo intero, se lo chiedessi. La vita ti sta offrendo letteralmente una seconda opportunità: prendila!"

"Voglio prenderla, ma non so cosa fare," rispose Kalee; si sentiva patetica, ma non sapeva come evitarlo.

"Fai la volontaria allo zoo, la barista, leggi libri ai bambini in biblioteca, guida uno scuolabus, lavora al doposcuola, il Club Boys & Girls giù in centro, fai la volontaria al centro per l'infanzia della chiesa, porta a spasso i cani, fai la guida in uno dei tanti musei che ci sono da queste parti, fai la venditrice rompiscatole porta a porta. Basta che trovi *qualcosa* che ti piace, qualcosa da fare."

Kalee ascoltò attentamente l'amica... e sentì nel profondo come una nuova pace. Si era sempre preoccupata di cercare di scoprire che tipo di lavoro volesse fare per il resto della vita, di trovare un modo per guadagnarsi da vivere; invece Piper aveva ragione: era una fortuna avere un padre con tutti quei soldi. Peraltro, Kalee aveva la sensazione che Phantom non avrebbe avuto problemi a lasciarla seduta sul divano tutto il giorno, se lei l'avesse desiderato.

Ma uno dei tanti lavori suggeriti da Piper in modo puramente casuale le aveva destato più interesse. "Il Club Boys & Girls?" le chiese.

Piper sorrise. "Sì. Ce n'è uno vicino alla scuola di Kemala, so per certo che cercano sempre volontari che vadano a giocare coi ragazzini, tanto per tenerli occupati, così non passano il tempo per strada, sai."

Kalee non aveva idea di quali fossero i requisiti per fare la volontaria, ma pensava di poterci riuscire bene. Le tornò in mente la scuola che aveva visitato con Phantom alle Hawaii: quanto si era divertita, quel giorno! All'inizio era stato difficile, perché doveva combattere contro i brutti ricordi che affioravano, ma ripensandoci dopo qualche settimana, non riusciva a pensare a un impiego altrettanto adatto a lei.

"Mi sei mancata," sbottò Kalee.

Piper strinse le labbra e poi sussurrò: "Mi sei mancata anche tu, tantissimo."

Kalee si alzò e raggiunse la sedia di Piper, poi l'abbracciò. Era un abbraccio strambo, con John che dormiva tra loro, ma

Kalee aveva capito di essere una donna molto fortunata. Aveva un'amica fantastica, un uomo fuori di testa che diceva di amarla, un padre che avrebbe smosso mari e monti pur di renderla felice, una seconda opportunità di vivere. Che altro poteva desiderare?

———

Phantom andò a prendere Kalee subito dopo che lei l'aveva chiamato per dirgli che era pronta. Andarono al supermercato per rifornire frigo e dispensa, poi tornarono all'appartamento.

Phantom aveva aspettato di essere da solo con lei, prima di affrontare l'argomento; ma appena arrivati a casa, venne al dunque: "Non c'era bisogno di saltare addosso ad Ace per difendermi."

Lei si voltò per guardarlo in faccia con un'espressione chiaramente sempre più determinata. "Invece sì che c'era bisogno. Perché non mi hai detto che non andavi a fare allenamento con loro? Io l'avevo capita così."

Phantom scrollò le spalle. "Io non l'ho detto, né l'ho negato, ho solo detto che andavo a fare allenamento."

Kalee corrugò la fronte: "Ma lo sapevi che io avrei interpretato così."

"No, non lo sapevo." Le si avvicinò e la prese tra le braccia. Si sentiva sempre meglio, quando l'abbracciava. All'inizio, a Timor Est gli sembrava strano, ma ormai aveva bisogno di quel contatto. "Non ci ho riflettuto, né in un senso, né nell'altro," le disse apertamente, "non immaginavo che tu mi credessi a fare allenamento con gli altri. Alle Hawaii facevo allenamento tutte le mattine e devo continuare anche qui."

Kalee lo guardò negli occhi. "Cosa ti ha detto Ace?"

"Mi ha detto che era troppo tempo che facevo il fannullone e che se non ero alla base alle cinque zero zero con loro avrei dovuto affrontarne le conseguenze."

"Bene!" esclamò Kalee con un sorriso.

"Grazie," le disse Phantom più tranquillo. "Io sarei rimasto sulle mie fino al procedimento, pensavo che, nel caso mi cacciassero dalla squadra, così sarebbe stato più facile. Però mi mancavano."

"E Rex?" gli chiese Kalee.

"Non lo so, ma immagino che ci sarà anche lui."

"Devi parlare con lui," insisté Kalee.

"Lo so," le rispose, senza prendere un impegno preciso. Phantom non voleva costringere l'amico a parlare; sapeva di aver commesso un errore e di aver urtato Rex più degli altri. Sarebbe dovuto passare molto tempo prima che l'amico lo perdonasse: prima doveva elaborare le proprie emozioni. Affrontarlo prima del tempo sarebbe stato un errore.

Phantom però ne sentiva la mancanza; gli erano mancati tutti i compagni di squadra, ma Rex più di tutti.

Ultimamente aveva pensato molto ai fiori che aveva ricevuto; il suo primo istinto era stato telefonare a Rex per dirglielo. Aveva ancora un presentimento, su chi fosse dietro a quel regalo, ma non aveva prove.

Phantom teneva sempre gli occhi aperti, ma non aveva visto traccia di Mona, la donna con cui era uscito una sola volta, per poi lasciar perdere perché alla fine dell'appuntamento lei era andata fuori come un balcone.

Sarebbe stato bello discutere dei propri sospetti con gli altri, Rex sarebbe stato il primo a offrirsi volontario per tenere compagnia a Kalee, quando Phantom non avesse potuto; invece, almeno per il momento, era da solo. Finché il mittente misterioso dei fiori non avesse fatto qualcos'altro, qualche azione illecita, Phantom non poteva sporgere querela, non poteva nemmeno chiedere un'ordinanza restrittiva contro Mona. Era frustrante.

All'inizio non aveva sospettato di lei, perché i regali erano stati recapitati direttamente dai negozi. Fossero stati semplicemente lasciati davanti alla porta di casa, lui si sarebbe preoccupato già prima. Chi gli aveva portato quei fiori conosceva il suo indirizzo di casa, il che era già abbastanza preoccupante. Phantom non poteva nemmeno scartare l'ipotesi di essere osservato. Normalmente non gli sarebbe importante più di tanto, non era certo una minaccia fisica, per lui.

Però con Kalee era tutta un'altra storia. Lei aveva già passato un inferno e l'ultima cosa di cui aveva bisogno era dover sopportare una stalker gelosa.

Se solo Phantom avesse potuto parlare con Rex e con gli altri della squadra, loro l'avrebbero aiutato a tenerla al sicuro... ma fino a quel momento, doveva fare tutto da solo.

"Ti sei divertita con Piper?" le chiese, anche per cambiare argomento.

Kalee annuì. "Abbiamo parlato un pochino di ciò che potrei fare per il resto della mia vita."

"E allora?"

Kalee fece spallucce, cercando di sembrare disinvolta, ma era evidente che fosse eccitata per ciò che stava per dirgli. "Mi ha fatto tornare in mente quanto mi è piaciuto passare il tempo coi ragazzini. Cioè, in fondo è proprio questo il motivo per cui andavano all'orfanotrofio di Timor Est. Pensavo che, magari, potrei andare in centro a parlare con qualcuno del Club Boys & Girls, per vedere se hanno bisogno di volontari."

"È un'idea fantastica," commentò Phantom di tutto cuore.

"Tu pensi... farei la volontaria," disse Kalee, fissandogli il petto in un punto che la affascinava particolarmente.

"E allora?" le chiese Phantom, non capendo il motivo di quel tentennamento.

"E allora non mi pagherebbero," spiegò Kalee scrollando le spalle.

Al che lui capì il motivo di quella titubanza. Le mise un dito sotto al mento e la invitò ad alzare lo sguardo per poterla fissare negli occhi. "Non me ne frega niente dei soldi," le disse, "ne ho abbastanza per entrambi. La Marina mi paga bene, specialmente gli extra per il rischio delle missioni. Non dovrai mai preoccuparti dei soldi, non finché starai con me."

"Però hai detto che potrebbero anche trasferirti, perderesti la paga," gli disse preoccupata, mordendosi poi un labbro.

"È vero, ma ho risparmiato per molto tempo, ne ho abbastanza per mantenerci entrambi. Voglio che tu faccia qualcosa che ami."

"Anche mio papà potrebbe aiutarci," gli disse con esitazione.

La reazione istintiva di Phantom sarebbe stata dirle che lui non avrebbe mai accettato i soldi di Paul Solberg, invece deglutì a fatica e ci pensò meglio, prima di dire qualcosa di cui avrebbe potuto pentirsi. Il papà di Kalee aveva un *sacco* di soldi. Un giorno, l'eredità sarebbe andata tutta a Kalee. Paul avrebbe fatto di tutto, pur di dare alla sua bambina ciò che le serviva, ciò che voleva; Phantom sarebbe stato uno stupido, se avesse insistito a negare quell'aiuto per entrambi.

"È vero." rispose lentamente. "Una parte di me vorrebbe picchiarmi sul petto e dire: 'Io uomo, penso io a mia donna', ma ho la sensazione che non sarebbe un bell'inizio."

"Sensazione esatta," gli disse Kalee con un tono sarcastico.

"Allora, se c'è qualcosa che vuoi, ne parliamo; se decidiamo insieme che non è il caso di pagare noi, per adesso, se decidiamo di chiedere a tuo padre, o di usare i soldi del conto che ti ha messo a disposizione, allora mi sta bene."

Kalee fece una risatina. "Una riposta con tanti 'se', però capisco; anch'io non voglio dipendere dai soldi che mi ha dato il papà, né voglio chiederne altri," chiarì Kalee, "ma non voglio nemmeno starmene seduta a una scrivania e rispondere al telefono tutto il giorno."

Phantom reagì con un brivido a quel pensiero. "Impazziresti, tesoro. Non ho mai parlato dell'argomento lavoro perché non mi interessa un fico secco se lavori o no. Io voglio solo che tu sia felice. Finora, hai avuto bisogno di tempo e di spazio per rilassarti, per tornare a essere te stessa. Avevo immaginato che, al momento giusto, avresti cercato qualcosa in cui impegnarti. Però..." si fermò, esitante.

"Però cosa?" gli chiese Kalee preoccupata.

"Tra una settimana, scoprirò se la Marina intende confermarmi qui con la squadra o se sarò trasferito a un'altra base. Potrebbero anche optare per un incarico forzato di sei mesi su una corazzata, o chissà che altro. Non sarebbe il massimo se ti facessi assumere in qualche posto e poi dovessi andartene."

Lei lo fissò a lungo, tanto da farlo preoccupare. "Che c'è?"

"Vuoi che venga con te, se ti trasferiscono?" gli chiese.

"Ma stai scherzando?" le chiese.

Kalee scosse la testa.

"Io ti *amo*," le ribadì con fermezza, "se mi dicessi di mollare la Marina e di lavorare al centro commerciale, accetterei. *Certo* che voglio che tu venga con me. Non è giusto, lo so, qui ci sono Piper e tuo papà e io non volevo affatto portarti via da loro... ma ho imparato a essere egoista abbastanza da non volerti lasciare qui, se devo andare dall'altra parte del paese. Se no come faccio a tenere a bada tutti gli uomini che ti si avvicinerebbero, come faccio a far sapere a tutti che sei impegnata?"

Kalee sbuffò e si mise a ridere. "Pensi che mi lascerei tentare?"

Lui capì che stava scherzando, ma era anche sicuro che chiunque, conoscendo Kalee, l'avrebbe desiderata per sé. Come si poteva non desiderarla? "Voglio essere onesto con te, spero che l'apprezzerai." Non aspettò che lei rispondesse, le spiegò subito. "Io non sono questo gran partito; ti ho già detto che non ho parenti, molto spesso faccio lo stronzo, parlo senza pensare, quindi faccio incazzare tante persone. Quindi non potrei biasimarti, se tu trovassi qualcun altro, mentre io sono via.”

“Sì, infatti, parli senza pensare e fai incazzare *me*,” gli rispose lei, cercando di uscire dal suo abbraccio; ma Phantom la tenne stretta. Lei smise di agitarsi e lo fissò negli occhi, affondandogli le dita negli avambracci. “Mi hai già detto che sei uno stronzo e non me ne frega nulla se non hai parenti. Quel che dici significa che non hai fiducia in me e che sai che ti tradirei.”

Lui si accigliò. “Ma no, non è questo che intendevo.”

“Però l’hai detto,” insisté lei, “hai detto che, se tu dovessi partire e io rimanessi qui, troverei qualcun altro e ti mollerei. Che ti tradirei.”

Phantom fece un gran respiro; non voleva nemmeno pensare che qualcun altro la sfiorasse. “Io voglio solo ciò che è meglio per te.”

“*Tu* sei il meglio per me,” insisté lei, “*tu* hai violato ogni regola pur di venirmi a prendere. *Tu* mi hai concesso tutto il tempo alle Hawaii per sfogare le mie paure, prima di dover affrontare di nuovo faccia a faccia la mia vita. *Tu* mi hai costretta a fare i conti con situazioni che io avrei semplicemente evitato, finendo per soffrirne ancora di più. *Tu* mi hai fatto tornare il coraggio di parlare. *Tu* mi ami. Perché diavolo dovrei volere qualcun altro?”

“Cazzo,” commentò Phantom, sopraffatto dall’amore per la donna combattiva che teneva tra le braccia. La tirò al proprio petto con forza e respirò profondamente, cercando di ritrovare in sé il SEAL tosto; Kalee aveva il potere di destrutturarlo completamente.

“Io ti amo, Kalee, più di quanto potrò mai dirti, e farei di tutto per tenerti al sicuro. Anche a costo di andare in Messico per salvarti dal cartello della droga che ti ha rapita.”

Lei si mise a ridere. "Immagino che Ace ti abbia raccontato quella parte, vero?"

"Eh sì."

"Senti, oggi ti sono arrivati altri regali strani o altri ritagli?" gli chiese Kalee, sorprendendolo con quel cambio d'argomento.

"No."

Lo guardò dritto negli occhi. "Mi stai mentendo per proteggermi?"

Phantom sorrise. "No, ma mentirei, se lo ritenessi indispensabile per te."

"Non voglio che tu mi menta, mai. So che quelle consegne strane ti preoccupano, vorrei tanto che mi dicessi cosa pensi che stia succedendo?"

"Sai che ti avevo parlato di quella donna, quella che si era convinta che tra noi ci fosse chissà cosa?"

"Sì."

"Penso proprio che sia stata lei a mandarmi i fiori, con il ritaglio di giornale."

Kalee si fece seria. "Pensi che diventerà un problema?"

"Sinceramente non lo so."

"Magari domattina ne puoi parlare agli altri, mentre vi fate quattrocento chilometri di corsa nella sabbia; puoi raccontare loro cos'è successo e sentire che ne pensano."

"Sì, tesoro, gliene parlo."

Kalee sospirò sollevata. "Grazie."

"Non c'è di che. Abbiamo esaurito l'argomento?"

"Penso di sì, perché?"

"Hai fame?"

"No."

"Mi sembri stanca, magari puoi farti un pisolino," le disse Phantom con un sorriso.

"Stanca? Non sono sta... ah, ho capito; sì, *sono* un pochino stanca, vuoi venire a rimboccarmi le coperte?" gli chiese infilandogli una mano sotto la maglia e mettendosi a giocherellare col bottone dei suoi jeans.

Phantom non si prese nemmeno la briga di risponderle. La prese subito in braccio e si avviò nel corridoio verso la camera da letto. Tutti i pensieri di quegli strani regali, inviati da una donna misteriosa, e dei compagni di squadra, a cui avrebbe raccontato tutto l'indomani mattina, gli volarono via dalla testa.

Phantom non era mai stato un uomo ossessionato dal sesso; gli piaceva e non esitava a sfogarsi anche da solo, quando ne sentiva il bisogno, ma raramente gli era capitato di sentire la necessità di farlo.

Prima di Kalee.

Con lei, non riusciva a tenere le mani a posto, nemmeno la lingua. Lei lo soddisfaceva veramente, in un modo che lui non aveva mai provato prima. Per lui, l'amore era stato un sentimento sfuggente, un sentimento che aveva capito solo grazie a lei. Aveva capito perché Rocco si era innamorato di Caite al primo sguardo, in un ascensore; come mai Gumby continuava a perdonare Sidney, quando lei agiva in modo pericoloso per sé; come mai Ace aveva chiesto d'impulso a Piper di sposarlo; come mai Bubba non aveva avuto problemi a prendersi in casa Zoey poco dopo averla conosciuta in Alaska; e come mai Rex si era battuto con tanta foga per Avery.

Phantom considerava Kalee la propria donna, tanto quanto lui le apparteneva come uomo ed era disposto a farsi in quattro per farle sapere sempre quanto l'amava. Si sarebbe impegnato sempre al massimo per non metterla in imbarazzo, per non farle mai rimpiangere di essersi legata a lui.

C'era ancora una settimana, prima di scoprire quale sarebbe stata la punizione decisa dalla Marina per ciò che lui aveva fatto, ma Phantom non se ne sarebbe mai pentito.

"Smettila di pensare tanto," si lamentò Kalee, "se no mi vengono i patemi."

Lui si fece una risata. "Non preoccuparti, tesoro, sto pensando a te."

"Beh, smettila; meno pensiero, più azione," gli ordinò.

Un ordine che Phantom non ebbe alcun problema a eseguire.

CAPITOLO DICIASSETTE

Nei tre giorni successivi, Phantom uscì di casa alle prime luci dell'alba per incontrare gli altri della squadra per l'allenamento. Non era tornato tutto esattamente come prima, ma era piacevole tornare a correre insieme a loro. Si allenavano talmente tanto che le gambe e le braccia alla fine quasi tremavano. Non aveva trovato modo di parlare con Rex, ma almeno si allenavano tutti insieme.

Quel mattino, stava camminando lungo la spiaggia con gli altri, tornavano al parcheggio dopo aver nuotato per due chilometri e poi corso avanti e indietro sulla sabbia per altri otto chilometri. A quell'ora del mattino non c'era tanta gente in giro, ma non erano nemmeno gli unici sulla spiaggia. Alcuni signori più anziani girovagavano con dei metal detector, qualcun altro correva, qualcuno nuotava, c'era persino una signora giovane coi due figli che aveva già occupato la sua striscia di spiaggia.

Tuttavia, fu la donna più lontana, seduta sul muretto, ad attirare l'attenzione di Phantom.

Non stava guardando verso di lui, fissava l'oceano, ma aveva qualcosa che gli fece venire un brutto presentimento.

"Da quando sono tornato dalle Hawaii, ho cominciato a ricevere dei regali strani," disse Phantom all'improvviso.

Si fermarono tutti per guardarlo.

"Come, che tipo di regali?" gli chiese Rocco.

"Da chi?" gli chiese Gumby allo stesso tempo.

"Solo regali?" aggiunse Rex con un'intuizione strabiliante, di cui però Phantom non fu sorpreso.

"Non tanti, solo un paio di regali. Prima una torta decorata, pensavo me l'avesse mandata Kalee, invece mi ha spiegato che non è stata lei; ci abbiamo riso sopra ed è finita lì, abbiamo pensato che l'avessero consegnata all'indirizzo sbagliato. Meno male che non era avvelenata o imbottita di lassativi o cose del genere, perché me la sono mangiata tutta! Poi però mi sono arrivate delle rose... e un vecchio ritaglio di giornale con una foto in cui c'ero anch'io. Da allora più nulla, ma ho ricevuto qualche chiamata anonima in cui hanno riattaccato appena ho risposto... è evidente che c'è qualcuno che mi vuole perseguitare."

"Pensi che sia qualcuno di Timor Est che ha dei contatti negli Stati Uniti e che cerca vendetta perché hai liberato Kalee?" gli chiese Bubba.

Phantom scosse la testa lentamente. "No. Cioè, è sempre possibile, ma penso che sia estremamente improbabile. I ribelli non erano tanto organizzati e di certo non erano finanziati bene. Nessuno mi ha visto arrivare, nessuno ci ha visti andar via. Per quanto ne sanno, Kalee è svanita nel buio della notte."

"Allora di cosa si tratta? Chi è?" domandò Ace.

Phantom sospirò... poi guardò Rex che rispondeva: "Non sono sicuro al cento per cento; vi ricordate quella volta che siamo andati all'Aces Bar and Grill? Quella sera ho incontrato una... piccolina, bionda, occhi azzurri?"

Rex annuì. "Sì, continuava a mordersi le labbra e sembrava totalmente spaesata in quel posto."

Il tono di Rex era tutt'altro che morbido, ma almeno gli stava rispondendo. "Esatto. Mi ha lasciato il suo numero e ci siamo sentiti per un po' di tempo, poi siamo usciti, ma non è andata bene."

"Cosa intendi dire precisamente?" gli chiese Rocco. "Pensi che abbia frainteso qualcosa che hai fatto e che si sia incazzata abbastanza da diventare una stalker?"

"No," sbottò Phantom. "Va bene che sono uno stronzo, ma non farei mai nulla per costringere una donna a volermi. No, è lei che si è rivelata una pazza scatenata. L'ho portata fuori a cena, ma appena ci siamo seduti al tavolo, lei ha cominciato a dire che voleva diventare una mamma casalinga, che dovevamo sposarci presto e che il mio lavoro era pericoloso e che dovevo cominciare a cercarmene un altro."

"Cacchio," commentò Ace con un filo di voce.

"Quella sera non mi passava più," ammise Phantom, "l'ho riportata subito a casa e quando le ho detto che secondo me era carina, ma che tra noi non poteva funzionare, lei è sclerata. Ha cominciato a gridare come una pazza, per un attimo ho temuto di dover chiamare uno psichiatra d'urgenza. Per provare a calmarla, le ho detto qualche cavolata, cose che non avevo mai detto prima a una donna."

"Cavolate di che tipo?" gli chiese Rex.

"Del tipo che meritava un uomo migliore, uno che la mettesse al primo posto nella vita, e che io non ero quel tipo di uomo. Le ho detto che non era giusto che stesse a casa a preoccuparsi mentre io ero in missione. Ci ho messo un po', ma alla fine si è data una calmata ed è uscita dalla mia auto."

"Pensi che sia lei?" gli chiese Rocco.

Phantom scrollò le spalle. "Non so chi altro potrebbe essere. Però... c'è una donna seduta su quel muretto, laggiù, le somiglia tantissimo."

Fecero tutti attenzione a non girarsi per fissare nella direzione che Phantom aveva indicato con la testa; si affidarono ad Ace, che era in piedi al fianco di Phantom e poteva guardare per tutti.

"Non ricorda la donna in questione, ma di sicuro quella là è bionda e piccolina," riferì Ace. "Ha anche un binocolo e continua a tirarlo su per guardare l'oceano. Forse vuole avvistare delle balene."

"Forse," ripeté Phantom.

"Hai qualcosa in mente?" gli chiese Gumby. "Vuoi che uno di noi vada ad affrontarla? Di sicuro Tex potrebbe rintracciare chi ti ha inviato quei regali."

"In realtà, la cosa non mi preoccuperebbe affatto, se non fosse per Kalee. Chiunque sia, conosce il nostro indirizzo," spiegò Phantom. "Ripensando alla reazione di Mona quando le ho detto che non era il caso di frequentarci, nonostante fossimo usciti una volta sola, immagino che sarebbe parecchio inviperita, se mi vedesse con un'altra."

"Gelosia," aggiunse Rocco annuendo.

"Se la persona in questione è psicolabile, Kalee potrebbe essere in pericolo," proseguì Phantom, dicendo per la prima volta ciò che *davvero* lo impensieriva.

"Finalmente tagliamo corto con le stronzate e arriviamo al *vero* motivo per cui ce ne parli," commentò Rex.

Phantom strinse i denti e guardò in faccia l'amico. "Lo so che sei incazzato con me; potrei anche scusarmi mille volte, ma tu rimarresti arrabbiato. Non ti biasimo, ma sappi che, tornando indietro, non cambierei di una virgola ciò che ho fatto."

"Siamo tutti sospesi a girarci i pollici, perché dobbiamo aspettare il tuo cazzo di procedimento," sbottò Rex, "non possiamo andare in missione a causa tua, e tu hai anche il coraggio di ammettere che rifaresti tutto uguale di nuovo? Sei un bastardo egoista!"

Phantom fece un passo verso Rex, ma Rocco e Gumby si misero in mezzo rapidamente per trattenerlo.

"Basta," ordinò Rocco a Phantom.

"Calmati," disse Gumby a Rex, nello stesso momento.

"Non è questo il momento, né il luogo adatto per confrontarci," aggiunse Rocco, cercando di riappacificare gli animi.

"Quando *sarà* il momento o il luogo adatto?" chiese Rex. "Il procedimento è tra quattro giorni. Vogliamo continuare a far finta che in pratica non ci abbia sputato in faccia? Fingiamo che sia tutto rose e fiori? Magari voi siete tutti disposti a lasciar perdere, ma io no!"

Phantom fece un passo indietro, tormentato dal dolore e dal disappunto che cercava di celare. "Voi siete i miei amici più cari," disse agli altri tranquillamente, "sarei disposto a dare la vita, letteralmente, per proteggere voi e le vostre compagne;" si voltò verso Ace e aggiunse: "...e i vostri figli. Oggi vi ho raccontato di questa tipa perché speravo che poteste aiutarmi a capire se sono solo pieno di paranoie, o se davvero dovrei preoccuparmi per la sicurezza di Kalee. Non so bene che altro potrei fare per guadagnarmi il vostro perdono."

"Phantom, non sei mica andato in vacanza..." gli disse Bubba.

"No, hai ragione, ma cazzo, lo *sapevate* anche voi cosa sarebbe successo, quando il comandante mi ha detto che Kalee era viva. Mi conoscete fin troppo bene e sapevate che non avrei accettato quelle stronzate. Avete visto il rapporto di Tex, praticamente descriveva con precisione dove fosse. C'erano anche la sua data di nascita, il numero di passaporto, il codice fiscale, tutto il necessario per farla rimpatriare. Se uno di voi fosse venuto da me a dirmi: 'Senti, troviamo un modo per riportare a casa Kalee', probabilmente sarei stato ad ascoltare. Però non è andata così. Mi avete detto solo di 'usare la testa' e di 'aspettare altre prove'. Beh... *col cazzo!*"

Phantom si girò verso Rex. "Torniamo un attimo in Afghanistan. Con le notizie che avevamo su Avery, se il comandante ci avesse detto di aspettare, di non intervenire senza ulteriori prove di dove si trovasse... tu l'avresti ascoltato?"

Rex strinse i denti con forza... e Phantom capì di averlo convinto.

"Appunto. Saresti andato su quelle montagne per trovarla, senza aspettare che te lo dicessimo *noi*, perché era la cosa giusta da fare. Dopo averla trovata, abbiamo deciso insieme di dividerci per limitare i rischi per la squadra. Lavoriamo insieme, ma in quella missione due di noi sono andati da una parte con Avery, mentre gli altri hanno creato un diversivo, dandoci maggiori informazioni; era la cosa giusta da fare in quel momento. Avrei preferito il vostro supporto, a Timor Est? Assolutamente sì! Però sarebbe diventato tutto troppo evidente. Questa era una missione per un uomo solo, e mi dispiace se ho urtato la vostra sensibilità, accidenti, ma incazzarsi con me non cambia le cose. Come non cambia il fatto che la mia donna potrebbe essere ancora in pericolo."

Lanciò un'altra occhiata alla donna che aveva notato prima seduta sul muretto e vide che non c'era più. Tuttavia, la sensazione spiacevole di quando l'aveva vista non gli era passata. Phantom ormai aveva capito che quella donna era là per osservare lui... un altro motivo per essere infuriato. Avrebbe dovuto affrontarla, invece si era perso nel giustificare le proprie azioni con gli altri e si era creata una gara di incazzature.

"Che due palle!" esclamò scuotendo la testa. "Proteggerò Kalee da solo; il comandante vi farà sapere com'è andato il procedimento. Ci sentiamo."

"Phantom," gli disse Gumby, "dobbiamo parlarne."

Phantom non si fermò, né si guardò indietro; continuò a camminare verso il parcheggio, verso la macchina.

Gli sembrava di star male. Quando era entrato in Marina, era completamente solo. Niente ragazza, niente genitori che lo motivassero. Aveva trovato una nuova famiglia nei cinque uomini che erano là in piedi sulla sabbia e lo guardavano andar via. In quel momento, però, gli sembrava di averli persi. Se non riuscivano a perdonarlo, o a comprendere i motivi per cui aveva agito in quel modo, la squadra non sarebbe più stata la stessa. La fiducia forgiata durante le loro pericolose missioni si era irrevocabilmente incrinata.

Chissà, forse non sarebbe stato poi tanto male, se l'ammiraglio avesse deciso di trasferirlo in un'altra base, magari in capo al mondo.

Phantom entrò nella sua Honda e se ne andò da quella spiaggia senza voltarsi indietro.

———

Kalee aveva appena finito di cuocere delle salsicce per colazione, quando Phantom tornò dall'allenamento del mattino; si voltò verso di lui per chiedergli come fosse andato, ma richiuse subito la bocca appena si accorse della faccia che aveva.

"Cos'è successo?" gli chiese immediatamente.

"Niente."

"Stronzate," ribatté lei, "qualcosa è successo, hai la faccia di uno che ha appena perso un parente stretto."

Phantom scrollò le spalle. "Infatti. Vado a farmi la doccia. Non ho neanche appetito, quindi mangia pure senza di me." Poi si avviò nel corridoio verso la camera da letto.

Kalee si morse un labbro. Non sapeva bene che fare. Decise di lasciargli un po' di spazio; non aveva tanta fame nemmeno lei, perciò mise in un contenitore la colazione che aveva appena preparato, poi andò a sedersi in salotto.

Phantom era in grado di farsi una doccia in tre minuti netti, ma quel mattino lei sentì l'acqua scorrere per una decina di minuti. Avrebbe voluto raggiungerlo, confortarlo, ma sinceramente non era certa che l'avrebbe accolta a braccia aperte. Phantom le aveva lasciato dello spazio, alle Hawaii, quando lei ne aveva bisogno, quindi anche lei decise di aspettare un po' di più.

Un colpo alla porta la spaventò tanto da farla sussultare dalla sorpresa, facendole uscire dell'acqua dal bicchiere che stava tenendo in mano. Guardò la porta chiusa della camera da letto, capì che Phantom non poteva aver sentito bussare; sospirò e posò il bicchier d'acqua sul tavolo vicino al divano. Poi si alzò e andò all'ingresso.

Guardò dallo spioncino e vide una donna bionda ben vestita. Aprì la porta con cautela e le disse: "Salve, mi dica."

"Ciao! Sono Mona, tu chi sei?"

"Kalee."

"Ah, bene, ciao Kalee, Forest è a casa?"

Kalee dovette fermarsi per un secondo a pensare chi fosse Forest. Delle persone che lei conosceva, nessuno chiamava Phantom con il nome di battesimo, quindi lei non lo collegò all'istante. "Sì, è a casa, ma al momento è impegnato. Posso esserti utile?"

La bionda si fece seria. "Devo parlargli con urgenza, potresti per favore andare da lui e dirgli che sono qui? Sono sicura che si libererà in un fulmine."

A Kalee non piacque quell'atteggiamento. "No, non credo. Però posso fargli avere un messaggio."

"Va bene." In un batter d'occhio, quella donna tanto cordiale e sorridente era diventata acida. "Digli che sono stanca di aspettare che metta la testa a posto. Deve tornare a casa, deve tornare il padre che i suoi figli conoscono e amano. Gli ho lasciato abbastanza tempo per sfogare i suoi istinti."

Kalee rimase pietrificata. Non poteva fare altro che continuare a fissare incredula quella donna.

"Non volevo dirtelo in questa maniera, ma lui è *mio*. Siamo sposati e gli ho lasciato anche fin troppo spazio. Lo perdonerò per avermi tradito, ma se non torna a casa subito, se ne pentirà."

Al che, la donna girò i tacchi e si avviò lungo il corridoio, verso le scale. Quando Kalee superò lo choc, Mona se n'era già andata.

Kalee uscì di casa e si appoggiò al corrimano per vederla uscire dalle scale e capire in che macchina salisse, ma non la rivide più.

"Che stronzata galattica," mormorò, girandosi per tornare in casa.

Non credette a quella bionda nemmeno per un istante. Impossibile, Phantom non era sposato e non aveva figli. Quella donna era una maledetta pazza, se pensava di dargliela a bere.

Però Kalee aveva ancora molte domande da porre a Phantom.

Il problema era che Phantom non era dell'umore giusto per parlare. Durante l'allenamento di quel mattino era successo qualcosa, qualcosa di brutto, e col cavolo che lei avrebbe messo altra carne al fuoco.

Avrebbe atteso che si sentisse meglio, poi gli avrebbe detto che una donna di nome Mona era passata a fargli visita, dicendo di essere sposata con lui e che i loro figli stavano aspettando che lui tornasse a "casa".

———

Il giorno prima dell'udienza con l'ammiraglio, Phantom era nervosissimo. Avrebbe preferito sottoporsi al giudizio del comandante subito dopo il rientro dalle Hawaii. La sospensione e l'attesa erano state logoranti.

Sapeva che l'ammiraglio della base aveva bisogno di tempo per valutare tutti i dettagli e che era sempre impegnatissimo, ma accidenti, il tempo passato a chiedersi quale sarebbe stata la sentenza era stato pari a una tortura.

Un altro fastidio enorme era sapere che il tentativo di sistemare i rapporti con gli altri della squadra discutendo il problema "Mona" si era ritorto contro di lui. Da quel mattino di qualche giorno prima, non aveva più parlato con loro, né li aveva più visti, anche se ci stava male. Phantom sapeva di avere torto, ma insomma...

L'unico aspetto positivo della sua vita era rimasto Kalee; Phantom non sapeva cosa avrebbe fatto, senza di lei. Una vera ironia, dato che si trovava in quella situazione proprio a causa di ciò che provava per lei; certo, non era lei la responsabile, proprio per niente.

Kalee non era felice che lui non fosse più tornato ad allenarsi con la squadra, ma non gli aveva nemmeno fatto pressioni per scoprire cosa fosse successo. Phantom aveva apprezzato il fatto che lei non si fosse intromessa in quella faccenda personale. Lui stesso stava ancora cercando di capire che diavolo fosse successo. Si era rivolto agli amici per un consiglio e alla fine aveva dovuto giustificare le proprie azioni... di nuovo.

Il giorno prima, Kalee aveva incontrato la direttrice del Club Boys & Girls, vicino alla scuola di Kamala, che si era mostrata molto interessata alla proposta di Kalee di andare a fare la volontaria coi bambini. Avrebbe dovuto prima superare i controlli del casellario, ma era chiaro che li avrebbe passati senza alcun problema. Non appena avesse dimostrato di essere priva di precedenti, Kalee avrebbe potuto cominciare a lavorare già dalla settimana successiva con alcuni bambini, tanto per cominciare un po' alla volta a capire cosa implicasse il volontariato in quel centro. Qualora Phantom fosse stato trasferito, lei avrebbe potuto fare la stessa richiesta a un altro centro simile, in qualunque località.

Avevano cenato a casa del padre di Kalee, poi Phantom

l'aveva accompagnata da Piper per una breve visita alla cara amica. Kalee aveva provato a convincerlo a entrare con lei, ma lui si era rifiutato, sapendo che incontrare Ace in quel frangente sarebbe stato imbarazzante. Dopo il procedimento, sentita la decisione dell'ammiraglio di divisione e la punizione inflittagli, Phantom avrebbe fatto il possibile per recuperare il rapporto con gli altri della squadra. Al momento, era troppo teso e troppo preoccupato per il proprio futuro per affrontare i ragazzi.

Per trascorrere quella vigilia, aveva proposto a Kalee una lunga camminata sulla spiaggia, per calmarsi, dato che erano entrambi nervosi per l'udienza del giorno dopo; Kalee aveva accettato di buon grado. Phantom l'aveva portata in una spiaggia lontana da quelle che frequentava di solito. Era una località affollata, ma era riuscito comunque a trovare parcheggio. Poi aveva preso Kalee per mano e si erano avviati sul bagnasciuga.

Avevano camminato in un silenzio complice per una decina di minuti, infine Kalee gli aveva detto: "Vorrei tanto sapere cosa dirti, per toglierti il nervoso per domani."

Phantom scrollò le spalle. "Non c'è nulla da dire, tesoro, Sarà quel che sarà. Non cambierò quel che penso su ciò che è successo. Ho fatto la cosa giusta e la rifarei di nuovo mille volte." Si portò la mano di lei alla bocca e ne baciò il dorso.

"Non voglio che tu ce l'abbia con me, se ti dicono di cambiare squadra o base."

Phantom si fermò e la guardò negli occhi. Kalee aveva la fronte corrugata, era chiaramente preoccupata. "Non me la prenderò con te," le assicurò con decisione.

"Adesso dici così, ma domani potresti cambiare idea."

"Kalee, non me la prenderò con te," le ripeté.

"Promesso?"

"Promesso," le disse con tutto l'amore che nutriva per lei. "Prima che arrivassi tu, non mi sono mai sentito amato.

Come diavolo potrei rimpiangere il passato che mi ha portato ad averti qui al mio fianco?"

"Sei stato amato," gli disse. "I tuoi amici ti vogliono bene."

Phantom scrollò le spalle.

"È vero," insisté lei. "Adesso stanno ancora metabolizzando l'accaduto, ma non ho dubbi che tra poco si daranno una bella calmata."

A quell'espressione, Phantom si lasciò andare a un sorriso. Poi si girarono e ripresero a camminare. A prescindere da tutto ciò che stava succedendo nella sua vita, Phantom non era mai stato tanto felice come in quel preciso istante. L'oceano lo calmava più di qualunque altra cosa. L'oceano... e avere Kalee al proprio fianco.

Avevano passato le ultime tre notti a fare l'amore con un trasporto quasi disperato. Phantom sapeva che non avrebbe mai potuto tornare a dormire bene, senza averla vicino. Stava diventando dipendente da Kalee e sperava tremendamente che anche lei si sentisse allo stesso modo.

Dopo aver camminato per un paio di chilometri, decisero di tornare indietro. Si misero a ridere per i giochi vivaci di alcuni ragazzini sulla spiaggia, ma dovettero contenere le risa, quando un uomo si arenò con la tavola da surf, si rialzò e lanciò un'occhiata fulminante verso tutti i presenti.

Solo quando furono vicini al parcheggio, l'idillio di quella passeggiata rilassante fu interrotto.

"Che diavolo ci fa qui, *quella*?" domandò Kalee con un tono irritato.

Phantom non capì di chi stesse parlando. "Chi?"

"Quella tipa laggiù, vicino alle docce, penso che si sia presentata come Mona."

Phantom sentì ogni muscolo del corpo irrigidirsi. "Ma che cazzo..." mormorò appena intravide Mona che li fissava. "Come diavolo fai a sapere come si chiama?"

"Ehm..."

Phantom smise di camminare e si girò per fissare Kalee. "Quando l'hai incontrata?"

"Si è presentata alla porta di casa due giorni fa, un mattino quando tu eri in doccia ed eri di pessimo umore."

Phantom si sentì il sangue gelare nelle vene. "È stata al mio appartamento?"

Maledizione! Phantom immaginava che Mona conoscesse il suo indirizzo, dato che gli aveva inviato i fiori e la torta a domicilio, ma non si aspettava che si presentasse di persona... mentre erano *entrambi* a casa.

"Sì. Ha insistito per parlare con te, ma le ho detto che eri impegnato. Poi la storia si è fatta assurda, ha cercato di convincermi che voi due eravate sposati e che ti aveva lasciato abbastanza spazio per 'sfogare i tuoi istinti', che i vostri *figli* ti stavano aspettando a casa."

"Ma che *accidente?*" sbottò Phantom. Assicurandosi di avere ben salda la presa sulla mano di Kalee, si avviò verso le docce, dove aveva avvistato Mona. Un conto era inviargli dei regali assurdi, un altro era cercare di mettergli contro Kalee.

Sentiva la rabbia ribollirgli dentro... accompagnata da un certo timore per Kalee.

Mona era davvero una *pazza* scatenata, se pensava di averlo sposato e di aver dato alla luce dei figli. O magari non era affatto pazza e stava solo cercando di far allontanare Kalee. In ogni caso, aveva esagerato.

Si accorse anche con grande rammarico di aver fatto un lavoro terribile nel proteggerla; non aveva installato nemmeno un impianto d'allarme. Viveva in un appartamento squallido, con l'ingresso che dava direttamente sull'esterno; niente portineria, niente di niente.

Era ora di svegliarsi e di intervenire, di essere l'uomo a cui Kalee potesse appoggiarsi, affidandosi a lui senza riserve. Per diventarlo, doveva garantirle la massima sicurezza quando era a casa, al cento per cento; Kalee doveva poter parlare con chiunque si presentasse alla porta senza doverla aprire. Se al posto di Mona si fosse presentato uno spacciatore o qualche malintenzionato, lui non si sarebbe accorto di nulla, perché si stava facendo una maledetta doccia, immerso nel proprio malumore. Non sarebbe successo mai più. Al diavolo tutto.

Phantom sapeva che non era il caso di affrontare Mona, che si era rivelata una psicolabile, ma ormai non ne poteva più. Era incazzatissimo e doveva dirle senza mezzi termini di stare alla larga da lui e da Kalee.

Per una frazione di secondo, provò il rimpianto di non avere con sé Rex o gli altri che lo aiutassero a proteggere Kalee, ma era troppo tardi per i rimpianti.

Arrivò nel punto in cui avevano visto Mona, ma non ne trovarono alcuna traccia. Guardarono tutt'intorno alle docce e nella spiaggia circostante; sembrava svanita nel nulla.

"Cazzo," mormorò di nuovo Phantom, passandosi una mano sulla testa.

"Che strano che fosse qui," disse Kalee sottovoce. "Che ti stia seguendo?"

"Sì, mi segue." Se anche prima ci fossero stati dei dubbi, erano appena stati dipanati. Phantom doveva chiudere la questione *subito*.

Sentì un certo disagio: era all'aperto con Kalee, senza alcun rinforzo; si incamminò rapidamente verso il parcheggio. Si fermò per il tempo strettamente necessario a indossare le scarpe, poi portò Kalee alla macchina con una certa fretta. Si guardò intorno, non vide Mona; non sapeva che tipo di macchina guidasse, il che decisamente rappresentava per lui uno svantaggio. Gli servivano informazioni e non aveva affatto il tempo di reperirne prima dell'udienza del giorno dopo.

Dopo il procedimento, avrebbe telefonato a Tex e parlato con gli altri: insieme, avrebbero trovato la soluzione per porre fine a quell'assillo, di modo che Mona lasciasse in pace sia lui che Kalee, una volta per tutte.

Quando furono in macchina sulla via di casa, Kalee provò a dirgli: "Mi dispiace non averti detto che era passata; sapevo che aveva detto delle stupidaggini e che avevi già abbastanza pensieri per la testa. Non pensavo fosse un problema, non volevo tenerti nascosta questa storia."

"Lo so," le disse Phantom, che poi fece un respiro profondo per tenere sotto controllo la rabbia nei confronti di Mona. L'ultima cosa che voleva era che Kalee fraintendesse e pensasse che la rabbia fosse rivolta *a lei*. "Però, se ti capita di vederla ancora, *non* cercare di parlare con lei, allontanati e avvertimi."

Kalee annuì, ma Phantom capì che aveva qualcosa in mente. "Cosa?"

"Cosa, 'cosa'?" gli chiese lei di rimando, voltandosi verso di lui.

"Cosa ti passa per la mente? Sei immersa nei tuoi pensieri."

"È solo che... non mi sembrava arrabbiata con me. Cioè, non avrebbe dovuto essere arrabbiata? Vivo con te, andiamo a letto insieme; al suo posto, un'altra avrebbe cercato di infilarmi le unghie negli occhi o chissà che, invece lei si è comportata come se non gliene importasse nulla di me. Non penso che sia una minaccia per me."

"Non sottovalutarla," l'avvertì lui.

"Ma no, non la sottovaluto. Però, Phantom, *sei tu* quello con cui è arrabbiata. Dovevi sentirla. Tutta la sua ira era rivolta a te. Anche adesso, fissava te, non me."

"A me non può far del male."

"Davvero? Sei diventato antiproiettile?" gli chiese con sarcasmo, per poi scuotere la testa prima ancora che lui potesse risponderle. "Non ho dubbi sul fatto che tu mi proteggerai da lei o da chiunque altro, ma... chi proteggerà *te*?

Non parli con i tuoi amici e scommetto che non sanno nemmeno di Mona la pazza. Sei tu quello che deva stare attento, sei tu quello che deve guardarsi le spalle da lei. Non sai quanto può diventare matta una donna, se pensa di essere stata trattata con sdegno."

"Tu invece lo sai?" le chiese Phantom con un sorrisetto; gli piaceva vederla tanto irritata perché era preoccupata per lui.

"Guardo la TV," gli rispose sbuffando, "alcune delle assassine sul canale Giallo TV sono davvero folli."

"Hai intenzione di proteggermi?" le chiese Phantom ridacchiando.

Lei lo guardò socchiudendo gli occhi. "Sì."

Phantom si accorse in quel preciso istante di aver commesso un errore, così cercò di fare marcia indietro. "Sei molto carina, ma non ne ho bisogno."

"Non m'importa," gli disse Kalee, "te lo becchi lo stesso. Se quella stronza prova anche solo ad avvicinarsi a te, se ne pentirà."

"Calma, tigre," le disse Phantom, "non è il caso che tu ti faccia sbattere in galera per averla aggredita."

"Ah, non devi preoccuparti; quando avrò finito con questa Mona, sarà lei a implorare di farsi mettere dentro per evitare di avere a che fare con *me*."

Phantom sapeva che non era il caso di prenderla sul ridere, ma era più forte di lui. Non gli era mai, *mai* capitato che qualcuna lo difendesse con tanta intensità e veemenza. Immaginava che difendere i figli a spada tratta fosse dovere dei genitori, ma a lui non era andata in quel modo. Sentire Kalee che si impegnava con tanto vigore a proteggerlo, qualora Mona avesse provato di nuovo a ferirlo... per lui era una sensazione meravigliosa.

Però non era il caso di dire a Kalee quanto lui apprezzasse quella presa di posizione, altrimenti sarebbe stato come incoraggiarla. Invece era meglio affrontare la situazione con furbizia. Era molto meglio che Mona fosse concentrata su di lui, piuttosto che su Kalee. "Penserò io a lei," le disse Phantom. "Forse dovrei offendermi, se pensi che non possa proteggermi da solo."

"Ma non è così," protestò Kalee.

"Allora pensi che ti lascerò affrontare uno scontro fisico con lei mentre io me ne sto da parte a guardare?"

"No," rispose Kalee "ma..."

"Niente ma. Se la vediamo e siamo insieme, il tuo compito è andartene. Immediatamente."

"Col cazzo!" gli rispose Kalee agitandosi.

"Tesoro; non posso affrontarla se devo preoccuparmi allo stesso tempo anche per te," le spiegò Phantom, sperando che lei capisse. "Se tu sei presente, non potrò fare altro che preoccuparmi della tua posizione rispetto a lei, per capire se ti può attaccare direttamente. Non farei altro che pensare ai vari modi in cui può farti del male, oppure cercherei di capire se ha un complice che salta fuori da chissà dove per prenderti. Dio non voglia che lei, o chiunque altro, riesca a rapirti per tenerti in ostaggio. Farei letteralmente *di tutto* per proteggerti, anche se significasse espormi all'ira di Mona nei miei confronti."

Kalee non disse nulla per un lungo momento, poi sospirò. "Lo capisco, però non mi piace."

"Grazie. Domani, dopo l'udienza, parlerò di nuovo agli altri e lo dirò anche al comandante. Andrò anche alla polizia, se dovrò. A questo punto, il problema è che non ha infranto alcuna legge. Quindi non possiamo fare altro che stare attenti e cercare di starle alla larga."

"Che schifo. Quella è una pazza, Phantom, gliel'ho letto negli occhi."

"Eh, lo so," concordò Phantom. Se n'era accorto anche lui. "Hai fame? Se vuoi possiamo fermarci all'In-N-Out Burger, è sulla strada di casa."

"E me lo chiedi?" replicò Kalee. "È passato fin troppo tempo da quando mi sono gustata le loro patatine Animal Style o uno dei loro hamburger Animal Style Olandese Volante."

Phantom scoppiò a ridere. "Io non sapevo nemmeno che avessero un menu segreto, prima che tu mi illuminassi. Ma quell'Olandese Volante? È indecente."

Kalee gli diede uno schiaffo sulla spalla. "Non è vero! È fantastico."

"Se lo dici tu... ma dovrai lavarti i denti almeno due volte, prima di avvicinarti, con quel fiato alla cipolla!"

Lei si fece una risata e Phantom fu contento di vederla meno preoccupata. Per il resto del tragitto verso casa, parlarono dei vari piatti sul menu segreto dell'In-N-Out Burger.

Phantom però non smise di pensare a Mona. Non l'aveva più vista, ma poteva comunque essere nei paraggi. Chiaramente lo seguiva ormai da un po' di tempo ed era giunto il momento di farla finita.

Prima bisognava mettere al sicuro Kalee. L'aveva salvata, portandola via da sotto il naso dei ribelli; ci mancava solo che fosse tormentata da qualcuno in patria, quando finalmente era tornata a casa. Aveva diritto a una vita rilassata e spensierata, una vita che lui non era ancora riuscito a concederle.

Passato l'indomani, avrebbe dato un taglio a ogni faccenda in sospeso: i compagni di squadra avrebbero dovuto darsi una calmata... o anche no, ma comunque non avrebbero più avuto alcun influsso su Kalee. Le rotture di scatole che riguardavano lui *di certo* non avrebbero gravato su di lei. Cascasse il mondo, non le avrebbe dato dei buoni motivi per lasciarlo.

CAPITOLO DICIOTTO

S'era arrivati al dunque.

Il giorno fatidico dell'udienza disciplinare.

Il giorno in cui Phantom avrebbe scoperto la punizione inflittagli per aver disobbedito a un ordine diretto.

Lui non era *eccessivamente* preoccupato. Era improbabile che l'ammiraglio lo cacciasse di sana pianta dalle squadre, ma c'era sempre il rischio che lo mettesse in lista d'attesa per un trasferimento. Forse quella era anche l'ipotesi peggiore; avrebbe preferito un taglio di stipendio, o anche un po' di reclusione, punizioni fuori discussione per un procedimento ufficioso come quello che l'attendeva.

A prescindere dall'esito di quell'udienza, Phantom era comunque contento di aver salvato Kalee e dell'amore che era sbocciato tra loro. Era pronto a passare il resto della vita ad assicurarle la felicità, evitando che fosse di nuovo in pericolo.

Sperava tanto di non essere trasferito, ma aveva comunque fissato un appuntamento con un'agenzia immobiliare per il giorno dopo, per cercare un nuovo posto in cui vivere. Poteva sempre comprare un sistema d'allarme per l'appartamento, ma sarebbe stata una spesa enorme per una catapecchia, che peraltro sarebbe rimasta tale. Il palazzo in cui viveva andava benissimo per viverci da solo; nessun pensiero per le tre rampe di scale, per le porte affacciate direttamente all'esterno, per gli ambienti ristretti. Però ormai viveva con Kalee e doveva cambiare mentalità. L'arrivo di Mona sull'uscio di casa era stato un enorme campanello d'allarme. Anche se l'obiettivo che Mona voleva colpire era lui, Kalee aveva rischiato di essere ferita. Era assolutamente impossibile impedire a un qualunque passante di arrivare a bussare a quella porta e tentare una rapina... o peggio. Era inaccettabile.

Quella sera, dopo l'esito del procedimento disciplinare, finalmente avrebbero potuto andare avanti; Phantom avrebbe comunicato a Kalee l'appuntamento con l'agente immobiliare e avrebbero discusso del luogo in cui vivere e di come impostare la nuova residenza. Lui voleva solo che Kalee fosse felice e al sicuro. Se voleva una casa enorme come quella di Piper, lui avrebbe fatto in modo di accontentarla. Se voleva vivere sulla spiaggia, lui avrebbe fatto i salti mortali pur di renderla felice.

Phantom indossava l'uniforme bianca d'ordinanza. Non riusciva a smettere di sorridere, ricordando la reazione di Kalee nel vederlo, quando era uscito dalla camera da letto, quel mattino. Le si erano dilatate le pupille per l'eccitazione, e lui si era dovuto sforzare al massimo per non saltarle addosso.

Anche lei si era vestita bene: un paio di pantaloni grigi e una bella camicetta verde chiaro. Phantom si voltò per guardarla e non si trattenne: allungò una mano per sistemarle una ciocca di capelli fulvi dietro l'orecchio.

Erano arrivati presto. Phantom non aveva certo voglia di arrivare tardi, del resto non era il caso di rimanere a casa, con Kalee che lo guardava golosamente come fosse stato un buon gelato. L'udienza di quel giorno si sarebbe svolta in una delle classi, come da procedura, per quella base. Le classi erano ambienti abbastanza ampi da contenere tutti i testimoni.

"Sei pronto?" gli chiese Kalee sottovoce, allungando una mano per prendere quella di lui.

"Sì," le rispose Phantom. Si sentiva pronto, più che pronto per chiudere una volta per tutte quella faccenda. Voleva che tutto tornasse alla normalità. Beh, per quanto la vita di un SEAL potesse essere normale. Voleva recuperare il rapporto con i compagni di squadra e portare avanti il rapporto con Kalee.

Voleva sposarla, dichiararla ufficialmente sua.

Probabilmente era troppo presto per quel passo, ma a lui non importava. I suoi compagni di squadra gli avevano già dimostrato più che a sufficienza che un rapporto che si evolveva rapidamente poteva funzionare benissimo.

"Mi ricordi come si svolgerà?" gli chiese Kalee.

Phantom le ripeté senza problemi ciò che le aveva già detto sullo svolgimento dell'udienza disciplinare. Kalee era nervosa, quindi si erano fermati un po' di tempo in macchina per cercare di sciogliere i nervi, prima di entrare. "È un'udienza disciplinare secondo l'articolo 15. In pratica, un comandante fa anche da giudice e può comminare ai propri sottoposti delle sanzioni senza passare per un processo. Non ci sono giurati, non ci sono avvocati. Nel mio caso, il giudice sarà un ammiraglio di divisione. Ci sono dei limiti alle punizioni, dato che non è una corte marziale, non posso essere mandato in carcere, niente del genere. Però, se fossimo su una nave, potrebbero confinarmi nei miei alloggi e passarmi solo pane e acqua per un certo periodo."

Kalee spalancò gli occhi. "Dici davvero?"

"Sì," confermò Phantom, "ma ormai non succede se non di rado."

"Oddio, meno male."

Kalee era adorabile e Phantom si prese un momento per

ringraziare il cielo, che l'aveva mantenuta in vita e che gliel'aveva fatta trovare. L'alternativa era ripugnante e lui non voleva nemmeno immaginarla.

"Posso far parlare dei testimoni in mio favore, se ce ne sono. A volte il procedimento viene aperto al pubblico, ma in questo caso, dato che sono un SEAL, è a porte chiuse. Al termine del procedimento, sarò informato della punizione e tu finalmente potrai scatenarti su di me... e non provare a dirmi che non ti prudono le mani dalla voglia di togliermi quest'uniforme, è da stamattina, da quando mi hai visto..." le disse per stuzzicarla.

Kalee riuscì a sorridere. "In realtà non è così..."

Phantom inarcò un sopracciglio per farle capire che non se l'era bevuta.

"Sul serio. In realtà pensavo a quanto sarebbe fico prendertelo in bocca mentre sei ancora in alta uniforme. Mi basterebbe tirarti giù la cerniera e tirartelo fuori mentre tu mi guardi da lassù. Non lo sai che gli uomini in uniforme sono fighissimi? E *tu*? Conciato così?" gli chiese squadrandolo da capo a piedi, nonostante lui fosse seduto. "Emani sesso da tutti i pori!"

Lui fece un grugnito, immaginandosela in ginocchio, mentre glielo succhiava. La sera prima gli aveva confessato di non aver mai praticato molto sesso orale; lui si era detto disponibile a darle tutte le indicazioni del caso, ma avevano scoperto che non ce n'era bisogno. Accidenti, gli aveva fatto un lavoretto da impazzire!

"Vuoi che ti scopi mentre indosso l'uniforme?" le chiese, infilandole le dita nei capelli corti e tenendole ferma la testa.

Kalee si leccò le labbra. "Sì."

"Io però voglio che tu sia nuda. Ti dà fastidio?"

"No."

Phantom non lesse alcuna traccia di dubbi negli occhi di Kalee; lui faceva sempre attenzione, nel caso a lei tornassero dei brutti ricordi; quelle poche volte che se n'era accorto, mentre erano a letto, aveva smesso subito di fare ciò che stava facendo e aveva parlato con lei, tirandole fuori ciò che le dava fastidio. La forza mentale di Kalee lo stupiva costantemente. Lei gli aveva detto più volte che si rifiutava di concedere ai ribelli il potere di portarle via la felicità. Fare l'amore con lui la faceva felice.

"Allora è deciso, appuntamento fissato," le disse.

Lei sorrise allegramente. "Ti amo, Phantom."

"Anch'io ti amo, tesoro. Non saprai mai quanto." Dopo un respiro profondo, Phantom guardò di sfuggita l'orologio. "Dobbiamo entrare."

Lei annuì.

Phantom le si avvicinò per baciarla con dolcezza. "Grazie per avermi accompagnato, oggi."

"Ma secondo te potevo mai mancare?" gli chiese parlandogli contro le labbra. "Sei qui a causa mia. Non so come funzionino queste udienze, ma quando chiederanno ai testimoni di intervenire, sappi che io chiederò di parlare."

"Non è necessario," le disse Phantom.

"Lo so, ma parlerò lo stesso," ribadì lei, con una determinazione quasi palpabile.

"Non ti merito," le disse Phantom.

"Invece sì. Ci meritiamo a vicenda," gli disse Kalee con calma. "Adesso forza, chiudiamo questa faccenda, così finalmente potrò farmi il mio marinaio strafico."

Phantom non trattenne una risata. Kalee stava alleggerendo in ogni modo una giornata che avrebbe dovuto essere estremamente stressante.

Appena uscito dalla macchina, chiuse la porta e si girò per andare incontro a Kalee dall'altra parte, quando vide una persona a meno di due metri da lui, la riconobbe e si fermò all'istante.

Mona.

Phantom sentì ogni muscolo del corpo contrarsi; aveva parcheggiato sul retro, tra altre due macchine. Era incastrato. Il SUV Honda vicino a lui gli impediva di aggirarla. Fece un passo indietro... ma si bloccò appena la vide alzare il braccio con in pugno una pistola e puntarla direttamente contro di lui.

Phantom sentì il cuore palpitare a mille; era privo di qualunque arma... beh, per quanto potesse essere disarmato un SEAL ben addestrato... ma in quel momento era ancor più preoccupato per Kalee.

"Era ora che uscissi da quella cazzo di macchina," sbottò Mona con le mani tremanti, il dito pronto sul grilletto. Phantom sapeva di essere a pochi attimi dal ricevere un proiettile in corpo, ma non pensava ad altro che a Kalee, a quanto si sarebbe incazzato se lei, dopo essere sopravvissuta tanti mesi come prigioniera dei ribelli, si fosse fatta sparare e uccidere da una stalker psicolabile, proprio in patria, proprio vicino a lui.

"Mona," disse Phantom tenendo le mani avanti lungo i fianchi in segno di resa. Non voleva fare gesti che spingessero quella donna oltre il baratro della follia su cui era chiaramente già in bilico.

Mona aveva i capelli biondi in disordine, sembrava che non li lavasse da giorni. Indossava un paio di jeans sporchi e una maglia con delle evidenti macchie di cibo sul davanti.

Era passata dall'inviargli dei regali a un grave crollo psichico.

Phantom fu colpito dalla rapida escalation di quella follia; se solo gli avesse tagliato le gomme o qualcosa del genere, dimostrando apertamente di essere diventata più pericolosa, lui sarebbe andato dritto alla polizia. Invece all'inizio era sembrata tanto... innocua che lui aveva creduto di avere più tempo per gestirla, potendola affrontare dopo l'udienza disciplinare.

Invece si era sbagliato.

Un errore che Kalee avrebbe potuto pagare caro.

"Ti ho aspettato," gli disse Mona con una voce che Phantom stentò a riconoscere. "Mi hai detto che non era giusto nei miei confronti, perché eri sempre via in missione, che quindi non potevamo stare insieme. Beh, ti ho dimostrato che lo potevo sopportare benissimo. Sei stato via per settimane, *settimane!* E io mi sono preoccupata per te ogni santo giorno! Però l'ho superato. Vuoi sapere come?"

Phantom arrischiò un'occhiata fugace sulla sinistra, dall'altra parte della macchina; Kalee era là, in piedi, fissava Mona con un'espressione furiosa in volto. Quando lei lo guardò, lui strinse le labbra e scosse leggermente la testa, poi fece un cenno col mento verso l'edificio, pregando che Kalee comprendesse ciò che cercava di farle capire.

Kalee si fece seria e per un secondo lui pensò che si sarebbe rifiutata di andarsene, che intendesse fare qualcosa che peggiorasse ulteriormente una situazione già di per sé critica; poi però Kalee si voltò e si incamminò rapidamente verso il palazzo, allontanandosi dalla macchina.

Phantom temeva che Mona scaricasse la propria ira su Kalee, invece Mona la notò appena, ma tornò subito a concentrarsi su di lui. "Non mi stai ascoltando!" gli gridò.

"Scusa, ti ascolto," le rispose Phantom cercando di farla calmare. Gli serviva del tempo per capire che mosse aveva a disposizione. Lo spazio per agire era limitato. In quel momento, nei paraggi non c'erano altri militari o civili, ma poteva sempre uscire qualcuno dal palazzo, o una macchina poteva entrare nel parcheggio. L'ultima cosa che Phantom voleva era che Mona cominciasse a sparare all'impazzata, sfogando la propria rabbia su chiunque passasse, a piedi o in macchina, facendo vittime innocenti.

"Ho tirato avanti guardando la tua foto, ricordando i sorrisi dolci che mi regalavi quando siamo usciti a cena, la tenerezza con cui ti sei comportato." Mona assunse un'espressione trasognata. "Ogni giorno e ogni notte mi sono circondata di tue fotografie. Ne ho una parete piena! Il tuo corpo figo sulla spiaggia, quando ti alleni, il tuo sorriso... persino foto di quando sei arrabbiato, come adesso; mi ricordano che sei uno tosto e che proteggi la patria."

Gli occhi di Mona tornarono freddi. "Ho messo un localizzatore nella tua macchina, così ho saputo subito quando eri tornato... ma poi tu ti sei portato in casa *quella*! Non avresti dovuto, Forest."

Phantom sentì il sangue gelarsi nelle vene, sentendola parlare delle foto e del localizzatore. Aveva capito che lo stava seguendo, ma una parete piena di foto e un localizzatore in macchina creavano uno scenario del tutto diverso.

"Non sapevo che mi stessi aspettando," le disse, pensando alla svelta. "Se l'avessi saputo, ti avrei telefonato appena rientrato in patria."

La rabbia sul volto di Mona si attenuò leggermente. Se solo fosse riuscito a convincerla che non gli importava affatto di Kalee, magari avrebbe potuto avvicinarsi abbastanza da colpirle il polso e farle mollare la pistola. Era un piano rischioso. Mona teneva il dito sul grilletto, il colpo poteva partire facilmente... però Phantom non aveva scelta, doveva correre quel rischio.

Sentì gocce di sudore dietro la schiena, sotto l'uniforme, ma rimase concentrato.

Poi alzò lo sguardo... e vide cinque sagome familiari avvicinarsi in silenzio nel parcheggio usando i veicoli come copertura mentre si avvicinavano.

Senza farsi notare, tirò un sospiro di sollievo.

Erano arrivati i suoi compagni di squadra. Insieme, avrebbero messo fuori gioco Mona, impedendole di ferire qualcuno.

————

All'inizio, Kalee era completamente ignara di ciò che stava accadendo. Era uscita dalla macchina di Phantom e si era girata per aspettare che lui la raggiungesse, ma invece di fare il giro del veicolo lui si era fermato all'altezza della portiera e fissava una donna, comparsa dal nulla.

"Era ora che uscissi da quella cazzo di macchina," gli aveva detto quella, e Kalee aveva spalancato gli occhi dalla sorpresa. Poi aveva capito che quella donna era Mona, la pazza lunatica che si era presentata alla porta dell'appartamento di Phantom.

Quando Kalee aveva visto la pistola che Mona stava puntando contro Phantom, non ci aveva più visto dalla rabbia.

Sapeva di dover avere paura; sapeva che c'era il rischio di rivivere i brutti ricordi di quanto era successo a Timor Est; invece non provava altro che furia.

Come *osava* quella minacciare Phantom? Lui le aveva spiegato di quell'unico appuntamento tra loro due, quando si era accorto che Mona era una squilibrata. Avevano immaginato che fosse stata lei a mandare gli strani regali, specialmente dopo che si era presentata all'appartamento. Però Kalee non si sarebbe mai aspettata una tirata come *quella*.

Phantom l'aveva guardata e con un cenno del capo le aveva fatto capire ciò che intendeva senza parlare: voleva che entrasse nel palazzo.

All'inizio lei avrebbe voluto rifiutarsi: aveva il dovere di stare *vicino* a Phantom. Se gli fosse successo qualcosa, prima ancora che avessero il tempo di stare insieme, lei non si sarebbe mai ripresa. La vita le aveva già tirato parecchi colpi bassi, ma quello era inaccettabile.

Poi le era tornato in mente ciò che si erano detti proprio

il giorno prima, quando avevano discusso dei pericoli a cui rischiava di esporsi Kalee.

"Non posso affrontarla se devo preoccuparmi allo stesso tempo anche per te... Farei letteralmente di tutto per proteggerti, anche se significasse espormi all'ira di Mona nei miei confronti."

Le parole di Phantom le erano rieccheggiate nella testa, così si era avviata verso il palazzo.

Ma se Phantom si aspettava che lei fosse il tipo di donna che volta le spalle al proprio uomo proprio nel momento del bisogno, si sbagliava di grosso.

Lanciò un'occhiata veloce a Phantom e vide che Mona non aveva abbassato l'arma: gliela stava ancora puntando al petto ed era impossibile che mancasse il bersaglio, tanto erano vicini.

Mona sembrava non interessarsi a Kalee, era evidente. Aveva detto che *Phantom* si sarebbe pentito di non essere tornato da lei. Non aveva minacciato Kalee, né le aveva fatto del male, quando ne aveva avuto l'occasione.

Si guardò intorno... e quasi si accasciò a terra per il sollievo, vedendo Ace che si avvicinava al palazzo. Lo intercettò rapidamente. "Ace! Non so se Phantom ti ha detto di lei oppure no, ma quella pazza che lo sta perseguitando, Mona, gli sta puntando una pistola contro, sono laggiù, vicino alla sua macchina, in questo preciso istante."

Lo sguardo prima cordiale di Ace si indurì all'istante: si era trasformato nel SEAL letale pronto ad entrare in azione. Quel cambiamento improvviso avrebbe dovuto spaventarla, invece la confortò.

Ace si portò due dita alla bocca e fischiò in un modo simile al verso di un uccellino.

Quasi per magia, nel giro di pochi secondi Kalee vide in lontananza Rocco, Gumby, Bubba e Rex che si stavano avvicinando.

"Tu vai dentro, Kalee," le ordinò Ace senza nemmeno

guardarla, mentre si affrettava verso i compagni di squadra per informarli della situazione.

Lei cominciò a camminare verso il palazzo, finché le tornò in mente l'immagine della madre col neonato che aveva visto a Timor Est. La sensazione di impotenza assoluta che l'aveva pervasa quando il ribelle aveva sparato, proprio davanti a lei, prima alla madre e poi al figlio minacciò di avere di nuovo il sopravvento.

Kalee poteva davvero entrare nel palazzo e lasciare Phantom al suo destino?

Certo, aveva mandato gli altri ad aiutarlo, ma erano gli stessi che l'avevano praticamente *abbandonato*, da quando era tornato dalle Hawaii. Chissà se avrebbero agito con la rapidità e con la cautela che la situazione richiedeva, nonostante il rancore che ancora provavano nei suoi confronti...

Kalee si sentì in pieno diritto di tornare indietro. Invece di mettersi al sicuro dietro a una porta, si mise a correre direttamente verso il punto in cui Phantom e Mona erano in piedi uno di fronte all'altra; poi si abbassò per nascondersi dietro a una macchina parcheggiata.

Mona era arrabbiata con lui, voleva far del male a lui. Se qualcuno avesse dato motivo a Mona di credere che stessero per fermarla, lei avrebbe sparato. Kalee non aveva dubbi al riguardo. A Timor Est, l'aveva visto succedere più volte. I ribelli, quando erano nervosi, sparavano alla minima provocazione.

Per fortuna le tendenze più recenti in fatto di macchine propendevano per i SUV, veicoli più grandi e con altezza da terra maggiore; Kalee si nascose facilmente tra due SUV e si avvicinò furtivamente al punto in cui si trovavano Phantom e Mona.

Arrivò a sei macchine di distanza nella stessa fila, prima di fermarsi. Fece un respiro profondo, rimanendo accovacciata dietro a un minivan. Vide gli altri SEAL prendere posizione intorno a Phantom e capì che, se l'avessero vista si sarebbero tutti incazzati d'altronde, non potevano dire nulla, altrimenti avrebbero svelato la sua presenza anche a Mona.

Kalee aveva in mente un solo obiettivo: distrarre Mona, in modo che Phantom potesse disarmarla senza rischiare grosso.

Non le importava il fatto che anche gli altri della squadra potevano raggiungere facilmente il risultato che lei stava tentando di ottenere; a lei interessava solo che Phantom non si facesse ammazzare. Non poteva far *nulla*, proprio come con quella povera madre e con il suo neonato, a Timor Est.

Lei non era nelle forze speciali, non poteva usare una pistola o un coltello; ma aveva imparato che la tattica più efficace in battaglia era la sorpresa. Prendere alla sprovvista l'avversario rendeva molto più facile ottenere qualunque risultato.

Purtroppo per gli abitanti innocenti dei villaggi sulle colline vicino a Dili, il risultato a cui i ribelli puntavano era uccidere tutti. Invece quel giorno non sarebbe morto nessuno... almeno così lei sperava.

Si mise pancia a terra e si infilò sotto un minivan. C'era spazio appena sufficiente, ma lei tenne la testa bassa e riuscì a passare dall'altra parte. Continuò a infilarsi sotto i veicoli parcheggiati nella stessa fila in cui si trovavano Phantom e Mona.

Quando arrivò a due veicoli di distanza, scoprì con sgomento di doversi infilare sotto a una Toyota Corolla. Era un veicolo molto *basso* e ci sarebbe passata a malapena; per fortuna non aveva guadagnato tanto del peso che aveva perso mentre era a Timor Est.

Ormai era abbastanza vicina per sentire ciò che si dicevano Mona e Phantom, parole che alimentarono ancora di più la sua determinazione a porre fine a quello stallo.

"Mentre tu andavi in giro a trovarti pollastrelle, tuo figlio si addormentava tra le lacrime ogni sera!" gridò Mona.

"Lo sai che non abbiamo figli," le disse Phantom a bassa voce, cercando di farla ragionare.

"Come puoi anche solo *pensarlo*? E allora Forest Junior e Melissa?! Stanno malissimo, sentono la tua mancanza, invece a te non importa niente! Te la sei spassata con *quella* e poi sei andato in spiaggia a giocare con i figli degli *altri* quando nel frattempo i tuoi figli, sangue del tuo stesso sangue, vorrebbero solo un gesto d'affetto da parte tua!"

"Mona, metti giù la pistola, andiamo da qualche parte a parlarne."

"Ormai è troppo tardi!" sbraitò lei. "Pensavo che fossi perfetto, con le tue maniere da gentiluomo, il tuo istinto di protezione; con il tuo fascino. Invece oggi ti guardo con indosso la tua uniforme, e mi fai *schifo*! Hai avuto la tua occasione... ma sono stanca di aspettare che tu metta la testa a posto."

Kalee si infilò a fatica sotto la Honda parcheggiata di fianco all'Accord di Phantom. Poteva vedere chiaramente i piedi di Mona, appena dopo il SUV sotto cui si era infilata. Mona non sembrava essersi accorta della presenza degli altri SEAL, che si erano accovacciati dietro alle macchine vicine, senza farsi vedere. Kalee non sapeva bene il perché non si fossero ancora mossi, ma decise di non aspettare che facessero qualcosa.

Phantom era in pericolo, il ribel... no, *Mona* poteva decidere di sparare in qualunque secondo.

"È ora, Forest. Ora di pagare per aver abbandonato me e i nostri figli!" urlò Mona.

"Mona, per favore, ascoltami..."

"No! Sono stufa!"

Era giunto il momento. La fiducia di Kalee negli altri SEAL della squadra non era assoluta, ma lei sapeva senza alcun dubbio che Phantom avrebbe risolto al meglio la situazione, se solo avesse avuto l'occasione propizia.

Lei gliene avrebbe offerta una.

Sporse velocemente un braccio fuori da sotto il veicolo e afferrò una caviglia di Mona, stringendola più forte che poteva.

Sperava che lei, colta di sorpresa, distogliesse lo sguardo da Phantom, dandogli l'occasione per disarmarla. Invece di guardare in basso, però, per capire chi o che cosa l'avesse afferrata, Mona sussultò e scartò di lato.

Il suono del colpo di pistola fu assordante e coprì lo schianto della faccia di Mona che colpiva la fiancata dell'Accord. Per un secondo, Kalee fu terrorizzata dal pensiero che Mona fosse riuscita a sparare a Phantom... ma poi, dal punto in cui si trovava, sotto al SUV riuscì a vedere il ginocchio bianco dell'uniforme che spingeva contro la schiena di Mona.

Poi arrivarono altri piedi e altre mani a tenere Mona pancia a terra, a disarmarla, a evitare che compisse un gesto estremo.

Mona gridava, si dimenava e piangeva, invece Kalee rimase immobile. Solo quando vide il volto di Phantom comparirle davanti, riprese a respirare.

"*Che mi venga un accidente!*" esclamò Phantom, che poi rialzò la testa.

Kalee lasciò andare la presa alla caviglia di Mona e cercò di arretrare dimenandosi, per uscire da sotto al SUV. Dopo pochi secondi, sentì una mano che le afferrava il polpaccio e la sua reazione istintiva fu quella di scalciare.

"Calma, tesoro, sono io."

Phantom. Non poteva certo aiutarla senza trascinarla fisicamente fuori da sotto al veicolo; ma Kalee sapeva che lui non l'avrebbe tirata fuori in quel modo, dato che lei aveva la pancia schiacciata contro l'asfalto.

Finalmente riuscì a tirarsi fuori da sola da sotto al SUV e alzò lo sguardo. Phantom era inginocchiato a terra e l'aspettava; Kalee non si era mai sentita tanto sollevata... poi però gli vide in faccia una chiazza di sangue.

"Sei ferito!" esclamò Kalee, dopodiché si rialzò velocemente e urlò: "Phantom è ferito! Serve un dottore!"

"Sto bene," le disse lui avvicinandosi.

"Non stai bene, hai del sangue in faccia..."

Kalee non fece in tempo a finire la frase che si ritrovò tra le braccia di Phantom, con la faccia schiacciata contro il suo petto; la teneva talmente stretta che le sarebbe stato impossibile allontanarsi da lui. Non che desiderasse allontanarsi...

Kalee tirò un sospiro di sollievo e si aggrappò a Phantom come se non volesse lasciarlo andar via mai più. C'erano andati vicino. Maledizione, troppo vicino.

Rimasero a lungo là in piedi ad ascoltare le grida di Mona, mentre gli altri cercavano di contenerla, e Kalee perse la cognizione del tempo. Solo quando Rex le mise una mano sulla spalla, Kalee si accorse che il parcheggio brulicava ormai di persone. Lei non sapeva da dove tutti fossero arrivati o dove fossero mentre Mona stava minacciando Phantom.

Tutt'intorno circolavano agenti della polizia militare e almeno una quarantina di uomini e donne in uniforme. Kalee non sentì più Mona e quando la cercò nei dintorni con lo sguardo, Rex le spiegò: "È sotto custodia, la stanno portando all'ospedale, sembra che abbia il naso rotto per la facciata che ha preso contro la macchina di Phantom."

Kalee non si sentiva minimamente dispiaciuta per quanto era successo. "Bene!" disse con un filo di voce, ma molto sentitamente.

"È uno scricciolo assetato di sangue," disse Rex a Phantom con una smorfia. "Non l'avrei mai detto." Poi smise di sorridere e proseguì: "L'abbiamo vista, amico, ma non sapevamo che intenzioni avesse. Siamo stati costretti a rimanere in disparte e aspettare per evitare di fare una mossa azzardata, c'era il rischio che venisse ferita inavvertitamente."

"Grazie, l'apprezzo," rispose Phantom con un tono di gratitudine sincera.

Kalee si accorse di aver fatto una stupidaggine: avrebbe dovuto fidarsi di Phantom e *anche* degli altri: erano dei SEAL addestrati, una squadra, avrebbero potuto risolvere la situazione nel giro di pochi secondi, se lei non si fosse messa in mezzo.

Se prima pensava di aver affrontato piuttosto bene quanto le era successo, ormai era più che ovvio che le serviva più tempo per riprendersi, a giudicare da come si era comportata in quel frangente.

Alzò lo sguardo verso Phantom e sussultò, rivedendo la guancia macchiata di sangue. Alzò una mano per toccarlo, ma lui le afferrò il polso prima che gli si avvicinasse troppo.

"Qualcuno mi può portare per favore una salvietta, così mi tiro via questa roba dalla faccia? Immagino che sia il sangue di quella stronza e non voglio averlo addosso, specialmente vicino a Kalee," disse Phantom.

"Ecco," risuonò una voce profonda dietro di loro, poi Kalee vide comparire un fazzoletto.

"Grazie," disse Phantom prendendo il fazzoletto e strofinandoselo con forza sulla guancia. Quando ebbe finito, le chiese: "L'ho tolto tutto?"

Kalee deglutì sonoramente e annuì. "Sì, penso di sì."

"Bene." Phantom la prese per le spalle e la fece allontanare; la squadrò da capo a piedi e a quel punto toccò a *lui* sussultare di sorpresa.

Seguendo gli occhi di Phantom, Kalee non resisté e arricciò il naso, preoccupata per il proprio aspetto. Si era impegnata al massimo per darsi un certo contegno e arrivare elegante all'udienza disciplinare di quel mattino, invece la sua bella camicetta verde era coperta di macchie nere che si era procurata strisciando per il parcheggio. Anche i pantaloni grigi erano ricoperti di chiazze scure, ed entrambe le maniche si erano logorate all'altezza dei gomiti, dato che li aveva usati per spingersi mentre passava sotto le macchine.

"Merda," mormorò Kalee.

Phantom le mise un dito sotto al mento e le fece alzare la testa per farsi guardare negli occhi. "Accidenti, se sei bella!" esclamò sottovoce, prima di abbassare la testa.

Kalee lo baciò come se fosse stata l'ultima occasione di stare insieme. Riversò in quel bacio ogni grammo di preoccupazione, di paura, di gratitudine per il fatto che lui fosse ancora vivo. Si accorse di avere i brividi solo quando Phantom si staccò da lei dicendole: "Tranquilla, tesoro, sono qui con te."

Kalee gli avvolse le braccia intorno al collo e quando lui la prese in braccio, lei se ne accorse appena.

"Portala dentro. Qui ci pensiamo noi a coprirti, diremo agli ispettori dove sei andato," gli disse Rex.

"Grazie."

"Penso di non aver mai visto nulla del genere in vita mia," mormorò Rocco. "Quella tipa è cascata come un sacco di patate. Dovremo imparare questa tattica per le missioni future."

Kalee smise di ascoltare e appoggiò la testa alla spalla di Phantom; inalò profondamente; il suo profumo al pino la calmava meglio di qualunque parola. Phantom stava bene. Stavano bene *entrambi*.

"Adesso cosa le succederà?" borbottò, parlandogli contro la spalla.

"Non m'importa."

Allora Kalee alzò la testa. "Sul serio, Phantom. Dovremo continuare a preoccuparci di lei per tutta la vita? In fin dei conti non ha ferito nessuno... È nei guai? Non è che la passerà liscia?"

Phantom smise di camminare e la fissò con espressione penetrante. "Mona è in guai *seri*," le spiegò, "ha introdotto un'arma carica all'interno di un edificio federale, ha minacciato un militare e tutti i presenti alla base; non ha ferito me, ma è una minaccia più che evidente. Poi è palesemente psicolabile, non la vedremo in giro per parecchio tempo; non va in carcere, di sicuro va in qualche centro di cure mentali."

Quella risposta non fu di estremo conforto per Kalee, che però annuì comunque. In quel momento, Phantom aveva già abbastanza pensieri e lei non voleva assolutamente dargli altre preoccupazioni.

"Accidenti, sei stata fantastica," le disse.

Kalee sorrise.

"Però adesso sono anche molto arrabbiato con te," proseguì Phantom.

"Perché?" gli chiese lei confusa.

"Non ne avevamo già discusso? Ti ho detto che, qualora fosse successo qualcosa, avresti dovuto tirartene fuori perché non sarei stato in grado di concentrarmi, dovendo preoccuparmi per te."

Kalee si irrigidì. "Mettimi giù."

Lui strinse la presa per un attimo, poi lentamente la abbassò fino a farle mettere i piedi a terra.

Kalee diede un pugnetto a Phantom nel petto e poi gli disse: "Se pensi anche solo per un secondo che me ne vada via, lasciandoti esposto al pericolo che ti minaccia, allora quello psicolabile sei *tu*. Anche se sono una donna semplice e non un SEAL pluridecorato della Marina, non sono così inutile. Sono riuscita a sopravvivere per mesi a dei ribelli fuorilegge e fuori controllo, che non facevano altro che uccidere donne e bambini. Mi hanno puntato in faccia più pistole di quante ne immagini."

"Non arriverà *mai* il giorno in cui ti abbandonerò al pericolo che ti minaccia. Devo ammettere che oggi ho reagito in maniera un po' sconsiderata, avrei dovuto lasciare che fossi tu a gestire la situazione, insieme agli altri, ma non potevo sopportare il pensiero di rimanermene impalata e impotente, mentre tu eri in pericolo. Mi è tornata in mente quella poverina con suo figlio in braccio, mi sono ritrovata a correre verso di te prima ancora di pensare veramente alle conseguenze di ciò che facevo."

Aprì la bocca per continuare a spiegargli ciò che aveva fatto, ma lui la fermò con tre parole.

"Mi hai spaventato."

Kalee lo fissò sotto choc. "Pensavo che niente potesse spaventarti."

Lui sbuffò e le mise le braccia intorno alla vita, tirandola più vicino. "Mi hai *terrorizzato*," le spiegò. "So esattamente come si è sentito tuo padre, quando pensava che fossi morta. Non so se sarei in grado di sopportarlo. Non posso sopportare di vivere in un mondo in cui tu non ci sei. Ti amo esattamente come sei: una donna super tosta che mi ha fatto meravigliare. Quando ho visto che con la mano le prendevi la caviglia da sotto la macchina, m'è venuta una paura folle che Mona ti sparasse."

"Non voleva uccidere *me*," protestò Kalee, "era tutta concentrata su di te."

Phantom fece un respiro profondo e inclinò la testa all'indietro, guardando il cielo.

Per la prima volta da quando si era accorta della presenza di Mona e della pistola, Kalee sorrise. Gli passò le dita nella barba e lo accarezzò. Quando lui finalmente tornò a guardarla, Kalee gli disse: "Pensi che con l'episodio di oggi ti guadagnerai qualche punto nell'udienza disciplinare?"

Lui emise un lamento.

"Perché," proseguì lei, "tanto per dire, per come la vedo io hai salvato tutti da una sparatoria, poteva diventare una carneficina. Lo stesso ammiraglio poteva rimanerci; dovrebbe ringraziarti, non punirti."

Phantom fece un sospiro e si girò con lei per avviarsi verso l'ingresso del palazzo.

"Non sono sicura di essere più molto presentabile per l'occasione," gli disse arricciando di nuovo il naso, dopo essersi guardata un'altra volta i vestiti.

"Ricorderai ai comandanti ciò che è appena successo," le disse Phantom con un gran sorriso. "Pensavo che volessi farmi guadagnare dei punti..."

"Logica stringente," commentò lei annuendo.

Phantom scoppiò a ridere sonoramente. "Merda, non ci posso credere, sto già ridendo, subito dopo quel che è appena successo," disse, più a se stesso che a Kalee.

Lei gli passò un braccio intorno al corpo e si strinse al suo fianco. "È sempre meglio ridere che piangere."

"Vero," rispose lui, "anche se io non mi sono mai lasciato troppo andare alle risate. Sono il burbero del gruppo, quello che porta sempre il broncio. Tu mi hai cambiato e non sono sicuro che sia un bene," le spiegò.

Kalee gli sorrise. "Puoi sempre rimanere il brontolone della squadra, ma non quando stai con me."

"D'accordo," rispose lui mentre le apriva la porta dell'edificio.

Appena entrati, sentirono varie voci squillanti gridare: "Kalee!"

Erano Caite, Sidney, Piper, Zoey e Avery, tutte insieme all'interno del salone; si avvicinarono subito. Phantom fece un passo indietro, ma Kalee notò che non si allontanò di molto: non le toglieva gli occhi di dosso... e a lei non dispiaceva affatto.

————

Phantom sentiva ancora l'adrenalina che gli scorreva nelle vene. Era la stessa sensazione che provava alla fine di una missione intensa. Anche se il livello di pericolo raggiunto nel parcheggio non si avvicinava nemmeno lontanamente ai rischi che la squadra aveva corso in missione, Phantom non avrebbe mai dimenticato il momento in cui aveva abbassato la testa e aveva visto gli occhi di Kalee guardarlo da sotto a quel SUV, appena prima che lei afferrasse la caviglia di Mona.

Phantom aveva agito senza pensarci, aveva messo fuori gioco quella donna insanguinata e urlante, finché anche gli altri erano arrivati ad aiutarlo. Prima aveva cercato di parlare a Mona per convincerla ad abbassare la pistola, per risolvere la situazione pacificamente, ma lei non aveva voluto ascoltare: le fantasie che si era creata erano diventate sempre più folli. L'unica alternativa di Phantom sarebbe stata saltarle addosso... e pregare che non facesse partire un colpo prima che lui riuscisse a disarmarla.

Phantom non avrebbe voluto altro che portare a casa Kalee e mostrarle quanto l'amava, invece la vide sparire con le altre nei bagni più vicini.

Tenne gli occhi puntati su quella porta, incapace di guardare altrove; sentiva un profondo bisogno di cercare il contatto con lei, per sentire fisicamente che stava bene.

"Non dovrebbe mancare molto, appena tutto sarà sistemato cominceremo l'udienza... andrà tutto bene?"

Phantom guardò a sinistra e vide il comandante North al proprio fianco.

"Sissignore."

"Ho sentito che la tua donna è stata una meraviglia."

"Infatti," confermò Phantom.

"Ho proprio voglia di vedere i filmati di sicurezza." Poi il comandante gli diede una pacca sulla spalla e si avviò lungo il corridoio.

Phantom osservò distrattamente una donna impiegata al servizio postale che raggiungeva il comandante e gli passava un pacchetto. La conosceva, pur non sapendo come si chiamasse. Lavorava alla base da tempo immemorabile ed era sempre gentile e carina.

Il comandante North parlò con lei per un paio di minuti, poi si girò per entrare in un ufficio vicino.

Se lo sguardo di Phantom non fosse stato rivolto direttamente a quella donna, non avrebbe notato che abbassava le spalle e sospirava, vedendo il comandante andarsene.

Ovviamente aveva una cotta per lui... sempre che le donne oltre i cinquanta potessero prendersi delle cotte... ma lei ebbe l'accortezza di correggere subito la postura e di tornare nel corridoio a prendere il carrello con cui consegnava la posta nella base.

Phantom smise di pensare a quella donna nel momento stesso in cui la vide sparire dietro un angolo. Non aveva le forze per pensare ad altro che non fosse l'udienza disciplinare ormai imminente. Però sospettava che il comandante non si sarebbe esposto facendo i complimenti a Kalee in modo così cordiale, se fosse stato in procinto di unirsi agli altri alti ufficiali per prendere Phantom e inchiodarlo a un muro. Almeno lui ci sperava.

Tornò a guardare la porta dei bagni. Sarebbe anche rimasto lì per tutto il giorno ad aspettare che Kalee ne uscisse, se fosse stato necessario. Aveva la sensazione che sarebbe passato un bel po' di tempo prima che lui si fosse sentito tranquillo anche quando non poteva tenere gli occhi puntati sulla sua donna.

CAPITOLO DICIANNOVE

"Siamo tutti pronti per cominciare?" chiese l'ammiraglio di divisione Lister.

Phantom fece un respiro profondo, poi annuì espirando. Era in piedi sull'attenti davanti a un tavolo, dietro a cui sedevano l'ammiraglio Lister, l'ammiraglio Creasy e il comandante North. L'unica altra persona presente era Kalee, a cui era stato concesso un permesso speciale, perché era stata al centro dei fatti che avevano portato all'incriminazione di Phantom. Gli altri della squadra aspettavano fuori, con le rispettive compagne. Phantom aveva notato Rocco e Rex che parlavano in disparte, prima che l'udienza cominciasse, ma non aveva avuto il tempo di pensarci più di tanto.

Kalee era conciata male, sembrava uscita da venti round sul ring con Mike Tyson, ma in un certo senso, agli occhi di Phantom, quell'aspetto stravolto la rendeva ancor più attraente. Teneva il mento alto, chiaramente era molto più preoccupata per lui, per come Phantom stesse affrontando il tutto, piuttosto che per il proprio aspetto esteriore.

"Bene. Per prima cosa, complimenti per il modo in cui hai gestito la situazione nel parcheggio, Phantom. Da quel che ho visto nei filmati di sicurezza, è palese che quella donna non avrebbe accettato alcuna soluzione pacifica," disse l'ammiraglio Lister.

"Grazie, signore; se non fosse intervenuta Kalee, l'esito sarebbe stato molto diverso."

"Ho visto. Ottima reazione, signora Solberg," disse Lister annuendo verso di lei.

Phantom sentì Kalee che ringraziava senza aggiungere altro.

"Va bene, allora," cominciò l'ammiraglio di divisione, "siamo riuniti per l'udienza di Forest Dalton, secondo l'articolo 15. Phantom, hai il diritto di rimanere in silenzio. Questo è un procedimento interno, puoi chiedere l'intervento di testimoni a tuo favore, tutte le informazioni che verranno raccolte oggi verranno prese in considerazione, prima di decidere la punizione. Dopo aver valutato le prove, potrei decidere di chiudere il caso senza ulteriori conseguenze, oppure potrei imporre una sanzione disciplinare secondo il codice militare, o anche deferirti a una corte marziale. Se riterrai ingiusta la punizione, potrai chiedere di appellarti, ma sappi che la richiesta potrà essere respinta. Hai compreso ciò che ti ho spiegato?"

"Sissignore," rispose Phantom con tono marziale.

"Sei accusato di aver violato l'articolo 92 del codice di giustizia militare, per aver disobbedito a un ordine o a una norma, e l'articolo 134, violazione generale. Nello specifico, espatrio non autorizzato... per essere andato al di là dei limiti di un permesso approvato. Hai domande sulle accuse?"

"Nossignore."

"Non hai l'obbligo di fare dichiarazioni sulle violazioni, ma qualunque dichiarazione potrà essere usata come prova a tuo carico. Hai compreso?"

"Sissignore."

"Ho pronta una dichiarazione firmata in cui riconosci di

essere stato informato pienamente dei tuoi diritti legali rispetto a questo procedimento. Hai compreso ciò che ho letto e quali sono i tuoi diritti per come te li ho elencati?"

"Sissignore," rispose Phantom senza esitare.

"Vorremmo sentire la tua spiegazione su quanto è successo," disse l'ammiraglio di divisione Lister. "Vogliamo sapere cosa ti passava per la testa, quando hai deciso di partire dalle Hawaii per andare a Timor Est, quando ti era stato espressamente proibito con un ordine diretto."

Phantom si schiarì la gola, poi rispose: "Riconosco di essere colpevole di tutte le accuse mosse nei miei confronti. In mia difesa, posso dire di aver fatto ciò che ho ritenuto giusto e onorevole. Come SEAL della Marina, mi è stato insegnato fin dal primo giorno di addestramento che devo difendere e portare avanti i valori morali dei nostri padri fondatori. Ho il dovere di proteggere le persone che non possono proteggersi da sole; il nostro motto è che l'unico giorno semplice era ieri. Fin dal primo momento in cui mi sono allontanato da quell'orfanotrofio, tanti mesi fa, sapevo che c'era qualcosa che non andava, ma non riuscivo a capire cosa. Il mio inconscio cercava di farmi capire che avevo fatto una cazzata... scusate l'espressione, signori."

I tre ufficiali annuirono.

"Sapevo bene che, se la squadra non fosse stata inviata a Timor Est, sarei partito per conto mio."

"Quindi non è stata una decisione improvvisata all'arrivo alle Hawaii?" gli chiese l'ammiraglio Lister.

"Nossignore."

"L'avevi programmata."

"Sissignore."

Phantom capì che si stava solo mettendo in guai più seri, ma non voleva mentire. Guardò gli altri tre negli occhi uno alla volta con l'intenzione di farsi capire bene. "Abbiamo lasciato Kalee Solberg in un inferno. Io lo sapevo nel profondo dell'animo. Avete letto i suoi resoconti, sapete bene quanto me ciò che le è successo. Quando ho preso la mia decisione, non conoscevo tutti i dettagli, ma nel profondo sapevo che non era spaparanzata sulla spiaggia a prendere il sole. Avevo fatto una cazzata ed era mio dovere porre rimedio al mio errore."

Dopo la dichiarazione appassionata di Phantom, nella stanza scese il silenzio. Lui sentì dietro di sé Kalee che piangeva, ma lui era sull'attenti e non poteva voltarsi per guardarla. Era già abbastanza nei guai, non poteva certo infrangere il protocollo.

"Non ho agito in modo sconsiderato, signori," disse con molta enfasi. "Ho studiato tutte le informazioni che avete liberamente condiviso con me. Sapevo che i ribelli la stavano tenendo in città, ho fatto le mie ricerche per capire quali fossero i punti migliori per andarsene."

"I SEAL dell'altra squadra conoscevano le tue intenzioni?" gli chiese il comandante North.

Phantom respirò profondamente. "Se mi sta chiedendo se conoscevano le mie intenzioni quando sono atterrato a Oahu, la mia risposta è no. Mustang mi ha fatto un favore personale e mi ha trovato una casetta da prendere in affitto. Per quel che ne sapeva lui, stavo solo andando in vacanza perché ne avevo molto bisogno."

Phantom era addestrato fin troppo bene e non si stava agitando, nonostante i tre alti ufficiali che lo squadravano.

"Però ha capito tutto quando ti sei presentato con una donna che lui non conosceva, giusto?"

Phantom deglutì a fatica. non voleva mettere nei guai gli amici, ma era determinato a non mentire. "In realtà, è stato quando Rocco mi ha telefonato per chiedermi di dimostrare che ero davvero alle Hawaii. In un certo senso, gli è scappato detto di Timor Est e a quel punto hanno cominciato a farmi domande. Poi ovviamente hanno capito, dopo aver incontrato Kalee."

Nella stanza scese di nuovo il silenzio, mentre i tre ufficiali superiori riflettevano su quella spiegazione.

Finalmente, l'ammiraglio Creasy domandò: "Se potessi tornare indietro all'incontro in cui ti abbiamo informato che la signora Solberg poteva essere viva, cambieresti le decisioni che ti hanno portato a comparire in questa udienza disciplinare?"

"Nossignore," disse Phantom con tono più pacato. "Quando ho preso la mia decisione, sapevo che mi avreste scoperto. Ho usato sempre il mio nome, ho prenotato il volo per Dili con la mia carta di credito personale. Non ho usato alcuna risorsa pubblica per salvare Kalee, non ho usato alcun sotterfugio. Siamo anche passati per i canali ufficiali dell'ambasciata, a Timor Est, per ottenere un documento sostitutivo del passaporto."

"Come mai non siete tornati subito in California?" domandò l'ammiraglio Lister. "Ormai l'avevi salvata, perché passare del tempo alle Hawaii prima di riportarla a casa dal padre e dai suoi cari?"

"Con tutto il rispetto, signore, aveva passato quasi un anno come ostaggio, aveva subito gli abusi *peggiori* che una donna possa subire, era stata costretta a partecipare alle razzie e al massacro di altre persone. Aveva bisogno di un po' di tempo, doveva scaricarsi, fare i conti con ciò che le era accaduto, abituarsi di nuovo a essere libera. Ho pensato che un paio di settimane alle Hawaii fosse la scelta migliore per lei."

"Cambieresti le tue risposte se l'esito di questa udienza fosse il deferimento del caso a una corte marziale e se ti fosse tolta l'autorizzazione di sicurezza, con la conseguenza di essere espulso dalle squadre?" gli chiese l'ammiraglio Creasy.

"Nossignore," rispose subito Phantom. "So di aver disobbedito a un ordine, l'ho fatto nella piena consapevolezza delle conseguenze e credo che fosse la cosa giusta da fare. Un SEAL non abbandona un compagno. Anche se capisco che la signora Solberg non è una SEAL, comunque *è* una cittadina americana innocente, che era stata ritenuta abbastanza importante da giustificare l'invio a Timor Est di una squadra di sei SEAL con l'obiettivo di liberarla. Non ho fatto altro che portare a compimento la missione originale. Se ne avessi l'opportunità, nelle stesse circostanze, rifarei esattamente lo stesso."

Quelle parole riecheggiarono nella stanza e Phantom si sentì come alleggerito di un grosso peso. Nel profondo dell'animo, sapeva di aver fatto la cosa giusta. Grazie a lui, non solo Kalee era viva, ma stava tornando a fiorire. Il mondo sarebbe stato un posto peggiore, senza di lei, e lui era fiero di aver fatto qualcosa per far sì che tornasse a casa, come meritava.

L'ammiraglio di divisione Lister guardò dietro le spalle di Phantom, rivolgendosi a Kalee: "Lei ha altro da aggiungere alle dichiarazioni rese dopo il rientro in patria? Può darci altri dettagli sulle azioni di Phantom?"

Phantom la sentì schiarirsi la gola, sentì il fruscio che fecero i suoi abiti mentre lei si alzava. "Non ricordo l'arrivo di Phantom o degli altri all'orfanotrofio. Non sapevo nemmeno che qualcuno fosse stato inviato per aiutarmi. Pensavo di essere da sola. Dimenticata. Non è una bella sensazione," disse Kalee, senza il minimo tremore nella voce. "Per mesi, ho fatto tutto ciò che dovevo fare per rimanere in vita; col passare del tempo, però, ho cominciato a chiedermi che senso avesse. Sapevo che i ribelli potevano stufarsi di me da un momento all'altro e semplicemente spararmi in testa, come minacciavano di tanto in tanto, per poi lasciare il mio corpo nella giungla intorno a Dili. Erano uomini privi di qualunque morale, prendevano ciò che volevano senza il minimo rimorso. Non stavano affatto lottando per migliorare la situazione dei loro connazionali, come affermavano i loro leader. Volevano uccidere, stuprare, prendere ciò che non apparteneva a loro."

"Posso dirvi senz'ombra di dubbio che, se Phantom non fosse accorso a salvarmi, non sarei mai riuscita a scappare. Ci avevo provato qualche volta e mi è stato mostrato molto chiaramente cosa mi sarebbe successo, se avessi tentato ancora. Ogni giorno, *almeno* un paio di volte arrivava qualcuno che mi puntava una pistola alla tempia, minacciandomi. Volevo vivere, signori, così ho obbedito."

"La notte in cui Phantom è arrivato, ormai mi ero rassegnata a morire. Non volevo, ma quando ti senti dimenticata, abbandonata per così tanto tempo, è difficile continuare a sperare. Lui non ha ucciso nessuno mentre mi salvava. Si è infiltrato e mi ha portata via da sotto il naso dei ribelli senza sparare nemmeno un colpo. Nessuno si è accorto di nulla, nessuno l'ha scoperto. Immagino che i ribelli si siano svegliati e abbiano dato di matto perché non mi hanno più trovata, devono aver pensato che fossi svanita nell'aria."

"Il vostro SEAL ha agito con la massima professionalità, mi ha fatto sentire al sicuro come non mi sentivo da mesi. Avrà anche disobbedito a un ordine, ma è grazie a lui se sono qui e per quanto mi sforzi, non posso considerarla una cattiva azione."

Phantom era orgogliosissimo di Kalee; avrebbe voluto prenderla e stringerla, ma rimase sull'attenti come doveva.

"Grazie, signora Solberg. A prescindere dall'esito di questa udienza, sappia che siamo tutti molto lieti di vederla viva e in salute," disse l'ammiraglio Lister con molta calma.

"Phantom, vuoi che ponga altre domande a questa testimone?" gli chiese l'ammiraglio Creasy.

"Nossignore," rispose Phantom rapidamente.

"Grazie, signora Solberg, può accomodarsi."

"Ehm... signore?" rispose Kalee con esitazione.

"Sì?"

"Io, ehm... non conosco la procedura in situazioni di questo tipo, ma ci sono altri testimoni che vorrebbero parlare a favore di Phantom; sono fuori e aspettano il permesso di entrare."

L'ammiraglio Creasy inarcò un sopracciglio. "Non rientra nella procedura."

Phantom deglutì a fatica. S'era fatto un'idea ben precisa di chi fossero i testimoni di cui parlava Kalee. Nonostante gli eventi più recenti, per lui i compagni di squadra erano come una famiglia; non l'avrebbero lasciato solo in quel procedimento.

L'ammiraglio Lister si appoggiò allo schienale e si mise le mani dietro la testa con una smorfia in volto. "La faccenda si fa interessante," disse, "può andare a dir loro di entrare."

"Grazie, signore," rispose Kalee.

Phantom la sentì camminare dietro di lui, poi sentì la porta aprirsi. Sentì entrare ben più di qualche persona, ma non si voltò per guardare, perché doveva rimanere sull'attenti.

Passò un po' di tempo, prima che la stanza tornasse a farsi tranquilla; a quel punto, Phantom vide un'espressione divertita sul volto dei tre alti ufficiali.

"Sono *tutti* qui a testimoniare?" domandò l'ammiraglio Creasy.

"Se necessario, signore," rispose Kalee.

L'ammiraglio Lister fece una risatina e scosse la testa esasperato. "Va bene. Che ne dite di cominciare da quelli che proprio non possono rimanere in silenzio, poi vediamo come va? Chi comincia?"

"Io, signore."

Phantom sbatté le palpebre per la sorpresa, sentendo la voce di Rex: l'ultima persona che si aspettava intervenisse in sua difesa durante quell'udienza. Phantom era quasi preoccupato di ciò che l'amico stava per dire, perché Rex non era affatto felice di quel che era successo.

"Per la cronaca, mi chiamo Cole Kingston, Phantom è un mio compagno di squadra e anche un mio amico. Insieme ci siamo trovati all'inferno e ne siamo usciti, l'episodio più recente è stato in Afghanistan, quando siamo stati inviati a salvare la tenente Nelson."

"Mi ricordo," confermò l'ammiraglio Lister, "prosegui."

"Phantom è un tipo duro, difficile, fa ciò che va fatto, a prescindere dai rischi. A volte è impulsivo e sconsiderato. Uno dei suoi peggiori difetti... tanto tutti noi della squadra lo sappiamo, quindi non sto certo svelando un segreto... è che Phantom odia il fallimento. Lo *odia*. Ha passato un'infanzia di merda, ma non lo dico perché proviate pietà per lui, lo dico solo per spiegare. Comunque, la donna che doveva fargli da madre si è comportata in modo spregevole, lo sminuiva, la menava di continuo dandogli del perdente. In pratica Phantom è cresciuto da solo da quando aveva otto anni. Quando moriva di fame, rubava da mangiare."

"È un miracolo che sia stato in grado di diplomarsi alle superiori, figuriamoci entrare in Marina e diventare un SEAL! Si è distinto al centro di addestramento come una delle reclute che lavorava più duramente. Ha quasi trascinato ciascuno di noi con le proprie mani, quando volevamo mollare. La sua cocciutaggine è irritante, ma se gli dite di fare qualcosa, lui la fa. Punto. Quindi, quando ci avete detto di andare a Timor Est per salvare Kalee Solberg, è come se gliel'aveste stampato a fuoco sulla carne. Lui l'avrebbe portata a casa a qualunque costo, anche quando era convinto che fosse morta; era disposto a tutto, pur di portare a termine la missione."

"Quando gli avete detto che Kalee era viva, sapevamo tutti cosa sarebbe successo. Tuttavia, sinceramente, pensavamo di agire al suo fianco. Ci siamo incazzati con lui per ciò che ha fatto, ma solo perché non ci ha chiesto di andare con lui. Dovreste avviare un procedimento disciplinare a carico di ciascuno di noi, signori. Se adesso Phantom è da solo sull'attenti davanti a voi, è solo perché ha preferito non farci mettere nei guai, non mettere a repentaglio le nostre carriere."

"Cosa ci stai dicendo, Rex?" gli chiese il comandante North sporgendosi in avanti e appoggiando i gomiti sul tavolo. "Stai dicendo che, fosse stato per voi, avreste *tutti* ignorato gli ordini e sareste andati con lui a Timor Est?"

"In un baleno, signore," rispose Rex con una certa enfasi.

"Merda," mormorò con un filo di voce l'ammiraglio Lister.

"Capisco," commentò il comandante North. "Hai altro da aggiungere?"

"Vorrei solo ribadire che Phantom è uno dei SEAL migliori in forza alla Marina. Se decideste di deferirlo alla corte marziale, se fosse costretto a mollare, innumerevoli persone morirebbero solo perché lui non potrebbe salvarle."

"Grazie, Rex. A chi tocca?" domandò l'ammiraglio.

Phantom era ancora sotto choc per quanto Rex aveva appena finito di dire... quando gli venne *un altro* colpo appena sentì chi si era offerto di parlare.

"Tocca a me."

"Matthew Steel," disse l'ammiraglio Lister. "La tua squadra si è appena ritirata dal servizio attivo in missione, ora vi occupate dell'addestramento dei futuri SEAL, dico bene?"

"Sissignore."

"Quanto bene conosci Phantom?"

"Come ben sapete, moltissimi dei SEAL che lavorano in questa base si conoscono. Abbiamo collaborato in varie missioni e ci siamo visti anche nelle giornate di libertà o negli eventi pubblici. Conosco Phantom da un periodo considerevole. Rex lo ha descritto bene, non sarà mai eletto Mister Simpatia, ma posso certamente dirvi che, se mia moglie Caroline si trovasse mai nei guai, Phantom è uno dei pochi che vorrei in squadra con me per salvarla."

"Come mai?" gli chiese il comandante.

"Perché con lui sarei sicuro che Caroline tornerebbe a casa da me, senza dubbio. Phantom fa ciò che va fatto per portare a termine la missione... senza vittime. Ho parlato con Rocco di ciò è successo a Timor Est, non esiterei a definirlo un miracolo. Phantom si è infiltrato nel covo dei ribelli, ha convinto la signora Solberg ad andarsene con lui, nonostante lei dovesse essere fuori di testa... senza offesa, Kalee."

"Nessuna offesa, *è vero*, ero fuori di testa!" esclamò lei.

"Nessuno ha sparato un colpo, non ci sono stati morti. In pratica è entrato, l'ha presa per mano e l'ha portata via. Non succede... assolutamente mai! Nessun ferito, nessuna traccia del suo intervento. Ha dimostrato ulteriormente di meritarsi mille volte il soprannome che porta. Phantom si meriterebbe una medaglia al merito, non un procedimento disciplinare, almeno io la penso così."

L'ammiraglio Lister fece una smorfia. "Grazie, Wolf. Hai altro da aggiungere?"

"Nossignore."

"A chi tocca?"

"Mi chiamo Scott Webber, signori."

Di nuovo, Phantom dovette sforzarsi di rimanere sull'attenti. Che diamine ci faceva Mustang alla base? Non avrebbe nemmeno dovuto sapere di quell'udienza.

Evidentemente c'era molto di cui discutere con gli altri della squadra.

"Sei di stanza alle Hawaii, vero?" gli chiese l'ammiraglio Creasy.

"Sissignore."

"Conoscevi le intenzioni di Phantom, quando l'hai incontrato?"

Phantom sapeva che l'ammiraglio conosceva già la

risposta a quella domanda, dato che gliel'aveva detto meno di dieci minuti prima, ma era una domanda importante e andava verbalizzata.

"No, ma se l'avessi saputo non l'avrei lasciato andare da solo."

Phantom vide tutti e tre gli alti ufficiali sospirare frustrati; Mustang però non lasciò loro il tempo di commentare e andò avanti con la deposizione.

"Pensavo che un vecchio amico che non vedevo da secoli si stesse prendendo finalmente una meritata vacanza. Sappiamo tutti che Phantom è sempre molto concentrato e lavora duramente. Mette sempre tutto se stesso in ogni missione, era ora che si prendesse del tempo per scaricare la tensione. Non avevo idea di cos'avesse fatto finché Rocco non ha vuotato il sacco, poi Kalee è uscita dalla casa che Phantom aveva affittato. Aveva una paura esagerata, ma era anche determinata a farsi coraggio. La differenza tra come l'ho incontrata la prima volta e quando siamo andati a fare una passeggiata insieme, una settimana dopo o poco più, era abissale, come il giorno e la notte."

"Stava comunque sulle sue e non parlava molto, ma aveva già molta più fiducia in sé. Credo che il merito sia tutto di Phantom, che l'ha portata sull'isola perché ritrovasse se stessa. Ve l'ha detto che Kalee ha salvato una vita, durante quell'escursione? È vero. Una ragazzina si era persa perché era uscita dal sentiero, le sue tracce sono sfuggite a tutti tranne che a Kalee. Se potessi soffiare Phantom alla squadra di Rocco, lo farei in un batter d'occhio."

"Giù le mani, Mustang," commentò Rocco; Phantom si accorse che erano presenti tutti i suoi compagni di squadra, anche se solo Rex aveva parlato. Sentire il loro supporto era una bella sensazione. Giusta.

"Comunque, per rispondere di nuovo alla domanda, tanto per ribadire, no, non conoscevo le intenzioni di Phantom.

Non voleva mettere nei guai me e i miei, tanto quanto non voleva inguaiare i suoi compagni; però, se me l'avesse chiesto, avrei accettato di andare con lui."

"Ho capito l'andazzo," commentò ironicamente l'ammiraglio Lister.

A Phantom quasi scappò un sorriso, ma non osò. Trattenne ogni emozione dal volto e continuò a fissare in avanti.

"Vorrei essere io il prossimo a parlare, se non è un problema."

Di nuovo, Phantom fu preso alla sprovvista.

"Mi chiamo Paul Solberg, sono il padre di Kalee. Penso che la mia presenza qui non vi sorprenderà, come non vi sorprenderà sapere che, secondo me, non c'è assolutamente nulla di male in quello che ha fatto Phantom. Ha riacciuffiato mia figlia dall'aldilà. Che altro potrebbe desiderare un padre? Non solo: Phantom è anche disposto a perdonare il mio gesto assurdo... che non è affatto facile da perdonare. È un brav'uomo, anche se vuole convincere gli altri del contrario. Io sono molto protettivo nei confronti di mia figlia, non affiderei a nessun altro il suo benessere fisico ed emotivo, se non a Phantom."

Non sentendolo proseguire, il comandante North gli chiese un po' seccato: "Tutto qua?"

"Sì. Cioè... no. Se lo cacciate dai SEAL siete davvero matti. Detto da uno che tecnicamente *è* matto vuol dire davvero tanto."

I tre uomini davanti a Phantom fecero una risata.

"Breve ma esauriente," commentò l'ammiraglio. "Chi altro?"

Phantom sentì il rumore di una sedia trascinata sul pavimento, poi una voce che lui non riconobbe cominciò a parlare.

"Mi chiamo Walker Nelson, detto Trigger. Faccio parte

dell'Esercito, Delta Force, la mia squadra è di stanza in Texas."

"Lo sa che questa è un'udienza disciplinare della *Marina*, vero?" gli chiese l'ammiraglio Lister.

"Sissignore. Sono qui perché Phantom è un mito."

"Come dice?" gli chiese il comandante.

"È un mito," ripeté Trigger. "Tra gli uomini delle forze speciali, Phantom lo conoscono tutti. Soprattutto perché è un figlio di buona donna che brontola sempre, ma anche perché se c'è da spalare merda, lui lo fa. Lavoriamo spesso con i SEAL, infatti abbiamo incontrato di recente la squadra di Rocco, in Afghanistan. Ho dovuto fare delle domande a Phantom mentre lui era in convalescenza, stavamo cercando un traditore e dovevo sapere se lui poteva darci più informazioni di quelle forniteci da Rex e dalla stessa tenente Nelson."

"Non mi aspettavo molto: Phantom era stato in sala operatoria per ore, era quasi morto; invece è stato in gradi di fornirmi un sacco di dettagli utili, per uno che era strafatto di sedativi. Ha un occhio di falco e una memoria che vorrei tanto avere anch'io. Come Mustang, potendo, lo soffierei volentieri alla Marina per portarlo dalla nostra, nell'Esercito, in un batter d'occhio."

"L'uomo che avete davanti ha disobbedito a un ordine. Penso che questo punto non sia in discussione. Però, non è proprio ciò che gli è stato insegnato? Essere un soldato d'onore, portare avanti i valori degli Stati Uniti, i nostri valori fondanti? Buttarsi nella mischia quando tutti gli altri scappano? A me sembra che abbia fatto esattamente ciò per cui è stato addestrato. Osservare, analizzare, agire."

"Capisco che siate in una brutta situazione. Non potete fargliela passare liscia, perché sarebbe come dare un cattivo esempio a tutti. Però guardate quante persone si sono riunite in questa stanza. Non conosco i protocolli della Marina, ma sono certo che questa situazione sia del tutto insolita. Punitelo, in fondo quell'idiota se lo merita, ma non punite la patria."

Phantom si accorse che i tre ufficiali che aveva davanti stavano ascoltando con grande attenzione, valutando ciò che gli amici avevano detto. Si ricordava di quando Trigger era venuto a fargli delle domande; nonostante il pieno di pillole contro il dolore, l'aveva aiutato come poteva, perché voleva farla pagare a quei bastardi che avevano quasi ucciso lui e Rex e che avevano avuto il coraggio di rapire Avery, tanto per il gusto di farlo.

Un'altra sedia fu tirata sul pavimento, Phantom fece un respiro profondo. Lui non avrebbe avuto problemi a rimanere in quella posizione tutto il giorno, ma Kalee doveva essere scossa da ciò che era successo prima dell'udienza. Voleva portarla a casa, darle da mangiare, controllare i graffi e i lividi, poi fare l'amore con lei dolcemente, lentamente, a lungo. Era grato agli amici che si erano presentati per difenderlo, ma a quel punto pensava che avessero detto abbastanza.

"Sarò io l'ultimo a testimoniare," disse un uomo con un vago accento del sud.

Phantom quasi non si resse in piedi.

Cacchio... era davvero la voce di *Tex*?

Tex era stato un SEAL, ma era in pensione da molto tempo; però era attivissimo nel campo della sorveglianza elettronica. Era stato proprio lui a fornire a Phantom le informazioni che gli erano servite per andare a salvare Kalee. Phantom sperava solo che ora Tex non si mettesse nei guai con la Marina.

Gli ufficiali notarono l'ansia di Phantom per la presenza di Tex, poi l'ammiraglio Lister disse: "Piacere di vederti, John."

Phantom fu sorpreso di scoprire che l'ufficiale superiore conoscesse Tex, ma forse non era il caso di stupirsi più di tanto, data la reputazione di Tex.

"Il piacere è tutto mio, signore. Per il verbale, mi chiamo

John Keegan. Quando sono rimasto ferito e ho dovuto lasciare la Marina, pensavo che non avrei mai trovato nulla di tanto appagante quanto fare il SEAL. Le missioni mi consentivano di intervenire direttamente per risolvere situazioni difficili, fermare terroristi, in pratica servivo la patria in un modo entusiasmante e onorevole. Quando ho perso una gamba, pensavo che fosse tutto finito; invece ho trovato un nuovo modo di continuare il mio servizio. Più informazioni arrivano ai nostri militari e più saranno al sicuro, con maggiori possibilità di successo in combattimento."

"Quando mi avete chiesto di trovare informazioni sulla situazione di Kalee Solberg, non avevo idea di cosa stessi cercando. Kalee era stata data per morta. Come potevo scoprire qualcosa su di lei? Però poi ho sentito che Phantom si era ricordato di averla vista muoversi; c'era la possibilità che *non fosse* morta; allora ho sentito la vecchia adrenalina, quella che sentiamo tutti in missione. Se Phantom diceva di averla vista muoversi, allora si era mossa."

"Ho passato ventiquattr'ore di fila ad ascoltare intercettazioni da Timor Est, cercando di trovare ogni filmato di sicurezza possibile e immaginabile... il che, lasciate che ve lo dica, non è stato facile. Non è come qui negli Stati Uniti, dove tutti hanno una telecamera economica fuori dalla porta di casa."

"Comunque sia, quando ho cominciato a sentir parlare di una donna coi capelli rossi e la pelle bianca, una donna che seguiva i ribelli, il mio interesse è salito alle stelle. Ho seguito quella traccia, raccolto i rapporti, ristretto il campo alla località in cui si trovava."

Phantom fu sorpreso da Tex, che gli si era messo di fianco. Poteva vederlo con la coda dell'occhio.

"Quando ho consegnato il rapporto su Kalee Solberg, sapevo che Phantom l'avrebbe esaminato... e gli ho dato tutte le informazioni che potevo per tirarla fuori da là. Numero di passaporto, data di nascita, indirizzo, codice fiscale. Ho persino incluso l'ultimo numero di telefono." Tex si voltò verso Phantom. "Qual *era* il suo vecchio numero di telefono, Phantom?"

Gli occhi di Phantom si rivolsero al comandante. Quando lo vide annuire, Phantom recitò a memoria quel numero senza alcuna esitazione.

"Gli ultimi tre indirizzi di Kalee?"

Phantom disse a voce alta anche quelle informazioni.

"I nomi delle strade di Dili in cui era stata avvistata?"

Di nuovo, Phantom ripeté senza esitare le informazioni che Tex aveva incluso nel rapporto.

Il SEAL in pensione si girò e diede la schiena ai tre alti ufficiali. "Ho dato a Phantom tutte le informazioni necessarie per trovare Kalee. Sapevo che lui avrebbe agito. Sapevo che avrebbe trovato il modo di andare a Timor Est per salvarla. Se non avessi creduto veramente in lui, nelle sue capacità, non avrei incluso tutti quei dettagli. Avreste dovuto immaginare anche *voi* che sarebbe partito appena avute le informazioni. Non avrete pensato veramente che si mettesse seduto ad aspettare senza far nulla, dopo aver ricevuto il rapporto con i dettagli, vero?"

"Phantom è un uomo d'azione, uno che conosce la differenza tra giusto e sbagliato. Ha deciso di disobbedire a un ordine, ma l'ha fatto perché era la cosa giusta da fare. È stato giusto anche non coinvolgere nessun altro. Io sapevo che poteva infiltrarsi, trovare Kalee e andarsene da là senza farsi notare. Credo che Phantom abbia fatto esattamente ciò per cui è stato addestrato."

Tex si voltò di nuovo verso Phantom e gli mise una mano sulla spalla. "Ottimo lavoro, amico mio. Sapevo che ce l'avresti fatta." Poi girò i tacchi e tornò a sedersi alle spalle di Phantom."

"Penso che non mi sia mai capitata un'udienza disciplinare

come questa," commentò l'ammiraglio Lister. "Qualcun altro vuole intervenire?"

Nessuno disse più nulla. Anzi, nella stanza era sceso un silenzio tale che Phantom poteva sentire il proprio respiro.

"C'è altro che vuoi aggiungere, Phantom?"

"Nossignore."

"C'è qualcosa che pensi potrebbe alleviare o mitigare la gravità di ciò che hai commesso?"

"Nossignore," rispose Phantom.

"In questo caso, dichiaro conclusa l'udienza disciplinare," annunciò l'ammiraglio di divisione Lister.

Phantom inspirò profondamente dal naso. Era finita. L'uomo davanti al quale era in piedi sull'attenti teneva in pugno la sua carriera, letteralmente. Una paura infernale.

Per la prima volta, Phantom ammise a se stesso disperatamente di non volersene andare. Voleva rimanere dov'era, a Riverton, con Kalee; voleva rimanere nella sua squadra di SEAL. Teneva molto ai compagni di squadra; doverli guardare mentre partivano per una missione senza di lui l'avrebbe distrutto.

"Sei risultato colpevole delle accuse seguenti: mancata obbedienza a un ordine diretto o a un regolamento, abuso dei limiti di un congedo approvato."

"La punizione a tuo carico sarà la seguente: una lettera di ammonizione da spillare al tuo fascicolo personale, quarantacinque giorni di servizi extra alla base. Se dovessi partire in missione durante questo periodo, il conto dei giorni si interromperà, per riprendere dallo stesso punto al tuo rientro. Decurtazione di metà paga per due mesi."

Phantom finalmente lasciò andare un sospiro. La lettera di ammonizione poteva rallentargli la carriera, rendendogli più difficile la promozione a un grado superiore, ma almeno non era stato deferito alla corte marziale e non aveva perso l'autorizzazione di sicurezza... quindi poteva continuare a fare il SEAL.

"Non posso certo giustificare ciò che hai fatto," proseguì l'ammiraglio Lister, "ma non posso negare che l'esito sia stato ideale. Ti ricordo che hai il diritto di fare appello a questa punizione. Se scegli di appellarti, lo dovrai fare entro un lasso di tempo ragionevole... cioè cinque giorni, nel caso ci stessi pensando. Hai capito?"

"Sissignore."

L'ammiraglio di divisione Lister annuì verso Phantom. "Riposo. L'udienza è terminata"

Phantom afflosciò leggermente le spalle e si girò lentamente.

Appena giratosi, sbatté le palpebre dalla sorpresa. Aveva capito che ci fossero tante persone nella stanza... ma non s'era immaginato che le sedie fossero tutte piene e che ci fossero persone in piedi tutt'intorno.

C'era tutta la squadra di Wolf, insieme ad altri SEAL della base. Mustang e Trigger gli stavano sorridendo, insieme a tutti gli altri.

Phantom si era sentito solo quasi tutta la vita. Aveva cercato di non appoggiarsi mai a nessuno, perché aveva subito molte delusioni. L'aveva imparato fin da piccolo. Insegnanti, poliziotti, persino i ragazzini che considerava amici. Così si era costruito come una muraglia che lasciava entrare le persone solo marginalmente.

Kalee però era riuscita chissà come a frantumare quella barriera... e lui si era accorto che, per anni, aveva avuto più amici di quanti ne avesse mai sognati.

Annuì verso Rocco e gli altri della squadra, poi si fermò davanti a Rex. Gli porse la mano, ma Rex alzò gli occhi al cielo e lo strinse in un abbraccio. "Sei un testone, ma sei il *nostro* testone!" gli disse. Poi fece un passo indietro e gli disse brontolando: "Hai battuto la fiacca fin troppo, Phantom. Non mi interessa come festeggi stasera, domattina alle cinque zero zero in spiaggia, altrimenti veniamo a trascinare il tuo culo giù dal letto. Hai capito? Adesso che questa sceneggiata è finita, dobbiamo tornare pronti a partire in qualunque momento."

"Ci vediamo in spiaggia," gli rispose Phantom con un sorriso.

Poi strinse la mano di ogni singola persona presente in quella stanza. Fu un momento anche un po' irritante, perché l'unica persona con cui Phantom voleva *davvero* intrattenersi era Kalee, ma non voleva certo essere sgarbato nei confronti delle persone che erano venute a difenderlo.

Quando arrivò a Tex, Phantom non trattenne un sorriso divertito. "Come hai fatto a sapere di oggi?"

"Ti dimentichi chi sono?" gli rispose Tex. "Io so tutto."

"Vero," confermò Phantom allungando le braccia e stringendo Tex in un abbraccio. Sapeva che a Tex non piaceva essere ringraziato, ma si augurò che per una volta avrebbe mandato giù il rospo. "Grazie per avermi dato le informazioni per trovarla."

"Prego," gli rispose tranquillamente Tex, facendogli venire quasi un infarto. Tex non diceva nemmeno mai "prego". Mai. Phantom fece un passo indietro e salutò Tex con un cenno del mento.

Poi si girò verso Kalee.

La trovò in piedi, poco in disparte, con un enorme sorriso in volto. "Ciao," gli disse lei con un filo di voce.

Phantom non si prese la briga di risponderle a voce: la afferrò e la sollevò da terra, la strinse tra le braccia facendola piroettare.

Lei cominciò a ridere e quel suono gli andò dritto al cuore. "Devo ringraziare te, per tutti quegli zotici che si sono presentati qui oggi?"

"Non proprio. Io ho solo detto ad Ace che sarebbe stato

carino avere qualcun altro qui a fare il tifo per te, oltre a me. Immagino che lui e gli altri abbiano preso la palla al balzo."

Phantom la mise piedi a terra ma la tenne tra le braccia.

"La sentenza è positiva? A me sembra di sì, ma non ne so nulla di come funzionano le punizioni della Marina."

"È positiva. Quarantacinque giorni di servizi extra alla base non sono nulla, anche se potrei tornare a casa tardi."

"Non preoccuparti. Vedrai che ti terrò la cena al caldo."

Phantom sorrise. "Anche la riduzione di paga non sarà un gran problema, sono bravo a risparmiare."

"E la lettera di ammonizione?"

Phantom scrollò le spalle. "Quella probabilmente significa che in futuro non sarò promosso molto facilmente, ma non me ne frega un tubo. Rimango pur sempre un SEAL, il resto non mi importa."

"Bene."

Furono spintonati da qualcuno che passò oltre, e Phantom vide Kalee sussultare. "Andiamo, devo portarti a casa," le disse accigliandosi.

"Eccolo qui," scherzò Rocco.

"È tornato il musone," aggiunse Gumby.

"Andate tutti a quel paese," disse Phantom agli amici; avrebbe voluto sorridere a quelle battute leggere, ma aveva pur sempre una reputazione da mantenere.

Appena Phantom cominciò a sospingere Kalee per la stanza verso la porta, lei si voltò e disse ad Ace alzando la voce: "Di' a Piper che la chiamo domani."

"Va bene," rispose Ace con lo stesso tono, "ma tanto sono tutte qui fuori che aspettano di vedervi!"

Phantom salutò con un cenno del mento amici e amiche fuori dalla stanza, avevano tutti voglia di parlare con lui, di mostrargli il loro supporto; ma lui non si fermò. Anche Caite, Sidney, Piper, Avery e Zoey aspettavano fuori per sentire l'esito dell'udienza, ma Phantom tirò Kalee senza darle il tempo di fermarsi a parlare. Era stata una giornata difficile, voleva riportarla a casa e averla tutta per sé.

———

Dopo due ore, durante le quali Phantom le aveva preparato qualcosa da mangiare, le aveva fatto fare un bel bagno, le aveva praticato un massaggio goduroso di una buona mezz'ora... e se l'era portata a letto, messa sopra e scopata a lungo e con trasporto... Kalee era seduta a cavalcioni su di lui con un gran sorriso in volto.

Più tardi sarebbe stata indolenzita, ma non le importava. Il suo uomo era partito lasciandole il controllo, ma se l'era ripreso appena lei l'aveva stuzzicato un po' troppo.

Si sporse verso il comodino di fianco al letto, facendo attenzione a non farselo scivolare fuori; prese il vecchio cappellino malandato che ci aveva appoggiato prima. Se lo mise in testa e si abbassò su di lui, sostenendosi con le mani sulle spalle di Phantom.

"Mi piace il mio cappellino," gli disse sottovoce.

"È il *mio* cappellino," ribatté subito lui.

Kalee fece una risatina; sapevano entrambi che a lui non importava minimamente del cappellino, ma che ormai litigarselo per scherzo era diventata una loro routine.

"Come sono arrivata qui?" chiese Kalee, più a se stessa che a Phantom.

"Destino," rispose Phantom, che le stringeva i fianchi con le mani e la guardava negli occhi con l'espressione più seria che lei gli avesse mai visto sul volto.

"Che c'è?" gli chiese lei, un po' nervosa.

"Ti amo, Kalee, più di quanto immaginavo fosse possibile. Pensavo di essere incapace di essere amato, pensavo che il mio destino fosse morire in combattimento... e mi andava anche bene. Però, nell'attimo stesso in cui ti ho vista in quella fossa, qualcosa dentro di me è cambiato. Non sapevo nemmeno che fossi viva, era come se la mia anima stesse urlando di dolore. Quando ho capito che *eri* viva, è scattato qualcosa. Voglio sposarti. Voglio avere dei figli con te. Voglio vivere con te finché non avremo cento e passa anni. Non so cosa farei senza di te. Ti prego, non lasciarmi mai, il mio cuore non reggerebbe."

Kalee avrebbe voluto sciogliersi in una pozzanghera ai suoi piedi. "Non vado da nessuna parte."

"Allora mi sposi?"

"Sì, ma devi farmi una proposta fatta bene, magari anche fare due chiacchiere con mio papà, prima, tanto per farlo sentire incluso."

Phantom fece una faccia stranita, ma Kalee sapeva che non gli pesava affatto. "E riguardo ai figli?"

"Solo se possiamo avere anche un cane. Magari un terrier a sangue misto."

Lui chiuse gli occhi per un momento, poi tornò a guardarla. "Sapevo che non stavi dormendo, quando ho raccontato quella storia a Mustang e agli altri."

Lei scrollò le spalle.

"Affare fatto," le sussurrò.

"Affare fatto," ribatté lei, che poi si agitò su di lui. "Però adesso non sono stanchissima."

Kalee sentì dentro di sé l'uccello di Phantom che si muoveva. Avevano discusso di anticoncezionali e dato che lei prendeva la pillola avevano deciso di abbandonare i preservativi. Anche se così si sporcavano di più facendo l'amore, lei sapeva che non sarebbe mai tornata indietro. Le piaceva tenersi dentro il seme di Phantom, amava ancor di più il fatto che lui non dovesse alzarsi subito per togliersi il preservativo.

"Come vanno i graffi?"

Quando Kalee si era fatta il bagno, i graffi alle ginocchia e ai gomiti si erano fatti sentire, ma a lei in quel momento non importava. "Che graffi?"

Phantom le sorrise, poi strinse la presa sui suoi fianchi e girò entrambi per farla mettere con la schiena sotto. Lei ansimò per la sorpresa e per il gusto di sentire la forza del suo uomo, poi divaricò meglio le gambe e lo sentì affondare meglio dentro di sé.

"Ti amo, tesoro. Grazie per la tua forza, per avermi voluto."

"Anch'io ti amo. Grazie a *te* per essere venuto a prendermi."

"Verrò sempre a prenderti, ovunque."

A quel punto, Phantom ricominciò a fare l'amore con Kalee; lentamente, solennemente, finché lei non credette di essere sul punto di impazzire.

Più tardi, quando erano entrambi esausti e quando Phantom si stava quasi per addormentare tenendo Kalee tanto stretta tra le braccia che lei non poteva nemmeno girarsi senza svegliarlo, lei chiuse gli occhi e ricordò qualcosa, un episodio di una notte, quando era ancora a Timor Est.

Stava osservando le stelle nel cielo e si chiedeva perché si trovasse in quella situazione. Una stella cadente aveva attraversato il cielo Era una stella brillante, molto luminosa, tanto che Kalee aveva pensato fosse frutto della sua immaginazione.

Poi ne era caduta un'altra, proprio dietro la prima.

Lei l'aveva interpretato come un segno: doveva continuare a resistere, qualcuno l'avrebbe salvata. Non sapeva quando, non sapeva chi, ma sapeva di non potersi arrendere.

"Ti amo," gli sussurrò.

"Ti amo anch'io," rispose lui mezzo addormentato.

Kalee si lasciò andare di peso sul suo uomo e chiuse gli occhi. I ribelli non avevano più alcun potere su di lei. Era felice... e avrebbe continuato a essere felice.

EPILOGO

Kalee guardò il disordine che aveva tutt'attorno e sorrise. Cinque anni prima, quando pensava di morire a Timor Est, non avrebbe mai immaginato che un giorno sarebbe stata tanto felice.

Si trovava con Phantom a casa di Piper ed Ace, l'occasione era la festa di Kemala per il diploma delle superiori. Kemala era riuscita a recuperare il divario con i compagni di classe e, pur avendo un anno in più rispetto a moltissimi di loro, non solo si era diplomata, ma aveva fatto domanda di ammissione all'università Purdue ed era stata accettata, ricevendo varie borse di studio.

Appena Kemala era arrivata negli Stati Uniti, l'insegnante di inglese per stranieri aveva incoraggiato la classe a cominciare a comunicare per iscritto con degli altri studenti di una scuola in Indiana. Kemala e Rosa avevano legato fin dall'inizio. Rosa veniva dal Messico e all'inizio la barriera linguistica aveva pesato un po', ma nel giro di poco tempo avevano cominciato a scambiarsi email e messaggi quasi ogni giorno.

Due anni prima, Ace e Piper erano andati in vacanza a West Lafayette, in Indiana, in modo che le ragazze potessero incontrarsi; era stato un viaggio rivelatore. Kemala si era innamorata di quella zona, diceva che le ricordava le colline di Timor Est. Così aveva deciso che le piaceva di più quella cittadina, rispetto alle grandi metropoli. Aveva fatto domanda ed era stata ammessa alla facoltà di matematica della Purdue.

Poco tempo dopo essere arrivata negli Stati Uniti, aveva guardato il film *Il diritto di contare* ed era rimasta affascinata dal modo in cui Katherine Johnson calcolava le traiettorie di volo per la NASA. Per fortuna, Kemala era portata per i numeri e in matematica si era distinta molto presto nella classe. Kalee era molto orgogliosa di Kemala, come se fosse sua figlia.

Sinta ormai aveva tredici anni e aveva appena cominciato a notare i ragazzi, con grande sgomento del padre. Kemala invece non aveva alcun interesse a uscire con qualcuno e aveva passato tutto il periodo delle scuole superiori al computer, per chiacchierare con Rosa, oppure trovandosi con le altre ragazze della classe. Sinta era diversa dalla sorella come la notte dal giorno. Le piaceva mettersi il trucco e vestirsi in modo carino, i momenti che amava di più erano le partite di football del venerdì sera... a cui lei andava soprattutto per flirtare coi ragazzi e farsi due risate con le amiche.

Rani aveva dieci anni ed era diventata il classico maschiaccio: le piaceva andare a pescare con Ace, non si faceva problemi a scavare il terriccio per trovare dei vermi; ma era il rapporto che aveva col nonno a sciogliere di tenerezza il cuore di Kalee.

Tra Rani e Paul Solberg si era creato un legame unico: si sentivano sempre al telefono e Kalee sapeva che Piper li faceva incontrare almeno una volta alla settimana.

Kalee si guardò intorno e ovunque le cadessero gli occhi c'erano bambini e ragazzi. C'erano i compagni delle superiori di Kemala, soprattutto ragazze, alcune amiche di Sinta che ridevano e facevano gossip, probabilmente parlando di ragazzi; Rani era nel cortile sul retro, aveva scalato un albero insieme alla sua migliore amica Karson e da quel punto sopraelevato guardavano insieme tutti gli altri far festa.

"È pazzesco, non è vero?" chiese Piper affiancando Kalee, che era in piedi sulla pedana e osservava la confusione sul retro.

Kalee sorrise e si girò verso la migliore amica. "Eh sì, ma non cambierei di una virgola."

Ace a Phantom erano in cortile e giocavano con i bambini più piccoli. Kalee non capiva a che gioco stessero giocando, ma non le importava più di tanto. L'importante era che i bambini si stessero sfogando... come anche i rispettivi papà.

Tutti e sei i SEAL della Marina diventavano malleabili come argilla, nelle mani dei figli.

I bambini affidati a Caite e Rocco aiutavano a gestire le zuffe dei più piccoli, assicurandosi che nessuno si facesse male. Rocco e Caite avevano due figli biologici, nati a un anno di distanza l'uno dall'altro. Li avevano chiamati Hunter e Decker, proprio come Caite aveva promesso a Cookie e Gumby tanti anni prima, quando i due l'avevano salvata, recuperandola dall'oceano. Dopo le nozze, avevano cominciato a prendere in affidamento altri ragazzi più grandi in stato di necessità. Avevano adottato uno dei primi ragazzi a loro affidati, quando lui aveva compiuto diciassette anni. Quando Grant aveva aperto i documenti con la richiesta di adozione e aveva strabuzzato gli occhi per la sorpresa, Kalee si era commossa. Il ragazzo aveva poi ammesso di avere rinunciato all'idea di avere una famiglia tutta sua.

Da allora, i Wise avevano ospitato una quindicina di altri adolescenti. Alcuni erano rimasti per una settimana, altri si erano fermati per anni. Al momento, nella casa c'erano quattro adolescenti in affidamento: Steve, Genesis, Hailey e Sara. Grant viveva in un appartamento non lontano e frequentava i corsi serali del college statale più vicino, mentre lavorava a tempo pieno.

Kalee si mise a ridere: Sidney era inciampata in uno dei piccoli di Piper. Sidney a Gumby non avevano figli, ma avevano la casa *piena* di cani che li tenevano sempre impegnatissimi. Hanna era stata solo la prima dei tanti cani abusati che la coppia aveva salvato e rieducato, fornendo loro una casa calda e piena d'amore. Erano arrivati a cinque cani, ma Kalee sapeva che si erano fermati solo perché Gumby a un certo punto si era impuntato dicendo basta.

Però Gumby era un tenerone e lo sapevano tutti; se Sidney fosse tornata a casa con un cucciolo, o anche con un cane adulto bisognoso di ospitalità, Gumby avrebbe ceduto.

I figli biologici di Piper, John e Katie, avevano rispettivamente cinque e tre anni. La casa era parecchio affollata, con cinque figli e due adulti... anche se tecnicamente erano quattro bambini e *tre* adulti, dato che ormai anche Kemala era diventata grande. Kalee amava vedere l'amica tanto felice. Le vignette di cui Piper era autrice andavano sempre meravigliosamente bene, tanto che lei era stata costretta ad assumere un'assistente che l'aiutasse a portare avanti il negozio online e a gestire gli account sui social media.

Zoey e Bubba avevano anche loro due figli. Tanner aveva quattro anni ed era pappa e ciccia con John. Si mettevano costantemente nei pasticci insieme, poi imploravano i genitori di dormire sotto lo stesso tetto ogni fine settimana. Piper e Zoey li ospitavano a turno e si meravigliavano sempre perché nessuno dei due bimbi mostrasse un briciolo di nostalgia, quando era lontano da casa... con un certo disappunto per le mamme.

Chance aveva appena compiuto un anno e stava imparando a muovere i primi passi. Hailey, anche lei in affidamento a Caite, lo stava tenendo per le manine, aiutandolo a "camminare" per il cortile. Zoey aveva fatto dell'amore per gli anziani una vera professione. Aveva vari clienti, che però lei chiamava amici; andava ogni giorno ad assisterli, controllando che avessero mangiato e che avessero assunto i medicinali, oltre ad altre faccende utili. Rimaneva con ognuno un po' di tempo, anche solo per farli parlare con qualcuno. Tante volte portava con sé Chance e Tanner, le sembrava un'occasione utile per tutti.

Il figlio di Avery, Blake, aveva due anni ed era tale e quale la madre. Aveva gli stessi capelli rossi e le stesse lentiggini. Kalee aveva sentito il racconto di quando Rex era in un fiume in Afghanistan e pensava di essere in punto di morte: aveva alzato lo sguardo e aveva avuto una visione del figlio che avrebbe avuto, visione che l'aveva spinto a rimanere in vita finché Avery era riuscita a liberarlo dall'albero che lo costringeva sott'acqua.

Era nata da due mesi anche una bimba di nome Emma, che al momento dormiva pacifica tra le braccia della mamma. Avery era in piedi all'ombra e osservava quel marasma insieme a Caite, Sidney e Zoey.

In quel momento, Kalee notò il proprio figlio, Carter, che aveva appena compiuto tre anni: lo vide cadere faccia a terra in cortile. Prima ancora che lei potesse muoversi, Phantom l'aveva già raggiunto; si accovacciò e raccolse da terra il figlio, abbracciandolo e baciandolo più volte per assicurarsi che stesse bene, per poi rimetterlo in piedi e incoraggiarlo a rimettersi a correre.

"È un padre fantastico," commentò Piper.

"Lo so," rispose Kalee con orgoglio. "L'ho sempre saputo. Avery ha detto che lui era terrorizzato all'idea di diventare padre, perché quando era piccolo non aveva avuto dei modelli esemplari di genitori. Però ci siamo trovati d'accordo sul fatto che sia stata proprio l'esperienza che ha vissuto a impedirgli di ripetere gli stessi errori."

"È davvero fantastico, accidenti. Cioè, è sempre il solito

brontolone... ma poi, quando vede Carter, si scioglie," scherzò Piper.

"Lo sai che all'inizio avevo paura che lo viziasse da morire? Ogni volta che Carter faceva il minimo rumore, Phantom arrivava al volo per prenderlo in braccio e dondolarlo. Però l'ho anche trovato che gli faceva dei discorsi da uomo a uomo e sono convinta nel profondo che mio figlio diventerà un grande uomo," disse Kalee all'amica del cuore.

"Discorsi da uomo a uomo? Ma Carter ha solo tre anni!" esclamò Piper mettendosi poi a ridere.

"Lo so, ma guarda che è vero! Ieri l'ho sentito che diceva a Carter che non è giusto colpire una donna, per quanto si possa litigare. Poi è andato avanti a parlargli di rispetto, di sincerità a tutti i costi. Gli ha persino detto che un giorno incontrerà la persona giusta per lui e che appena la troverà se ne accorgerà subito. So che Carter probabilmente non ha idea di cosa gli stesse dicendo il papà, ma sono comunque molto orgogliosa di Phantom."

Piper sorrise. "Siamo state fortunate."

Kalee fece una risatina. "Penso che 'fortunate' sia l'eufemismo dell'anno. Ci siamo trovate entrambe in situazioni che ci rendevano impossibile anche solo immaginare un giorno come oggi, e invece eccoci qua, con tanto di figli adorabili e amici meravigliosi... e con i mariti migliori che potessimo desiderare."

"Phantom ha preso bene la decisione della squadra di rinunciare alle missioni attive in favore dei SEAL più giovani?" chiese Piper.

Kalee annuì. "Penso proprio di sì, certo. La nascita di Carter gli ha fatto cambiare di molto prospettiva sulle cose. Non fraintendermi, mi ama e odierebbe lasciarmi da sola, se gli succedesse qualcosa; ma è stato più diventare *padre* che gli ha fatto decidere di voltare pagina. Peraltro, come gli ricordo di continuo, ha quasi quarant'anni e non è più esattamente un giovincello."

"Scommetto che se la cava ancora bene," commentò Piper con una smorfia.

"Mica tanto. Ma lo sai che lui e gli altri hanno sfidato una squadra di SEAL più giovani? Alla fine non ha vinto nessuno, ma anche se Phantom si è fatto valere, poi ha passato giorni a imbottirsi di antidolorifici."

"Anche Ace!" esclamò Piper mettendosi a ridere. "Ma sì, so per certo che Ace è felicissimo di lavorare in ufficio dalle otto alle cinque... beh, forse più dalle sette alle sei, a essere onesta. Però è a casa tutte le sere e quasi tutti i fine settimana. Voglio troppo bene ai miei figli e non cambierei una sola virgola della mia vita, ma tenerli a bada da sola tutti e cinque e gestire tutte le loro attività sarebbe troppo difficile."

Kalee mise un braccio intorno alle spalle dell'amica e si girarono insieme a guardare il prato. Dal punto in cui guardavano, sembrava un pandemonio. C'erano bambini dappertutto che correvano urlando, pieni di energie. Gli uomini ridevano, contribuendo al caos generale. Il papà di Piper era seduto all'ombra su una sdraio e guardava tutti con un enorme sorriso in volto. Le amiche si godevano un momento di pace, in cui non dovevano correre dietro ai figli.

"Non l'hanno avuta vinta," disse Kalee sottovoce.

"No, di sicuro non l'hanno avuta vinta," confermò Piper, che sapeva esattamente ciò a cui Kalee faceva riferimento.

Mentre se ne stava là in piedi, Kalee ripensò alla propria vita. Aveva quasi quarant'anni e poteva dire in tutta sincerità che gli ultimi cinque erano stati i migliori, almeno fino a quel momento. Aveva fatto volontariato per due anni al Club Boys & Girls, poi aveva accettato un impiego salariato. Era diventata una delle due direttrici ed era responsabile di tutti i volontari. Le piaceva moltissimo poter essere utile alla comunità e passare il tempo con i ragazzi e le ragazze, con cui condivideva le proprie esperienze.

Uno dei messaggi più importanti che si sforzava di trasmettere, non solo a chi frequentava i corsi del doposcuola, ma anche in tutte le occasioni in cui parlava di ciò che le era successo, era che la vita di una persona non si riduceva agli eventi che sembravano determinarla. Continuava a insistere che, tante volte, essere felice e avere successo era il modo migliore per dimostrare a chi aveva tentato di abbatterti che aveva fallito.

In quel senso, sia lei che Phantom erano degli esempi perfetti.

La madre e la zia di Phantom avevano cercato di trasformarlo nel tipo di uomo che odiavano, ma avevano fallito.

I ribelli avevano cercato di trasformare Kalee in un'assassina come loro, ma non ci erano riusciti.

Così finalmente Kalee e Phantom vivevano la vita migliore che potessero sognare. Non era una vita perfetta, ma era molto più facile accettarsi, sapendo bene entrambi quanto *brutta* potesse essere la vita.

Kalee rivolse lo sguardo al marito e non poté non pensare alla sveltina che si erano concessi, prima di partire per la festa di diploma. Lei era in piedi in bagno, con indosso solo l'intimo; si stava preparando a vestirsi; in un attimo lui l'aveva fatta piegare sul lavandino con dolcezza e aveva fatto l'amore con lei alla svelta, ma con grande trasporto, sapendo esattamente come toccarla per farla godere il prima possibile.

La vita amorosa era diventata persino migliore di quanto non fosse cinque anni prima. Non facevano più sesso tutte le sere come un tempo, ma quando lo facevano era meno frenetico e più profondo. A volte dovevano accontentarsi di una sveltina, proprio come quel giorno, ma altre volte si concedevano il tempo di esplorarsi con molta calma. Phantom era diventato molto bravo a portarla al limite per poi tenercela, prolungando la sensazione di piacere fin quasi a torturarla.

"Mamma!" gridò Carter alzando gli occhi e vedendola sulla pedana.

Kalee gli fece un cenno con la mano e rise, vedendolo usare entrambe le mani con entusiasmo per ricambiare il saluto. "Guarda!" le gridò girandosi e correndo dritto addosso al padre. Phantom gli dava la schiena e Kalee sussultò per l'immancabile scontro a cui stava per assistere.

Phantom però, come se avesse avuto occhi anche dietro la testa, si girò all'ultimo secondo e raccolse Carter tra le braccia, facendolo piroettare a mezz'aria fino a fargli girare la testa. Carter rise tanto di gusto che Kalee lo sentì chiaramente nonostante la distanza.

"Che matto," mormorò Piper.

Kalee non poteva essere più d'accordo; osservò Phantom che baciava Carter sulla fronte, per poi alzare lo sguardo verso di lei e avvicinarsi alle scale che portavano alla pedana. Nel giro di cinque secondi, Kalee se lo ritrovò di fianco, ancora col figlio in braccio.

"Ciao tesoro, ti diverti?"

"Sì."

"Bene."

"Mamma tesoro!" ripeté Carter.

"Esatto, figlio mio, la mamma è davvero un tesoro. Lo sai perché siamo venuti qui dalla mamma?"

Il bimbo scosse la testa.

"Perché quando sei a una festa è meglio tenere sempre un occhio sulla tua donna, per essere sicuro che vada tutto bene, che si diverta e che non le manchi nulla. Hai bisogno di qualcosa, Kalee?"

Lei fece un sorriso enorme al marito. "No, va tutto bene, grazie."

"Mamma bene!" esclamò Carter.

Phantom sorrise al figlio, poi portò la mano libera dietro al collo di Kalee, la tirò a sé e la baciò. Non fu un bacio contenuto, ma un bacio completo con tanto di gioco di lingua. Solo quando ebbe finito, Phantom si rivolse a Piper. "Ti serve qualcosa, Piper?"

Lei stava già ridendo. "No, ma grazie lo stesso."

"Papà, giù!" esclamò Carter agitandosi tra le braccia del padre.

Phantom mise a terra il figlio, che guardò subito la madre chiedendole: "Mamma, tocco?" Poi le porse le manine.

"Sì, piccolo, puoi toccarmi la pancia."

Kalee alzò lo sguardo verso Phantom, mentre il figlio le metteva le mani sulla pancia sporgente.

"Sorella di Carter," disse il bimbo meravigliato.

"Sì, figlio mio, lì dentro c'è tua sorella," confermò Phantom con un tono di voce che esprimeva un grande orgoglio.

"Presto?" chiese Carter guardando il padre.

"Mancano ancora circa tre mesi, prima che sia pronta a uscire per incontrarti," gli disse Phantom.

Si sentì urlare dal giardino e Carter si voltò per guardare. "Papà, voglio giocare con Tanner e John!" esclamò Carter appena vide i due bambini scorrazzare sul prato. Il bimbo non era ancora in grado di stare al passo con gli altri due, ma Kalee sapeva che era solo una questione di tempo.

"Va bene," gli rispose Phantom, che poi strinse la nuca di Kalee e le passò dolcemente una mano sulla pancia. "Fammi un fischio se ti va di venire giù, vengo subito e ti accompagno."

Kalee alzò gli occhi al cielo. "Phantom, ce la faccio ancora anche da sola, a scendere in giardino."

"Accontentami," le chiese, poi la baciò di sfuggita prima di prendere in braccio il figlio e di tornare giù in giardino in mezzo al caos.

"Amica miaaaaa."

Kalee alzò una mano per impedire a Piper di aggiungere altro. "Lo so, lo so; è talmente protettivo che diventa insopportabile... ma io lo amo."

"E Carter che ti chiede il permesso, prima di toccarti la pancia? Adorabile."

Kalee annuì. "Eh sì, ha preso tutto da Phantom. L'insegnante dell'asilo dice che ha contagiato anche tutta la classe. Prima di darsi la mano, chiedono sempre il permesso. Anche prima di abbracciarsi, chiedono il permesso."

"Capita che qualcuno dica di no?" domandò Piper. "Perché se dicono sempre tutti di sì, alla fine non passa il messaggio."

"Pensa, infatti! Io e Phantom ne abbiamo già parlato e ogni tanto gli dico di no... anche se ogni volta mi spezza il cuore. Lui però la prende bene e rispetta il mio volere. Però i bimbi a scuola sono fantastici. Si dicono di no molto spesso e l'accettano senza problemi; è molto gratificante. Spero che la lezione rimanga anche quando saranno adolescenti."

"Rimarrà," rispose Piper. "Con dei modelli esemplari come Phantom e gli altri della squadra, come potrebbe non diventare un'abitudine? Ti viene ancora spesso la nausea?"

Kalee sorrise. "Sì. Stavolta sembra che durino più a lungo rispetto a quando ero incinta di Carter, ma penso che il peggio sia passato."

"Ottimo. Sono davvero contenta per te, Kalee; avrai il maschietto e la femminuccia che hai sempre voluto," disse Piper con un tono che trasmetteva amore; poi riprese Kalee sottobraccio e le due amiche rimasero semplicemente a guardare gli altri che si divertivano in compagnia.

Sei anni prima, se qualcuno avesse detto a Kalee ciò che l'aspettava, lei non ci avrebbe creduto. Però aveva imparato a vivere ogni giorno come fosse l'ultimo, a non dare mai per scontati né le amiche né Phantom; sapeva meglio di molti altri quanto tutto potesse svanire in un lampo.

"Ti voglio bene, Kalee," le disse Piper sottovoce.

"Anch'io ti voglio bene," le rispose Kalee.

Non sapeva cos'avesse in serbo per lei la vita in futuro, ma sapeva senz'ombra di dubbio che sarebbe stata una bella vita. Come poteva essere altrimenti?

* * *

Acquista subito il libro 7!
Soccorrere Jane

NOTE

CAPITOLO QUATTORDICI

1. Phantom significa "spettro", "illusione", "fantasma". [NdT]

Also by Susan Stoker

Armi & Amori: verso il futuro

Soccorrere Caite

Soccorrere Brenae

Soccorrere Sidney

Soccorrere Piper

Soccorrere Zoey

Soccorrere Avery

Soccorrere Kalee

Soccorrere Jane (1 Novembre)

Ricerca e soccorso Eagle Point

In cerca di Lilly

In cerca di Elsie

In cerca di Bristol (15, Novembre)

In cerca di Caryn (4 Aprile)

In cerca di Finley

In cerca di Heather

In cerca di Khloe

Il Rifugio

Meritare Alaska

Meritare Henley (3 Gennaio)

Meritare Reese (30 Maggio)

Meritare Cora

Meritare Lara

Meritare Maisy

Meritare Ryleigh

Forze Speciali alle Hawaii

Trovare Elodie

Trovare Lexie

Trovare Kenna
Trovare Monica
Trovare Carly (11 Ottobre)
Trovare Ashlyn (7 Febbraio)
Trovare Jodelle (22 Luglio)

Delta Duo

La forza di Gillian (1 Dicembre)
La forza di Kinley (1 Febbraio)
La forza di Aspen (1 Maggio)
La forza di Jayme
La forza di Riley
La forza di Devyn
La forza di Ember
La forza di Sierra

Delta Force Heroes

Salvare Rayne
Salvare Emily
Salvare Harley
Il Matrimonio di Emily
Salvare Kassie
Salvare Bryn
Salvare Casey
Salvare Sadie
Salvare Wendy
Salvare Mary
Salvare Macie
Salvare Annie

Armi e Amori

Proteggere Caroline
Proteggere Alabama
Proteggere Fiona

Il Matrimonio di Caroline
Proteggere Summer
Proteggere Cheyenne
Proteggere Jessyka
Proteggere Julie
Proteggere Melody
Proteggere il Futuro
Proteggere Kiera
Proteggere i figli di Alabama
Proteggere Dakota

Mercenari di Montagna

Difendere Allye
Difendere Chloe
Difendere Morgan
Difendere Harlow
Difendere Everly
Difendere Zara
Difendere Raven

Ace Security

Il riscatto di Grace
Il riscatto di Alexis
Il riscatto di Bailey
Il riscatto di Felicity
Il riscatto di Sarah

Una raccolta di storie brevi

Un momento nel tempo

BIOGRAFIA

L'autrice best seller del *New York Times*, *USA Today,* e *Wall Street Journal*, Susan Stoker ha un cuore grande come lo stato del Texas, dove vive, ma questa tipica ragazza americana ha trascorso gli ultimi quattordici anni vivendo nel Missouri, in California, in Colorado, e nell'Indiana. È sposata con un ex militare dell'esercito, che ora la segue in tutto il Paese.

Ha debuttato con la sua prima serie nel 2014, seguita dalla serie SEAL of Protection, che ha consolidato il suo amore per la scrittura, e la creazione di storie in cui i lettori possono perdersi.

Se ti è piaciuto questo libro, o qualsiasi libro, per favore considera di lasciare una recensione. Gli autori lo apprezzano più di quanto tu possa immaginare.

www.stokeraces.com
susan@stokeraces.com